Shouting Won't Help

人生の途上で聴力を失うということ

心のマネジメントから
補聴器、人工内耳、
最新医療まで

Katherine Bouton
著　キャサリン・ブートン
訳　ニキ リンコ

明石書店

はじめに

みなさんは耳の聞こえない人を何人ご存じだろうか。音をまったく感じないわけではないが、かといってちゃんと聞こえるわけでもない人たちだ。「え?」と言う回数が異様に多い人、落ちついた人だったのに妙にまごつくようになった人、人ぎらいでもないのに孤立している人、前は行っていたパーティーに行かなくなってしまった人を知らないだろうか。ひらがなの「ろう」とはちがう。漢字の「聾《ろう》」。私もそんな一人だ。

私は三〇のとき、ついさっきは聞こえたのに、急に聞こえなくなった。左が聾になったのだ。その後の数週間でいくらか聴力をとり戻したが、完全にとはいかなかった。私は若くて、注意をはらわなかった(補聴器を勧められたときも、聞き流してしまった)。もっと深刻な障害への第一歩だなんて、思ってもみなかった。それからの年月で、ときおりなんの前ぶれもなく聴力の低下がくり返され、四〇になったときには日常生活に支障が出るほどになっていた。五〇になったときには反対側の聴力も失いつつあり、六〇では生活機能上はまったく聞こえなくなっていた。

私の障害は感音性難聴という。ほとんどの人がそうだが、有毛細胞が壊れたことが原因だ。なぜ壊れたのかはわかっていない。二〇〇九年、補聴器では聞こえなくなり、左耳に人工内耳を入れた。外科手術で頭蓋骨に埋めこむのだ。右側には今も補聴器を使っている。両方使ってもまだ、中等度難聴か高度難聴の人と同じくらいしか聞こえない。あんまり「何？」とばかり言いすぎて、夫に「なんて言った？」「なんだった？」「え？」「もっぺん」などを順番に使ってくれないかと頼まれた。「もっぺん！」でさえ、聞き飽きた「何？」よりましということらしい。

中等度から高度の聴覚障害がある人は、話し手と真正面から向き合って、顔を見ていないと聞きとりができない。グループの中では話がわからない。空港のターミナルや、うるさい街頭でも聞こえない。その点は私も同じ。ただ私の場合、補聴器や人工内耳がなければ目ざまし時計や火災報知器にも気づかないし、電話が鳴ってもわからない。掃除機の音も、サイレンも聞こえない。先日はホテルに泊まっていて、ｉＰｈｏｎｅの「シェイクンウェイク」というバイブ式のアラームに気づかず、ホテルからのモーニングコールにも出なかった。とうとうホテルの従業員が、私が死んでいないか確かめに部屋に入ってくるというさわぎになった。

みなさんの知り合いにも、耳の聞こえない人はそこそこいるはずだ。最新の試算によると、アメリカにはいくらかの聴覚障害のある人が四八〇〇万人いる。人口の一七％だから、子供から高齢者まで、五人に一人近くが話し言葉の聞きとりに苦労をしているし、特定の音にかぎってまったく聞こえない人も珍しくない。

わが国に聴覚障害者がこんなに多いなんて、初めて知ったときは仰天した。視覚障害より何千万人も多いではないか。おたふく風邪や麻疹など、聴覚障害の原因になる病気はいくつも根絶されたし、機械がうなる工業中心の社会からサービス業と情報産業が中心の社会に移行したはずなのに。工場はまだ残っているものの、ＯＳＨＡ（労働安全衛生局）のルールが定められ、騒音レベルは厳しく規制されている。歴史上、われわれは今が最も健康で、平均寿命はなおも伸びつつある。

平均寿命が伸びたことも、少なくとも部分的には関係がある。年をとればとるほど、聴力が落ちる可能性は上がる。しかし聴力の低下はどんな年齢でも起きるし、若者たちだって例外ではない。二〇一〇年に『米国医師会雑誌（*The Journal of the American Medical Association*：ＪＡＭＡ）』に発表された研究によれば、一二歳から一九歳までの若者のうち、少なくとも軽微な難聴がある者は一九・五％で、八年前の一四・九％より増えている。もう少し障害が重く、ささやき声が聞こえない者は五％。一〇代のお子さんが親を無視するとおっしゃるみなさん、もしかしたらお子さんは本当に聞こえていないのかもしれませんよ。

世界全体では、ＷＨＯが二〇一二年に二億七五〇〇万人との数字をはじき出した。ヨーロッパとイギリスは人口の一六％だと報告している。イギリスの人口を考えると一〇〇〇万人にあたる。これが二〇三一年には一四五〇万人まで増えるというのだ。

発展途上国に目を転じてみよう。騒音の危険に加え、麻疹やおたふく風邪、慢性中耳炎など子供の病気の治療になかなか手が回らない。髄膜炎や脳炎で聞こえなくなる人もいる。聞こえない人が何人いるか、本当のところはだれにもわからない。

他の国と同じく、アメリカでも比率が高いのは高齢者だ。平均寿命が伸びればそれだけ、老人性難聴が出るまで生きられる人は増える。七〇歳以上のアメリカ人の三人に二人は聴覚障害があるし、イギリスでも同じだ。この数字だけ見れば突出して感じられるかもしれないが、これは聞こえない人が何十年もの間に蓄積した結果と考えた方がいい。高齢者の中には、三〇代で失聴した人、四〇代、五〇代、六〇代で失聴した人がすべて含まれているのだ。難聴は決して、高齢者だけのものではない。アメリカの難聴者の四〇％は、一九歳から四四歳までの間に聴力が落ちはじめているのだ。

聞こえにくくなったことを進んで認める人などいない。しかも、異常の出はじめはゆっくりなのが常だから、気のせいだろうと片づけてしまいやすい。私がインタビューした中途失聴者のほぼ全員が、発症当初の自分は「見て見ぬふりをしていた」と言っていた。友人や家族に聞こえにくいんじゃないのと指摘されてもなお、少しの異常も認めなかった。「ちゃんと聞こえてる」「みんながしゃべるのが速すぎるだけ」「この店は／このパーティー会場は／このバスはうるさいから」「電話の調子が悪くて」「家内は口の中でぼそぼそしゃべるんだ」と言いつづけてきた。

＊＊＊

国立聴覚・伝達障害研究所（ＮＩＤＣＤ）が自己申告に基づいて出した数字によれば、補聴器が役にたつ可能性のある人のうち、実際に使っているのは五人に一人だという。ジョンズ・ホプキンズ大学の耳科学・聴覚学・神経学・頭蓋底外科部とブルームバーグ公衆衛生学部で准教授を務めるフランク・Ｌ・リンの行なった調査では、さらに低い数字になった。リンといえば、同僚のジョン・Ｋ・ニパーコ（耳科学・聴覚学・神経学・頭蓋底外科部の部長なので、こちらではリンの上司でもあるのだが）、老年医学者のルイージ・フェルッチとともに、アメリカの聴覚障害者は四八〇〇万人という数字を出した人物だ。そのリンが、今度はやはり同僚のウェイド・チェンと組んで、補聴器を使っているのは七人に一人という結果を得ている。

補聴器が国家医療制度の対象となっているイギリスでは、使用者は必要とする人の三人に一人にまで上がる。うなずける話だ。私だって、主治医に勧められてから実際に使いだすまでに二〇年かかっている。その間はずっと、「いい方の」耳に頼っていた。

人々はなぜ補聴器をいやがるのか。一つは見栄だ。補聴器は外から見える。障害がありますという看板を掲げているようなものだ。それも、老齢のものと思われてきた障害、ときに知的障害と間違えられてきた障害が。そして費用の問題。一台で二〇〇〇ドルか、それ以上することもある。アメリカでは通常、補聴器は健康保険でカバーされない。もう一つ、性能が不十分なせいもある。耳とは奇跡の産物であり、おかげで私たちは、微妙な音のちがいを無数に聞き分けることもできれば、背景音が自分の聞きたい音のじゃまになっているならフィルターをかけることもできるし、うるさすぎるときにはスイッチを切ることもできる。補聴器や人工内耳にもこれらの機能はあるものの、レベルはまことにおそまつで、とても本物の代用になるものではない。

この本を書くために取材をはじめたときの私は、それまでの一〇年の大半を、次第に悪化する難聴への抵抗に費やしてしまったあとだった。落ちこみ、怒り、仕事は行きづまり、家族からも友人たちからも孤立していた。高度の難聴は、容赦なく人を傷つけていく。私の反応は少しも珍しいものではない。この本の準備で、聴力を失った人たちには何十人も話を聞いたが、「うつ状態になって」「腹が立って」「だれともつき合わなくなって」といった言葉は必ず出てきた。聴力低下から派生する心理的な問題は、たいてい似たようなパターンをたどる。まずは無視。無視しきれなくなると怒りがとって代わる。

怒りはややもすると、家族や友人、同僚への八つ当たりになる。次にくるのが落ちこみで、そこからじわじわと、それなりの受容へとむかうこともある――受容とはいっても、ときおりかつての怒りや落ちこみが噴き出さないわけではない。

中には境遇の似た者どうしで体験を語り合う人もいないではないが、ほとんどの人にとっては、聴力を失うというのはとことん自分一人の問題だ。失聴は見た目でわからないし、隠している人が多い。友だちや家族との関係にも、職業にも影響が出る。ほかの聴覚障害者の話に私は心を動かされ、何度も圧倒された。まだ診断を受けたばかりで落ちついていない人もいれば、すでに共存のこつを覚えた人もいた。だがほぼ全員が、日々の生活に大きな影響を受けていた。

本書の構成は、おおまかに私の障害の進行に沿っている。まずは三〇歳のときに左側だけ聞こえにくくなり、その後の年月で何度も聴力が落ちていったところからはじまる。第一章では最初の聴力低下がどんなふうにはじまり、私がどんな影響を受けたかを記している。

症状が進むにつれ、私は原因を知りたいという思いに囚われた。説明がほしい。聴力の低下を止めるヒントがほしい。主治医にくい下がっても説明は得られなかったので、次々と専門家をたずね歩いた。何が悪かったのか説明できる人がどこかにいないかと思ったのだ。第二章では、難聴のさまざまな原因について論じている。インターネットをはじめて、おおぜいの神経耳科や耳鼻咽喉科の先生方に話を聞く一方、自分の過去もふり返ってみた。専門家のみなさんは親切で、音の聞こえるしくみや、聞こえなくなる原因の数々をていねいに教えてくださった。私の過去からも、仮説だけは得られた。それでも結局、原因は今もわかっていない。

聞こえが悪くなる原因として最も多いのは、騒音である。それだけに、調べれば調べるほど私は怖くなった。現代人は自分で自分を傷つけている。人は音を愛するが、音はわれわれの聴力を奪う。第三章では、騒がしい環境について考えてみた。競技場は互いに「うちこそいちばんやかましい」と競い合うし、レストランでは騒音を活気の演出として利用する。ショッピングモールの騒音。ゲームやおもちゃ、機械の音。家庭だけでなく、空港や病院の待合室でもつけっ放しのテレビの音。場内放送、館内放送のスピーカー。細かい改善を重ねていこうという提案もしてみた。たとえば、乗り物の案内もスピーカーで放送するのでなくLEDの掲示板にしたら、聴力低下という不幸をかなり減らせるかもしれない。公共の政策では騒音問題をあまり重視していないが、その結果は重大だ。皮肉なことに、聴力低下の原因となる騒音は、すでに聴力が低下して補聴器を使っている人をさらに苦しめている。補聴器では不要な音を無視することができないからだ。少なからぬ聴覚障害者にとって、騒音は不安だけでなく、ときには身体的痛みの源にもなっている。

聴覚障害は聖書の時代からずっと、ケガレとして扱われてきた。第四章では、このケガレの意識が現代にまで続いている理由を探る。こうした意識は障害当事者を苦しめている割に、それ以外の人たちはなかなか気づかないし、認めようとしない。

第五章では、うつ状態、不眠、心臓病、認知症など、聴力の下がった人々に多い他の疾患や障害について考える。難聴は人間関係をひき裂くし、障害による失業も、原因の一位は聴覚障害なのだ。

六章から九章で取り上げる補聴器や人工内耳には、それぞれの長所と短所がある。補聴器のコストをめぐる議論、機能への不満、補聴器が高いのは不当な搾取ではないのかという疑問などについて考察していく。一方、人工内耳の利用者はまだ少ないが、生まれつき耳の聞こえない子供たちだけでなく途中で聴力を失った成人にもしだいに普及しつつある。ある人にとっては、人工内耳はまさに奇跡だ。私の場合、条件つきの奇跡だった。それまで何も聞こえなかったのが、耐えられるレベルになったのだから。だが本物には及びもつかない。人工内耳への不満は、いくらかは機器そのものへの不満、いくらかはこんなものを必要とするほど悪くなったことを認めたくないからでもある。結局、あまりにもうまくいかないため、私は聴覚リハビリを受けることになった。音声を聞きとることをもう一度学ぶという、やっかいなプログラムである。

アメリカには「障害をもつアメリカ人法」という法律があるにもかかわらず、聴覚障害者は職場での乗り越えがたい障壁にぶつかることになる。第一〇章ではこの点をとり上げた。私は二〇年にわたり、ニューヨークタイムズの編集者として激しい競争にもまれてきた。その二〇年のうちの少なからぬ年月は深刻な障害を人に隠して働いてきたわけだが、それもとうとう立ちゆかなくなり、バイアウトを持ちかけられたのを機に退職した。私のアイデンティティは仕事と分かちがたく結びついていただけに、最初は根なし草になった気分だったが、最終的には、個人としても職業人としても、聴覚障害のおかげで自由になることができたのだ。とはいえ、誰もがやりがいのある別の仕事に出会えるとはかぎらない。聞こえにくい人々が職場でどんな苦労をしているか、もっと理解が広まってほしいものだ。その一方、技術がますます進歩して、職場がもっとアクセシブルな場になってほしいとも思う。

耳の不調といえば、聴力の低下だけが単独で起きることはむしろ珍しく、耳鳴りや目まいが重複するのがふつうなので、第一一章ではこの二つを取り上げる。重症の人だと、聞こえないことよりこちらの方がつらいというし、治りにくいことも難聴同様だ。

史上初めて、難聴の生物学的な治療も、単なる可能性の話ではなく、現実味を帯びる時代となった。第一二章を書くための準備は、インタビューも調べものも興奮の連続だった。治療法の開発のために必要なステップのうち、すでに達成されているものがこんなにあると知ることになったのだから。遺伝子治療、分子治療、幹細胞技術、有毛細胞の再生といった分野の研究は、息をのむばかりのスピードで進んでいる。向こう一〇年のうちには、私と同じような感音性難聴が猛威をふるう時代が終焉へとむかいはじめるのかもしれない。

一方、聴力低下を予防する耳の保護も、すべての音をそのまま遮断する昔ながらの耳栓やイヤマフから、有害な音だけ防いでふつうの音は聞こえるような凝ったものへと進んできた。また、シスプラチンなど聴覚神経に有害な薬を使うとき、事前に飲んで副作用を予防する薬も現在テスト中だ。軍隊でも、戦場の騒音が兵士たちに与えてきた影響を認め、防護法の研究費の多くを負担してきた。イラクやアフガニスタンから帰還した兵士たちでも、ベトナムのときと同様、後遺症の申し出で最も多いのが耳鳴りと難聴なのだ。

耳の聞こえにくい人と生活を共にするのは、楽なことではない。なにしろ、しゃべり方を指図してくる。そこで、ヒントをいくつかご紹介しよう。

- 話をするときには、その人の方をまっすぐ見る。聞こえにくい人のほぼ全員が、話し手の唇の動きを見ているものだ。耳元で話そうと思って、横に回りこんではいけない。口元が見えなくなってしまう。

- できるかぎりふつうの声で、歯切れよく、正確な発音で話すこと。大声を張り上げても役には立たない。ニーナ・レインの演劇、『トライブス』の中で、しだいに聴力を失いつつあるシルヴィアという登場人物が、知識のない人たちのこうした善意のことをこう評している。「みんな、いくら説明しても人の耳元で大声出すんだもの、顔をひっつかんで正面に固定するしかないわよ」
- 聴覚障害のある人に「何？」「ごめん」と言われたら、今言ったとおりのことをくり返すのではなく、言い方を変えよう。
- 二回か三回くり返したのに相手がわからなかったとき、「まあいいや。たいした話じゃなかったから」と言ってはいけない。聞こえなかった人にとっては、なんでもたいした話なのだ。
- 光の入る窓がある部屋、照明の明るい部屋で向かい合うなら、聞こえにくい人が光を背に受ける向きに座れるようにしてほしい（そうすれば話し手の口元が見える）。
- 耳の聞こえにくい人のほとんどが、エアコン、水槽のポンプ、換気扇などの持続音が聞こえる場所では人の話し言葉を聞きとれなくなる。テレビをつけたまま話すのもあきらめよう。聞こえにくい人が遊びに来たら、BGMも消すこと。

- 耳の聞こえにくい人が完全にこちらに注意を向けていないかぎり、話をはじめないこと。たとえ料理は二人でするのが公平そうに思えるかもしれないが、聴覚障害者は料理と聞きとりを同時にはできない。

- 少人数のグループで話をするなら、発言するのは一度に一人ずつ。ディナーパーティーや読書会など、八人から一〇人くらいがいる場所では、数人ずつで別々の話をするのではなく、できるかぎり、全員で共通の話題を続けるように。

- 演劇や音楽の公演、教会での礼拝、大規模な集会などの催し物にいっしょに行ったら、聞こえない人は終わってもすぐに動けないかもしれない（気持ちの切り換えもあれば、補聴器の設定を変更するなど、物理的な切り換えもある）。また、催し物の最中に、身を乗り出して耳元でささやくのはやめること。どうせ何ひとつ聞こえはしない。

耳が聞こえにくくなった人は、うそをつく。とり繕おうとする。攻撃的になることもある（自分一人でまくしたてる方が楽なのだ）。つき合いが悪い。ふさぎこむ。怒りをかかえている。いっしょにいて楽しい相手とはいえない。私も最近になって、古いつき合いの人だけでなく、知り合ったばかりの人にも耳のことを打ち明けるようになった。人々との関係は、それによって親密になったと思う。成人した子供たちも私の経験をわかってくれるようになって、親子仲も深いものになった。長年苦労をかけてきた夫は、まだ苦労している。苦労がなくなる日がくるなんて、向こうも思ってはいない。聴覚障害者との結婚生活は楽ではない。しかし、聞こえないという事実を認めてしまうと、ことはぐっと簡単になるものだ。

各章の末尾に、「声」と題した短文を添えてある。難聴をかかえる人々の半生を、ご本人の言葉を中心にまとめたものだ。登場する人々は、育ちも職業も、失聴の原因も重さもさまざまだ。自分が聴力を失ったことに関しても、達観している人がいるかと思えば、不平たらたらで受け入れている人も、まだ折り合いがついていない人もいる。彼らの話を知れば私の話にも新たな光が当たる。みんなの証言を集めることで、聴力を失えばどれほど広い範囲に損害が及ぶか見えてくるだろう。

自らの喪失体験から、私は大切な教訓をいくつか得た。うつ病や不安障害、ひどい腰痛、閉所恐怖や広場恐怖、食物アレルギーやアルコール依存にドラッグ依存、つまり、見た目では区別のつかない障害で苦しむ人々に寛容になり、理解を示せるようになった。自分で経験でもしないかぎり、何がそんなに困るのかなんて、なかなかわからないものだ。私が証言できるのは聴力低下のことだけだが、見た目でわからない障害、人に信じてもらえない障害をもつ人たちに対して、前ほど無神経ではなくなった。

人の場所感覚に聴覚が大切だということは、聴力を失って初めて知った。聴覚は錨となって、人を世界の中につなぎとめ、多次元宇宙の中心に据えてくれる。この音は後ろから、あの音は頭上から、内部からは胃の動きや心臓の鼓動が聞こえてくる。音は闇の中でも、洞窟でも、窓のない独房でも聞こえる。睡眠中にも聞こえるし、なかには昏睡中でも聞こえているケースさえある。赤ちゃんは子宮の中で音を聞いている。呼吸と同じくらい、力まなくてもできる――聞こえなくならないかぎりは。

有名な話だが、ヘレン・ケラーは聞こえないことを指して、見えないことより「ずっとひどい不幸です」と言った。耳が聞こえないと、「人の知性がおりなす世界」から切り離されてしまうからだ。私など、ヘレン・ケラーならびっくりして感謝するほど聴力が残っているわけだが、補聴器に人工内耳にその他あらゆる補助機器を総動員してもなお、聞こえにくい人たちはしょっちゅう孤立をかみしめている。

言葉を聞きとろうと気を張りつめていると、へとへとになってしまう。疲れのせいで、認知にもしわよせがくる。それでも、補助器具をつけて生活し、聞きとる時間を重ねれば重ねるほどありがたみもわかってくるし、新しいものに挑戦する度胸もついてくる。難聴が悪化しはじめた当初なら、尻込みしていたようなことも、今ならできる。聞こえないことが障害になるのは変わらないが、そのことで私という人間まで決められてしまうことはなくなった。自分のことを聴覚障害者だとは考えなくなった。今では、聴覚障害のある一人の人間だと思っている。

最後に、用語の注意点を一つ。Dが大文字のDeaf（日本語ならひらがなで「ろう」）という表記は、単に聴力が低いという診断名ではなく、政治的な主張をふくむ表現になった。「Deaf」とは、手話（アメリカ手話の場合、略称はＡＳＬ）という言語を話す人々が所属する、結束の固い文化的コミュニティの名前なのだ。なかには手話を使う一方で補聴器も併用する人もいるものの、本人がろう社会の一員であることを選ぶなら、その人はろう者ということになる。彼らはろうであることに誇りを持っている。ろう者どうしの夫婦の間に聞こえない子が生まれると、両親は安心することが珍しくない。その方が、自分たちと同じコミュニティにすんなりなじんでくれるからだ。

私たちのような中途失聴者は、正式には「難聴者」とか「聴覚障害者」とかいうことになる。私のインタビューに答えてくださった方々の中には、いみじくも自らを「聴力喪失者」と名づけた人もいた。とはいえ、重度の難聴者の多くは、「聾（deaf）」と名乗っている。現に聾にはちがいないのだし、片方の脚を失った人はたとえ義足で歩いていても「片脚」というではないか。かつては、聴力に欠損をかかえる人なら誰でも「聾」だった。みなさんのひいお祖母さんで、らっぱ形の補聴器を使っていた人も「聾」なら、きいきいと不快な音を立てる大きな補聴器を使っていたお父さんやお祖父さんも「聾」だった。現代では、私のような者を指すには「聾」は配慮に欠ける語だとされている。でも私は「聾」という言い方が好きだ。ぶっきらぼうで、元気がある。その元気が、ハンディキャップに反論する力になってくれるからだ。

人生の途上で聴力を失うということ——心のマネジメントから補聴器、人工内耳、最新医療まで●目次

1 音が消えていく

耳が聞こえなくなったのは一九七八年の早春のある日、自宅で執筆していたときのことだった。前年の夏にトルコ南西部を訪れ、かつては古代ギリシャ、のちにはビザンチンの都市となった遺跡で発掘調査に参加した体験を書いていたのだ。できれば『ニューヨーカー』誌に、特別記事として発表したい。大学卒業以来もう八年勤めている雑誌だとはいえ、この記事のことは編集者に話していなかった。トルコに行かせてくれとも言っていない。ただ、無給の休暇を三か月もらっただけだった。私が男だったら、こんなにこっそりことを運びはしなかっただろう。今なら、若い女性だってはっきり説明しそうだが、これは一九七七年の話なのだから。

発掘計画は無謀なもので、主宰の考古学者も、威勢はいいが物議をかもしがちな人物だった。帰国すると、私は執筆にかかった。気持ちは昂ぶり、はりきって、でもうっすらと不安。人生の転機を控えているときの、あの感じだ。

午前中のいつだったか、電話が鳴ったので出た。「もしもし」と言う。「もしもしー？」どうして向こうの声が聞こえないんだろう。受話器を反対側に持ちかえ、右の耳に当てた。今度はちゃんと聞こえる。耳が急に聞こえなくなると、人はさまざまな説明を考えだす。私もそうだった。耳あかがつまってるのかも。感染症じゃない？　覚えてないだけで、何か大きな音を聞いたんじゃないかしら。前にも一度、大音量のロックコンサートのあとで、まる一日近くも耳が聞こえなかったことがあったからだ（一九七六年三月、マディソン・スクエア・ガーデンのザ・フーだった）。あのときは自然に治った。だから今度も大丈夫だろう。だめでも、病院に行けば治してもらえる。

時間がたつにつれて、目まいがはじまり、耳はバチバチといいだした。大きい音は増幅されてうるさいし、驚いてしまう。頭をすっきりさせようと外に出たものの、通りかかった市バスのエアブレーキのぷしゅうっという響きが、体に叩きつけられるようだった。家へ帰っても、電話のベルはきんきんと耳を刺し、ヘアブラシを落とせばがしゃんと鳴る。夜になって、もうすぐ夫になるダンが帰ってきた。いつもと同じように歩きまわり、いつもと同じことをしている——紙をめくり、カウンターに食器を並べ、テレビを見て、床の上で椅子をきしませる。どれも昨日までの音とちがったし、何もかもが痛いほどうるさかった。

それからの数週間でバチバチという音は退いてゆき、過敏さもようやく落ちついたものの、音は聞こえるようにならなかった。病院へ行ったが治らない。別の病院に行っても、原因さえわからないという。ときおり、まるで思い出したように聴力ががくん、がくんと落ちていく。はじめのうちはたまのことだし、いちいち驚いていたが、どんどん回数もふえてくる。そして三〇年たつころには、左は重度難聴となり、右もあとを追いつつあった。

たくさんのものを聞きのがしてきた私だが、特に印象深いできごとが一つある。二〇一〇年に父が死んだ。父が病気になってからはずいぶんいっしょにすごしたのに、容態が悪化したときには居合わせなかった。父から私への最後の言葉は電話ごしで、私にはわからなかった。

父は一九三センチ一〇四キロ、靴は三三センチだった。第二次世界大戦と朝鮮戦争では海軍にいて、母にはずっと、世界一周のクルーズに行こうよと言いつづけていた。彼のような大男にも狭苦しくない場所は、海くらいしかなかった。私が子供のころはセールスマンをしていて、毎週のように出張していた。『セールスマンの死』の主人公、ウィリー・ローマンのようにサンプル品のケースをたずさえ、メイシーズやヒューーツラーズ、エイブラハム&ストラウス、ブルーミングデールズなどの百貨店を回ってアロー印のワイシャツを売りこみ、仕入れ担当者を食事や酒の席に連れだしていた。ウィリーの科白にもあるとおり、セールスマンとしての成功は人に好かれるかどうかで決まる。父はみんなに好かれていた。

引退してからは、がんこなまでになんでも自分ひとりでやろうとした。両親は八〇代になってもまだ、自宅で暮らしていた。退職後の父の仕事は、母の介護だった。やはり人の手も借りなくては回っていかないと父がようやく認めてからは、家の中が看護助手だのホスピス職員だの巡回看護師だのソーシャルワーカーだのでごった返すようになった。そんな状況にさえ父は笑いの種を見つけ、電話をとると「バウトン養老院でございます」とおどけるのだった。

父は電話ぎらいだった。電話に出ても、聞けるセンテンスは運がよくてせいぜい三つ。「よう。元気か。母さんならいるぞ」。病気が重くなるにつれてその声は力を失い、私に聞きとれる部分は少なくなっていった。自分の死について父が案じているのは何よりも、母――「おれのヨメさん」――がどうなるかだった。古くさいが、いい話ではないか。母は八六歳で、腰と心臓が悪く、記憶力を失っていた。父は自分のがんが見つかってからも長年、ひとりで母の面倒をみてきたのだ。

私がたずねていくと、父は母に聞かせないよう、私を別の部屋に呼んで心配ごとを打ち明けるのだが、母には一つ残らず聞こえてしまう。母を私のところへ呼びよせてはどうだろうなどと話していると、向こうの部屋から「あたしゃここがいいんだからね」と大声がするのだった。

父が亡くなる直前、私は明日の飛行機でそっちへ行くからと伝えるため電話をした。受話器は看護師さんが父の耳元にあててくれていた。「パパ、大好きよ。じゃあ明日ね」と言い、看護師さんが受話器をとり戻すのを待っていたら、父の声がした。声がしたとわかるのが精いっぱいだった。きっと「じゃあ、またな」だったのだろう。

＊＊＊

向こう見ずな結婚をしたのは二〇のとき。相手は高校時代の恋人で、五年間泣きくらして別れた。不幸な結婚の次は、ほかに相手のいる人と、つらい、嵐のような恋をした。なにしろ七〇年代のことだから、自分のものにしたかった男への面当てに、ほかの男たちと簡単に関係を持った。そのころ、オペラを知った。それも、メロドラマ満開のイタリアオペラだ。『ラ・ボエーム』や『椿姫』を聴けば、自分のみじめな毎日が悲劇のロマンスに格上げされるのだった。

勤め先はニューヨーカーだった。ある日の午後、履歴書を片手に乗りこんで、雑誌のデザインの仕事をさがしてるんですと言った。ニューヨーカー誌では、該当の部署は組版部といい、全員が男だという。タイピストならどう？　週給一〇六ドルだけど。

タイピストは何十人もいて、五〇がらみのボスの名前がハリエット・ウォールデンだから、通称ウォールデン池。編集の世界の最下層を支える若い女性たち（のちには若い男性も）だ。

私たちはタイプした。タイプライターを使えない作家の手書き原稿をタイプした。改稿後の原稿もタイプした。編集済みの原稿もタイプした。打って打って打ち直した。秘書や受付嬢が休めば穴埋めに入り、来客全員の顔を見ることにもなった。みんな若く、教育があり、ひまだった。私の思い出すあのころのニューヨーカー社での生活は、だらだらと続くお遊びの日々だった。

使い走りや受付の仕事ではさまざまな話をもれ聞くので、周囲の動向をいやでも知ることになる。ベテランの編集者が、作家が、漫画家が、互いに関係を持ち、私たちのだれかとも関係を持った。結婚する人。再婚する人。関係者同士の結婚もあった。権威ある「町の話題」欄を担当するメーブ・ブレナン（この欄では「うだうだレディー」というペンネームを使っていた）は赤毛のアイルランド人のアル中で、ときおり一九階の女子トイレにカウチを持ちこんで眠っていた。その元夫、セント・クレア・マッケルウェイも同じくアル中で、投げつけた椅子でオフィスのドアをぶち抜いたと噂されていた。

威風堂々たる編集長、ウィリアム・ショーンの変人ぶりは有名だった。愛妻家の子煩悩で知られながらも、社内ライターのリリアン・ロスと何十年も不倫を続けた。その様子はのちにロスの手で『ニューヨーカーと私』という手記になった。私たちも、彼女がゴールディという小さなプードルを連れてショーン氏に会いにいくのを見かけたものだ。エリックという背の高い、ハンサムな息子さんを連れてくることもあった。彼女がノルウェイで迎えた養子なのだが、私たちは勝手に、実はショーンの子だろうと空想していた（考えてみたら、ショーンの息子のウォーレスとアレンは、なで肩から丸顔、短い脚にいたるまで気味悪くなるほど父親に似ていたのだから、これはちょっとありそうにない話だった）。

ニューヨーカー社のオフィスにはドアがあるから、閉めることもできた。近くのホテルにも、隠れ家のような酒場にもいかがわしい噂があり、「ロイヤルトンで昼食」という言い回しにはもう一つの意味があった。人好きのするひょうきん者の漫画家（既婚）は私の机になにやら思わせぶりな落書きを置いていった。二〇も年上の編集者（やはり既婚）に、いっしょに休みをとって、どこかで朝から晩までセックスばかりしてすごすってのはどうだいと仄めかされておぞ気をふるった（行かなかった）。一方で私は、当時は原稿整理係だったダン・メナカーとふざけ合っていた。

毎年二月には創業記念パーティーが開かれる。場所はセントレジスの屋上やプラザホテルの宴会場。料理も酒もふんだんに用意され、いつも生バンドが入っていた。配偶者の同伴は認められない。七四年のパーティーのあとで、ダンとタクシーを相乗りしてウェスト・サイドへ帰った。ダンが手を握ってくれたが、それだけで終わった。キスもなし。私は六か月後に離婚した。ダンには長いつき合いの相手がいたが、私とももときおり会っていた。たまに本気になる日があり、いつもびくびくしていた。私は悲しいオペラを聴いては泣いた。三〇歳の誕生日も近づく一九七七年、ようやくダンの部屋で同居をはじめた。その半年後、私はトルコへ旅だった。

＊＊＊

聴力の低下を経験してからも、たまに手を止めて病院に行ったりＭＲＩを受けたりはするものの、トルコ紀行の執筆に没頭していた。数か月後、一万八〇〇〇ワードもある原稿をいきなりショーン氏につき出し、読んでくれるよう頼んだ。彼は驚いた顔になりながらも、私の手から紙束を受け取ってくれた。二日後、返事があった。「実に結構」と言って、あれとこれを足しなさいとつけ加えた。「それからバウトン君。二度とやるんじゃない」。次からは前もって許可をとりなさい。

記事は一九七八年に「リポーター・アトラージ」のページに掲載され、ニューヨーカーでの初の署名記事となった。すごい興奮だったし、稿料も大金に見えた。一部はニューヨーク公立図書館に寄付した——どこかへ寄付ができるほどのお金を手にするなんて、生まれて初めてだった。

それからも、記事を書いてはショーン氏に見せた。掲載されることもあれば、採用されたのにいつまでも留め置かれ、じりじりすることもあった（彼は書き手を囲いこみたがる人で、これはよくあることだった。私が退職したときで、未掲載のノンフィクション記事のストックは二百本ほどだった。ニューヨーク公立図書館の『ニューヨーカー』記事アーカイブに添えられた紹介文によると、二〇年も経ってから手直しの上で掲載された、あるいはボツになった作品もあるという。同じ目にあった私の記事の中には、ほんの三年か四年塩漬けにされたのち、『ニューヨークタイムズ・マガジン』の特集記事になったものもある）。

一九七九年の秋、初めて聴力の低下をみてから一年半後、ショーン氏の許可が出て、私は全国科学基金の助成金で南極大陸へ行くことになった。その経験は「南緯六〇度より南へ」という題で掲載されたほか、フィクションも数篇、採用された。南極でいっしょになった中にナショナルパブリックラジオの科学ジャーナリスト、アイラ・フラトウがいた。帰国後に再会したとき、彼は私の夫に、彼女は耳がよく聞こえないんじゃないかなと言っている。もちろんそれくらい自覚にあったが、悟られていたのかと思うと恥ずかしかった。

一九八〇年の二月、ダンと結婚した。誓いの言葉は聞こえていたと思う。礼拝堂はこぢんまりした空間だったし、当時はまだ、半分しか聾ではなかったから。二人とも子供がほしくて、すぐ作るつもりだった。なのに、すぐ、自然にはできないことがわかる。不妊のことで何年も悩んだ。体外受精も三回試した。度重なる手術、嘆き、怒り――耳のことなど忘れがちだった。

不妊と難聴には共通点が多い。本人はなかなか事実を公表しようとしない。問題を指し示す表現が「不毛」だとか「荒野」だとか容赦ない。私は子供ができないことを隠していた。突然の流産を三度も経験し、そのたびに一週間は入院したのに隠しとおした。知っていたのはよほど親しい友人たちだけ。ずっとあとになり、失った聴力のことを悲しむようになってようやく、失った生殖能力のことも悲しめるようになったし、失った赤ちゃんたちを悼むこともできるようになったのだった。

でもそのときは、悲しさなど押しのけて進んだ。私たちは養子縁組の手続きに入り、これも耳の問題から目をそらすことになった。息子のウィリアムは一九八三年八月生まれ、娘のエリザベスは一九八六年の一一月生まれ。いずれも赤ちゃんのうちに迎えた――エリザベスは生まれてたった三日、ウィルは二〇日だった。不妊も悪いことばかりではない。この二人は、つらい体験がなければ出会えなかった天の恵みなのだ。

二人の初めての発語を、私は聞いただろうか？　みんなは本当に、「まーまーまー」や「ばーばー」が「ママ」「パパ」に変化する瞬間を聞きとっているのだろうか？　覚えているのは、二歳のウィルがぷくぷくの指で「あえ、なに？」と指差したこと。もっとあとになると、「パワーショベル」

「フロントローダー」「こうじげんば」だった。エリザベスは最初からつんつんしたお嬢さんで、兄をうるさがっていた。「ほっといて。あっちいって」

二人が大きくなるにつれ、私に聞こえることは減っていった。先生との面談もわからず、子供か夫に教えてもらった。学校で会合があっても、内容のほとんどは聞いていない。卒業式のスピーチも聞いたことがない。聞こえないことがたまらなく辛いときもあった。自信をなくし、もごもごと恐怖を、ぼそぼそと怒りをつぶやいた。わが子をよその子といっしょに送り迎えしても、後部座席でかわされるおしゃべりやうわさ話を聞いたことがない。

一九八八年、私が四〇で子供たちが五つと二つのとき、私はニューヨークタイムズ・マガジンの編集者になった。電話はヘッドセットで聞き、ライターたちには右側に座ってもらい、会議でも必ず、いちばん聞こえやすい場所に陣どることにしていた。それからの二〇年にさまざまな職場を渡り歩いたが（この雑誌で、科学部門で、日曜の書評欄で、ふたたびこの雑誌に戻って）、どこへ行っても、同僚たちは私の難聴をよく知っていながら一度も話題にすることはなかったし、私もけっして認めはしなかった。

＊＊＊

ダイアン・アッカーマンはその著書『「感覚」の博物誌』のなかで、ばかばかしさを意味する英語「absurdity」の語源は、耳が聞こえない、または口の利けないという意味のラテン語、surudus だと説いている。アッカーマンはさらに続けて「この複雑な語源の迷路に隠された前提は、目が見えない人や腕のない人、鼻のない人にはまだ世界があるということだ。ところが、耳が聞こえなくなれば、命綱がぷっつり切れて、人生の意味を見失ってしまう」とも記している。だが私は、この点は誤りだと考えている。人生の意味はおのずから明らかになることもあり、耳の聞こえない者も例外ではない（岩崎徹・原田大介共訳、河出書房新社、一九九六年、二二三ページ）。

そう言いつつも、その次の意見には同意せざるを得ない。「音は私たちが日ごろ味わう感覚のシチューのとろみになる。音をたよりにまわりの世界を解釈し、それと交流したり、それを表現したりできるのだ」（同二二三ページ〜二二四ページ）

私には声は聞こえるが、言葉はいつも聞きとれるとはかぎらない。話し言葉は目でも伝わるものだ。唇も読むし、身ぶりやボディーランゲージにも反応する。聞きとれなかった言葉は、脳が埋める――あるいは、埋めそこねる。たとえば、息子とその恋人が転居することになったときのことだ。「気の毒に彼女、ノナはあきらめることになるんだな」とダンが言う。「ノナって？」。お祖母さんかだれか？犬？　なんなのよ。「ノナはあきらめるしかない」。また同じことを言っている。聞きとれなかった言葉は別の言葉で言いかえてほしいのに、ダンはそれが覚えられないのだ。二回めには（三回めでも四回めでも）「ヨガを習っている教室には、行けなくなる」と言ってほしかった。文脈がすべてなのだから。

もう一つ大切なのが、語り手に注意を集中することだ。先日、アーカンソー大学の聴力学の名誉教授、ジェス・ダンサーも「騒音のある場所で視覚を伴わずに聴いたときには二〇％だった会話の理解度が、語り手の顔が見える場所では八〇％、ときにはそれ以上に上がるのは珍しいことではない」と記していた。これは聴覚についての専門職向け電子雑誌に寄稿されたもので、「成績が四倍に上がるのは『二感覚統合』の原理によるものだが、これは、二種類の感覚が組み合わさったときに、個々の感覚による情報量を単純に加算した予測値を上回る理解が得られる現象である」と続く。

「二感覚統合」は、一九七六年に言語認識が複数のモダリティでなされていることを偶然に発見した二人の科学者の名にちなんで、別名をマガーク効果、あるいは、マガーク＝マクドナルド効果という。私は読唇能力こそ中ぐらいだが、語り手に集中する力は非常にすぐれている。聴覚障害者にはありがちなことだが、私も直観的にマガーク効果を実践している――「唇を聞き、声を見ている」と言われるやりかただ。同じ効果は、音声を聞きながら字幕を読んだり歌詞カードを読んだりしても得られる。

ダンサー氏も、系統だてて読唇を学ぶことより、話者への注意の方がはるかに重要だという感触を得ている。読話（近ごろは、こちらが正確な用語だとされている）は昔からろう学校の中心的カリキュラムの一つであり、それは、二〇世紀も半ばになってようやく、アメリカ手話も一個のコミュニケーション手法であると認められるまで続いた。マンハッタンにある「聞こえとコミュニケーションのセンター」（かつての難聴者連盟）では、読話が聞きとりリハビリテーションのなかで必要不可欠な部分を占めている。

私も読話がもっとうまくなれればとは思うが、きちんと習おうと思えばかなりの時間がかかるし、その割に結果にはばらつきがあるのだ。一度、プロの読唇術師、ティナ・ラニンの話を読んだときに、習ってみようかなと思ったことがある。ラニンは生まれつき耳が聞こえなかったそうだが、ロイヤル・ウェディングのときに、ケイト・ミドルトンとウィリアム王子の間で交わされた（予測のつきやすい）会話の大半を読みとってしまった人だ。祭壇の前でウィリアムは「きれいだよ」と言い、続いて、大丈夫かいと数度にわたって訊ねている。一方、女王陛下は「あっちの方が小さい馬車に乗ればいいのに」と言っているのをラニンに「立ち聞き」されたときは、不機嫌そうな口調だったという。

面と向かって顔を合わせていても、そして、訓練を受けた人でも、読唇には苦労することがある。研究によれば、会話に使われる音のうち、唇に現れる要素はわずか四〇％と見積もられている。bとmとpは、見た目はまったく同じなのだ。その上、ひげを生やしている人もいれば、歯並びが恥ずかしいのか口に手を当てて話す人もいる。オリヴァー・サックスは『心の視力』のなかで、読唇をする聞こえない女性の言葉を引用している。サックスが話しながら彼女に背を向けたところ、その人は「先生の話が聞こえなくなりました」と言ったそうだ。

私は生まれてから長いあいだ耳の聞こえる生活をしてきたから、その点で大いに有利だ。言葉がどんなふうに聞こえるか知っているし、実際に聞こえた音と、予測できる音とを足し算することができる。つまずくのは予想外の言葉だ。犬の散歩をしていると、人はふつう「何歳になりますか?」「なんて種類ですか?」「なんて名前ですか?」ときくものだ。この三つは長さも同じだし、場所も風の音とウェストサイド高速の騒音がするところだから、私にはまったく同じに聞こえる。「この子、何歳ですか?」「チベタン・テリアっていうんですよ」「なんていう種類なんですか?」「一歳半になるんです」「なんて名前ですか?」。これはたいてい当たる。問題はこちらも同じ質問をしたときだ。マーリーはポーリーになり、バーリーになる。ファーゴはマーゴ、モリスはノリスやモレス、ノーマンにモーモン、きりがない。

ダンは話を締めくくらずに次の話題に移るのを好む——頭の中でいろんな考えが駆けめぐる上、言葉遊びも好きだし、二種類の意見に交互に言及するのが楽しいようだ。会話でもそれだから、私は置いていかれてしまう。騒音のある場所——パーティー会場、街なか、レストラン、劇場のロビー、テレビのついている待合室、読書会、エアコンの音が大きい部屋——だと、予測していた言葉さえ聞きとれないというのに。

以前はよく、疑問に思っていたことがある。夢の中の私は音が聞こえているのだろうか？　声も、口調も、音の高さやイントネーションも、以前に劣らず正確に聞こえている感じがするのだ。ようやくわかった。夢の中でなら、私も聞こえる人たちと対等になれる。フロイトは『夢判断』の中で「夢の作業は、文句や会話を新たに創造したりはしない」（高橋善孝訳　新潮文庫　上巻一八三ページ）、「それは日中の生活内での実際の会話に基づくのである」（同三一五ページ）と書いている。

ときには私も、補聴器もインプラントもはずし、静寂の中でひたすらくつろぐことにしている。つけていると、疲れる。耳を傾けるとは、何かを絞りとられるように消耗する営みなのだ。あかりを消してから夜が明けるまで、私は事実上、盲ろうと変わらない。夫がいるときは、彼が目と耳の役目をしてくれる。いないときは、犬が代わりを務める。だれかがドアをノックすると、別荘にいるときなら車が入ってくると、犬が吠える。でも、聞こえない人の多くがそうであるように、私も夜には弱気になる。煙探知機はベッドの真上にあるのだから、さすがに聞こえそうなものだ。賊が押し入ったら、犬が吠えるか、私の体に飛び乗るかしてくれるだろう。たぶん。振動やストロボ光で知らせる警報機など、聴覚障害者のための機器はちゃんとあるのだが、今のところは、犬というローテク手段を選択している（実は、これも否認といって現実逃避の一種であることがわかった。三四二ページに掲げた註の、この章の最後の部分を参照してほしい）。

聞こえる音が何もないとき、人には何が聞こえるのだろうか？『静寂を求めて（*In Pursuit of Silence*）』の著者、ジョージ・プロチュニックは世界一静かな場所をさがす旅の中で、アイオワ州のニュー・メルレイ修道院の地下にある礼拝室を訪れた。案内の修道士には、「この部屋の静かさはきついですから、慣れなくて、落ちつかない気分になりがちなんですよ」と警告された。大都市から来た人の中には、「生理的に、五分といられない」人もいるという。

ところが、部屋は思ったほど静かではなかった。ほかに修道士がいたのだ。「大柄な男で、股を大きく広げて座り、手を膝に置き、呼吸音もけっこう大きい」とはいえ、プロチュニックの感じていた平穏さは、大してかき乱されはしなかったらしい。彼は思った。修道士たちは、自分を知ろうと静寂に耳を傾けているのだ。落ちつかないどころか、帰る時間になるとがっかりしてしまった。

プロチュニックは静寂がどう聞こえたかを描写していないが、私ならできる。それは、うるさい。脳は空白を埋めようとしてみずから雑音を作りだし、ヒトの耳には耳鳴りとして聞こえる。これほどの静寂、かえってうるさくなるほどの静寂にたどり着くのは、聴力の障害が特に重い人々だけなのかもしれない。ジョンズ・ホプキンズ大学で耳咽喉科学と頭部・頸部の手術を教えるブラッド・メイ教授が説明してくれたのだが、いつもは脳に音を伝えていた聴覚器官がはたらかなくなると、聴覚系の神経細胞には調整作用がはたらかなくなり、バランスがめちゃくちゃになるという。「活動量をほどほどのレベルに下げろという目安がなくなる」からだ。そして脳は、空になった場所で自前の活動をはじめる。生まれるのは金属音のこともあれば、ジーという音だったり、ブンブンいう音だったり、いずれにしてもいっしょくたにして「耳鳴り」とよばれている。ニーナ・レインの『トライブス』に登場するシルヴィアという女性は、聴力を失いゆく経験について、「ここまでうるさいことになるなんて、だれも教えてくれなかったんですよ。（中略）このブーンって音ね。がんがん響いて、外の世界はっていうと……それしかない――まっ黒」

私の耳鳴りはおとなしいものだし、実を言うと、ちょっと好きだったりもする。ときどき音程が変化して、はてしない外宇宙が泣いているような、深遠な音にも聞こえるのだ。

＊＊＊

解剖学的な観点からいうと、内耳は人体の中でも特に手が届きにくい箇所の一つだ。その上、構造は複雑で、精緻で、骨の容れ物にしっかりと守られている。そのせいで人は、そこで何が行なわれているかをほとんど知らない。スタンフォード大学の研究者、ステファン・ヘラーの二〇一〇年の文章にも、「われわれは未だに、特にありふれた障害についてさえ、非破壊的な診断方法も持たず、個々の障害に固有の異常を正す手法も知らないままである」とあるほどだ。

私は長年にわたっていくつもの検査を希望し、こじつけでもいいから何か説明をさがし求めてきた。耳鼻咽喉科の主治医、ロナルド・ホフマン先生にはしつこく、ほかに検査はないんですか、何か試してみる治療法はないんですかとくり返した。先生はいらいらこそ見せないまでも、明らかにやや疲れた様子で、「あとは検屍解剖くらいです」と言ったものだ。解剖をすれば、内耳の異常の正体もわかるし、原因もわかる。でも今は、「特発性《イディオパシック》」という用語でがまんするしかない。英語の「イディオパシック」という響きが「イディオット（ばか、まぬけ）」と似ているのもうれしくない。なぜなら、耳が聞こえないとしょっちゅう、自分の頭が悪いような気分を味わうことになるのだから。

Voice

鳥の居場所がわからない

◎ベン・ラクソン（元オペラ歌手）

イギリス出身のオペラ歌手、ベン・ラクソンはずっと自分が難聴になったことから目をそむけてきたが、とうとうごまかしきれなくなる日がきた。その瞬間はこともあろうに、リサイタルの本番中だった。出し物はシューベルトの連作。「最初の歌が終わりました。お客さんの表情からわかったんです……うーんと……何かまずいなと。そして二曲めは、はじめることさえできなかった。そんなパターンが五曲か六曲つづいて、とうとう中断するしかなくなりました。お客様に話しましたよ。『みなさんも、私自身も、これ以上こんな目にあわせるわけにはまいりません。どうも、耳の具合がひどくおかしいのです』って。で、それでおしまい。金曜の夜のことでしたね……」。それが日曜日になるころには、片方はまったく聞こえず、もう片方は音がひどくひずんだ状態になっていた。

私はマサチューセッツ郊外の自宅にラクソンを訪ね、居心地のよい台所で話を聞いた。窓のすぐ外には野鳥のための餌やり器があり、鳥が集まっている。ラクソンはあの運命の日まで、何かが変だと気づきながらも、しばらく歌を続けていたのだという。異変を感じたときの彼は、イングリッシュ・ナショナル・オペラの『魔笛』でパパゲーノの役がついていた。練習のときに指揮者から、ところどころ声が「シャープがかっている」、つまり、正しい音程よりかすかに高いと指摘された。しかしナショナル・オペラ側は、それでもいいから続けてくれという。「オーケストラが聞きとれなくて——まるで、穴の底でみんなが鉄パイプで殴り合ってるような音なんですよ。とにかく歪んでて。それから、ソプラノの声。第一幕のすてきなデュエットを歌ってたんですが、向こうの声がFかGを超えると、猫のわめき声みたいに音が割れるんです。二つに分かれて、別々の方角へ行ってしまう。『どうしよう、これはむちゃくちゃだ。ふつうじゃない』って思いました」

その数か月後が、シューベルトのリサイタルだった。当日も、準備をしながら伴奏者に「どうすればいいんだ……音程がどこなのか聞こえない」と漏らしている。歌う場所も決められない。鍵盤の真横に立ってもみた。ピアノの長辺の先端にも立ってみた。あちこち歩きまわり、ピアノの音がいちばんよく聞こえる位置をさがした。それでも中止にはしなかった。「思ったんです。本番だとアドレナリンが出るから、きっとなんとかなるだろうって」

それからの一年は、ステロイド治療やら化学療法やらで過ぎていった。補聴器も手に入れたし、片耳の聴力は五五%残っていたので、仕事の量を減らして舞台に復帰した。こうして二年、本番中に周囲の状況がわからないストレスと孤立感にはもう耐えられないと悟り、とうとう歌はやめてしまった。

最近は、朗読と演技に活動の場を移した。出のきっかけを予測できるよう、台本は全体をおおまかに覚えてしまう。科白の長さを「勘でつかむ」ことができるからだ。取材したのは午後のことで、私たちは何時間も話しこんだが、何か実例を挙げようとするたび、彼の話はすぐに歌になってしまう——とはいってもレックス・ハリソンみたいな歌とも科白ともつかないような声で、本格的なオペラの唱法ではないのだが。人工内耳と補聴器の助けを借りて、朗読や演技のほかに、今では生徒の指導にもあたっている。

ラクソンの場合、声の音質はわかるのだそうだ。歌手が声を正しく使っているかどうか、呼吸はうまくできているか、といったことは聞きとれる――だが音程はわからない。「午前中にもレッスンがあったんですがね。いい歌手なんですよ。実にりっぱだ。こっちもちっとも困らない。私はピアノも弾けますしね。ピアノの音に倍音を聞きとるのはむりだし、あちこち弾きまちがえたりもしてるんでしょうが、自分じゃめったにわからないんだから気楽なもんです」

自宅の周囲は、妻のスージー・クロフートと二人で作りあげた、魔法のような庭園だった。家も大きくて、居心地のよさそうな部屋がいくつも広がっている。私が訪ねた日には、子供や孫がたくさん来ていた。連れ子のいる同士の再婚だったから、人数が多いのだ。スージーの亡くなった夫はビル・クロフートといって、歌手でもあり作曲家でもあった。彼はジャズもやりフォークもやり、ジャンル折衷の試みの一環として、ベンをはじめクラシック畑の人々とも仕事をしていた。みんな一族そろって音楽好きだから、ベンも家族での音楽作りには参加している。ただし、オペラのときの声は使わない。

「鳥の声は聞こえるんですよ。いつだったか、天気のいい日にデッキに座ってたら、ばかな鳥がこんなふうに（口笛で鳴き声をまねしてみせた）鳴くんだ。音程もわかるし、物まねだってけっこう正確にできる。なのに、鳥の居場所がわからないんです。どっちを見たらいいかがわからない」

彼は笑いながらこの話をしてくれた。英国はコーンウォール地方の訛りと、陽気でへこたれない性格のおかげで、何もかも、本当は思ったほど悲惨ではないのだという気にさせてくれる。「方向の感覚はなくなっちゃいましてね。どんな音でも同じです……スージーに呼ばれるとするでしょ?……ときどき、プチかんしゃくが起きるんですよ。「だいたい、どこにおるんじゃ？　二階か一階か、はっきりせんかい！」ってね。と彼はまた笑った。「おかしいでしょう」

ラクソンはボストンのジェフ・プラントという人にみてもらい、人の言葉を理解する練習をしたという。プラントには音楽家の患者も多い。「先生と実験しましてね。まずは本気で、そこそこ力いっぱいの声で歌ったら、音程はあっちこっちへはずれちゃった。ところが、次はふわふわっと、しかもテンポも速めて歌ったら、今度は音程が合ってたんです。ま、自分ではどっちも正しく歌ってるつもりだったんですがね」そう言って彼は私に、プラントに会ってみるといい、仕事ぶりを見学させてもらうといい、と力をこめて勧めた。

ベン・ラクソンはただならぬ挫折に見まわれた。歌手としての人生は終わった。職業上のコース変更を強いられ、あともどりはきかない。それでも彼は前向きだ。私はこの本の準備のためたくさんの人に会ってきた。そんな中でも、彼こそは、受容という掴みどころのない状態――私だってまだまだだ――に至ることができた、唯一の人だと思っている。

2

理由をさがさずにはいられない

難聴については、こんなジョークがある。ある男が主治医に、うちの女房は耳が遠くなってきたような気がするんですと相談した。すると医者が、テストの方法を教えてくれた。「奥さんが台所で皿を洗っているときに、四メートル半後ろから何か質問をしてください。返事がなかったら、少しずつ近づきながら、聞こえるまで同じ質問をくり返すんですよ」。男は家へ帰ると、妻の四メートル半後ろで「晩めしはなんだい」と言ってみた。返事がないので、三メートルまで近づく。やはり返事がない。一・五メートルの距離で言ってみる。まだ返事がない。とうとう彼は、奥さんの真後ろで「なあ、晩めしはなんなんだい」と言った。奥さんは答えた。「もう四回めだよ、鶏肉って言ってるでしょうが！」

難聴には二種類ある。伝音性難聴と感音性難聴だ。感音性難聴はすべての難聴の九〇％を占め、ほとんどが加齢か騒音で起こる。最も多い原因は、内耳の有毛細胞の損傷だ。ときには、脳へ音を伝える聴覚神経が損傷されている場合もある。感音性難聴（ふつうはＳＮＨＬ、突然発症したケースはＳＳＮＨＬと略される）が元に戻ることはめったにない。

子供の場合、後天的に聴力が落ちてきたら、いちばん多いのは伝音性難聴だ。耳あかが詰まったといった単純な理由もあれば、構造の異常など、ややこしいものもある。耳あかは病院へ行けば簡単に取ってもらえる。しろうとが綿棒で取ろうとしても、よけいに押しこんでしまうだけだ。外耳道に異物が詰まった場合も同じで、おはじき、おもちゃ、そのほか子供が、ときには大人が耳に押しこむ可能性のあるものの一切、病院ではすぐ取れる。一方、外耳道の炎症でも一時的に伝音性難聴になりうるが、これは痛みもひどいし、はたから見てもすぐわかる。

中耳に由来する伝音性難聴は、中耳炎によっても起こる。中耳炎は子供ではありふれた病気で、症状といえば耳の痛みが有名だ。炎症が慢性化してなかなか治らない子では、耳にたまった水を抜くため、手術で鼓膜チューブを挿入することもある。成長につれ、チューブは交換しなくてはいけない。

伝音性難聴は、ダイビング、急激な気圧の変化、突然大きな音にさらされるなどして、鼓膜に穴があいて起きることもある。どれも痛みを伴い、自然に治る場合もあれば、そうでないこともある。そのほか、耳硬化症、骨の肥大、腫瘍など、中耳の構造に異常が起きる場合もあって、手術で治るもの、補聴器が役にたつものもある。

難聴は年齢とともに増える障害だが、若年者に起こらないわけではない。米国医師会雑誌（JAMA）に発表された二〇一〇年の論文によると、一二歳から一九歳の年齢層でも、調査対象の一九・五％に聴力の障害がみつかっている。二〇一一年二月の研究だと、米国の四五歳から六四歳の成人で一八％、六五歳から七四歳で三〇％、七五歳以上で四七％だが、これが八〇代まで長生きすると一気に九〇％にまではね上がる（私の母は八〇代後半でもよく聞こえたから、非常に珍しい例外ということになる）。心臓や血管の病気は低周波域の難聴と強い関連性がある。心臓疾患の原因になる動脈の肥大は、同時に難聴にもつながるからかもしれない。

聴力の障害はふつう障害の重さで分類され、軽度、中等度、高度、重度と呼ばれる。分類の基準を知るには、まずは測定のしかたを理解しなくてはならない。測定のしかたを理解するには、デシベル（dB）という単位になじまなくてはならない。デシベルというのは音圧レベルのちがいを表す単位で、二つの音が一デシベルちがうと、ちょうどわかるかわからないかくらいの差になる。

その人が聞きとれる最小の音を、聴力閾値と呼ぶ。軽度の難聴者とは、聴力閾値、つまり聞こえる範囲でいちばん小さい音が、健常の人々より二六デシベルから四〇デシベル高い人たちのことだ。健常者より四一デシベルから五五デシベル大きくしないと聞こえないのが軽中等度の難聴で、中高度が五六デシベルから七〇デシベル、高度というのは七一から九〇デシベル低下した状態をいう（私の場合、よい方の右耳は低周波域で七〇デシベルだが、高音域になると九〇デシベルにまで落ちる。雷は聞こえるのにサイレンは聞こえないのも、これで説明がつく）。正常より九一デシベル以上低下すれば、重度の難聴ということになる。

どんな人でも、聴力低下の程度は音域によってばらつきがある。感音性難聴の場合、大半の人が高音域から先に聞こえなくなる。人の話し声では中音域から高音域までがよく使われる。周波数と音量をグラフ化した「聴力図」を作り、人の話し声に出てくる音を示すとちょうどバナナの形になることから、俗にスピーチバナナといわれている。そのため、難聴は軽度の人でも、会話になるととたんに理解しにくくなるのだ。

聴力の閾値は、特に何もなくても三〇代のころに自然と上昇をはじめる（言いかえれば、聴力の低下がはじまる）。ハーバード大学医学部耳科学咽喉科学教室のシャロン・クヤヴァとチャールズ・リーバーマンの意見では、原因は加齢と騒音の組み合わせだろうという。

＊＊＊

さまざまな病気や薬剤、外的条件などによって聴覚の機能が損傷を受けることもある。シスプラチンやヴァイコディン、全身性エリテマトーデスなどの自己免疫疾患、ライム病、各種のウイルス感染、聴神経腫瘍、メニエル病、そして、これらを大きく引き離して断然多いのが騒音だ。中ぐらいに大きな音に長期間さらされた場合と、突然、非常に大きな音に遭った場合とがある。おおもとの原因はこんなにばらばらなのに、内耳の有毛細胞や脳に音を伝える神経などに与える損傷がこんなに似ているのはなぜだろう？　共通の要素はなんだろう？　病気や薬、騒音などにさらされたとき、内耳では何が起きるのだろう？

内耳には「蝸牛《かぎゅう》」という小さな器官がある。骨の中にあいた空洞で、大きさはエンドウ豆程度。二回転半巻いたうず巻き状で、カタツムリの殻に似ていることからその名がついた。音の正体は振動。中耳にある三つつながった骨（その一つ「あぶみ骨」は人体で最も小さい骨だ）で増幅されてから蝸牛に伝えられる。蝸牛は液体で満たされているので、この液が揺れると、コルチ器にびっしりと並んだ有毛細胞に揺れが伝わる。

コルチ器の有毛細胞は四列に並んでいる。うち三列は外有毛細胞で、液体の中を進んで鈍くなった揺れをキャッチし、機械的インパルスに変換する。残り一列の内有毛細胞には、それぞれに対応する周波数が決まっている。担当の周波数に反応すると、やはり特定の周波数にだけ反応する聴神経細胞に向けて神経伝達物質を放出する。神経細胞は聴覚神経を経由して脳へ音を伝える。信号は最終的に聴覚皮質に届き、単なる音が、話し言葉や鳥の鳴き声、車の通過する音などとして認識される。聴覚皮質でのこの変換のおかげで、私たちは「ア」と「エ」、「ブ」と「プ」、「チュ」と「シュ」などのよく似た音を聞き分けられるわけだ。皮質による処理はこの本の範囲を超えるので扱わないが、「私たちは脳で聞いている」とだけ言っておこう。聴覚器官はただ信号を伝えるだけだが、この信号が届かないのでは、せっかくの脳も仕事にかかれない。

聴覚障害では、最初に外有毛細胞を失うケースが多い。内有毛細胞は無傷のこともあるが、外有毛細胞による機械的な信号が入ってこなくなるのだから、蝸牛のはたらきも元のように精密にはいかない。一部の神経細胞は、本来なら担当でない周波数にも反応をはじめ、ごちゃまぜになった信号を脳へ送りはじめる。主なダメージは会話の理解だ。「ベッド」が「ペット」に聞こえ、「チョーク」が「娼婦」に聞こえる。ジョンズ・ホプキンズ大学のブラッド・メイはこれを「脳で起きる聴覚障害」だという。私が初めて人工内耳を埋めこんだとき、がんで療養中の友人に手伝ってもらって聞きとりの練習をしたものだ。彼女が文章を読み上げ、私が内容を理解する。あのころは、なんとも面白い聞きまちがいの連続だった。あるときは、「タイガー・ウッズは人目を避けて引きこもり、楽器を飲んでいる」と聞こえた。彼女が手にしているのは『ピープル』誌だ。正解は「雑誌を読んでいる」

外有毛細胞は大きな音、ある種のウイルス感染、偏頭痛、耳に有害な薬、加齢などで傷つく。このタイプの聴力低下はよく神経の損傷だと説明されるが、厳密にいうとそうではない。聴覚神経に変化はなく、傷つくのは聴覚神経に連絡する有毛細胞だけなのだから。本物の神経の損傷は、腫瘍のほか、帯状疱疹などのウイルス感染で起きる。この帯状疱疹では、聴覚神経と有毛細胞の両方が一度に冒されることもある。加齢も同様で、両方ともにやられる人もいる。

有毛細胞損傷による影響はわかりにくく、それだけにたちが悪いとメイは言う。「人がしゃべっている声は聞こえるのに、内容はわからない。ほとんどの人にとっては、問題は聴力ではない。周波数のチューニング能力が失われるから大問題なんです」。通常は高周波が最初に失われるが、大半の人は、もっと低い音に影響が出るまで聞こえの問題に気づかない。メイはさまざまな分野から聴力の低下という問題にとりくんでいる人物だ。それもそのはず、学部はインディアナ大学で動物学、博士号はミシガン大で生体心理学、さらにジョンズ・ホプキンズ大学で生物医学工学の学位も取得したという人なのだ。

難聴も軽度から中度のうちは、静かな部屋など、条件のよい環境でなら聞きとりができる。ところが、聞こえない周波数が増えすぎると、いくら恵まれた条件でも人の話が聞きとれなくなってしまう。

信号が混線することで起きるもう一つの困難は、いらない音にフィルターをかけるのが難しくなることだ。レストランの喧騒、バスのエンジン音、換気扇や空調のうなりなどを無視できない。ときには、二人か三人が同時に発言するだけでくっつき合って識別不可能な背景音になるし、広くて反響のよい部屋だと、音がこだましてわからなくなる。近くに声の大きい人が一人いるだけで、目の前にいる連れの声にかぶさってくる。いずれも、かき消されるものは同じ。「相手の声」だ。

補聴器の機能は音を増幅することだから、音そのものは聞こえやすくなる。しかし人間の耳のように不要な音を捨てることはできないから、歯がゆい思いをすることにもなる。特に、雑音の多い場所ではなおさらだ。

私の耳の中で傷んでいるのが仮に有毛細胞だとしたら、きっと、雹《ひょう》が降ったあとの麦畑みたいに細胞がぺたんと倒れているのだろう。麦畑のたとえは、シャロン・クヤヴァが二〇一一年の全米難聴者協会（HLAA）の大会での講演で使ったものだ。四つの列（脳につながる内有毛細胞一列と、外有毛細胞三列）に並んだ細胞はいずれも、先端に一本ずつ、不動繊毛という小さな毛が直立している。これらの細胞は「微細なフィラメントで互いにつながっているから、音が入ってきたときに細胞の屈曲が隣へ伝わるのです」と言う。この動きが引き金となって神経伝達物質が放出されるわけだが、あまりに大きな音がすると、この有毛細胞は平たく伏せてしまう。音の大きさが限度を超えなければ、倒れた細胞もいつかは元に戻り、聴力閾値の変化も一時的なもので終わる。

ところが、クヤヴァとリーバーマンの発見によれば、たとえ閾値が正常に戻っていても、取り返しのつかない損傷が残っていないともかぎらないという。マウスを使った研究から考えて、中程度であっても持続的な騒音と、数十年後の老人性難聴の進行スピードには、驚くほどの関連があるという。損傷が起きているのは有毛細胞そのものではなく、蝸牛神経節の細胞だという。有毛細胞は脳へ情報を送る過程で、蝸牛神経節の細胞とも連絡をとっているのだ。

聴力は元に戻っても、損傷はほとんど瞬時に起きている。クヤヴァとリーバーマンの二〇〇九年の論文にあるとおり「蝸牛神経節細胞の将来の運命は、曝露から二四時間以内に決まってしまう」。有毛細胞そのものは無傷でも、有毛細胞と神経細胞の間のシナプスの連絡が断たれるのかもしれない。二人の意見では、シナプスが被害を受ければ、雑音の中では人の話がわからない、耳鳴り、聴覚過敏など、さまざまな認知上の問題につながりかねないという。

聴力の低下といえばとかく加齢によるものと思われがちだが、耳が最も騒音に弱いのは、実は子供のときだという。先の二人はマウスでの実験で、耳が丈夫になるのは生後およそ八週間後であることを示した（人間でいえば二〇歳前後にあたる）。マウスは五週間で性的に成熟することから（まずは雌で、雄は後）、あるいはホルモンの変化が蝸牛の機能を変化させ、騒音への耐性も変わるのかもしれないという。

仮にこれが人間にも当てはまるのなら、一〇代の子供たち——どこにでもｉＰｏｄやウォークマンを持ち歩き、ゲームにスポーツ観戦、ロックコンサートに行きたがる年ごろだ——は、とりわけ無防備な耳にこうした大音響を浴びていることになる。

もう一つの傷つきやすい年齢層である生まれたての赤ちゃんだが、新生児ＩＣＵではとぎれることなく音がしているし、神経質な赤ちゃんが寝てくれるといって、ときに使われるホワイトノイズ発生器も害になっている可能性はある。これもマウスの実験だが、ジョンズ・ホプキンズのブラッド・メイとアマンダ・ロウアーは、内側オリーブ蝸牛系（ＭＯＣ）が脆弱な、あるいは欠けている（新生児の健診ではしばしば見のがされている点だ）子ネズミがその後どうなるかを調べた。二人は考えた。ＭＯＣの役割は、休みない背景音にさらされたときに、未熟な聴覚系の正常な発達を守ることではないだろうか。

この仮説を検証するため、二人はＭＯＣ遺伝子のスイッチを切ったマウスを使った。「騒音の中で育てたノックアウトマウスは、素早い音声を処理する能力が低い」と彼らは二〇一一年の論文に記している。「解剖学的にも、また生理学的にもさらなる評価を行なったところ、この知覚上の弱さは、聴性脳幹のシナプスの欠陥と関連があるとわかった」。マウスの脳幹部は、主だった構造はヒトと共通だ。ロウアーとメイの論文は、新生児と騒音について重要な疑問を投げかける。

たいていのヒトには正常なＭＯＣがそなわっているから、持続する騒音にも耐えられる。しかし中には、万全とはいえないＭＯＣを持って生まれてくる者もいる。赤ちゃんが生まれれば難聴の有無は必ず調べるが、ＭＯＣが不完全でも、通常の検査では引っかからない。そんな赤ちゃんがたまたま新生児ＩＣＵで機械音にさらされたら（もちろんそんなことになるのは、明らかな緊急事態にある子ばかりだ）、あるいはホワイトノイズ発生器の音を浴びせられたら、聴覚神経障害のリスクを負うことになる。

メイの説明によると、ホワイトノイズは「すべての周波数を含むため、すべての神経が同時に、しかも休まず発火を続けることになる。ある箇所だけが反応し、ほかは反応しないという状態はあり得ない。一部のシナプスを強め、一部のシナプスを弱め、という変化もない。聴覚系は情報を処理することができない。音は聞こえる。音の存在はわかる。しかしある音と別の音を区別することはできない」

それによる損害は、子供が学校で勉強につまずくか、言葉を話すのが遅れるかするまで明らかにならない。聴力図を見ても、聴覚は正常に見える。ところがメイは「もっと精巧なテストをすれば、お子さんが言葉を処理できていないのがわかります。言語が処理できないのは、音のタイミングをうまくコード化できないからです」。この聴覚神経障害についてはまだよくわかっていない。二人の行なった実験も、その原因をさぐるために動物を使った、初の試みだったほどだ。

＊＊＊

同じ騒音を浴びても、被害の受けかたには個人差がある。生まれつき耳が丈夫なのだとしか思えない人がいる一方で、弱い人もいる。クヤヴァとリーバーマンの仮説のとおり、一部の人は騒音にさらされることで老年性難聴の進行が速くなったり、発症の年が早くなったりするのかもしれない。それどころか、リーバーマンにハーバード大学でインタビューしたところ（クヤヴァは不在だった）、もしかしたら、加齢による聴力の低下も、実は騒音によるダメージが蓄積したものなのではないかという疑問を口にしていたほどだ。

騒音が非常に少ない地域に住む人々を対象にした調査も、これまでにいくつか行なわれている。一つはイースター島の調査、もう一つはスーダンのある地方で行なわれたものだ。スーダンのこの地方では、一〇〇歳を超えた老人であっても聴力には問題がないという。また、聴覚の完璧なイースター島の大人たちも、より産業化の進んだチリに移民すると、数年で聴力低下がはじまるとわかった。こうした結果は「耳は一〇〇年生きて働いて、なお壊れないことが可能だっていう証拠ですよ」とリーバーマンは語ってくれた。一つの可能性としては、騒音がなくなれば騒音由来の難聴もなくなるのかもしれない。

ただし、ことはそう単純ではない。こんな例があるからといって「バウトンさんやぼくがスーダンへ行けば同じことになるとはかぎらないんです。どう見ても、遺伝子のちがいもはたらいてる。スーダンの部族民は、内耳を保護する遺伝子を持っているのかもしれません。耳の丈夫さ、傷つきやすさに関しては、遺伝の影響が非常に大きいことがわかっているんです。音による外傷にもそれは当てはまります」

耳の丈夫さの遺伝子については、ジョンズ・ホプキンズの疫学者フランク・リンが興味深いパターンを示した。難聴のリスク要因の一つに、肌の色があるというのだ。肌が白ければ白いほど、リスクも高くなる。「白人の中でも色白な人が、最もリスクが高いんです」と、リンは説明してくれた。「色の黒さというのは皮膚の色ですからメラニンの量で決まりますが、このメラニン、内耳にもあるんですよ。皮膚のメラニン量と内耳のメラニン量が一致している可能性は大いにある——皮膚が黒いほど、内耳にも色素が多いとかね。もしかしたら、メラニンが活性酸素を除去するなどして、長期にわたるダメージの蓄積から内耳を保護しているのかもしれませんね」

これは単なる面白ネタではなく、未来の治療法への手がかりでもある。薬を開発するなら、どこを狙えばいいかのヒントになる。「メラニン形成細胞を刺激するホルモンに類似した合成の物質は、すでにできてるんです。中年以降の聴力低下を遅らせたり、軽くしたりするのに、これが使えるでしょうか？

動物実験では、もしかしたらいけるかも、と思わせる結果も二つ三つ、出てはいます。あらかじめメラニン形成細胞を刺激するホルモンで処理しておいた動物に、内耳に有害な物質を与える。すると、偽薬を与えた動物にくらべて、聴力の低下も内耳の損傷も、多少は防げました」

残念なことに、色素と難聴の関連は、せっかく示されても健聴の科学者はなかなか注目しない。「この件にかぎらず、加齢と関連する聴力低下とか、その予防とかは、優先順位が低いんです。年をとるってのはそういうことだし、ささいな問題だと思われているからですよ」

＊＊＊

耳に悪い条件にさらされても全員が難聴にならない以上は、遺伝的にも耳を守る要素がありそうだ。

ニール・G・バウマンの『耳毒性薬物の曝露――耳にダメージを与える処方薬や治療、化学物質、植物についての衝撃的な真実（*Ototoxic Drugs Exposed: The Shocking Truth About Prescription Drugs, Medications, Chemicals and Herbals That Can (and Do) Damage Our Ear*）』（今は第三版になっている）には、難聴の原因になるかもしれない（ならないかもしれない）すべての薬剤について、七九八ページもの情報を載せている。ヴァイコデンやオキシコンチンのような鎮痛剤も載っているし、アスピリンやブルフェンも大量に服用すれば一時的に、あるいは永久に聴力が下がることがあると書かれている。化学療法に使われるシスプラチンや、いくつかの抗生物質、ループ利尿薬、キニーネなどに強い毒性があることも知られている。ニール先生（バウマンはこう呼ばれるのを好む）は難聴当事者の大会での講演に年じゅう引っ張りだこという人気者で、『助けて！　耳が聞こえなくなる　私はどうすればいいの？（*Help! I'm Losing My Hearing-What Do I Do Now?*）』など、著書も多い。

頻度は低いものの、ほかの病気の症状の一つとして感音性難聴になることもある。たとえばアッシャー症候群やペンドレッド症候群など、もっと目につきやすく深刻な症状が特徴ではあるが、難聴も起こす病気は何十もあるのだ。

遺伝子で決定される難聴のうち、遺伝で受け継がれたものは七〇％。ただし、そのことが必ずはっきり見えるとはかぎらない。異常が子世代を飛び越えて孫に出ることもあるし、生きていれば難聴になるはずだった子が、幼くして亡くなることもあるからだ。発症の年齢にはばらつきがある。男性だと発症のピークは一九歳から三四歳。女性はもっと幅が広い。一九歳から六五歳以上まで、山もなく一様に分布する。

感音性難聴がある日急にはじまったなら、爆発音など、文字どおり「耳を聾する」音にさらされたせいかもしれない。他方、原因がわからないこともある——生まれつき脆弱性をかかえていたところに、音や薬や病気が重なったのかもしれない。同じように「突然」といっても、最初からいきなり高度、ときには重度からはじまる人もいれば、進行が異様に速いという例もある。私はこちらだった。正式には、周波数を少しずつ変えた純音の三種類を聴く力の低下が、三日以内に三〇デシベルを超えた場合を突発難聴と定義している。ふつうは片耳だけに起こり、元に戻ることもある。

「突然起きる」と「進行する」が同時にみられることも珍しくはない。私の場合も聴力には波があったが、最後には不規則にとはいえ下がる一方になった。考えられる理由はたくさんあるにもかかわらず、原因が特定できる人は一〇%から一五%にすぎない。原因不明——またしても「特発性」といわれてしまうのだ。

＊＊＊

私の難聴は、聴力図に表れた低下のパターンからみて、音響外傷性ではないらしい。マディソンスクエアガーデンのザ・フーは関係なかったことになる。三〇代のときの聴力図を見ると、右耳の聴力は正常だ。低音域から高音域まで、水平線になっている。それに対して左耳のグラフには凹凸がある。低音域の中等度の喪失ではじまり、中音域は軽度で山の頂上になり、高音域（四〇〇〇ヘルツから六〇〇〇ヘルツ）はがくんと高度から重度へと落ちこんでいる。ちょうどマッターホルンのような形だ。

音響外傷性の難聴だと、全部の領域にわたってまんべんなく低下しやすい。マッターホルン形のグラフから、私のは音が原因ではないとわかる。中音域から高音域が聞こえにくいのを見れば、左の耳で会話を聞きとる力がひどく落ちていたのがわかる。でも右耳でカバーしていた。脳の中で言語を（少なくとも、文法や語彙を）担当するのは主に左半球だから、それも有利だったのかもしれない。もし悪くなったのが右だったら、左耳で補うのはもっと大変だっただろうか、とは何度も考えたものだ。左右の分担は固定したものではないが、右側は単語よりも、イントネーションや文脈、分析的スキルなどに偏っているそうだから。

三〇年の間にMRIは三回受けて、毎回、音響外傷性ではないという結果になった。CTは一回で、前庭の障害も除外された。メニエル病だった可能性はあるが、メニエル病自体も原因不明で、ほかの原因が全部ちがうとわかった場合につけられることも多い。今のところ、メニエル病を診断する検査方法はない。ただし、内耳を検屍解剖すればわかる。耳鼻咽喉科の主治医がご親切にもご推薦くださったのと同じだが、私にはまだ早すぎる。メニエル病の症状には、聴力の低下（たいていは片方だが、必ずというわけではない）、断続的な目まいのエピソード（私は六〇代になるまではじまらなかった）、耳鳴り、耳が詰まっている、圧迫されているという感覚などがある。

メニエル病で目まいが起きるのは、内耳にリンパ液がたまるせいだ。液の量が増えすぎると、内耳を二つの室に仕切っている膜が破れ、カリウムの多い内リンパとカリウムの少ない外リンパが混ざってしまう。化学的組成のちがう液が混ざると、感覚は大混乱を起こす。前庭神経もリンパ液に浸り、正しく機能できなくなる。

自分の難聴に説明をつけたくて、知られているかぎりの自己免疫疾患の検査を受けた（「知られているかぎりの」がかんじんなところだ。自己免疫疾患は八〇以上も知られているし、診断が難しいものも多い）。ある種の偏頭痛はあったかもしれない（ただし、頭痛はないタイプの）が、目まいがはじまったのは最近のことだし、まぶしさや大きい音などでも多少悪化するかなという程度でしかない。それに、偏頭痛でもメニエル病と同様、たいていは片方の耳しか悪くならないのだ。

長年の間に、ウイルスの検査は何十回も受けた。シスプラチンの治療を受けたことはないし、ヴァイコディンも飲んだことはない。大量に飲んだ薬は一つもない。子供のときには麻疹もおたふく風邪も猩紅熱もやったし、扁桃腺はあんまり感染が多いので五歳のときに切除したが、どれも、二五年もたってから難聴になるものではない。

答えを求めて、さんざん考えた。インターネットでは次々と用語を変えて検索した。新しいお医者さんにかかるたび、新鮮な意見を求めて質問した。一度などは、『ニューヨークタイムズ・マガジン』で「診断」というコラムを担当しているリサ・サンダースに助けを求めたことさえある。正体のわからない症例を出されては、しつこく調べあげるのが売りの人だが、悔しいことに、この人にさえ何もわからなかった（このコラムはTVドラマ『ドクター・ハウス』の着想の元にもなったし、彼女自身もドラマのアドバイザーを務めた。ハウスだったら私の難聴の原因をつきとめられるにちがいない）。

スタンフォード大学の「難聴を治すための第一歩」の一翼を担うジョン・オガライも、大半の感音性難聴では正確な診断がつかないと指摘している。私が大学にオガライを訪ねたのは二〇一二年の春のことだった。キャンパスは活気があり、大規模な新築工事が行なわれている一方で、建設現場のすぐ隣には花が咲き乱れていた。スタンフォードの耳咽喉科は意欲的で、予算にも恵まれ、難聴の治療法に関しては、全米でも特に重要な研究のいくつもがここで行なわれている。

オガライの研究室では、難聴の原因がなんなのか正確に知るため、ヒトの蝸牛の内部を見る装置を開発中だという。装置の説明をしてくれるオガライに、私は「それが完成したら、だめになった私の有毛細胞も見られるようになるんでしょうか」と質問した。すると「有毛細胞がだめになっているなんて、だれに言われたんですか」と問い返されてしまった。どういうことだろう。「だって、感音性難聴ですし……」

「だれか、見たんですか？」というのは修辞疑問だ。ホフマン先生にも言われたとおり、有毛細胞を見るには解剖しかないと、二人とも知っているのだから。「まだ、ちゃんとあるかもしれませんよ。蝸牛の中には、有毛細胞以外にも具合が悪くなるところはあるんです。それが原因で有毛細胞も失われることはありますが、最初は、神経だったかもしれない。内リンパ液を作る細胞かもしれない。リンパ液がいけなかったのかもしれない。有毛細胞を支える、支持細胞かもしれないんです」

オガライが開発中なのは、光干渉断層撮影を元にした手法だ。超音波に似ているが、代わりにレーザーの光を使う。その方が解像度が優れているからだ。眼科ではすでに、網膜の中を覗くのに使われている。非侵襲性の検査だし、苦痛もない。

試作機はもうできていて、防音室に置いてあるのを見せてくれた。製作の中心になったのはサイモン・ガオ君といって、工学部の修士課程の学生だ。試作機はあまりに大きいものだから、部屋にはほかに小さな机しか入らない。装置にくくりつけられているのは、一匹のマウス（あまり快適そうには見えない）。ガオ君が覗きこんでいるコンピュータのディスプレイには、マウスの内耳が表示されている。巨大な装置に小さなマウスだから、よけいに小さく見える。私が三四丁目に立ったなら、メイシーズのへラルド・スクエア店（「世界最大の百貨店」を自称している）との対比でこんな感じに見えることだろう。

これから一年以内に機械部分を小型化して、スーツケース一個におさまるようにしたい、そうすれば耳咽喉科で使えるようになる、とオガライは語ってくれた。そうなれば、一年後には私のような難聴の例も、これは内有毛細胞が、こちらは外有毛細胞が消えている、神経細胞が傷ついている、支持層の細胞が傷んでいる、などと説明できるようになるわけだ。手法はマウスで成功しているし、コンセプトはFDAの認可を受けている。すべての聴覚障害を診断することはできないが、内耳の不具合を鑑別する助けにはなる。ひとたび何が起きたのかがわかれば、診断方法の開発にとりかかることができる。診断がつけば、治療法をさがしにかかれる。

装置の名前は何になるのだろうか。「さあ？　さっぱりです。蝸牛内視鏡？　蝸牛スコープ？」

私はまっ先に被験者の列に登録するつもりだ。難聴になって年月がたてばたつほど問題は深刻になり、原因を知りたいという執着も激しくなった。診断のついていない難聴者にはよくあることだが、説明を見つけることにこだわるのは、治療法がないという残酷な現実を受け入れる代わりなのだ。

ほかの人が説明をつけてくれないので、私は自分でこしらえた――強引なストーリーで、証明もできないが、反証もできない。ただ、全国でさまざまな専門家と話をしているうち、だんだんありそうな話だと思えてきたのがこれなのだ。私は一九七七年にトルコに行ったとき、現地でなにか聴力に有害なものを拾ってきた。寄生虫か、ウイルスか。そして、もともと遺伝的にも脆弱だったところにスイッチが入り、最初の聴力低下につながったのだろう。

あの旅は刺激的だったが、身体にとっては過酷だった――トルコで三か月、発掘現場で働き、金をかけずに移動をした。出発したときは健康だったが、帰国したときには健康を損なっていた。聴力が落ちたのは、それから四か月か五か月のちのことだ。

むりのある計画だったが、このまま三〇になるわけにはいかなかったのだ。ニューヨーカーでの仕事ももうじき一〇年。今ここで飛びだして報道の腕を試してみなかったら、一生、雑用係で終わってしまう。

アテネへ飛んだのは一九七七年の七月三一日で、大西洋上空のどこかで三〇歳になった。持っていったのは往復の航空券と、トラベラーズチェックで六〇〇ドル。それに、トルコ南西部沿岸で発掘調査を手伝って記事にするという、とある考古学者との漠然とした口約束があっただけ。

その考古学者はアイリス・ラヴ——有名だが長く行方のわからないアプロディーテー像の探索に長年打ちこんできた人物にぴったりの名前だ。この年は古都クニドスでの発掘も一〇シーズン目で、彼女は私をボランティアチームの一員として招んでくれたのだった。

調査隊が現場に入るのは八月の第一週だと聞いていた。まずは七月末に、そこから数時間ほど北にある海岸の町、ボドルムに集合する。その間にボドルムで合流してもいいし、八月の初旬にクニドスへ直行してもいいとの話だった。私は直行を選び、八月三日に着く計画を立てた。三日なら、もうキャンプもできているはずだった。まずはアテネからロードス島へ渡り、フェリーを乗り継いでトルコの南岸に着けばいい。アイリスは、トルコに入ってからの陸路は六時間か七時間だといって、道順を教えてくれた。

一人旅は初めてで、八月のアテネは恐ろしいところに思えた。時差ぼけした頭で町に出ると、暑さと交通量、大気汚染、読めない看板、ディーゼルで走るバスやトラックにすっかり圧倒されてしまった。のちに何度も旅行するうちに私もアテネが大好きになり、あちこち歩き回るようにもなる。とりわけ早朝、主婦や商店主が舗道を磨き、一日がはじまったばかりのみずみずしい時間を愛するようになった。でも、このときはちがった。

ロードス島ゆきの夜行フェリーでは、屋根のない甲板で眠った。借りものの青い寝袋は青い木綿製（防水加工なし）で、しみ通った朝露にぬれて目が覚めた。ロードス島からは、地中海のリゾート地、マルマリスに渡る船に乗せてもらうため、自分たちで交渉しなくてはならなかった。本当なら運航しているはずのフェリーは、ギリシャとトルコの間で紛争がはじまって欠航になっていたのだ。ほかの数人の観光客といっしょに、私も真昼の太陽の下、屋根のない小さなボートで出発した。

当時のマルマリスは漁村だったが、八月の上旬には、休暇をすごす人々がおおぜい滞在するところでもあった。狭いビーチはトルコ人の家族づれで満杯で、中にヨーロッパ人も数人まざって日光浴をしており、トウモロコシの軸が散らかっていた（ここでは焼きトウモロコシが、コニーアイランドのホットドッグに相当する）。ここからは「タクシー」に乗り、内陸のダッチャという町にむかう。現在なら八〇キロの道のりで、ほんの二時間しかかからない。当時は四時間か五時間かけて、崖の上にはり出した細い道を行くしかなかった。

一台しかないタクシーはその日は出発してしまったあとで、私は窓もない小さな部屋を見つけた。もしかしたら、唯一の空室だったのかもしれない。それからビーチを歩いていて、ドイツのバックパッカーと話がはずみ、海辺のレストランで食事をしないかと誘われた。食中毒の危険があるとも知らず、私は魚とサラダを食べた。夜は眠れなかった。換気の悪いホテルの最上階に、おおぜいの相客といっしょに詰めこまれ、一階下の共同トイレへ何度も通ってすごした。

次の朝早く、バックパックを背負ってタクシーを見つけた。両サイドの開いたミニバンで、屋根には箱やら籠やら鶏やらが積み上げてある。小さな黄色いトルコ語会話文集と首っ引きで「こんにちは」「すみません」「ありがとう」と言いながら、まるまるしたトルコ人のおばあさんやしわだらけのトルコ人のおじいさんをまたぎ越え、ようやく木のベンチにすき間を見つけた。

途中で一度、泉のそばで休憩があり、鎖でぶら下げてあるブリキのコップをみんなで使い回して水を飲んだ。ダッチャからクニドスまでは本物のタクシーで行く。小さなフィアットだった。現在だと、絶景だが寿命がちぢむような海辺の道で四五分の道のりだが、当時は二時間くらいかかった。長くて、暑くて、そのうえひどく砂ぼこりにまみれた移動日だった。

こうして発掘現場のあるクニドスに入ったのは、午後も遅い時間だった。クニドスはダッチャ半島の先端、エーゲ海を見下ろす位置にあり、沖にはコス島が見える。陸軍の守備隊が海にむかい、大砲をギリシャ側に向けていた。タクシーで町に入るとき、丘の中腹に洞窟がいくつも見えた。発掘作業中は二〇〇人を超える作業員がクニドスに集まってくるが、その一部が仮の住処にする洞窟だ。今のクニドスは基本的に遺跡発掘の場所、古代の都市の跡地でしかない。かつては商業港として栄えた街で、プラクシテレスの名高い彫刻、アプロディーテーの裸像があったところだ。アプロディーテーの本物は失われ、複製ばかりがたくさん残っている。

アイリスとニューヨークで会ったときには、テントを張るのは、小さくて安全な入江に面した砂浜だと聞いていた。ターコイズ海岸を旅するヨットがよくたち寄るところでもあるという。守備隊のいる上からの眺めはすばらしかった。三日月形に弯曲したビーチは白く、水は澄みきって青い。でも人がいない。のちにみんなが食事をすることになる壁のない四阿《あずまや》も空っぽ。作業部屋の扉や窓には板が打ちつけてある。考古学者たちはまだ、基地であるボドルムにいたのだ。このときにはもう、三日に及ぶエアコンなしの旅でくたくたで、肌は日に焼け、食中毒の症状も続いていた。

小さな守備隊の若くてハンサムな隊長は、愛想がよかった。おそらく退屈していたのだろう、喜んで泊めてくれた。空いている部屋は簡易寝台一つとたくさんの物資の袋（と窓！）のある物置きしかなかったが、その代わり、ぜいたくな夕食を出してくれた。陸屋根の上、夜の空気の中、隊長は片言の英語、私は文例集のトルコ語の生かじりでおしゃべりをしているところに、部下たちがオリーブや焼き魚、茄子、それに子羊などを次々と運んでくる。最後には大きな熟れたいちじくが出てきた。隊長が指先で割り、ほぐしてくれる。中身は臙脂色で、汁気たっぷりで、小さく黒い種が散っている。甘ったるそうで不愉快だ。これは危ない。むかむかする。食べるのはお義理だった。

その晩、私は何度も何度も岩だらけの道を下って、一つしかないトイレに通った。バケツに海水を汲み、手で流すトイレだ。その水は入江に流れていった。数週間後、考古学者チームといっしょにクニドスに戻ってきてからのことだが、地元の少年たちがこの入江で捕え、岩に打ちつけてやわらかくした蛸を、みんなで食べたことがある。この夏トルコではコレラの大発生があったが、病気が広がったのもこんな事情だったのかもしれない。のちに、別の手つかずの入江でも、ヨットに乗った人たちが舟のトイレを流すのを見たことがある。

翌日、休暇中のフランス人一家のヨットに便乗させてもらって、ようやくボドルムにいたみんなと合流することができた。ボドルムは当時も今も絵はがきのように美しい漁村で、そのころにはもう、有名人が集まりはじめていた。ロックのレコード会社社長、アーメット・アーティガンの自宅があるので、彼の来客が訪れるのだ。アーティガンとアイリスは友人だった。その夏、アーティガンはミック・ジャガーとビアンカ夫人、それに幼いジェイドを連れてクニドスへ遊びにきた。私たちはみんなで、彼らのあとをついて回ったものだ。

アイリスが物資集めをするあいだ、私たちはさらに一週間ボドルムにとどまった。アイリスは四〇代半ば、馬のように筋骨たくましい女性で、肌は風雨にさらされ、短い金髪は日焼けでさらに色が抜けていた。母方の家系はグッゲンハイム家だという。活発で、大胆で、思いついたことをすべて実現できるだけの財産を持っていた。発掘のときのいつものいでたちは、非常に短い半ズボンにTシャツ、スニーカー、そしてかかとにポンポンのついたテニス用ソックスだった。どこへ行くにも必ず二匹のダックスフント、フリュネーとカルリーノを連れ歩き、それからの数か月間、ひっきりなしに有名人や金持ちの友人たちを迎えていた。来客を連れて発掘現場へ案内し、六か国語のうちのどれかを駆使して解説する。その案内ぶりはそのまま一つの演劇で、かつてアプロディーテーが立っていた一メートル近くもある土台石に飛び乗って、彫像と同じポーズをとってみせることもしょっちゅうだった。

一九六九年の七月二〇日、世界の人々がニール・アームストロングの月面第一歩を見ていたころにアイリスは、クニドスのアプロディーテーがコス島の方を見て立っていた円形の台座の、最初の痕跡を発見した。のちには、もしかしたら失われたアプロディーテーの一部だったかもしれないという彫像の破片も見つけている。最初のうちは彼女も、なにか発見があるたびこまめにアメリカ考古学雑誌で報告していた。しかし私と知り合うころには、その関心は――そして整理整頓も――下火になっていたようだ。アイリスはニューヨーク大学の美術史大学院で（博士論文のテーマを三回変更したあげく）学位取得に至らなかったが、それでもトルコ政府を説得して、複数年にわたる発掘調査の許可をとりつけている。私はしだいにこう考えるようになった。彼女はすばらしい勘に恵まれた考古学者だが、研究者として訓練を受けていないこと、記録のつけかた、大英博物館との論争などのせいで、ほかの考古学者たちからは信用されなくなったらしい。同業者の一人に「金持ちのアマチュア」と評されたとおり、彼女は一九世紀初頭にこの地を初めて発掘したディレッタンティ協会的なものへと先祖返りした存在だった。

調査のことをあとで記事にしたいということは、最初からアイリスにも話してあった。ところが、いざ『ニューヨーカー』への掲載が近づくと、内容チェック部門が裏をとろうとあれこれ質問してくるので警戒したらしい。友人であるコラムニストのリズ・スミスの協力をとりつけ、掲載を止めさせようとした。威厳はあれど浮き世離れして見えたウィリアム・ショーン翁は、初投稿にもかかわらず私の味方になってくれた。アイリスはそれっきり、クニドスの発掘はしていないようだ。

一九七七年八月の話に戻ろう。みんなとボドルムで数日すごしたのち、私たちは漁船に乗ってクニドスへ戻った。船はモンタナ印のランチョンミート缶（スパムのイタリア版だ）、五キロ入りのツナ缶、細くて長いデンマーク風のソーセージ、ペプシ、トイレットペーパー、テント、寝袋、発掘作業用の物資、それに考古学を学んでいる学生のボランティアが一八人かそこらと彼らの荷物、それにダックスフントを満載し、あまりに喫水が深いものだから舷側から手を出せば水面を撫でられるほどだった。暗くなってから出発して、夜明けに着いた。テントの設営にとりかかり、昼は休んでモンタナミートとペプシの昼食をとった。この二品はそれからもずっと、オクラと並んでわれわれの食事の中心を占めることになる。八月上旬のことで、気温は三七度を超えていた（正式の測り方ではないものの、私たちが到着する数週間前、クニドスのすぐ南東にあたる場所で、六五度という数字が出ていた）。昼食のあとは、日陰をさがして（テントは日中は暑すぎる）眠った。

それからの五週間か六週間、私は炎天下に岩山の斜面ですごし、トルコ人の男たちが掘ってきたギリシャやビザンチンの遺物の細片に注釈をつけ、分類していった。メインの発掘現場、かつてアプロディーテーが立っていたかもしれない円形の建物や劇場などははるか遠く、斜面を下った先にある。私はスペンサー・ボイドという若い女性と二人で、山側の現場の監督をまかされていた。スペンサーは二〇代前半、アイリスの知り合いだというピッツバーグの裕福な家の出身で、ここ数年は夏になると発掘現場ですごしている。三人いるトルコ人の作業員――つるはし係（もっとも熟練している）、シャベル係、運搬係――は、私などよりずっと知識も豊富だった。私たちのやりとりする言葉を、彼らは「ターザン語だね」と言っていた。

作業の進み方は散漫だった。昼が近づくころになると、アイリスは様子を見にぶらぶらと斜面をのぼっていく。それを見て「アイリス・ゲリヨー（アイリスが来るぞう）！」と呼び交わす作業員たちの声が、岩だらけの斜面にこだまする。発掘は一九六七年から続いているだけに古参の作業員も多い。アイリスは彼らと顔見知りで、家族のこと、今年は来ていない友人のことを訊ねて回る。みんなも最初のうちこそ彼女を「ムデュール・ベイ（監督さん）」と呼んでいたものの、今ではスタッフや学生と同様に

「アイリス」と呼んでいる。

スペンサーと私は来る日も来る日も斜面に腰をおろし、話をしてすごした。アイリスやほかのボランティアたちのうわさ話、食べ物のこと、新鮮な野菜のこと、どれだけシャワーがほしいかということ(電気はもちろん、真水もほとんどない現場だった)、そして、郵便は来るのだろうかと話した。話しながらも、トルコ人の掘り手が次々と持ちこんでくる土まみれの破片を確認していく。彩色された陶器のかけらだとか、小さな像の頭部など、古代ギリシャのものも少しはあるが、たいていはローマかビザンチンのものだ。夕方になると本部キャンプへ持って下り、種類別に分ける。

日焼け止めを塗り、帽子もかぶり、昼休みは長めにとっていたのに、数日で日射しに負けてしまい、腕も脚も赤いぶつぶつだらけだ。私たちの持ち場はキャンプから遠いうえ、消化器の不調も治っていなかったから、食事も水もできるだけ控えていた。帰国したときには、一七二・七センチの体は五三・六キロになっていた。下痢は翌年の春も半ばになるまで続いた。

この無茶な旅で、なにかに感染したのだろうか。ウイルスか寄生虫でも持ち帰ってきて、その後の数か月で聴力に影響したのかもしれない。それとも、難聴になりやすい要因は前からあって、免疫系が弱った隙を突いて顔を出したのだろうか。いずれも不自然な説明ではある。でも、ある春の日、机にむかって仕事をしていたら耳が聞こえなくなりましたというのだって、十分に不自然だ。

もう一つの可能性も——たぶん、さらにこじつけめいた可能性だろう——何年も頭を離れなかった。八〇年代のはじめごろ、私は一年以上も不妊治療を受けたのに、一度も妊娠できなかった。卵管の詰まりをとる治療をしてからは、一年半で三回受胎した。いずれも子宮ではなく卵管に定着してしまい、そのたびに中絶しなくてはならなかった。

もしかして、寄生虫だかウイルスだかは聴覚だけでなく、生殖機能にも影響したのだろうか。そんなことを思った。どちらも原因不明、またしても「特発性」という言葉と共にとり残されるのだった。

Voice

本当は親切な人にも、ぼくはちゃんと頼らなかった

◎ロス・ウォンク（医師）

医師として働くロス・ウォンクは、手術に携わるようになるまで、聴力の問題をなんとかしなくてはと考えたことがなかった。高度の難聴はあっても高校、大学、医学校、放射線科での研修も切りぬけてきたからだ。ところが、X線やCTスキャンの結果を外科医に伝える必要が生じたところで、とうとうこれではだめだと自覚した。電話が使えないから、口頭で伝えようと緊急治療室へ走り、また走って持ち場へ戻り、続きを読むというありさまだった。

これまでだって楽ではなかった。医学校の授業はスライドをよく使うから、部屋が暗くなり、先生の口元が見えない。放射線科の研修でも、先輩が指し示すスキャン画像を肩ごしに見るのだから、やはり口元が見えない。

耳が聞こえないために、態度が悪いと見られることもあった。「各科を回って研修していたころ、毎回、仕事ぶりの評価があるんですね。そのたび、臨床マナーが問題にされる。よそよそしいって言われるんです。『なんの話ッスか？』って感じだったのでね。答えは合ってる、診断も正しい、でも人の話を聞いてないし、親身になれない。会話は途中でわからなくなって、降りてしまう」

「ロス先生」という名で親しまれているウォンク氏に会うため、私はある晴れた朝、自分の車でロングアイランド島のサイオセットへむかった。先生は三〇代後半のハンサムな男性で、装着している人工内耳は豊かな黒髪に隠れてほとんど目につかない。二階建ての連棟住宅に奥さんと一歳八か月のお嬢さんと三人で住んでいるが、狭い家のこと、子供のおもちゃに占領されているのもむりのない話だった。いつかは家を買うのが夫妻の希望だが、若い一家には今のところ、生家からも近いこの借家で十分だという。

ロスはナッソー郡一帯にタコ足状に広がるノースショア・ロングアイランドユダヤ教病院にいくつもある外来ベースの放射線科の一つで医長をしている。押しの強い自信家という印象なのに、どこか憎めない（あとになって打ち明けてくれたが、強気は単なるハッタリだからかもしれない）。高校のときにはかなり聞こえなくなっていたが、補聴器は拒否した。「ちゃんとやれてるじゃないかと思ってたんです。頭はいいし、みんなもそれを認めてる。スポーツでもスターでした。成績はAマイナス、平均点も十分。SATは一四〇〇点だ、だからそんなものいらない――これ以上、何も必要ない気分でした。友だちもおおぜいいましたし」

大学はウィリアムズ大に入ったが、聴覚障害学生のための奨学金がもらえるはずだったのに無視している。聞こえないことを認めたくないし、補聴器をつけるのもいやだからだ。結局、補聴器はつけることになったが、本当はもっと強力なものが必要なのに、人に知られたくないからと出力不足のものを選んだため、講義は聞こえなかった。それでも教科書をくり返し熟読し、試験は完璧だった。シナイ山大学の医学校に進んでからも同じだった。講義では「ただ出席だけして、ニューヨークタイムズのクロスワードパズルをやってました。おかげでクロスワードばっかりうまくなって」。放射線科のレジデントとして採用されたところで、とうとう聴覚障害に追いつかれることになる。

ようやく最初の人工内耳を埋めこんでからの彼は（今は二台めをつけるつもりでいる）、人工内耳普及の運動家となった。「決心がつかずにいる人たちを助けたい。対策があるのにこんなに長く待ったなんて、本当にばかだったと思ってますから」

これだけ成功している彼でも、やはり苦しんできた。特に大変だったのは人づき合いだ。「女の子と知り合ったり、つき合ったりするのに支障がありましたね。あと、いろいろ聞きとれなくてみんなに笑われたりね。向こうは軽い気持ちでも、いやなもんです。でも、傷ついてるなんて絶対に認めない。みんな、『本当は聞こえるくせに。気をつけてないだけだろう』って言う」。その言葉も、まったくのまちがいというわけではない。「気をつけるの、やめちゃいましたからね。どうせ聞こえないからって」

高校から大学時代の話を聞いていて、私は一度、すごい回復力ですねというようなことを口にした。するとインタビューも後半になって、彼は改めてその話題をとり上げた。「回復力が強かったとは思ってほしくない。本当に、本当に大変でした。かなり危ない時期だって、何度もありましたし。うつ状態とまではいいませんが、後遺症は確実に残ってる。性格に、人となりに、影を残しましたからね」

喪失をもっと早く認めなかったことを、彼は今も後悔している。「ほとんどの人は、根っこはいい人なんです。でも、本当は親切な人でも、親切にする隙をこっちが与えないことにはね——バウトンさんも、ぼくも同じ。ぼくらは絶対に、ちゃんと頼ろうとしなかったから……」。言葉がとぎれた。「あとから言うのは簡単ですしね、他人のことなら偉そうにも言えますが、自分がその立場だと、なかなか従う気にはなれんもんです」

3

騒音なんて気にしてなかった

悲しいことに、難聴は当人に責任があることも少なくない。病気のせいでもなければ生まれつきでもなく、知らずに有害物質を飲んだとか、爆発現場に居合わせたとかいうのでもない。毎日、深く考えずに楽しんできた音がいけなかったのだ。国立聴覚・伝達障害研究所（ＮＩＤＣＤ）によれば、二〇歳から六九歳までのアメリカ人のうち、一五％が騒音による難聴をかかえている。私ほど重度になる人はめったにいないものの、いくらかは聞こえなくなる人は決して少なくない。聞こえなくなることで、生活は崩壊し、人は居場所を見失い、コースから投げ出されるのだ。家族はいらだつし、同僚は腹を立てるか、ばかにする。本人は自信をなくし、やる気をくじかれ、バランスを崩し、でも理由がわからない。

しかも、その大半が、避けようのあったケースなのだ。アメリカでみられる難聴の多くが、騒音によるものなのだから。

フランス語で「chercher noise a quelqu'un」というと、喧嘩を買う、騒動をさがして回るという意味だ。フランス語といっても、どうやら英語起源のことばを取り入れたものらしい。英語で「noise」といえば騒音、雑音のことだが、古い英語では争い、不和という意味だったのだ。

ところがその英語が、今度はフランス語起源なのだという。語源は「nausee」、英語でいえば「nausea」（吐き気）というから、われわれ補聴器ユーザーにとって、これほどぴったりくる話はない。補聴器という奴はどんな音でも無差別に拡大するから、やかましい場所だと本当に吐き気がしてくる。だからみんな、外食に行くと補聴器を外すか、ボリュームを下げることになる。聞こえすぎるよりは、何も聞こえない方がましなのだ。そのうえ、けんかっ早い人も確かに多い。外界に対しても、満足に聞きとれない自分に対しても、しょっちゅういらいらしている。

「noise」という言葉が、いつも悪い意味で使われるとはかぎらない。詩編の「全地よヱホバにむかひて歓ばしき声をあげよ」の「声」も、ジェームズ王の聖書では「noise」と訳されている。テニスンは『シャロットの妖姫』のことを「さはがしき夜宴のもなかに／姫はカメロットへ流れゆきぬ」と綴った。「ベートーヴェンの『第五交響楽』が人間の耳にかつて聞こえた音の連続の中で最も壮麗なものであることは、まずまちがいなさそうである」というのはE・M・フォースターの『ハワーズ・エンド』の一節だが（吉田健一訳、集英社、一九九二年、三六ページ）、これは皮肉かもしれない。コンサートに来ていた一行は、曲が終わるまでずっとおしゃべりをやめないのだから。

オフブロードウェイからブロードウェイへ進出したミュージカル、『ブリング・イン・ダ・ノイズ、ブリング・イン・ダ・ファンク』は、タップを踏む足の打楽器的な音がなかったら、どうなっていただろう？　観衆が黙りこくっているスポーツイベントなど、だれが行きたいと思うだろう？　成功したパーティーの盛り上がり、最先端のレストランの繁盛ぶりと、おしゃれなＢＧＭ、エネルギッシュな大都市のざわめき、センサラウンド方式の映像で体感するティラノサウルスの足音、屋外競技場でのロックコンサート。そのすべてに、騒音は欠かせない要素だ。メリアム＝ウェブスターの辞書では、「noise」は「音、特に音楽的な心地よさを欠く、もしくは、明らかに不愉快なもの」とされているが、これは主観的な定義だ。私の耳には音楽であるものも、みなさんの耳には騒音かもしれない。

では、大きすぎる音とは、どれくらいの音量をいうのだろうか？　労働安全衛生局（ＯＳＨＡ）の基準だと、九〇デシベルの音には一日八時間以内、九二デシベルで六時間、九五デシベルで四時間、一〇〇デシベルなら二時間、等々と定められており、最大の一一五デシベルだと一五分以内とされている。一方、国立労働安全衛生研究所（ＮＩＯＳＨ）の基準はもっと厳しい。八五デシベルの音は一日八時間を超えてはならないし、九一デシベルで二時間、一〇〇デシベルは一五分、一一五デシベルなら三〇秒までと定めている。

デシベル数は対数関数で計算する。音がぎりぎり聞こえはじめる閾値を〇デシベルと定めるが、これが聞きとれるという人はめったにいない。正常な聴力の持ち主だと、一〇デシベルから二〇デシベルくらいで聞こえるようになる。数字が二〇デシベル増えるごとに、音の大きさは一〇倍になる。つまり、二〇デシベルといえば〇デシベルの一〇倍になったわけだが、これでもまだ、時計の針のようにかすかな音でしかない。四〇デシベルなら〇デシベルの一〇〇倍（一〇倍の一〇倍）だが、まだ静かな室内程度だ。このように、音の大きさは指数関数的に増えていく。静かな図書館で三〇デシベルくらい、ふつうの会話で六〇デシベル程度。芝刈り機で九〇デシベル。人が苦痛を感じはじめる閾値は、個人差はあるけれども一三〇デシベル前後だ。

スポーツ業界では、それぞれにうちは何デシベル出したぞと自慢する。ファンとしても、地元のスタジアムは騒々しいほどうれしい、みんなで味方の選手を励まし（当の選手たちは耳栓をしていることもあるのだが）、敵を動揺させてやりたい。二〇一〇年ワールドカップ南アフリカ大会で話題になったブブゼラは、一二七デシベルという数字もあれば、一三七デシベルという数字もある（ちなみにチェーンソーが一一〇デシベルだ）。南アフリカ以外のチームからはこの楽器を禁止してくれとの訴えが出されたが、国際サッカー連盟（ＦＩＦＡ）はこれを却下した。ＦＩＦＡ会長のゼップ・ブラッターはツイッターで「常々言ってきたことだが、アフリカには独自のリズムがあり、独自の音がある」「彼らの故国のファンにとっての音楽的伝統を禁止するなんて、想像もつかない」とつぶやいている。ブブゼラは長さ一メートル程度の、プラスチック製の角笛だ。この楽器の製造を正式に認められているマシンセダン・スポーツ社は、音量が問題にされるのは偽物のせいだと主張する。同社の公報によれば本物はＥＵの基準に合格しているとのことだが、それとても一一三デシベルであり、チェーンソーを上回ることに変わりはない。

南アフリカにかぎらず、ファンが騒々しさを重視するのは、地元チームを有利にさせたいからだ。二〇一〇年、ＥＳＰＮ（ディズニー傘下のスポーツチャンネル）とペンシルベニア州立大学が共同で、全米の大学バスケットボールの会場でどこがいちばん騒がしいかという調査を行なっている。堂々の一位は、カンザス大学の由緒あるアレン・フィールドハウスだった。調査の報告書にはこう記されている。「地元チームを有利にするには何よりも、騒がしい大学生を一角に集め、会場じゅうを揺らすことだ」。アレン・フィールドハウスでは、コート中央に天井から吊られた大きなスクリーンに音量をデシベル単位で表示しているが、日によっては、試合がはじまらないうちから一一六デシベルに達することもあるという。一方、『スポーツ・イラストレイテッド』誌が一九九八～一九九九年のシーズンをふり返った記事の中で一位に輝いたのは、ニューメキシコ大学のバスケットボールアリーナだった。地下にあることから「ピット（穴ぐら）」という愛称で親しまれている施設だが、対アリゾナ戦で一一八デシベルに達した（一部のブロガーたちは一二七デシベルまで行ったと主張している）。この名誉ある称号がアレン・フィールドハウスのものかピットのものかについては、常に論争が絶えない。

観客の大騒ぎが試合に欠かせない要素となっているのは、バスケットにかぎらない（例外はゴルフとテニスくらいだ）。二〇〇六年、ノースカロライナ州ローリーで行なわれたスタンレーカップ・ファイナルの第七試合（地元のハリケーンズが勝っている）で、ＥＳＰＮの測定した観客席の騒音は一三八デシベルに達した。オレゴン州ユージーンにあるオーツェン・スタジアムは「ハウス・オブ・ラウド（やかまし館）」という愛称で親しまれており、大学フットボールのスタジアムとしては全米一音が大きいという言い伝えがある。なにしろ、観客がわずか五万九〇〇〇人しか入らないのに、一二七デシベルに達したことがあるのだから。それに引きかえ、ミシガン・スタジアム（別名「ビッグハウス」）は一〇万六二〇一人も入れるのに、二〇〇八年に改装がはじまるまでの最高記録は一〇〇デシベルでしかなく、ブログではファンの声が小さいという非難が飛び交っていた。改装なったスタジアムは二〇一〇年に再開され、定員は一〇万九九〇一名に増えたにもかかわらず、音量の三〇％アップという約束は果たされなかったようだ。ある大学フットボールブログでは「静寂を大きくしたからって何になる？　ファンに声を出す気がないのに、ミシガン・スタジアムがいきなり盛り上がれるか？」と書かれていた。

ドーム型のスタジアムの中でもやかましさ上位に属する会場の一つ（すべての施設がうちこそいちばんと言いはり、合意は得られていない）、ミネアポリスのヒューバート・H・ハンフリー・メトロドームでは、一九八七年のワールドシリーズの第二試合、ミネソタ・ツインズとセントルイス・カーディナルズの対戦で一二五デシベルを記録したが、これはジェット機に並ぶ音量で、ヒトの苦痛閾値に近い。マイアミのサンライフスタジアムで行なわれた二〇一〇年のスーパーボウルではニューオリンズ・セインツがインディアナポリス・コルツを破ったが、セインツのクォーターバック、ドリュー・ブリーズの愛息で一歳になるベイレンくんが騒音防止のイヤマフをつけた写真で有名になった。このイヤマフは、スタジアムの騒音（一〇〇デシベルを超える）を二二デシベル軽減するという。

カンザスシティ・チーフスの本拠地であるアローヘッド・スタジアムといえば、二〇〇三年のプレーオフで一一六デシベルの記録が出ている場所だが、チーフスのカール・ピーターソン球団社長は「ファンのみなさん――チーフスの一二人目のメンバーであるみなさんに、個人的にお願いしたい。アローヘッドの音量を、一二〇台に押し上げてもらいたい」と発言している。

プロバスケットボールの世界に目を転じると、アーサー・ドブリンというブロガーがマディソン・スクエア・ガーデンで観戦した試合のことをなつかしくふり返っている。スニーカーの底が軋む音も、コートでボールが弾む音もよく聞こえる場所だったという。靴の音やボールの音は今でも聞こえるが、それは精巧な音響装置で拡大されたものだ。拡大といっても、単にボリュームを上げているわけではない。

アラン・シュワルツはニューヨークタイムズに「マーベリックスのマーク・キューバンのようなオー

ナーたちは、カナル型イヤフォンやら5・1chホームシアターやらで甘やかされたファンといっしょになって、かつては試合だったものを『アシステッドレゾナンス』だの『クラウドエンハンスメント』だの（関係者にとっては流行語だが、それ以外の者にとっては婉曲表現でしかない）を駆使したイベントに作りかえてしまった」と記している。コートの上に吊るされた六〇基のスピーカーから、激しい音楽などさまざまな音響効果が吐き出されるだけではない。ゴール裏に仕掛けられたマイクが、リングに当たるボールの音を拾う。スニーカーの軋む音も、それに、シュワルツの記事によれば「ときには、選手の放送禁止用語も」増幅される。観客のざわめきも増幅される。人の少ない二階席前方にいても、コートサイドの席と同じくらいの音量が聞こえるようになっている。キューバンはダラスのアメリカンエアライン・アリーナで、やはりマーベリックスの重役であるマーティン・ウッダルといっしょに試合開始を待っていると、ウッダルは「喧騒の中、うれしげに歓声を上げた。『服まで揺れてる！』」

一方、アスリートたちは、一人で聴く音楽も好む。ランナーたちはあそこでもここでもMP3プレイヤーとヘッドフォンを身につけている。二〇〇七年、アメリカ陸上競技連盟は、マラソン競技で個人用音楽装置の使用を禁止した。その一方、いくつものマラソン関係団体が、うちでは禁止しないと宣言した。たとえばニューヨークシティマラソンでは、三万八〇〇〇人もの参加者が切手大のiPod nanoをつけていないかいちいち確認するのは大変ですからねと説明していた。二〇〇八年、陸上競技連盟は禁止を撤回した。マラソン大会はもはやエリート選手だけのためのイベントではなくなった、今では一般市民（といっても、四二・一九五キロを走れる一部の市民だが）のものでもあると気づいたから。そして、趣味で走るランナーにとっては、音楽はペースを保つのに役だち、完走の助けになっていると知ったからだ。

ジムに行けば、トレッドミルでも、ボート漕ぎマシンでも、エリプティカルマシンでも、汗だくの人々がビヨンセやリアーナやジェイ－Zのビートに合わせて体を動かしている。そのジム全体も、みんなの足音やうめき声、荒い息づかい、バーベルの金属音などでかなり騒がしい。BGMがかかっているところもあるが、ほとんどの人は自前のヘッドフォンで好きな音楽を聴いている。

アメリカ合衆国スポーツアカデミーが発行する『ザ・スポーツジャーナル』の二〇〇八号に掲載された論文の中で、ロンドンにあるブルーネル大学のコスタス・カラギオーギスとデイヴィッド＝リー・プリーストは、さまざまな運動レベルごとに、音楽が及ぼす影響を分析している。トレーニング段階では、主観的なつらさが場合によっては一〇％までも下がることがわかった。激しい努力、たとえば限界の八五％の有酸素運動となると効果は薄れるものの、その場合でも気分には影響するし、努力の受け止め方にも効果があるという。「つらいトレーニングを、楽しみのように見せる効果があるのだ」と二人は記している。

音楽には生理的な影響力もある。テンポが動きを整え、パフォーマンスを持続させるのだ。二人はエチオピアのマラソン選手、ハイレ・ゲブレセラシェの例を紹介している。彼は「スキャットマン」というテクノ音楽を聴きながら、何度も世界記録を更新した。一分間に一三五拍というテンポは彼にはうってつけだった。気の毒なのは、このリズムが合わない選手たち。ゲブレセラシェはこの曲を、スピーカーから流すことを好んだのだ。

音楽が身体的パフォーマンスに与える影響を二〇年以上にわたって研究してきたカラギオーギスは、

趣味で運動する人々のために選曲したプレイリストも提案しており、リアーナの『アンブレラ』のダンスリミックス、ソルト・ン・ペパの『プッシュ・イット』、スヌープ・ドッグの『ドロップ・イット・ライク・イッツ・ホット』などが含まれている。

ウェイトリフティング、ボディービルなどの世界では、ヘビーメタルやヒップホップが好まれている。『フレックス』誌の古参ライター、ショーン・ペリーンはニューヨークタイムズの取材に対し、スクワットでへとへとになったあとでも、LL・クール・Jの『ママ・セッド・ノック・ユー・アウト』を聴けばしゃきっと立てると語っている。やはりタイムズのインタビューで、『ロッキーのテーマ』の作曲者ビル・コンティは、この曲が人を元気づけるのはなぜですかと問われ、分析を拒否した。「音楽ってのは反知性的なものでね。今の知識では、古代ギリシャの戦士たちが戦いに行くときに聴いてた音楽がドリア旋法だったことはわかっている。でもぼくには、どうせどっかのギリシャ人が『おう、これは使えるぜ』と言ったんだろうな、としか考えられない」だそうだ。ちなみにギリシャ時代のドリア旋法は、ウィキペディアのページで試聴できる——聴覚障害がなければ、だが。短音階に似ていて、重度の難聴になった作曲家のリチャード・アインホーンによると、現代のポピュラー音楽ではよく使われているものだという。

競技場や体育館はロックコンサートにも使われるが、コンサートの音量による影響は指数関数的に蓄積されていく。耳をつんざくコンサートに三回か四回行くくらい、大したことはないとふつうは考える（ハーバードのシャロン・クヤヴァとチャールズ・リーバーマンは反対するだろうが）。だがお客はともかく、くり返し大音量にさらされる出演者となると、回復不可能な難聴になる人も少なくない。ニール・ヤング、オジー・オズボーン、ウィル・アイ・アム（耳鳴りのつらさをごまかすには、一日じゅう音楽作りをするしかないのだと語っている）、ジェフ・ベック、エリック・クラプトン、みんな演奏活動によって難聴や耳鳴りを発症した人たちだ。例の一九七六年のコンサートのあと、私の耳に数時間のあいだ耳鳴りを残したザ・フーはといえば、メンバーが一人残らず聴覚障害に悩んでいる。ピート・タウンゼントは難聴のほかに耳鳴りにも苦しんでおり、これにはすっかり弱ってしまうと言っている。ザ・フーの場合は演奏だけでなく、火薬を使った演出もあり、楽器を叩き壊す音もあったからなおさらだろう。彼らが出演した第四四回スーパーボウルのハーフタイムショーは賛否両論が激しく、「ザ・フーは永遠に偉大だよ、でもあれを歌とはいわない」とさえ評されたが、それもメンバー全員の難聴と関係あるのかもしれない。

音量最大のロックバンドという地位をめぐっては、候補者も多く、なかなか決着はつかない。古い方から一部を紹介すると、レッド・ツェッペリン（一九六九年の「ハートブレイカー」が一三〇デシベルに達したと称する）、ディープ・パープル（一九七二年のコンサートを理由にギネスブックが「世界一うるさいポップバンド」と認定した）、ＡＣ／ＤＣ、ＫＩＳＳ（二〇〇九年、オタワ市当局によって一三六デシベルと計測され、市の基準である九〇デシベルを四六デシベル上回っているとして、音量を下げるよう強制された）などがある。ヘビーメタルバンドのマノウォーは二〇〇八年のコンサートで一三九デシベルに達したから自分たちこそ世界一だと主張したが、ギネスブックは人々の聴力を守るためという理由で「世界一うるさいバンド」という項目自体を削除してしまった。

困るのは、自分から会場へ行ったわけでもないのに騒音を浴びる人がいることだ。二〇一一年、アメリカ音響学会の年次大会で、ホワイトリバー円形競技場の周辺地域の音声環境を調査した結果が発表された。調査にあたったBRCアコースティック・アンド・テクノロジー・コンサルティング社のイヨアナ・パークとジャネッテ・ヘーゼダールによれば、この競技場は定員二万名、シアトルから南東へ五六キロ離れた田園地帯にあり、敷地は先住民族マックルシュート族の居留地内で、地形は起伏の多いところだという。建物の構造ができ、屋根が据えられたところで、隣接する二つの郡から、環境影響評価の申し入れがあった。その結果、地形と建物の形状との関係から、音は同心円状に広がらず、不均等に伝わることがわかった。そこで防音工事が行なわれ、騒音レベルは許容範囲内におさめられることになった。

問題になるのはロックンロールだけではない。クラシックの演奏家だって、自分たちの出す音で耳を傷めることはある。オーディオ機器の専門店、ガレン・キャロル・オーディオが収集したデータによれば、交響曲の音量は一二〇から一三七デシベルにも達することがあるという。最後にしばしば火薬が使われるチャイコフスキーの序曲『一八一二年』、ワーグナーの『ワルキューレの騎行』、プッチーニの『トゥーランドット』の終幕、リヒャルト・シュトラウス『ツァラトゥストラはかく語りき』のファンファーレなど、いずれも非常に騒々しい作品ぞろいだ。

アーカイヴミュージック社が出した『耳震——史上最大音量クラシック音楽』というアルバムの解説冊子では、一九九七年にフィンランディアホールで録音されたヨン・レイフス作曲『ヘクラ火山』について、「われわれは最後の曲、『ヘクラ火山』こそ、これまで書かれた音楽の中で最もやかましいものであると信じている。本曲は、まことに真に迫った手法をもって『アイスランド最大の活火山、ヘクラ山の噴火』を描写したものである。一四〇人編成オーケストラ（録音時には耳栓を着用してもらった）、オルガン、合唱、それに二二人の打楽器隊が、さまざまな金物類に加え、石とハンマー四組、重い鎖二本、金床、鉄板、サイレン、それに数十発の大砲をにぎやかに鳴らす」と記している。アーカイヴミュージック社では音圧レベルを計測していないが、冊子はこう結ばれている。「ボリュームは、無理なく聞ける大きさに合わせないでください。スピーカーが（そしてみなさんの耳も）故障するくらいでないと、耳震体験とはいえません」

イギリスの衛生安全委員会事務局の助成を受けて、音楽・芸能関係者の耳を守るサウンド・アドバイス作業部会が発表したある研究で、オーケストラに使われるような楽器には、平均的な音圧レベルのかなり大きいものが多いとわかっている。たとえばバイオリンやビオラはピーク時で一一六デシベルに達するし、フルートで一一八、打楽器だと一二三から一三四デシベルにもなるという。これだけの音圧は演奏する本人だけでなく、近くにいる人にも影響を及ぼす。ピーク時の大きさはそう長くは続かないのがふつうだが、演奏家は舞台で演奏するほか、それ以上に練習に時間をかけている。この報告では「オーケストラの演奏家は、週にわずか一〇時間から二五時間演奏するだけで高曝露対策値に達してしまいかねない」と記している。

リスクを考慮した助言としては、静かな曲とにぎやかな曲をとり混ぜてレパートリーにする、音の大きな楽器は静かな楽器と離れて練習する、全体練習では、一部分をやり直させるなら、修正が必要なメンバー、必要なパートだけにくり返させる、などの方法がある。会場の条件を考慮したプログラム選びも大切になる。極端な話、マーラーの八番をやろうと思えば、大編成のオーケストラに複数の合唱団を収容できる広さも必要だが、音響もそれなりのものがいる（一九一〇年の初演時には、舞台には演奏者、歌手あわせて一〇〇〇人以上が上がった。二〇一二年二月、グスターボ・ドゥダメルはいわゆる「一〇〇〇人の交響曲」として一四〇〇人の音楽家を指揮した）。演奏者どうしの間隔を十分に確保する、吸音板を活用する、さまざまな高さの山台を組み合わせて段差をつける、いずれも演奏者の耳を守る上で役にたつ。ただし衝立のたぐいは使い方を誤れば逆効果になる。ほかのメンバーを守れる代わり、打楽器やトロンボーンの奏者ははね返った音で二倍のダメージを受けることにもなりかねない。配置するのは、音響効果によく通じた人でなくてはならない。

ロックコンサートに行く人、学生スポーツやプロスポーツの試合を観戦に行く人は、大音量を楽しみにして行く。ところが、レストランに行く人はそうとはかぎらない。みんながみんな、食事に加えて音の暴力も楽しんでいるわけではない。なのに、ひっそりと静まり返った、時代遅れの、赤い革張りのブース席が並んでいるような店にでも行かないかぎり、音の暴力はセットでついてきかねない。レストランが騒がしいのはごく当たり前のことだし、それは狙ってしていることでもある。お値段が最高級の店が、同時に騒音も最高級なんてことだってある。

まずは建物。近年の業界の流行はといえば、仕切りのない大空間、大きな一枚ガラスの窓、高い天井、床は板かタイル、絨毯もテーブルクロスもなし、オープンキッチン、席数は二〇〇から三〇〇。「食事しに行くでしょ、帰るころにはもう疲労困憊ですよ」と言うのはジョンズ・ホプキンズ大学の研究者、ジョン・ケアリーという人だ。彼はひょろっと痩せた愛想のいい男性で、レストランからナショナルパブリックラジオの番組のBGMに至るまで、そこらじゅうで遭遇する不要な雑音へのいらだちを口にする。インタビューをはじめると、彼は私の小型テープレコーダーを手に取って、「ぼくはジョン・ケアリー、耳咽喉科頭頸部外科で教授をしております」と吹きこみはじめた。そして話の最中に、熱中した勢いで、うっかり停止ボタンを押してしまう始末。それ以降私は、レコーダーはテーブルに置いておいてもらうよう、ずっと目を光らせていた。

オープンキッチンは一般家庭にも普及している。かくいう私も、古い農家を改装したときにオープンキッチンにして失敗した。見た目はすばらしい。一〇メートルの天井高、ずらりと並んだ窓から見える畑や納屋、そして、敷物なしの堅い板張りの床。ついでに私の耳にとっては、この空間で人の話を聞きとることはきわめて難しい。

開放的な間取りでは、聞こえる人でさえ聞きとりにくくなることがある。二〇〇三年にニューヨークタイムズに掲載されたインタビューの中で、ニューヨーカー誌の社内ライターで全盲のヴェド・メータが、メイン州のアイルズボロに建てた自宅について語っている（この家については、著書も出している）。メータは建築家のエドワード・ララビー・バーンズにすべてを任せた。頼んだ条件はたった一つ。とにかく静かな家を。なぜなら彼は、音を頼りに空間を把握しているからだ。ところが、「彼が手にしたものは、家ではなく教訓だった。人造壁板やガラスといった近代的な建材がどのように音を伝え、反射するかという性質を学ぶことになったのだ」という。何もかもがなめらかで四角くて、ガラスのスライドドアやらマホガニーの縁取りやらで飾られた室内では、すべての表面がこれでもかとばかりに音をはね返すし、吹き抜けの階段は地下室から三階まで音を通してしまうのだった。「目のために作られた家であって、耳のためじゃないんです」とメータは語っている。「何から何まで視覚的に作られていました。今どきの建築家は光と空気で頭がいっぱいで、音のことはどうでもいいんだ」

レストランが騒がしいのは偶然ではない。経営者たちは儲けを盛り上げるため、音も盛り上げているのだ。いくつもの研究で示されていることだが、テンポの速い音楽を大音量で流すと、咀嚼のスピードも上がる（するとテーブルも早く空く）。その上、飲酒も促進する。二〇〇八年にフランスで行なわれた実験によると、あるバーで音楽の音量を上げたところ、ふつうの音量では八オンスのビールを飲むのに平均一四・五分かかっていた客たちが、平均一一・五分で飲み干すようになった。

シェフ自身が大音量の音楽を好む例もある。鍋などがぶつかり合う中でも聞こえるようにというわけだ。ウォールストリート・ジャーナルによれば、マリオ・バターリは、ニューヨークにある旗艦店「バブー」の厨房で、レディオヘッドやガンズ・アンド・ローゼズを好んで聴いているという。有名人がおおぜい訪れるロサンジェルスのレストラン「スパーゴ」のウルフギャング・パックは、レッド・ツェッペリン、ピンク・フロイド、ザ・フーが好きだという。

でも、少なからぬ客は（年配の人でなくとも）、レディオヘッドのビートに合わせて食事をするなんて気が乗らないだろう。ザガット・サーベイによれば、レストランに対する苦情のなかでも、「音がうるさい」は「サービスが悪い」に次いで第二位だという。

「ぼくも中年になったせいかな、最近ずっとこればっかり言ってるんですけど」とジョン・ケアリーは言う。「われわれの社会は、環境中の騒音にとてつもなく無関心ですよ。バックグラウンドの騒音を最小限に抑えこむことに失敗したら、人々のコミュニケーションの質は格段に下がっちゃうってのに、建築家もエンジニアもまったく理解してない」

今、難聴と騒音について本を書いているんですよと知り合いに話すと、だれもがまっ先に口にするのは（ただし、自分自身か配偶者か母親か友だちが難聴なら、その話が先に出るが）レストランのうるささだ。みんな、連れの話が聞こえる店はどこかしらときいてくる。あるいは、どこそこの店でいちばん会話のしやすい席はどこかしらという。

小売店でも経営者たちはボリュームを上げる。一度でもアーバン・アウトフィッターズやアメリカン・アパレル、さもなければ今はなきヴァージン・メガストアーズのタイムズスクェア店に足を踏み入れたことのある人ならご存じだろう。音が雰囲気作りの大事な一環だという店は多い。大人はふらふらになって店を出る。本来のターゲットである子供たちは、逃げた親のクレジットカードを手にするというわけだ。

幼児までが、過大な音にさらされている。ミネソタ大学の視力聴力協会では、毎年おもちゃの調査を続けている。二〇〇四年には、五歳未満の子供を対象とした玩具一一種のうち九種が、一〇〇デシベルを超える音を出せるとわかった。最悪の犯人は、なんと「本」。幼児教育番組『バーニーと英語であそぼっ！』の絵本が一一五デシベルを記録した。ホームデポの子供用電動ドライバーが一一二デシベル。二〇一〇年一一月のワースト2は、ベル・ライダーズ・ブロック・ブラスターという自転車につけるホーンと、映画『カーズ』に登場する車、ラモーンをかたどった、振ると動く「シェイク&ゴー」というおもちゃ（フィッシャープライス社）で、それぞれ一二九・二デシベルと一一九・五デシベルだった。

国立労働安全衛生研究所の見解では、これはほぼ瞬時に聴力へのダメージにつながりかねないレベルだ。四歳以下の子供のためのおもちゃ一八種をテストしたら、七種が一〇〇デシベルを超える音を出した。離して使えば安全なおもちゃであっても、現実には至近距離で使われることが多いという。腕が短いせいもあるが、子供はとかくおもちゃをぎゅっと抱きかかえることを好むからでもある。なのに米国消費者製品安全委員会は、おもちゃの音の大きさを規制してはいない。

ブログでは「ブロガー・ダッド」と名乗っている作家は二〇〇八年のエントリーで、冗談めかした筆致で子供向け玩具のレビューを載せている。フィッシャープライス社のロングセラー手押し車「コーンポッパー」（一歳以上対象）の短評で、「使ってはいけない人」として「耳がついている人、よく二日酔いする親、ペットを飼っている人」をあげている。二番目に取り上げられているのはくまのプーさん時計つき汽車で、その短評は「対象者：一歳から三歳までの子供たち。耳の聞こえない両親。大きい音が好きな子供。サディスト」となっている。

ブロガー・ダッドほどおもしろくはないが、もう少し科学的な記述をしているのがアイリーン・ヘレン・ツンデルで、二〇〇三年に、数あるうるさいおもちゃの中で特に、子供用の電話が一二九デシベルにもなったと記している。ツンデルのおすすめはお絵かきや工作、読み聞かせ、パズル、園芸といった静かな活動だ。

なんの意外性もない話だが、ニューヨークはやかましい街だ。二〇一〇年、リチャード・ネイツェルとロビン・ガーションは騒音計を持ってマンハッタンの六〇か所を測って回った。うち九割は騒音についての苦情が多かった場所、残りの一割はタイムズ・スクエアやコロンバスサークルなど、個人的に興味をもった場所だという。朝の九時から夕方の五時まで一〇分おきに測定して、その平均値を採用している。

その結論には、意気消沈してしまう。「ニューヨーク市の公的空間で測った騒音レベルは、その九八％が推奨地域騒音レベルを超えていた」という。彼らはそのほかに、ニューヨークの人々がミッドタウンの喧騒からのがれるミニ公園《ポケットパーク》四か所――ペイリーパーク、グリーンエーカーパーク、チューダーシティ・ガーデン、ジャクソン・スクエア――も測定した。いずれも、周辺地域よりははるかに静かだったものの、本当の意味で「静か」とは呼べないものだった。たとえば、五三丁目東にあるペイリーパークは滝のあるすてきな小庭だが、測ってみたら七八・九デシベルあった。

ネイツェルとガーションはそれ以前に、ニューヨーク市の公共交通の騒音調査も手がけていた。中でも地下鉄は、その多くが一〇〇年以上も前に建設されている。複雑な一連の測定手順を経て、地下鉄の駅の五つに一つで（ホームの騒音と車内の騒音で）八五デシベルを超えることがわかった。また、この二〇〇七年の騒音レベルも、昔の調査結果にくらべれば下がってはいる。一九三一年の数値は八七から九七デシベルだし、一九七一年には八七から一一〇デシベル。最高はプラットフォーム、車内のどちらも、クイーンズとマンハッタンを結ぶ路線だった。昔の方が数値が大きいのは「ことによると、測定機器や手順のちがいによるものかもしれない」という。

そうかもしれない。でも、過去四〇年以上地下鉄に乗りつづけているニューヨーカーならだれもが、いや一九七一年の方が今よりずっとうるさかったよと言うだろう。車両にはエアコンがなかったので窓は開けっぱなしのことが多かったし、車両の造りからレールに当たる車輪、警笛、車内や駅の放送など、すべてにわたって今よりも音はかなり大きかった。夏の暑い日に窓を開け放した四号線が、南むきの急カーブをぎりぎりでこなしてグランドセントラル駅へすべり込む、耳をつんざくような軋み音は今でも覚えている。この著者たちが見落としている点はもう一つある。一九七九年にソニーのウォークマンが発売されるまでは、車内で大型ラジカセが鳴り響いているのは珍しい光景ではなかった。ラジオ禁止という掲示だって（つば吐き禁止、喫煙禁止とならんで）出ていたのだが。

こうしたさまざまな騒音が人の健康に及ぼす影響は、聴力の障害にはとどまらないと二人は記している。「過剰な騒音にさらされることは、高血圧や虚血性心疾患、ストレスホルモンの混乱、睡眠障害などと関連している可能性がある」。もちろん、不可逆的な騒音性難聴に「関連する対人的、心理的、職業的影響」はいうまでもない。

私はときおり、騒音計を持って街に出てみる（最初はパイル社のPSP01ミニデジタルだったが、今ではiPhoneのアプリでサウンドAMP・Rというのを使っている）。パイル社のプロ向けのAタイプではなくてCタイプというのだったが、私程度の使い方ならこれで十分なようだ。表示の精度は三・五デシベルとのことだが、ほんのわずかな変化にも反応している。

私の自宅であるマンションは平均して五〇から五五デシベル。じゅうたん敷きと柔かい家具、それに、表通りではなく裏庭がわの部屋なのが幸いしているらしい。場所は西九〇丁目、ウエストエンド・アベニューとリバーサイド・ドライブにはまされたブロックだが、車も通らず、工事もごみ収集もしていないときで七二～七八デシベルだ。IRTブロードウェイ－七番線街の九六丁目駅に列車が入ってくるときが九〇～九六デシベル。二号線急行は、窓を閉めた状態で九二～一〇七デシベル。混雑していないR列車は九〇～九二デシベルで、「頭痛薬をどうぞ」と聞こえるほどうるさいアナウンスさえかき消される。ユニオンスクエア近くのサンドイッチ店「プレタ・マンジェ」が、夕方三時から四時のほとんど客のいない時間で七八～八〇デシベル。地下鉄ユニオンスクエア駅の、BMTを待つホームが九〇～九二デシベルだった。

これでもまだ、比較的静かな場所だといえる。「比較的」というのは、市内のほかの場所と比較するから。ミッドタウンには行っていない。地下鉄もラッシュ時には乗らなかったし、物乞いも、ドラマーも、マリアッチを演奏するメキシコ人グループも、ブレイクダンスをする少年たちもいなかった。消防車や救急車にも遭遇しなかったし、金切り声をあげる小学四年生六〇人の団体とも乗り合わせていない。自宅でも、ミキサーやフードプロセッサーを動かして測ったわけではない。枯れ葉を吹き飛ばすブロワや、芝刈り機を使っている人もいなかった。発砲もなかった（聞こえとコミュニケーションのセンターによれば一六〇～一七〇デシベルだという）し、独立記念日でもなかった（花火は爆発の場所から三フィートの距離で一六二デシベルだというから、地上にいてもかなり大きな音だ）。

地下鉄の車掌はノイズキャンセリングヘッドフォンをするのがふつうだし、削岩機を操作する人もたいていは着用しているが、その周囲で作業をしている人までは使っていないことが多い。航空母艦の飛行甲板（一五〇デシベル）で全員が耳を保護する。これでは無線での通信も聞こえないので、コミュニケーションは言語なしで行なわれる。

圧力を元に計算したところ、クラカトア火山が噴火した瞬間の爆発音は、一六一キロメートル離れた地点で一八〇デシベルになる。地球上で体格も声も最大の動物はシロナガスクジラで、その鳴き声は一八八デシベルほどになるという。

今の世の中は昔よりうるさいのか？

ディケンズの時代のロンドンはその騒がしさで悪名高いところだった。ディケンズ自身、辻音楽師たちをさして「耳ざわりな楽器を鳴らす耳ざわりな芸人ども、太鼓を叩く奴、手回しオルガンを軋らす奴、バンジョーをばかばかいわす奴、シンバルをひっぱたく奴、バイオリンをいじめぬく奴、叙事詩を吠える奴」と描写している。けたたましいのは音楽師だけではない。石畳の道を往来する馬車の車輪、品物の名前を言いたてる行商人たち、新聞売りや辻馬車の御者の呼び声、無数の犬の吠え声、さまざまな合図の鐘、群衆のざわめき、無数の靴音、それに蹄鉄の音。

ディケンズの友人でもあり『クリスマスキャロル』の挿絵画家でもあったジョン・リーチが亡くなったのはロンドンの街の騒音、とりわけ辻音楽師たちのたてる音が悪化したせいだといわれている。騒音のために心臓病が悪化し、繊細な神経が負けてしまったのだ。リーチが死の間際に芸術家仲間のウィリアム・パウエル・フリスに漏らした言葉が、その苦しみの深さを物語っている。「なあフリス、こんな苦しみが続くくらいなら、まっすぐ静かな墓場へ行った方がましだよ」。数日後、その願いは聞きとどけられ、リーチが生前、不当に奪われていると思っていた静けさが与えられたのだった。

ある学者の見積もりでは、一九世紀半ばのロンドンには一〇〇〇人を超える手回しオルガン弾きがいたという。その多くは、新しく移民してきた下層民だったこともあって、イタリア人のオルガン弾きは憎悪の標的となった。当時の新聞『シティー・プレス』の記者の一人は、楽師たちは「言葉遣いも外見も不潔で、（中略）まるで動物園から脱走してきた類人猿や狒々《ひひ》の群れのように吠えたてる」と評し、「ロンドンっ子たるもの、まずは路上で吠えるこの獣どもを一頭は刺すか、吊るすか、撃つかするまでは仕事にむかうべきではない」と続けている。

ディケンズと同時代に生きたトーマス・カーライルは、長くチェイニーローで暮らすうちに年々その騒音への不満をつのらせていたが、一八五三年、ついに辛抱ならなくなったものらしい。「無防備な男」という別名で敵の流血を望む物騒な長文を綴るにいたった。「あの雄鶏どもには立ち去るか、さもなくば死ぬかしてもらわずばなるまい」。中でも、「とある下劣な黄色いイタリア人の」オルガン弾きに対してはことのほか痛烈だった。「ここで疑問が生ずる。さすがに奴を殺しはしないにせよ、巡査を呼んでやるために外へ出るべきか？　それともこちらが浴槽へ、家の反対側へと身を退くべきか？」

結局そのどちらでもなく、彼は防音のきいた書斎を造った（建設中の作業音で、彼の精神は危うく限界を超えるところだった）。壁は二倍の厚さ、天窓は防音し、スレート屋根の裏側には音を殺すための空気層を特別誂えにしてもらった。なのに何かがうまくいかなかった。ジョージ・プロチュニックによると、でき上がりは「大失敗」だった。防音をほどこしたはずの書斎はなぜか、世界でいちばんうるさい部屋になってしまった。むだにした費用とみじめな仕上がりに落胆したばかりでなく、てっきり自分は大工に騙されたにちがいないと思いこんだカーライルは、人間とは生来、強欲なものだと絶望して、暖炉の煙突にもぐり込んだ。幸い、煙に倒れる前にメイドに発見されて助かっている。

一八三九年に成立した首都警察法はロンドン市警の権限を大きく拡大するもので、さまざまな迷惑行為を理由に逮捕が可能になった。馬車の暴走、路上で春画を販売すること、「ふざけて人を困らせる」ためにドアベルを鳴らすことなどが禁じられたが、辻音楽師についてはあと一歩というところで力及ばなかった。巡査が取り締まれるようにはならず、よそへ行ってくれと言われた楽師は従わなくてはならないと定めるにとどまった。

ニューヨークでも、新聞売りの少年たちの騒々しさを取り締まるべく同様の法律を作ろうという声が高まったが、純粋に静けさを求める声とはいえず、やはり潜在的な移民排斥の感情がまぎれこんでいた。二〇世紀初頭のニューヨークで、ある住人の書いた言葉がデイヴィッド・ナソーの『街の子供たち(Children of the City)』に引用されているが、この少年たちは「侵略先の近隣でまぎれもない迷惑者となっている」ばかりか、「病人、情緒不安定な人など」にとっては健康上の危険要因であり、「医師たちも、災禍の前兆のような耳ざわりな叫び声のせいで、患者が回復する可能性がときにひどく損なわれると証言することになるだろう」だそうだ。

新聞売り少年たちの叫び声、休みなく響くうえにしばしば調子っぱずれな手回しオルガン、おまけにシンバル(ただし、よほど長時間いっしょにいるか、自分がシンバル奏者にならないかぎり)までが束になってかかっても、地下鉄の駅構内で鳴り響くスチールドラムやハーレーのエンジン音、寝室の窓の真下で隣人が落ち葉をブロワで吹き飛ばす音にくらべたらかわいらしいものではなかろうか。

世界保健機関(WHO)によると、ニューヨークは世界で最もうるさい都市だという。ミッドタウンの路上での音圧レベルは平均して九〇デシベルもある。二位以下は順に東京、長崎、ブエノスアイレス、ムンバイ、デリー、カルカッタ、マドリードと続く。ブエノスアイレスやカルカッタのように暑くて人口密度も高い都市、中でも貧しい地区ではエアコンがないため、室内に入っても静かにはならない。寒い国なら、窓を閉めるだけでも防音になるのだ。

そうした騒音の一切が積もり積もった結果が難聴であり、発展途上国に最も多い感覚の障害である。WHOが二〇一〇年に試算したところでは、世界には二億七五〇〇万人を超える聴覚障害者がいる。成人後にはじまる聴力低下は、人類の障害の第二位なのだ。そして、その原因はなんといっても、騒音がいちばん多いはずだとWHOは信じて疑わない。たとえば感染症など、ほかの原因はいずれも「ごくわずかだ」と考えられている。

では、そこらじゅうで見かけるiPodの影響はどうなのだろう？　近年、同じハーバード大学の別々のグループ二つが、これまた同じ国民健康栄養調査のデータを用いて行なった研究の成果が、わずか一か月の差で立て続けに発表された。ところがその結果が、まったくちがう傾向を示している。一つは、過去一〇年間でティーンエイジャーの「あらゆる難聴の有病率は、一四・九％から一九・五％に上がった」としているのに対し、二つめでは変化はみられないという。ふつうの感覚で考えれば、親が音漏れを感じるほどの音量で一日に八時間から一〇時間も聴いていれば、全員が聴力に支障をきたすと思うだろう。この二つの研究から得られる教訓は、やはり統計はときに人を惑わすということくらいだ。この件については、註の三三九ページで詳述する。

現代のティーンエイジャーについての真相がどうであれ、われわれベビーブーム世代が老人期に入りつつある以上、加齢によって自然な聴力低下をきたした人数はどんどん増える。たとえ現段階で大発生とはいえなくても――ティーンエイジャーの統計の件がはっきりしないかぎり、結論は出せない――大発生は目の前かもしれない。

私たちはピンクフロイドやローリング・ストーンズと共に育ち、コンサートといえばマディソンスクエアガーデンやメドウランズへ行き、ベトナムで戦った世代だ。ウォークマン世代でもある（今のiPodのように音量制限などなく、もっと大音量で聴いていた）。耳が痛くなるようなコンサートへ行き、自分たちの会話も聞こえないような店で食事をし、スポーツ観戦にいけば喉が涸れるほど叫んできた。音量を下げようなんて、だれひとり考えもしなかった。

Voice

人を寄せつけないために、難聴を利用する人もいます

◎ジャッキ・メッガー（精神分析家）

精神分析ほど難聴に対応してくれない仕事がほかにあるだろうか。患者は分析家から顔をそむけてカウチに寝そべっているから、唇を読むことはできない。分析のためには一言一句が重要だし、ときには、ぼそっと呟きかけてやめてしまった言葉こそ、いちばん重要なこともある。そのヒントを逃さず、最後まで話すよう促すには、耳が鋭くなくてはならない。

シアトルの精神分析家ジャッキ・メッガーが失聴後もずっと仕事を続けてこられたのは、テクノロジーのおかげだ。インタビューを行なった彼女の診療所は石と木の平屋建てで、ワシントン大学の学生街にあり、近隣では彼女の同僚たちもおおぜい心理療法士や精神分析家として開業している。メッガーは六〇代の美人で、アイリーン・フィッシャー風の身体を締めつけない服を着ている。オフィスのしつらえはごくふつう。セラピストの椅子、それと向き合う患者の椅子、分析用のカウチ、机。どこの診察室にもありそうな感じだ。メッガーは私に自分の椅子をすすめてくれた。彼女の顔が逆光にならずにすみ、唇を読みやすいからだ。精神分析家の椅子に座るなんて初めてだったから、単に心遣いに感謝するだけでなく、通常とは反対の立場を垣間見られそうでちょっぴりわくわくしてしまった。

メッガーの難聴は遺伝的なもので、六歳のときにはじまり、しだいに進行してきた。中学に上がるころには両側に補聴器をつけていた。「成長する過程では、あらゆる面で大きく影響されましたね。もちろん、今でもそうです。ただ当時は、この手のことっておおっぴらに口にしなかったんですね。とにかく気合を入れて集中する、ってだけ。大学では最前列に座って、なんとか乗り切ったものです」。大学を出るとスキー講師になったが、二八歳のときに、そろそろ「本当の」職業を考えなくてはと思いたった。そこでニューヨーク市立大学で聴覚障害者リハビリテーションの修士号を取得し、手話を習いはじめ、ニューヨークで聴覚障害者、盲ろう者を相手に仕事をしてきた。シアトルに移ると、ワシントン大学で医療ソーシャルワーカーの資格を取得した。この専攻では聴覚障害のある学生は彼女が初めてで、通訳者をつけてくれるよう、学長に手紙を書かなくてはならなかったことを今でも思い出すという。現在のワシントン大学には通訳コーディネイターがフルタイムで勤務しており、忙しく活動しているという。

一四年前に初めての人工内耳をつけると聞こえが大きく改善したことから、数年後、精神分析の勉強にのり出した。分析家を目ざす人は、教育分析といって、まずは自分が分析を受ける。この体験は「自分自身を、単にひとりの人間としてだけでなく、ひとりの聞こえない人間という面からも理解するためにも、私という人間に、私の今の姿に、難聴がどれほどの影響を及ぼしているかを把握する上でも、実に役だちました」という。

患者のほとんどは聴覚障害のない人だが、聞こえない人、耳の遠い人の診療を専門として掲げている。「あるとき新しくうちに通いはじめた人がいたんですけど、二、三回セッションしてみてもどうも会話がうまくかみ合った感じがしない。で、言ってみたんです、『なんだか、お話ししててもお互い何かを見落としてるような感じがするんですけど。もしかして、お耳の具合でもよくないんでしょうか』ってね。その人、びっくりしてましたけど、ええ、そうなんです、って言ってくれて。それからずっと話を続けて、だんだんわかってきたんです。補聴器をつけずにいることが、ほかの人たちをある程度以上寄せつけないための手段になってたんですね。それが、私の診察室でも出ちゃったってわけです。今ではその人、二つめの補聴器を持ってます。まわりの人たちとの関係は前より近くなったけど、それを楽しめるってこともわかった。もう、身を守るために難聴を利用する必要がないんですね」

私も、聴力が下がってきたとき、自分でなかなか認められなかったことを話した。「この近くの大企業に勤めている難聴の人たちも、ちょうどそんな感じですよ」。シアトルにはマイクロソフトやアマゾンをはじめ、テクノロジー関係の会社が多い。いずれもニューヨークタイムズと同様、内部での競争が激しく、若さが重視される環境だ。「みんな、だれにも知られちゃいけないって思ってました。競争の世界なんだ、ゆっくりしゃべってなんてとても言いだせない。障害があるって認めたが最後、置いてけぼりになるにちがいない、一段下に見られる、無能だと思われるって思いこんでたんです。今では、私たちは法律で守られていることになっています。ガイドライン自体は、確かに筋の通ったものです。大変なのは、自分たちで権利を主張していくこと、生産性を上げ、競争力を発揮するにはこれが必要なんですと要求していくこと」

聴覚障害のある人も、いつかは「受容」という段階に到達できるのではという意見には反対だという。「受容ねえ。そういう考えもあるんでしょうけど。障害は確かにあって、消えてなくなりはしないんだ、これは現実だし、難題がしつこく続いても、自分で対処するしかないんだと、はっきり認めるって意味でいうならね。トラブルがあってもなんとかこなしていく力は、伸びていくものです。その力がついたってことは、障害との間で、ある種の平和協定にまで至った印だとは思います。けど、完全に受け入れるなんて、本当の意味ではむりですよ」

みずみずしい青草の生い茂る中庭に面したシアトルの静かなオフィスで見る彼女は、心の安寧を手にしているように思えた。でも、悲しみも腹立ちも消えることはない。ただ目立たなくなるだけで、ときおり燃え上がるのだった。

4 隠れた障害・隠せる障害

聴覚障害は、はた目にはわからない。白い杖のような目印もないし、松葉杖もない。けいれんもしないし、身のこなしもぎくしゃくしていない。包帯もコルセットもない。長年、聞こえる人として生きてきた人なら、話し方も正常だろう。聞こえが悪くなった人のたいていが、うなずいたりほほえんだりといったあいまいな反応を、たちまちのうちに身につける。話している人やまわりの人のようすを観察して、タイミングをつかむのもうまくなる。

かくいう私だって、聞こえてもいないジョークに、何度笑ったことだろう。何を謝っているのかわからないのに、「本当に申しわけありません」とどれだけ言ってきただろう。聞こえてもいないし、もしかしたら反対かもしれない意見に、いかにも賛成しているみたいにうなずいた日がどれだけあっただろう。

耳が聞こえないということは、中途半端な語学力でパリへ行くのに似ている。疑問文は正しく言えるのに、相手の返事はさっぱり聞きとれないのだから。落とし穴。へま。事故。段差。聞こえにくい人の会話は、そんなものでいっぱいだ。ただし、落とし穴に落ちたからといって、落ちた本人が必ず気づく保証はない。私はもうずっと前から、特別に親しい友人たちとの時間をのぞいて、グループでの会話はやめてしまった。議論の脈絡が追えないからだ。今の話題はこれだなと思ったら、全然ちがっていたりする。その話はもう終わっていたり、そもそも出てさえいなかったり。聞こえるのは断片ばかり。よほどよく知っている話題のときは、なんとかつなぎ合わせることもできる。でも、少しでも議論になりそうな話題は、最初から避けてしまう。怖い人ともかかわらない。

ごまかすのは得意な方だから、私が聴覚障害者だとは知らない人もおおぜいいる。耳が悪いのだとは思われず、代わりに、偉そうだ、水くさい、考えごとばかりしている、よそ見ばかりしている、アルコールが入ってるんだ、あるいは、ただ単に、頭が悪いんだと思われている。

人の話がわかるときでも、聞きとりの努力で考える力が削られてしまう。何か返答をしようにも、脳みそは音を言葉に変換する作業に手いっぱいで、倉庫へ記憶をとりに行くエネルギーが残らないとみえる。新しい情報をしまい込む処理能力もない。人の名前など、覚えられない。

この現象をもう少し科学的な言葉遣いで論じたのが、ジョンズ・ホプキンズ大学のフランク・リンによる「難聴と付随する認知症」という論文で、二〇一一年に『アーカイブス・オブ・ニューロロジー(Archives of Neurology)』に掲載された。「聴力の低下が認知上の予備力に影響を及ぼす可能性があることは、いくつかの研究結果によって示唆されている。聴覚を通じた理解が困難になるような条件下(つまり、聴力の低下)では、より多くの認知リソースが情報処理につぎ込まれ、作業記憶など、他の認知プロセスを犠牲にしていることが示されている」

リンが示しているのは、難聴と認知症の頻度に関連があるということだった。聴覚の喪失が重くなればなるほど、認知症も増えていくのだ。「このように脳のリソースが聴覚処理へふり向けられることで、ほかの認知的プロセスに使えたはずの余力が枯渇して、臨床的に認知症の形になる時期の前倒しにつながっているのかもしれない」

リンが行なったのは前向き研究であり、ボルティモア長期加齢調査の参加者六三九人（三六歳から九〇歳）を追跡するというものだった。認知機能については調査開始時に標準的なテストで測定するが、なんらかの障害のある人は含まれていない。参加者の中には、一部、難聴のある人も含まれていた。追跡期間は一八年。その結果が発表されて間もなくボルティモアで行なわれたインタビューの中で、リンは、この調査がどれほどていねいに行なわれたかを詳しく説明している。「年齢、さまざまな健康上のリスク要因、糖尿病、高血圧などの影響が混ざらないように条件をきちんと合わせてみると、最初から難聴のあった人たちの方が、認知症の発生率が高いとわかったのです」。認知症を発症しているかどうかの判断は国立神経疾患・脳卒中研究所の作った診断基準に従っている。

では、難聴と認知症は、どうつながるのだろうか？　理屈の上では、いくつかの説明が考えられる。まず、耳が聞こえにくいとどうしても社交を避けがちになるが、対人的な孤立は認知症のリスク要因となる。ほかに考えられるのが、認知への負担過剰説。そして三つめの可能性が、両者に共通の原因の存在だ。「たとえば、なんらかの病気ですとか」とリンは言う。何か、聴力も奪い、認知症もひき起こすような身体的な異常があるかもしれない。私のような者にとっては、この三番めの仮説はひどくこたえる。

認知症と連動するのは軽度から中等度の難聴だが、難聴が重いほど認知症のリスクは上がる。補聴器の影響はないかのように見える（「補聴器使用の自己申告があっても、認知症が有意に減ることはない」とある）が、補聴器の使い方までは調べられていない。何年前から使用しているか、装着する頻度、機器の種類、いずれもデータはない。論文では「聴覚補助手段や聴覚リハビリテーションといった手だてが、認知機能の衰え方になんらかの影響を及ぼしうるかどうか」については、さらなる研究が必要だと指摘している。今のところ、その有無はまったく未知の領域に属する。

「認知症の発症を遅らせるため、私たちにできることはあるのでしょうか」というリンの問いは修辞疑問文であり、その声にはいらだちがにじみ出ている。「ものすごく重要なことなんですよ。二〇五〇年には、アメリカ人の三〇人に一人は認知症です。発症をたった一年遅らせるだけで、有病率は一五％も下げられる。医療費の削減だって、何十億ドルっていう桁になります」

ボルティモア加齢長期研究に協力したボランティアたちは社会経済的な地位の高い集団であるため、結果を過度に一般化しないよう気をつけなくては、とリンは言う。そうはいっても、社会経済的地位の低い層では難聴も認知症も多くなるのだから、この結果を人口全体に当てはめても言いすぎにはならないはずだろう。

＊＊＊

聴覚障害への偏見の歴史は古く、少なくとも紀元前一〇〇〇年には遡ることができる。当時のユダヤ律法は耳の聞こえない者に対し、財産所有と結婚の権利は制限つきながら認めていたものの、宗教施設で行なわれる儀式に本格的に参加することは禁じていた。

旧約聖書には耳の聞こえない人物はまれにしか登場しないが、デンマークの歴史学者レシー・テオドール・エーナルストヴェットによれば、たとえばレビ記の一九章一四節などは、どちらかといえば親切な姿勢を示しているという。「汝聾者《みみしひ》を詛《のろ》ふべからずまた瞽者《めしひ》の前に礙物をおくべからず」と古代ギリシャの人々は、聞こえない者との接触を避けた。彼らはギリシャ以外の人々を「わけのわからない言葉を話す者」と呼んで野蛮人扱いしていたが、確かに、耳の聞こえない人々もギリシャ語を話さない人にはちがいない。

初期キリスト教の時代になると、耳の聞こえない人々も社会の一員として受け入れる気風が強くなった。聖アウグスティヌス（三五四～四三〇）は、耳が聞こえなければ信仰に至る道は困難になるかもしれないが、聞こえない人だって学ぶことはできるのだから、教えを受け、救われることは可能だと記している。聖アウグスティヌスはまた、聞こえない人どうしの間で、一種の手話が使われていることを最初に記録した人でもある。ワシントンDCにあるギャローデット大学の歴史研究者たちが編纂した年表によると、アウグスティヌスは、思考や意見を伝える手段としての「身体の動き、手まね、ジェスチャーなどに言及した」という。

それなのに、新約聖書は長年、耳の聞こえない者にとってやっかいな問題となっている。中でも、マルコによる福音書の九章二五節を理由に、聴覚障害と悪魔憑きを同一視する人々が出てきたからだ。ここでイエスはある子供に出会う。「痙攣《ひきつ》け泡をふき、歯をくひしばり、而して痩せ衰ふ」子供だった。この子が同時に、耳が聞こえず、話のできない子でもあった。イエスは「唖《おふし》にて耳聾《みみしひ》なる霊よ、我なんぢに命ず、この子より出でよ、重ねて入《い》るな」と言った。

原理主義者たちは今もなお、このくだりを悪魔の憑依だとしている。とりわけ乱暴な解釈をしているのがトッド・ベントリーという福音伝道師で、「聾唖の霊を暴く」という文章も書いている。それによると、ベントリーは聴覚障害者の耳が治るように祈るのではなく、「聞こえなくしている悪魔に、耳から出ていくよう命じる」のだという。最初は二％ほどしか治せなかったが、信者の耳から悪魔を祓うようにしたら七五から八〇％が完治して、「ぼくは『ハレルヤ』と思ったね」だそうだ。

ベントリー師の素行は模範的とは言いがたく、自身の教会から批判を受けたこともある。一〇代のときに性的暴行で有罪になったことがあり（性犯罪グループのメンバーだったことを自分でも認めている）、薬物の濫用も経験したのちに一〇代後半でキリスト教に目ざめた。二〇〇八年には、妻と離婚して愛人だったインターンと再婚したため、所属の教会を追い出されている。

本人の弁によると、子供時代のわがままは母親の聴覚障害のせいだという。一〇代で犯罪に走ったのも、のちに宗教者になってから聴覚障害をテーマにするようになったのも、理由は母親だそうだ。お母さんの耳を治すことはできなかったが、ほかの障害者では何度も成功しているという。「ある日イエス様がぼくの心に、耳の聞こえない人の魂について語りかけてきたんだ」と彼は書いている。「福音書の中に出てくる、耳も聞こえず、口もきけなかった少年の話さ。その子はある霊にとり憑かれたんだけど、耳も聞こえないし、口もきけなかった。イエス様がその霊に、男の子の中から出ていけって言ったら、子供は聞こえるようになって、しゃべりだした。ぼくは言ったね、『そいつが鍵なんだ』って」

悪魔はなぜ、人の耳を聞こえなくしたがるのだろう？　ベントリーの説明ではこうなる。「悪魔にしてみたら、神様の声を聞かれてうれしいと思うかい？」

聴覚障害につきまとう偏見の中でも最大のものといえば、老齢を連想させるという点だろう。補聴器メーカーまでが、このステレオタイプに陥っている。補聴器の広告は、勃起不全の薬の広告によく似ている――出てくるのは容姿端麗で幸福そうな白髪の人々だ。大手メーカーの一つ、ワイデックスのパンフレットでは、美男美女のカップルが互いの背に腕を回している。どうやら、男の方が補聴器ユーザーという設定らしい。皺の寄った目でほほえみ、みごとな歯並びを見せ、セクシーな不精髭を生やしていて、耳の後ろに、かすかに補聴器を思わせるものが見える。

ほとんどすべての補聴器メーカーが、自社の製品が「人の目に見えない」ことを印象づけるべく腐心している。写真も、製品が耳穴におさまっているか、耳の後ろに回っているかで、かろうじて気づく程度のものが多い。『ヒアリング・ロス・マガジン』で長年コラムを連載しているマーク・ロスは、「目立たなさを賞賛することの難点は、自分の障害は隠さなくてはいけないような、恥ずかしいものらしいという意識を煽ってしまうことです。つまり、実際には『補聴器がいくら目立たなくなろうと、難聴そのものが恥ずかしいものだ』というメッセージが伝わってしまうのです」と記している。

＊＊＊

そんなスティグマのせいだろうか、聴覚障害を笑いのネタにしても、人々はあまり良心の咎めを感じないものらしい。ヴィクトル・ユーゴーの『ノートルダムのせむし男』には、息抜きのための笑えるシーンとして、耳も聞こえず口もきけないカジモドが、やはり耳の聞こえない裁判官の前に引き出されるくだりが挿入されている。この裁判官は、耳が遠いことを隠している。「耳が聞こえないと思われるより、愚かだと思われる方がましだ」という理由だった。

昨今では、（ミスター・マグーを除き）重い視覚障害のある人を笑いものにするなんて、ほとんど考えられない。身体障害や知的障害、精神障害も同断。肥満ジョークは悪趣味とみなされる。だが聴覚障害は未だに規制の外にある。その上、この私でさえ認めざるを得ないが、確かに面白いものが多い。

英国の小説家、デイヴィッド・ロッジの聴力が下がりはじめたのは四〇代のときだった。そして、多くの人がそうであるように、最初のうちはそのことを認めようとしなかった。その鋭くも笑いを誘う小説『ベイツ教授の受難』で、聴覚障害者の現実がいかに痛ましく、それでいて滑稽であるかを、ロッジは正確に描いている。物語は、主人公が騒がしいパーティーの席上で、赤い絹ブラウスの女性の話をなんとか聞きとろうとするところで幕を開ける。「いまや、赤いブラウスの女の胸に鼻を擦りつけるようにして右の耳を女の口元に近づけている男にとっては、騒音はしばらく前から、女が自分に向かって発する言葉の断片しか聞こえないレベルに達している」。女性は「地獄からの脱出《フライト・フロム・ヘル》」と言ったのだろうか、それとも「救いを求める叫び《クライ・フォー・ヘルプ》」と言ったのだろうか。二人が話しはじめて十分はたつのに、「彼はどう頑張っても会話の話題がなんなのかわからない」（高儀進訳　白水社 二〇一〇年 七〜八頁）。

あとのシーンで主人公はこんな文章をしたためる。「盲目は悲劇的だが、失聴は喜劇的だ。オイディプスを例にとろう。彼が自分の目をえぐる代わりに鼓膜を破ったとしてみよう。実際には、そのほうが論理的だったろう、なぜなら、自分の過去について恐るべきことを知ったのは耳を通してなのだから。けれども、それでは、盲目になったのと同じようなカタルシス効果はないだろう」（一九頁）

一九世紀のフェミニスト、ハリエット・マーティノーに対する世間一般の評価は、あくまで自説を曲げない、無遠慮なオールドミスというものだった。ところが、そんな彼女にダーウィンは魅せられ、その「愉快な」頭のよさに「お訪ねせずにはいられなく」なった。そして、手紙の中で「彼女が少しも醜くないのでひどく驚きました」と書いている。マーティノーは集まった客人たちに各自の意見をはっきり言うよう迫るため、気圧されてしまう人も少なくなかった。ところが、書いたものを読むと、実は彼女も苦しんでいたのだとわかる。耳の遠い人間が「相応の共感を示してもらえることはめったにない。頭で考えて配慮してもらえることさえ、あまりない」

聴覚障害を逆手にとってうまく活かす人も、いないわけではない。トーマス・エジソンの場合、耳が聞こえないために電信技師の道を選び、これがその後のさまざまな発見につながった。アレクサンダー・グラハム・ベルは、母親の聴覚障害が動機となって音響学を研究するようになった。ジャーナリストのI・F・ストーンの伝記を手がけたD・D・グッテンプランによると、ストーンの聴覚障害は「逆に有利にはたらいた。目の前で進行していることが聞こえない以上、毎日記者会見から記者会見へ飛び回ったところで意味がなくなり」「不都合な真実という金塊を次々と掘り起こす」時間を手にすることになったのだという。

シカゴの新聞ファミリーの創始者、ジョーゼフ・メディルは四〇代の前半で聴力のかなりを失った。ミーガン・マッキニーの『華麗なるメディル一族（*The Magnificent Medills*）』によると、「黒いらっぱ形の補聴器を使うことになり、見た目がぐっと年寄りくさくなった」という。しかし、「ジョーゼフの難聴はときと場合を選んでもいた。退屈な人、取るに足りない人のおしゃべりをブロックして、ほとんど質問かひとりごとに終始する一方的な会話を可能にしてくれた」のだった。

『珍説世界史パート1』でメル・ブルックス演じるルイ一六世は「王様ってサイコー」とはしゃぐ（もっとも、首をはねられてはサイコーもないだろうが）。自分がボスならば、耳が遠くても苦労は少なくてすむ。それでもやはり、つらいことはあるにちがいない。孤立と絶望——いらだち、落ちこみ、短気、恥ずかしい思い——は、権力者だろうと容赦しない。

物静かで辛抱づよい人々だって、自由ではない。先日、とある共通の友人について、「あの人、退屈なのよね」と漏らす人がいた。自分の意見がなんにもないし、ただそこに座って、おとなしく笑ってるばかりなんだもの、というのだ。私はたまたま知っていたが、その女性は耳がひどく遠い。補聴器を持っているかどうかは知らないが、聞こえていないことはたしかだ。それに、彼女がアルツハイマー症候群の初期段階にあるということも。リンの研究が示していたように、彼女の難聴とアルツハイマー発症とは偶然の一致ではないのかもしれない。

五感のどれであろうと、感覚の一つを失うのは大きな打撃だ。人はふつう、自分の感覚（視覚、嗅覚、聴覚、触覚、味覚）はあって当たり前だと思っている。視覚障害は疑似体験ができる。目かくしをして、そこらを歩き回ってみるだけでいい。嗅覚や味覚は、呼吸器系の病気で一時的に消えることがある。手や足の先は、かじかんだり、痺れたりすれば触覚がなくなる。聴覚も、大音量のコンサートのあとでしばらく失われることがある。そうはいっても、それが永久に失われた感覚をイメージするのは、ほとんど不可能に近い。

触覚が完全に、かつ永遠に失われることはめったになく、珍しい神経の障害でしかみられない。ところが二〇〇六年、体は動かせるのに感覚だけが完全に失われたケースを、しかも二例も紹介した報告が発表された。そこには、患者たちの根気づよいトレーニングぶりが記されている。一人はイアン・ウォーターマン氏といって、消えた触覚の代わりを視覚でカバーするすべを自力で身につけた。何をするにも、氏は「自分の身体と周囲のようすを目で追い、筋肉に適切な力を適切な時間だけ入れるべく、多大な意識的努力をもって手元の課題をこなして」いる。本人の弁では、それは毎日フルマラソンを完走するような感じだという。

ウォーターマン氏は、視覚による絶え間ないフィードバックがないと、自分の身体がどこにあるか知ることができない。立っているときに突然、照明が消えると、「ウォーターマンはたちまち床に倒れてしまった。視覚なしには自身の身体を監視できないためである」

味がわからなくなる現象はそれほど珍しくないが、実は味覚ではなく、嗅覚の障害が原因であるというケースが多い。国立聴覚・伝達障害研究所（ＮＩＤＣＤ）によると、味覚に異常を感じて病院へ行く人は年間二〇万人いる。アジュージア（味覚喪失）といっても、味が完全に消えることは少ない。それよりも、幻味（実際にはないものの味を感じる）が混ざったり、味を感じる力が弱くなったりするだけの方が多い。味覚に不具合があると、全身の健康にもかかわる。糖尿病や高血圧の人だと、砂糖や塩の量を味で判断できないから、制限がうまくできないことがある。またＮＩＤＣＤによれば、味覚障害はうつ病につながるそうだ（私に言わせるなら、どの感覚だって、失われればうつ病の原因になりそうな気がする）。また、味がわからなくなったのが、実はパーキンソン病やアルツハイマーなど中枢神経系の病気の症状の一つということもある。

シカゴで「アリニア」というレストランを経営するカリスマシェフ、グラント・アケッツは、舌にできた扁平上皮がんで命を失いかけたあとのいきさつを語っている。厳しい化学療法と放射線療法の組み合わせで命は助かった。舌も失わずにすんだ。仕事を休むことさえめったになかった。部下たちをひたすら鍛え、自分の味覚をまねさせる一方、自身は味覚以外の感覚を使って調理するすべを覚えた。最終的には、味覚も回復した――ただし、まずは甘味、次に塩味、苦味、酸味というように、一つずつ順に戻ってきたのだという。

「嗅覚は五感の中では継子のようなもので、なくなってもやっていけると思われがちです」と、転落事故で嗅覚を失ったロビン・マランツ・ヘニグは記している。「でも、もののにおいを感じられなかったときは、この世界に正式に住むことはできませんでした。それに、環境の中での身のこなしも、ほとんど気づかないほどではありますが、どこか不器用になっていたものです」

彼女は嗅覚をとり戻そうと、自力で訓練をした。「初めて芝生のにおいが戻ってきたのはアメリカ自然史博物館の近くにある小さな公園にいたときで、事故からちょうど丸二年という日でした。思わず泣いてしまいました。涙が出てしまうなんて恥ずかしかったのですが、芝生のにおいといえば、父の油絵の具、母のレールデュタンと同じように、子供時代の景色へとすぐさま連れ去ってくれる香りの一つなのです。そしてこのことこそ、失ってつらかったものでした。嗅覚の回復がこれほどありがたかったのも、そのせいです。嗅覚とは、私をかつての自分とお腹の底から結びつけてくれるものだからです」

年齢が進んでから失聴した大人には、かつての自分をとり戻すすべはない。機器と訓練で聞きとりができるようになる人もいるが、聞こえていたころの自分には二度と戻れない。最高の機器といえども、自然の造形にくらべれば、おそまつな代用品でしかない。

聴力を失うというのは、ほかのどの感覚を失うのともまったく別の体験だ。「聞こえる世界から沈黙の世界への移動は、冷え冷えとしたものだった」というのは、まだイギリス下院で将来を嘱望される若手だったころのジャック・アシュリーの言葉だ。彼は四五歳のときにウイルス感染で聴力を失い、最重度の聴覚障害者となった。彼は『成人後の失聴への適応』と題するアンソロジーに収められた文章の中で、「生まれたときから耳の聞こえなかった人々は、（かつて聞こえた経験という）有利さを奪われている代わり、荒涼たる喪失感は免れている」と記している。失聴してからもアシュリーは再選を重ね、さまざまな障害をもつ人々の権利を代弁する頼もしい政治家となった。

途中で失聴しても、子供のうちならふつうは適応が間に合うものだ。ところが成人後だと、世界が破壊され、人生は行きづまる。メアリー・カランドとケイト・サルヴァトーレが『ジ・ASHAリーダー』の中で記しているとおり、「聞こえなくなることを想定せずに、人格を築き上げてしまった後だからである。職業もあり、家庭もあり、性格もあるし、それらをすでにでき上がったものとして捉えている」。『トライブス』の登場人物シルヴィアがそうだ。そのボーイフレンド、ビリーは聞こえる人ばかりの家庭に育ったが、生まれつき耳が聞こえない。「耳が聞こえないってどんなことか、ぼくなら知ってるしね」という彼に、シルヴィアは言い返す。「でもあんた、聞こえなくなるってどんなことか、知らないじゃない！　ずっと考えちゃうのよ、『私、変わってしまった？　だれか別の人になっていくの？』ってね。だんだん、みすぼらしい人間になっていく。私らしさが消えていく感じがする……頭が悪くなったみたい」

もっと正式な言葉で表現するなら、カランドとサルヴァトーレが言うように、「年齢が進んでから聴力を失った成人の自己申告によると、彼らは失聴によって自分はこういう人間だという了解を奪われ、しばしばアイデンティティ危機を起こすという」となる。ジャック・アシュリーと同じく、荒涼たる喪失感に苦しむことになるわけだ。

かといって、荒廃は必ず約束されているというわけではない。そこは本人の回復力と性格による個人差が大きい。五〇代半ばで聴力のほとんどを失った芸術家のデイヴィッド・ホックニーは、ニューヨークタイムズの記者に「ほかの感覚は鋭くなりましたか」と問われて、こう答えている。「この話はほかの人にもきかれましたよ。目が見えなくなったら、自分がどこにいるのか探るため、音を利用しようとするでしょ。だけど、音はどうかねえ。自分がどこにいるかを音で知ることができないって人なら、そりゃ視覚を研ぎすますこともあるでしょうけど」

ホックニーは当時（一九九三年）、オペラの舞台装置も手がけていた。その作業過程を記録していた映画監督が、のちにインタビューに答えてこう語っている。「彼は、一つのオペラの装置をデザインするのに、一年もかけたりするんですよ。曲を聴きながら車を運転して、たとえばグランドキャニオンとか、景色のすばらしい土地をいくつも回るんです。曲を何度も何度も聴きこむまでは、デザインにとりかかりもしない。このプロセスがあるおかげで、あのとんでもなく強烈な装置が生まれるんです」「音楽がよく聞こえなくなってからは、オペラの装置からは手を引きました。でも、絵は描きつづけた。のびのびと描いてました。制作も人生も、まさに目いっぱいの情熱です」

ホックニーはニューヨークタイムズのインタビュアー、トリップ・ガブリエルを、カリフォルニア州道一号線のドライブに同乗させた。カーステレオは、ホックニーの耳でも聞こえるように大音量だった。そのときのようすを、ガブリエルはこう記している。

彼は東へ向きを変えると、女性の肩のような形をした斜面をのぼっていく。曲はとぎれることなく『美しく青きドナウ』へと切りかわった。サンタモニカ山地を進み、山が険しくなってくると、ホックニー氏の指がパネルの上を舞い、シュトラウスの快活な曲は、不思議に人の心をかき乱すワーグナーにとって代わられた。

彼は急斜面を下って谷間へ入ると、マリブ・クリーク州立公園へと車を進めた。緑のオークの木々とむき出しの岩とがおりなす景色は、どこか北スペインを思わせる。曲はワーグナーの『パルジファル』のオーケストラ部分に変わっていた。奇しくも、スペインの山岳地帯を舞台にした作品である。そういえば前に、ホックニーはロサンゼルスオペラのパルジファルのセットをデザインしようかと考えていると話していた。槍で突かれ、決して癒えない傷に苦しむ王の登場するこのオペラは、エイズの時代における一種の瞑想だと彼は考えているのだ。

ホックニーはおおぜいの友人をエイズで失い、今度は自らの聴力を失った。それでも彼はガブリエルに語った。「不思議に思うことがあるよ。どうしてみんな、ただ世界を見て、その美しさに気づかないんだろうってね」

Voice

失聴したって死にはしなかった。「生存者」になったんです

◎トニ・アイアコルッチ（元ソーシャルワーカー）

六年前、トニ・アイアコルッチは一週間のうちに左耳の聴力を完全に失った。「恐ろしい」経験だった。激しい耳鳴りがして、このうるささで生きていけるだろうかと思った。一週間入院し、大量のステロイドを投与されたが効果はなく、退院したときにはまったく聞こえなくなっていた。インタビューしたのは二〇一二年春、私の自宅に来てもらった。彼女は私の唇を読むか、私がコンピュータに打ちこむ質問文を読むという形だった。

聴力低下がはじまったのは子供のころで、いくらか周囲となじみにくくなりはしたが、補聴器が必要になるほどではなかった。子供時代のことをふり返って、彼女は「自分はみんなの外にいて、覗きこんでいるような感覚でいることが多かったですね」と語っている。成人後は、だんだん聴力が下がってくるのを無視してソーシャルワーカーを目ざし、数年は実務も経験した。ところが、人の話を聞いてなかったでしょうと同僚たちから指摘されることがあまりに多いと気づき、オーディオロジストのもとを訪れることになる。一度ではない。三軒も四軒も回った。「だれか、『治せる』人がいないかと思ったんです」

このとき左耳には補聴器をつけるようになったが、「ものすごく恥ずかしくて、だれにも見られたくな

かった」と言う。四〇代のはじめに突然、よかった方の右耳の聴力の大半を失い、それから一〇年後、五〇代で左耳の聴力低下が基準を超えたため、人工内耳埋めこみに適しているかどうかのスクリーニングに回された。検査の一環としてMRIを受けたところ聴神経腫瘍が見つかり、人工内耳は役にたたないことがわかった。

この段階では右耳はまったく聞こえず、左は（補聴器をつけても）十分には聞こえなかった。その左耳が聞こえなくなったのだから、両耳とも最重度になったわけだ。

ソーシャルワーカーの仕事はあきらめて久しい。レストランの店長もやった。ダンスカンパニーの運営もやった。イベント会場の内装会社を共同所有していたころもある。「ずっと悪戦苦闘だったくせに、耳が聞こえないことがここまでストレスになって、疲れてるとは気づかなかったんです」と言う。入院中、駆けつけてくれた友人たちに囲まれて、彼女はようやく納得した。耳こそ聞こえなくなったが、自分の中身は変わらない。前と同じ人間なんだ。

病院での日々は「これまでの難聴者としての人生から、まったく聞こえない人間としての新しい生活へと、スムーズに軌道修正するための時間になってくれました。妙な多幸感がありましたよ。難聴者ならだれでも、聴力が下がっていますねと告知された瞬間からずっと、意識的にせよ無意識にせよ、いつか完全に聞こえなくなることを恐れていると思うんです。でもほら、私はこのとおり……ちゃんと歩いてるし、睡眠もとってる。食事もして、友だちと遊んでる。失聴したからって死にはしなかった。『生存者』になったんです」

退院すると、運転免許証の記載内容を変更するべく、手続きにとりかかった。ところが、自動車局から必要な情報を聞き出すには、一三時間もかかった。「それで、スイッチが入っちゃった。自分にかぎらず、人をこんな目に遭わせるなんて不当だって思いました。それでなくても、耳が聞こえないってだけで十分大変なんですから。それから数か月、自動車局とメールのやりとりを続けました。そしてとうとう、免許書きかえの案内を、公式ウェブサイトに載せてもらったんです――この経験で、やめられなくなっちゃった」。権利擁護運動に夢中になったのだ。

彼女は全米難聴者協会（HLAA）ニューヨーク支部の企画委員をつとめ（会議はコミュニケーション・アクセス同時翻訳、略称CARTを用いてリアルタイムで字幕表示される）、支部のウェブサイトはデザインも内容の執筆も手がけたし、啓発と募金集めのためのウォーキング、「ウォーク４ヒアリング」のコーディネイター兼、副司会者として活躍している。二〇一一年のウォーク４ヒアリングでは一七万ドルが集まり、一二〇〇人が参加した。現在は、一般社会の啓発、CARTのアクセシビリティを高めるための運動、そして、当事者の人々が自らの喪失を認め、「気持ちの折り合いをつけられる」ように手助けすることを中心に活動している。

5

隠せばよけいに悪くなる

先日、ワシントンへ行くためペンシルベニア駅を利用した。切符は旅行会社で予約してあったが、自動発券機には長蛇の列ができている。遅れそうだった私は、列が短いからと窓口に並んだ。係の女性にはのっけから、呼ばれないうちに来たと叱られた（受付開始のライトが点いたあとだったのに）。それから、不満そうにぶつぶつと質問をしてくる。私は予約確認の印刷物を渡し、それからようやく、そのほかに運転免許証もいるらしいと気づいた。

列車は何番ホームに来てるんですかときくと（発車は五分後だ）、係員は左の方を指すようなあいまいなしぐさをして、何かわからないことを言った。マニュアルどおり、耳が悪いことは最初に言ってあった。それなのに、今度もまた、納得してはもらえなかったとみえる。ガラス壁の向こうの客は見たところ健康そうで、しゃべり方も変ではない。だから、自分の話が一言も聞こえていないなんて思えないのだ。私はおろおろと指差された方向へ走りだした。恥ずかしさと怒りと緊張で、聞こえない耳がなおさら聞こえなくなる。頭はくらくらし、すっかり自信をなくしてしまった。

聴力が下がりだしても、最初の二〇年は目をそむけていた。コンスタントに無視していたわけだから、ある意味で安定してはいた。そして、とうとうごまかしきれなくなったとたん、いきなりうつ状態へと陥った。離婚直前までいったし、友人たちにも会おうとせず、仕事も失った。働きざかりの中年期に聴力を失った人には、同様のパターンをたどる人が多い。否認、取り引き、怒り、抑うつ、そして――オーディオロジストの助けも借り、よい心理療法士との出会いもあれば――受容、というより、一応は受容にも似た状態へ至ることになる。

とはいえ、受容というのは、つかまえたかと思うとするっと逃げてしまうものでもある。さんざん苦労して抑えこんだ怒りや恥ずかしさの方が、よほど目だつ。ほんのちょっとの怒りにも、手もなくやられてしまう。

＊＊＊

昨今では、ひらがなで「ろう」と書く（英語だと、最初のDを大文字で書く）ろうコミュニティが元気だ。彼らには独自の言語があり、拠点となる建物もあり、仲間うち出身の専門家もいる。ろうの弁護士がいて、ろうの外科医師がいて、ろうの俳優がいる。どんな職種にも、どこかにろう者がいる。それとは正反対に、聴覚障害者たちはどっちつかずの薄闇に生きている。聞こえる人々の世界にもちゃんとは入れないが、ろうの世界の住人ではない。耳がよく聞こえないことを周囲に打ち明けたがらない人も多い。隠そうとすれば人といっしょにいても落ちつかず、自信がなくなっていく。「これは耳のせい？それともただ馬鹿なだけ？」と自問したこともある。まわりにも同じように思われていないかと怖かった。

難聴の人々では心理的な「不調」が一般人口全体の四倍起きやすいという。『アナルズ・オブ・インターナル・メディシン』誌に掲載された一九九〇年の研究によると、聴覚障害者を対象に心理社会的機能のテストを行なうと、三人に二人が人づき合いや情緒に重篤なハンディを訴えていることがわかった。抑うつ発症のパターンと感音性難聴の進行にも、関連がみられるようだ。ひどくなれば、抑うつが原因となって、全身の健康状態にも響きかねない。

ひとくちに心理的な影響といってもいろいろだが、たとえば認知への打撃と合わさった場合など、深刻になるケースもある。ノーマン・ドイジの『脳は奇跡を起こす』という本は、しだいに理解が進みつつあるヒトの脳の可塑性を扱ったものだが、その中にこんな言葉がある。「聞いたことを記憶したいと思うなら、はっきりとした音で聞くことが必要だ。わたしたちは、もとの信号の明瞭さで記憶するのがせいぜいなのだから（『脳は奇跡を起こす』竹迫仁子訳、講談社インターナショナル、二〇〇八年、九六ページ）。難聴と認知症の関連を調べたフランク・リンの疫学研究よりも前に出た本なのに、それを先取りしているかのようだ。

感覚の一つを失えば人は落ちこむものだが、自分はもしかして正気を失うのではないかという恐怖が伴うと、落ちこみは悪化する。落ちこめばますます引きこもる。それでなくても、耳が悪いと人前に出る自信をなくし、不安になるというのに。孤立は認知症のリスク要因。悪循環だ。

ベートーベンが一八〇二年に弟のカルルとヨハンに宛てた手紙をみれば、聞こえないとはどういうことなのかがよくわかる。「おお！　おまえたち、おまえたちは僕を意地悪で、強情っ張りで、人間嫌い扱いにし、またそう公言してきたが、それは僕に対しどんなに不当な扱いであったことか」と、彼は必死で理解を乞う。「僕がなぜそんな人間に見えるかという隠れた原因をおまえたちは知らぬのだ」。六年このかた「不治の病に冒され」た彼は、「燃ゆるような、快活な気性に生まれつき、人と交わる喜びを楽しむほうでいながら、若い身で自ら隠遁し、孤独の生活を送らねばならなかったのだ」(『新編　ベートーヴェンの手紙』小松雄一郎訳　岩波文庫　上巻九五〜九六ページ)

＊＊＊

耳が聞こえなくなると、本人だけでなく、家族や友人、同僚も影響を受ける。夫や妻、恋人、子供たち、古くからの友人、新しく親しくなった人。力になりたいという気はあるが、いざ実践しようと思うとひどく難しいのだ。一方、耳が聞こえないことを本人が認めていない場合、職場の人たちに、この人は自分だけ怠けているんだ、対等な仲間じゃないんだ、仕事がつまらないんだ、という印象を与えてしまうこともある。

耳の聞こえない人がいると、周囲の人にはかなりの負担がかかる。ゆっくり話したり、話すときに相手の方へ顔を向けたり、一度言ったことをくり返したり(ときには何回も)、相手が何かを覚えていなかったら、ああ、忘れたんじゃなくて最初から聞こえていなかったのかもね、と思い直したりしなくてはならない。情愛深い大人、よほど親しい友人だって、これだけ気を長く持つのは容易なことではない。一〇代の子供、短気な上司、忙しい医師、ストレスにやられている駅の窓口係では、どうしても手が回らないこともある。断られ、追い返され、無視され、うるさい子供のようにあしらわれる。さもなければ逆。やたらとゆっくり、どうかすると大声で、見下すようなしゃべり方でプライドを傷つけられ、わめきたくなる。「こっちは耳が聞こえないだけ、馬鹿じゃないんですけど！」

私にとってとりわけ苦手な場といえば、読書会だ。メンバーは親しい友人ばかり七人、耳のことは全員が知っているし、なんとか私が話に入れるよう、あれこれ気を配ってくれる。私が聞きそこねた言葉はくり返してくれるし、一人がノートを用意していて、どうしてもわからないフレーズは書いてくれる。それでもいつだったか、今日の会話はいつも以上にとっ散らかってたわねと言うと、「話がはずむときってそんなもんじゃないかな――新しい話題がどこから降ってくるか、予想なんてつかないもの」と言われてしまった。

聞こえる人ならそれもよかろう。でも私には文脈が必要だ。ある日、どういうわけかみんなは、銀河のハンバーガーとかいうしろものについて論じ合っていた。私がそのことを知っているのは、ノート係の友人がメモしてくれたからにすぎない。ただ、銀河のハンバーガーとはなんなのか、いまだに知らない。

どうにも厄介なのは、耳のことを知られたくない相手といっしょになったときだ（最近は、そんな状況は少なくなった）。人工内耳を起動してまだ三か月か四か月、そして、仕事をやめて数週間というある日のこと、友人と公園を散歩していたら、年来の知人、Ｊに出くわした。相手はキングチャールズ・スパニエルを連れている。よく、飼い主と飼い犬は顔が似るものだとか言う人がいるが、それはこの男を見たことがないからだ。Ｊはすすけて腹もたるみ、犬は優雅なおちびさんだ。そういう私は、うちの犬とかなり似ている――ぼさぼさの前髪が目にかかっているところも、いくつになっても仔犬なみのエネルギッシュさも。

「隠居生活、エンジョイしてますか」とJがきく。唇が動いたかと思うと、かすかな冷笑の形になった。私が「隠居」のせいでひどく落ちこんでいたときのことだ。

「え、なんて?」

「隠居生活、エンジョイしてますか」が三回。とうとう私は連れの顔を見た。

「いんきょだって」

「隠居!」それか。「まだ、いまいち実感がわかないもんですから」とは言ったものの、実感のなさが唯一の理由でないことは丸わかりだ。

言葉がわからなくて焦ると、思考も麻痺し、頭がまっ白になるものだ。このときは、互いに仲が悪いのがよけいに足を引っぱった。私たちは仕事の守備範囲も近いし、私が就いていたポストは、彼の方が適性のあるものだった。公園で出会ったその日、彼の顔には私の「隠居」のニュースが勝利として表れていた。私はニューヨークタイムズをやめた。それも、好きこのんで出ていったわけではない。挫折したのだ。彼が、俺ならもっとうまくやれるぞと前々から思っていた仕事に。

仕事のできばえについては、当の私でさえ首をかしげていた。私は無能なんだろうか。それとも、単に耳のせいなんだろうか。Jのときだけではない。人との会話でひどくやりきれない思いは何度も味わったものだが、あれはこっちの被害妄想にすぎないのだろうか。

同じ春の同じ時期に、とある出版記念パーティに行ったことがある。私の親友が、仲間のために開いたものだった。ほかのお客には、顔は知らなくても名前はわかる人、メールでつき合いのある人がたくさんいたから、これなら楽しめそうだと思ったのだ。人工内耳で聴力を回復したアーリーン・ロモフの手記『聞こえを取り戻して』は、自らの体験を親しみやすい口調で綴ったものだが、その中にも、聞こえなかった時期の社交の大変さが書かれていた。パーティーに参加するのも重労働だという。「楽しめたのかって？　いまいちね。なにしろ労力を使いすぎて」

私など、補聴器も人工内耳も活用してもなお、労力の使いすぎになっていた。友人のマンションはうっとりするほどかっこよかった。色とりどりの家具や小物、壁紙を張らずにペンキで彩色された壁、すべてがカラフルでエネルギーに満ちている。でも、敷物もカーテンもない空間で、一五人だか二〇人だかが同時にしゃべっている。その音響効果にはとても太刀打ちできない。

ロモフの本に出てきた「聞かずに会話を運ぶ法」なら、私だっていくつも知っている。話題を独占する。答えを予測できることばかり質問する。雑音が最も小さい場所に立ち、唇を読み、必死で頭を働かせる。なんとも疲れる。

この日は手がかりさえつかめそうになかった。音は壁に、床に、天井にはね返されるばかり。名前が聞きとれないので、だれと話しているのかわからない。コメントも質問も当てずっぽうだ。友人のそばにすごすごと逃げ帰ると、彼女は今話していた相手に私を紹介してくれた。知り合いのはずだが、だれだかわからない人だ。やはり名前は聞きとれない。二度目も失敗。一〇分で引き上げた。恥をかき、自分の障害に腹がたち、どうしようもない自己憐憫にひたったのだった。

＊＊＊

聴覚障害者にとって、レストランは広大な地雷原だ。足を踏み入れて人数を告げてから、店外に出る瞬間まで、頭ががんがん痛んで休むひまもない。店員の言葉、連れの言葉、ほとんど一品ごとに呈示される選択肢などについていこうとがんばるからだ。聴覚障害のある音楽家、リチャード・リードは「お飲み物はお決まりでしょうか」ときかれて、「ブルーチーズ入りドレッシング」と答えた。

それにしてもウエイターたちはなぜ、本日のおすすめをぺらぺらと暗誦したがるのだろう。毎日一枚よぶんに印刷して、グランドメニューに添えて渡す方が、よほど能率がいい。もしかしたら、外食産業には下積みの俳優が多いせいだろうか。私はもう何年も、本日のおすすめを頼んだことがない。

「耳が聞こえません」という看板でも背中にぶら下げて歩けたらいいのにと思うときもある。スーパーの狭い通路で、後ろから「すみません」と言われても私には聞こえない。結局は、しびれを切らしただれかに押しのけられることになる。

犬の散歩をしていたら、ジョギングしている人が後ろから近づいてきた。仔犬のころは、高速で動くものならなんでも自分の遊び相手だと思いこんでいた。ジョギング中の人たちにしたら迷惑な話だ。私だって、あまりすれすれのところを通過されるとひやっとする。昔よりは落ちついたはずの犬も、ときどき知らない人に釣られて、いきなりダッシュする。

自転車に追い越されることもある。後ろから「左通りまーす！」と言われるが、なんだかわからない。

買い物で私がまごまごしているとき、店員の頭をよぎるさまざまな考えについては、娘のエリザベスが教えてくれた。「最初は、また酔っ払いかと思った。次に、いや、ちょっと物慣れないだけかも、と思う。耳が遠いにしては若すぎるし、いい物を着てるから浮浪者のはずはない。よく見たら酔ってもいない。もしかして、頭が悪いだけかな?」

演劇欄の編集をしていたころに追いかけていたネタの一つに、ジェレミー・ピヴェンの降板事件があった。ブロードウェイで期限つきの公演中だったデイヴィッド・マメットの『スピード・ザ・プロウ』を、いきなり降りると言いだしたのだ。共演のラウル・エスパルザ(舞台の世界では一目置かれている)やエリザベス・モス(テレビドラマ『マッドメン』で有名になった)も集客に役だっているが、ピヴェンこそが看板役者だった。彼の演技はニューヨークタイムズの批評家ベン・ブラントリーにもほめられた。「彼は人間ばなれした優雅さと知性をもって(その役を)演じた」「彼は隠れた水脈を探り当て、観客はボビーのマッチョ的な強がりの下に、自己を問い直す疲れの色を垣間見ることとなる」

公演は一〇月二四日から三か月の予定で、売れゆきは非常に好調だった。そんな一二月の半ばに、ピヴェンは健康上の理由で役を降りると発表する。プロデューサーたちは激怒した。ピヴェンは金のなる木だ。これほど完売が続いているのは、彼がいればこそではないか。その年のブロードウェイでは、客寄せのためにテレビや映画の俳優を連れてくる例があまりに多く、ハリウッドからの出稼ぎ組などよりも生え抜きを応援したいという気運が高まっていた。ピヴェンの降板は、ちょうどそんな人々の神経を逆なでしたのだ。

健康上の理由とはいったいなんだと迫られ、彼は、寿司の食べすぎによる水銀中毒だ、倦怠感がひどく、医師に休演を命じられたと説明した。「何があろうと穴はあけるな」というのがブロードウェイの鉄則だ。制作側は俳優労働組合に苦情を申し立て、ピヴェン降板の理由について独自の調査を依頼した。結局、問題は仲裁手続きに持ちこまれ、本人は取材も拒否していた。

そんな二月のある日の午後――組合はピヴェンに有利な結論をくだしていた。彼は契約に違反していないというものだった――ニューヨークタイムズ演劇欄の記者、パトリック・ヒーリーにピヴェンから電話があった。もう話してもいいというのだ。ピヴェンを有名にした役といえば、HBOのドラマ『アントラージュ　オレたちのハリウッド』のアリ・ゴールド。傲岸不遜で、早口でしゃべる、けんか腰のエージェント役だ。今回の『スピード・ザ・プロウ』でも、やはり傲岸な男を演じている。どうしても、役柄と本人の人柄が重なってしまう。

まずはヒーリーが単独で一時間ばかり社外でピヴェンと会い、それから電話をよこした。ピヴェンが編集者たちと会いたいと言っている。文化面担当者のサム・シフトンと、演劇欄担当の私だ。もう一人、この件のなりゆきを報道していたデイヴ・イツコフ記者も同席することになった。わが社の文化面が有名人のスクープを取れるかもしれない。そんな事態は異例のことだけに、社内は大騒ぎだった。

また電話が鳴った。今度は母だった。いつになく泣き声で、怯えている。その日は父の通院日だった。一年前に寛解になった肺がんが再発していたという。ただでさえ悪い知らせなのに、もっと悪いのが伝え方だった。先生はそっけなく、事もなげに、こちらでできることはもうありませんと言ったらしい。お気の毒。さようなら。死ぬとわかって家へ帰した。少なくとも、母に言わせればそういうことだった。ショックで言葉も出ないし、わけがわからない。母の話も父の話ももう一つのみこめない。わかるのは、ひどく悪い知らせだということだけ。

それから何分もたたないうちに、ピヴェンが現れた。アリ・ゴールドそのまま、ただ、思ったより背は低かった。ピヴェン、シフトン、ヒーリー、いずれも男性ホルモン豊富なタイプばかり。それぞれの事情から一人でも多くの目に己が姿を焼きつけるべく、だだっ広い編集室のどまん中でわざわざ足を止めて立ち話をする。音響的には最悪の環境だ。私は彼らに近づいて、なんとか集中しようとした。それでなくても冒頭を聞きのがしたのに、話は今も猛スピードで続いている。競い合うような軽口の応酬が、ガラスの壁と高い天井に反射する。パニックが迫ってきて、吐いてしまったらどうしようと思う。不安で頭がわんわんして、多少は残っている聴力も阻まれてしまう。ストレスがあまりに激しいと、頭蓋骨内の圧力がひどく上がることがあるのだ。もしかしたら、耳鳴りの一種なのかもしれない。シフトンが私の方を向いて「デイヴ」がどうとか、と言ったので、推測で、呼んできますねと答えた。デイヴを見つけたものの、彼の声は一つも聞こえない。これはだめだとわかった。デイヴに伝言を頼んだ。心配な知らせが届いたの。帰らなきゃいけなくなったから、シフトンに言っといてくれない。デスクに戻り、泣き崩れた。

父の件だけなら、しばらく棚上げにもできる。でも、耳が聞こえないことを棚上げにはできない。そして、耳は父の件を棚上げしてくれない。難聴はストレスで悪化する。そしてこの日、母の電話によって私の聴力は急落したのだった。

＊＊＊

聴覚障害のことは人に隠していたから、人工内耳を入れて一年たってもなお、ほかの聴覚障害者に連絡をとることはほとんどなかった。本は多少読んだ。インターネットのチャットルームも何度か、自分は発言せずに閲覧した。本を読んでも、奇跡みたいなお話が多かった。アーリーン・ロモフの『聞こえを取り戻して』もそうだった。彼女は文章でも講演でも人を惹きつける。明るいキャラも地だろう。聴覚障害者たちに文化を、とりわけ演劇を届ける運動でも、大きな役割を果たしてきた人でもある。でも、自分も人工内耳をつけたあとで彼女の本を読むと、ひどく落ちこんでしまった。起動してたった一週間で、電話ができたなんて！　私など二年たっても、電話となるとほとんど聞きとれない。

ロモフは進歩が速かった。つまずきも経験していないから、新しい毎日への陶酔も感動も、曇らされることがなかった。おかげで、読者を励ますための本なのに、読むと自分は本気でどこか悪いんだと感じてしまった。私は落ちこぼれなんだ。どうせ私が悪い。努力が足りなかった。練習が足りなかった。ポジティブさも足りない。どれも本当のことではある。その一方で、人工内耳の装着に慣れることも、それを使って十分に聞きとれるようになることも、長く険しい道のりなのだ。そこまでたどり着かない人もいれば、孤独の方がまだしも気楽だと元の生活に戻る人もいる。

自分と同じような人、単に耳が聞こえないだけでなく、聞こえない生活に適応できなくて困っている人はたくさんいるんだ——そう知って初めて、さすがの私も全米難聴者協会（HLAA）に入ろうという気になった。それまで、ずっと抵抗していた。群れるのが嫌いなのだ。年次大会にも行きたくなかった。全員が顔見知りばかりの内輪の集まりなんじゃないか、家族連れや友人グループばかりなんじゃないか、内容も絆づくりやら社交やらが中心なんじゃないかと思っていたから。確かに、初日には歓迎ディナーもあったし、団体でケネディーセンターへ『ウィケッド』を観にいくツアーもあった。その種の催しには参加しなかったが、研究者の出るシンポジウムには行ったし、ワークショップは詰めこめるだけ詰めこんだ。最新流行のあやしげな心理学用語を聞かされるだけのものもあったが、本当に賢明な人たちが難聴という現象をありとあらゆる角度から語るのを聞くことができたし、客席にも本当に賢明な人たちがいて、質問をしたり、コメントをしたりしていた。

ワークショップのテーマとしては、失聴が心に与える影響を扱ったものが多かった。私もひどいショックを受けたが、おおぜいが同じ思いをしたと知った。私の場合、飲みすぎになった。友人と会うのをやめた。映画にも、パーティーにも行かなくなった。そしてついに、未練たっぷりのまま仕事をやめた。子供たちとは口喧嘩をしたし、夫にはすぐにかみついた。店員だろうとだれだろうと、相手の言葉が聞きとれないと無愛想にふるまった。放ったらかしにしてあった昔の喪失体験が、目の前の喪失とごっちゃになる。すさんだ時期だった。ＨＬＡＡの大会へ行ったころはもう、落ちついたとまでは言えないにせよ、難聴と共存して生きることを覚えつつあった。一年前だったらうつ状態にはまり込んでいて、そんな場所まで出ていく気力もなかっただろう。

講師の一人に、ジェシカ・ホルトンという人がいた。臨床ソーシャルワーカーで嗜癖の専門家でもある。演題は「逃げようとして囚われる――失聴の喪失感をまぎらす不健康な対処スキルについて」だった。講師は小柄で、短い黒髪が印象的な女性だった。説明はくどいし、単純化も過ぎる。途中で席を立とうとしたが、立つことができない。鼻につくのは、自分のことを言われているせいだと気づいたからだ。

「耳が聞こえなくなった悲しさは、誤解されやすいんです」というのがはじまりだった。「人はとかく、他人の悲しみはさっさと終わるものと思いがちです。『もう三か月もたつのよ。自宅は残ったし、お子さんたちも元気なんでしょ。いつまでくよくよしてんの』というわけです」。その傾向が、失聴の場合はよけいに露骨になる。聞こえないと何が起きるのか、たいていの人には見当もつかないからだ。

この手の議論にはありがちだが、ホルトンもやはり、エリザベス・キューブラー゠ロスの悲嘆モデルを使っていた。「これらの各段階を、一つずつ順に歩んでいくのではありません。飛びだしたかと思うとぐいっと引き戻されたり、常にそんなくり返しです。行き着く先は、『これが私だ。これも私らしさの一部だ』という境地です」

そこまで至るのは容易なことではない。講師はよくない対処テクニックの例をあげた。薬物やアルコールの濫用、皮膚をむしる、髪の毛を抜くといった強迫行動、食事を減らしすぎる、食べすぎる、エクササイズがやめられなくなる、交際相手をひんぱんに変える。苦痛を鎮めてくれるものであれば、何が選ばれるかわからない。話はそこから、こうした罠をのり越え、健全な対処スキルを育てる方法へと進んでいった。

また、サム・トライキン博士という人は、数あるストレスの中でも聴力の低下に特有の問題とは何かを語っていた。聞こえなくなれば人とのつながりも断ち切られるし、一方では、日常生活の不便もある。「でも、ほとんどの人にとって、問題はコミュニケーションの困難なんです」と博士は言う。「他者とのつながりは、ヒトの生存のための基礎的なニーズです。脳は経験に反応して成長するんですが、成長につながる主な刺激といえば、ほかの人との交流、新しいスキルを学ぶこと。それでニューロンが育つんです」。自宅で座って『ロー&オーダー』の再放送を観ていたのでは、新しいニューロンなんて大して伸びてはくれないという。

「みなさんの中で、首や肩が凝るって人は？」と問われて、客席から手があがる。「難聴とストレスは、筋肉痛に影響を与えるんですよ。そのほか、心拍数にも関係します」。こうして講演は、怒り、落ちこみ、ばつの悪い体験、不全感、申しわけなさ、恥ずかしさなど、博士が呼ぶところの「悪いハイ」（「よいハイ」と対になる概念だ）の話題へと進んでいった。「悪いハイは副腎にコルチゾルを作らせ、血中に放出させるんです」。長びけば、心臓病などの慢性疾患の一因にもなりうる。難聴の人にはありがちなことだが、悪いハイがのべつ幕なし続いているのは「コルチゾルの風呂に浸かっているようなもの」で、消化器系にダメージを与えるという。「ネガティブな感情といっても、ぽーんとはね上がって二〇分かそこらで元に戻るんなら、別にいいんです。けど、たとえばそれが一週間戻らないとか、一回ずつはそこまでいかなくてもひんぱんにくり返されるとかすれば、これは身体に悪い」

現に、難聴と心臓病は統計的に関連がある。フラミンガム心臓研究では、低音型の難聴と、さまざまな心血管イベントとの間に関連が見つかっている。ウィスコンシン州マディソンにあるウィスコンシン医科大学で耳咽喉科学とコミュニケーション科学の教授を務めるデイヴィッド・R・フリートランド博士の仮説では、低周波数域の聴力低下をヒントに、まだ初期の脳血管疾患を見つけたり、循環器疾患を発症する危険のある人を見つけたりできるのではないかという。

一般には、内耳は循環器疾患の前兆をさがせる器官に含まれていない（心臓、脳、動脈、腎臓、目ということになっている）が、フリートランドらは、内耳も血管の多いところだし、血管系に不具合が起きると低周波数域が聞こえなくなると記している。「内耳は血流の状態にきわめて敏感であり、敏感さで劣るほかの器官に先がけて異常を見いだせるほどである」

トライキン博士の講演では、こんな話も出た。「慢性的なストレスは、混乱や注意散漫、決定の困難などにもつながります」。私など、手帳に念入りに書きこんでもなお、約束を忘れる。人と話したことを忘れる。台所に何しに来たか思い出せない。選択肢は宙ぶらりんにしておく。わが家では、私はなんでもぎりぎりまで決めずに放っておくというので評判が悪い。

博士は最後に、強固な人脈が大切ですと強調して締めくくった。私の場合、耳が聞こえなくなってよかったことの一つが、今までと別の人脈ができたことだ。聞こえないことで——聞こえないことを認め、公表したことで——聞こえていたら出会うことのなかった人たちと会えた。ある六〇代の友人がこの間、新しい知り合いを作る方法があればいいのにと言っていた。私にはそれがある。

聞こえなくなった事実を受け入れましょう、とトライキン博士は言っていた。受け入れて、まわりの人にも話すんです。難聴は偏見をもたれています。「無能だとか、コミュニケーションが下手だとか。傷ものだ、年寄りのものだ、虚弱だ、不具だ」。こうした偏見の被害は「二重構造になるんです。聞こえないなんて白状したくない。いつばれるかと、常にびくびくしてすごす。隠すってなると、補聴器などの聞こえを助ける道具も使えないし、もっとはっきりしゃべってとも頼めない。これじゃやっていけません。でも、聞こえないんですと言ったら言ったで、今度は三〇秒ごとに言い続けなきゃいけませんよ。向こうはすぐ忘れます。人間なんてみんな、相手の聞こえなんかより、自分の言いたいことに興味があるものです」

毎日ふつうのふりばかりしていると、ぐったり疲れる。ほら、Tシャツにも、カレンダーにも、ポスターにも、マグカップにも、ジグソーパズルにも、車に貼るステッカーにも書いてあるではないか。月並みな標語って、案外正しい。これも真理なのだ。

Voice 持ってるもので生きるしかない

◎ジェイ・アラン・ジマーマン（作曲家）

作曲家のジェイ・アラン・ジマーマンは、大人になってから失聴した自身の体験を、楽しいミュージカル『ジェイ・アラン・ジマーマンズ・インクレディブリー・デフ・ミュージカル』の素材に変えた。私は昼公演を観にいったが、客席のそこここに混ざる聴覚障害者たちがどっと笑い、あるあるとうなずき、ときに涙するという舞台だった（背景に字幕を映写して、聞こえない人たちも一字一句のがさず理解できるようにしてあった）。

インタビューしたのはそれから数か月後。ジェイも私も同じアッパーウエストサイドの住人だったので、近所の喫茶店で会うことになった。午後の遅い時間で客は私たちだけだったが、それでもジェイには私の言葉が聞きとれない。彼は補聴器を持っていないし、人工内耳が使えそうなタイプでありながらそれもなし。私の質問はキーボードで打ち、彼が音声で答えることになった。

ジェイは音楽に囲まれて育った。お母さんがピアノの先生という点は、ミュージカルに登場する「ヤングJ」が歌うのと同じ。「音楽はゆりかごにも届いた／ママのピアノから／バッハやショパンを教えてたんだ／下の部屋で」

ジェイも音楽を仕事にするようになった。ニューヨークに移り、数年にわたって「やたらと肩書きの多い毎日」を送った。ミュージカルをいくつも作曲して、各種のマイノリティ団体と一般の批評家の双方から好評を得て、受賞もした。作曲だけでなく、映画も撮った（大学はニューヨーク大学のティッシュ芸術学部、専攻は映画だった）。オフ・オフ・ブロードウェイで何度か芝居にも出たし、スタンダップ・コメディもやった。「音楽が流れると地球が回りだす／そうさ、世界じゅうが歌いだす！／ぼくの指先から流れだした／ぼくの息から、ぼくの歌からも」とヤングＪは歌う。「生まれたときから飛ばしてた、出してやっては／帰ってきたら入れてやるくり返し／流れを止めずに回してきた／エクスタシーの循環を」

二〇〇一年、また一つ肩書きがふえた。「耳の聞こえない」というのがそれだ。『ジェイ・アラン・ジマーマンズ・インクレディブリー・デフ・ミュージカル』は、これまでの全部を織りこんで一つにしたものだ。先に引用した歌のラストは、「そこにも一つ別の音がふくらんできて／悲惨なフィナーレさ」と締めくくられる。

午後の喫茶店で、ジマーマンはその「悲惨なフィナーレ」について語ってくれた。当時、彼は妻と幼い息子と三人で、世界貿易センターの南棟に面した小さな部屋に住んでいた。外がよく見える部屋に住むなんて初めてのことだった。リビングの外には、ガラスのドアで出られる「ジュリエット用バルコニー」――植木鉢しか置けないような小さなバルコニー――がついていた。

九月一一日の朝、ジェイが一人で家にいると、ツインタワーの周辺で紙が舞っているのが見えた。パレードか何かで紙ふぶきをまいているんだなと思ってビデオカメラを出してきたため、まず一つ、続いてもう一つのビルの倒壊を録画することになった。埃と灰が猛スピードで押しよせてくるのが見えた。これはガラスが割れるのではないかと思ったが、全身が麻痺したように動けなかった。ドアは割れるかと思いのほか、内側に勢いよく開いた。埃と灰と、遺体の破片が部屋を埋めつくした。

それまでも、聞こえに多少の困難――一種の耳鳴りだが、本人の表現を借りれば「蚊のミニチュア」だそうだ――はあったが、このときから悪くなった。一家は街を離れたが、街はジェイを離してくれなかった。呼吸器の病気を何度も発症し、それもまた耳の障害を悪化させた。ピアノでいうと中央のCから上は重度難聴だが、それより下は聞こえる部分もあるという。そのせいもあって「全聾」ではなく「生活機能上は聾」(事実上の聾)ということになっている。

ジマーマンは耳の聞こえない音楽家ばかりのグループでプロとして演奏もしていて、評判もいい。芝居の仕事も続けている。かつてはブロードウェイやオフ・ブロードウェイで前途有望な若手作曲家だった彼だが、演奏するにも作曲するにも、別のやり方を覚えたのだ。『インクレディブリー・デフ・ミュージカル』はテンポが速く、辛口で、面白い。私が観たのはニューヨーク・ミュージカル・シアター・フェスティバルに参加していたときで、このときは六回上演されている。最後の歌では、ジェイ(登場人物のジェイではなく、作曲者のジェイ)が観客をリードし、バックには歌詞の字幕が映写される。観客は重度難聴の人たちで、手に持った風船でリズムを感じ、立ち上がって手を叩き、いっしょに歌いだす。

持ってるもので生きるしかない
何は変えられて
何は変えられないか知らなくちゃ

もしも世界じゅうが崩れちゃっても
心の中でこっそり踊るのさ

6 補聴器、この恥ずかしきもの

「『補聴器ですよーーっ』と叫ばない補聴器です」。インターネットの補聴器情報サイト「ヘルシー・ヒアリング」では、インナーイヤー式補聴器の外見的な利点をこう表現している。私が最初に使った補聴器も、このタイプ。補聴器を処方されてから、二三年後のことだった。補聴器が必要になってから実際に手にするまでのタイムラグは、平均七年。最後まで入手せずに終わる人も少なくない。

当時は五三歳で、自分の年齢をひどく気にしていた。その三年前、五〇になってすぐ、私は古巣であるニューヨークタイムズ・マガジン（日曜版別冊）に副編集長として舞い戻った。直属の上司はアダム・モス。昇進したばかりで、私より一〇歳年下だ。論説委員になったゲリー・マルゾラッティとならんで昇進が発表される段になって、年は書かないでくれと頼みこんだ。秘密を暴かれた上に、補聴器までつけて出勤するなんて。だから、「見えない」補聴器はまさに私のためにあるようなものだった。

二〇〇二年の秋に聴力がさらに落ち、もはや選択の余地がなくなった。今度も、原因はストレスだった。世界貿易センター攻撃事件をきっかけにはじまって、それから一年近くもしつこく続いた。

九月一一日に現場の近くにいたわけではない。世界中の人々のほとんどがそうだったように、二つの塔が崩れるところはテレビで見た。それでも、ことはほんの数マイル先で起きたのだ。焼けただれた遺体の破片や紙くず、瓦礫などが暗い吹雪のように降りそそいだのも、私の歩き慣れた通りだ。それから何か月も、ニューヨークの街は不安と恐怖でいっぱいだった。次の攻撃は、炭疽菌は、地下鉄は？戦闘機が頭上を飛びかい、街角には重装備の兵士たちが立っていた。事件の半年後には、自宅の窓からウェストエンド・アベニューのはるか南側を見れば、ビルの跡地からありし日の形を摸して空へ照射される二本の光の柱が見えた。ニューヨークタイムズ・マガジンの表紙案として、攻撃の翌週に着想が生まれたものだった。

日曜版別冊の編集部は、当時はまだ西四三丁目にあったニューヨークタイムズ・ビルディングの、郵便室と同じフロアにあった。数週間に一度は、防護服（白いツナギにフードとマスクだった）に身を固めた男たちが、不審な荷物を確認すべく、足早に通りすぎていく。向こうは防護服を着ているが、こっちはふつうに仕事を続けている。空気中に何か有害なものが放出されていようと、無防備なままだ。爆弾も警戒されていた。何度かはビルの全員で退避したし、何度かは今の場所を動かないように指示された（世界貿易センターのテナントたちに下された指示を思い出させる）。

娘のエリザベスは高校に入ったばかりで、地下鉄通学だった。毎朝、タイムズ・スクエア駅で乗りかえて、東一六丁目へむかう。東京での事件と同様、地下鉄に毒ガスがまかれるのではないかと、私は気の休まるひまもなかった。娘には携帯電話を買い与え、乗る前と降りたあとには電話で連絡させるようにしていた。タイムズ・スクエアにも、地下鉄網のそこここにも銃と防弾衣で武装した兵士がうろうろしていて、その姿を見るたび、危険はまだ去ってはいないのだと思い起こすことになる。

息子のウィルは大学進学で家を出たところだった。国じゅうが苦しんでいるこんな時期に一人だけ家族から離れているのは可哀想な気もしたが、州北部の田舎にいるのは安心だとも思った。狙われやすいマンハッタンを離れている方がよかろう。

仕事はきつかった。これまでは、日曜版の別冊といえば、ニュースを離れた読みものや独自の特集を扱っていたのが、テロや戦争、政治、外交といった硬いニュース中心に移行することになったからだ。家に帰ってもストレスが待っていた。ダンとの仲がぎくしゃくしていたのだ。

ストレスに気をとられて、耳が悪くなっても気づくひまがなかった。二〇〇二年の秋にホフマン先生のところで検査を受けてみると、聴力は左右とも大幅に低下していた。両耳に補聴器を処方され、ここへきてさすがの私も、お医者さんの指示に従うことになったのだった。

試してみてすぐに思い知ったが、補聴器をぴったり合わせるのはなかなか難しい。担当のオーディオロジストはテレーズ・ディーラインという女性だが、私がいろいろなメーカーの製品を次々と試してみるたび、いつもしんぼう強くつき合ってくれた。新しい機種を試すとなると、そのつど、耳の穴の形に合わせて誂えてもらわねばならない。メーカー側に決められた試用期間は一か月。すべての調整がすむまでには、何度も試着と修正をくり返さねばならないこともある。最終的に選んだのは小さな赤と青のプラスチック製の製品で、役に立ってはくれた――右は確かに聞こえやすくなったし、左は正体不明の音が大きくなるだけだったが、右とのバランスはよくなった。それに、人からはほとんど見えなかった。

他人から見えないおかげで、否認から認知へという重要な一歩を踏み出せた人は多い。インナーイヤー式補聴器の広告は、「つけていてもだれにも見えません。難聴なんて恥を、白状する必要はないのです！」と言いかえることもできる。しかし、難聴が恥だというこの感覚こそ、人々の補聴器使用を遅らせる要因なのに、それを補聴器メーカーが煽っている。

＊＊＊

ベター・ヒアリング研究所のセルゲイ・コチキンによると、補聴器が必要になってから入手までの時間差がひどいケースが目につくという。さっさと行動する人がいる一方で、自分を騙しきれなくなるか、家族や友人に押しきられるまで何十年も待つ人もいる。コチキンによれば、難聴者の大半は六五歳未満だし、五五歳未満が半分近くもいるのに、初めての補聴器を手にした人の平均年齢は七〇歳に近いという。

聴覚障害者が四八〇〇万人いるとした二〇一一年のフランク・リンの論文では、五〇歳以上の人のうち、補聴器などの補助機器を利用しているのは七人に一人しかいないことも示した。ただし、リンの調査対象には片耳だけの障害の人も含まれているため、それが数字に影響している可能性はある。もう片方で聞くことができるなら、先延ばししている間の不自由も軽かろう。

コチキンはリンの調査結果が困ったメッセージを発しないかと危惧している。難聴者の全員に補聴器が向いているわけではない。補聴器が合う人だけで調べれば、使用率はずっと上がる。中等度から高度で補聴器で矯正が可能な人をとれば四〇％、高度から重度だと六〇～六五％になる。リンの結論は補聴器の使用率を上げるつもりが、かえって下げはしないかというのだ。「ジョンズ・ホプキンズ大がこのように（まぎらわしく）低い使用率を出したことは、公報のためには大いに害になると考える。（中略）あえて少数派になってまで、こんなに使用率の低い補聴器を使いたいという気になれるだろうか？」

五〇歳以上で補聴器が役だつ人の七人に一人が使ったとしても、実際のユーザーのほとんどが高齢者になることにちがいはない（そのために、「補聴器は年寄りくさいもの」という偏見が強化されてしまう）。フランク・リンの調査でも、補聴器の必要な人々のうち、実際に使用する人の割合は八〇歳以上だと二二・一％なのに、五〇歳から五九歳だとわずか四・五％になる。私はリンにたずねてみた。この差は、若い人ほど（年寄りくさいという偏見から）補聴器に抵抗があるせいでしょうか？　それとも、障害の重さに差があるのが原因だと思われますか？　どちらも少しずつ本当とのことだった（いい質問です、と彼からのメールには書かれていた。私は、発想の鋭さをほめられると、いつも嬉しくなってしまう）。「確かに、八〇歳以上の層とくらべると、五〇歳以上では障害の重い人が少なくなります。それも使用者の少なさに影響していることはまちがいありません。ですが、年齢層ごとの使用者率を見てみると、障害の重さがそろうように区分けしてもなお、五〇歳の人は高齢者よりずっと補聴器を使っていないことがわかります」

イギリスでは補聴器が無料で使えるのに、それでも使う人の比率は比較的低い。そのことからも、見た目の恥ずかしさが関わっていそうだとわかる。セルゲイ・コチキンも最初のうちは私の意見に反対で、くださったメールにも、羞恥心より障害の重さの方がずっと重要だと書かれていた。しかし、二〇〇七年のマーケットラック調査はその意見とはかみ合わない。「図の2によれば、補聴器が役だつにもかかわらず利用しない人の平均年齢は、単に補聴器を使っていない人全体よりも八歳から一五歳は低い。補聴器を実際に使っている人と、使えるのに使わない人の年齢差は、何に起因するのだろうか？われわれの仮説は、補聴器は高齢者のものだとの偏見が大きく関わっているのではないかというものだ」

＊＊＊

原因は見栄ばかりではない。アメリカでは、補聴器は高い。中でも軽度から中等度の人に最適なオーダーメイドの耳穴型が特に高い。私も、障害が重くなってくると本体を耳の後ろに引っかけタイプに移行したが、最初はこれだった。軽度や中等度なら、なんとかがまんできてしまう人もいるだろう。そんな層の場合、補聴器が必需品とは感じられず、娯楽・教養やぜいたく品と同様、生活の質を高めるだけの裁量支出の扱いになることが珍しくない。

保険会社では、補聴器は裁量支出となっている。しかも、難聴がどんなに重くても変わらない。ほとんどの保険会社では補聴器は医療機器に分類され、対象外となるか、ごく一部だけが返ってくるしくみになっている。未矯正は失業や心の問題とも関連するから、このような方針は費用対効果にすぐれているとはいえないのではないか。

良質な補聴器は、だいたい二〇〇〇ドルから六〇〇〇ドルする。オーディオロジストやメーカーが暴利をむさぼっているせいにする人もいるが、もちろん、真相はそんな単純な話ではない。いずれにせよ変わらないのは、要するに補聴器を手にするには大変な費用がかかるということ。近年、健康管理改革案の一環として、補聴器にも課税しようという案が国会に提出されたことがある。最終的には、眼鏡やコンタクトレンズと同様に非課税が認められたのだが。

こんなに高いくせに、補聴器は実になくしやすいときている。うるさい場所では外すし、耳が疲れれば外す。電池が切れて外すこともある。建前としてはケースも持ち歩くことになっているが、私の場合、そんなものが手元にあったためしがない。だからブラジャーの中に押しこむのだが、これは二種類の災難を招く。一つは、服にひびくと、乳首が変な位置についているように見えること。もう一つは、ブラジャーもろとも洗濯かごに放りこんでしまうこと。

補聴器を食べてしまった人がいると言っても、なかなか信じられないかもしれない。私の知人の一人は、奥さんの証言によると、うるさいレストランではずした補聴器を皿のすみっこに置き、あとになって、パンの皮とまちがえて口に放りこんだそうだ（のみ込んだかどうかまでは知らない）。ココアがけの粒形キャラメル、ミルク・ダッドとまちがえたというアイダホ州の女性は、インターネットで一躍有名人になった。犬に食べられてしまった話はよく聞く。わが家では、携帯電話一つ、腕時計のバンド部分は数えきれないほど、眼鏡一つが犬の被害にあっているが、補聴器はやられていない――今のところは、まだ（しかし二〇一二年に、人工内耳に接続するマイクは食べられた。販売会社であるアドバンスト・バイオニクス社では、修理不能の破損または紛失の場合、一回だけ新品を提供してくれることになっており、この制度を利用した）。

高くて、不愉快で、恥ずかしく、なくしやすい補聴器だが、その上さらに、あまりよく聞こえないことが多い。キーキー、ヒューヒューいうばかりだった昔のものにくらべれば長足の進歩だが、人の話を理解するとなると、確実とはほど遠い。その上、不器用な人やお年寄りの指先では扱いが難しい。電池は超小型の円盤形で、本体についたドア状のふたを開けて交換するようになっている。私は不器用でもなければ高齢者でもないが、それでも換えの電池はよく落とす。落ちたが最後、家具の下へ隠れてしまい、二度とお目にかかることはない。

補聴器も人工内耳も、男性より女性の方が利用率が高い。理由はたくさんあるのだろう。髪の毛で器具を隠しやすいのも一つだろうし、耳にかぎらず女性の方が健康管理にまめなことはよく知られているとおりだ。

＊＊＊

オーディオロジストは補聴器を調整し、設定するにあたって、患者の聞こえ具合を観察している。だから、ひたすらしゃべりまくるのも仕事の一環なのだ。私がお世話になっていたテレーズは、まるで倍速設定になったテープレコーダーのようによくしゃべる。スイッチを押せばおしゃべりが飛び出すが、ときどき止まったかと思うと「大きすぎない？」「私の声、どんな音に聞こえます？」といった質問がはさまれる。私が「大丈夫です」とか「大きいです」とか答えると、話の続きに戻る。何年も通ううち、私は彼女の甥御さんがガレージロックのバンドで成功していることも、ひいきのレストランも、どんな芝居を観たかも、すっかり知ってしまった。その代わり彼女も、たとえ数か月ぶりだろうと、私の夫のこと、子供たちのこと、犬のこと、仕事のことをたずねるのを欠かさなかった。

テレーズは本当に人間だろうかと思うほど色白で、眼鏡は鼻にずり下げている。銀色がかかった金髪はごわごわと硬く、バレッタでは押さえこめない。摂取したカロリーは（といっても、八時から八時までオフィスに座りっぱなしでいつ食事をしているのか不思議だが）すっかり、たくさんの作業を同時進行するのに消費されている気がする。スピーカーホンで補聴器メーカーには猛スピードで質問しながら、コンピュータでは補聴器の設定を操作しながら、私にはなんの映画を観たのか質問しながら、私に見せたいサンプルを取ろうと背後に手を伸ばす。彼女のメッセージが留守番電話に残っていても、早口すぎて、表示画面を見なければだれかのかさえわからない。

例の最初の補聴器を買ったときも、フィッティングをしてくれたのは彼女だった。「フィッティング」などといえばドレスの仮縫いのようだが、ドレスよりも大層だ。値段もはるかに高い。まず、どろどろのシリコンを二種類、白いのと緑のを混ぜて練り、注射器を大きくしたような筒で耳に押しこむ。冷たく不快なのをがまんして五分ほど待つと固まるから、紐を引っぱって抜く。こうして取った耳穴の型と、聴力の特徴を補聴器メーカーに送ると、一週間かそこらで補聴器が届く。はめてみて、合うときもある。どろどろべとべとを一からやり直さねばならないときもある。

新しい補聴器をつけはじめたときも、設定を調整してもらったときも、最初は必ず、すべてが耐えられないほどやかましく聞こえる。中でも、自分の声はなおさらうるさい。テレーズはコンピュータの上で、いくつもあるダイヤルをいじる。「これでどう聞こえるかな？」「私の声、大きすぎない？」「お宅のワンちゃんは元気？」「高音部はどうですか？」「あれ、もう観に行きました？」「私ね、こないだの土曜日に……」「これでよくなったかしら？」。こうしてなんとかがまんできる音量で手を打ち、オフィスを出ると、現実の世界で二週間にわたってテストをすることになる。街に出る最初の一歩は、まさに何かに襲われるに等しい。なんというるささ！　ところが、地下鉄の駅まで七ブロックも南下するころには、耳が――あるいは、脳が――慣れはじめ、うるささもおさまってくる。一時間かそこらたてば、そこそこふつうに聞こえている。私はすぐに学んだ。補聴器のプログラムをいじってもらうときは、少しうるさいと思うくらいに設定してもらうこと。さもないと、適応した数時間後には、小さすぎになってしまうからだ。

赤と青のワイデックスのときは、本当に仕事をしているのは右耳のルビー色の方だけだった。左のサファイア色は、音が両方から聞こえてくる感覚を保ち、不安や混乱を防ぐだけ。最初の数か月は二週間ごとに通ってプログラムを微調整してもらったが、のちには三か月に一回の定期調整か、急の不調で泡を食ってかけ込むだけになった。一度などは、「ワックスガード」という小さなプラスチック製の部品（補聴器に耳あかが入るのを防ぐ）を耳の奥に落としたと思いこんだ。それも、一個ではなく、いくつも落としたような気がした。小さな細い棒が、耳の奥で何本も転がっているようすを想像したものだ。

あるいは、どうも何かすっきりしないと思い、調整してもらったこともある。長年のことだからけっこうな回数になるのに、支払いはしていない。補聴器の価格に含まれているからだ。障害が進むたび、何度か次の機種への変更は迫られたが、私が相手では手間がかかりすぎて、テレーズも儲からなかったにちがいない。

＊＊＊

近ごろでは、開放型の補聴器が役にたっている人もたくさんいる。三日月型をした金属製の本体を耳の後ろに引っかけて、細い樹脂製のチューブで耳の中の部品につなぐというものだ。本体は耳たぶできれいに隠れるし、髪の毛の色に合わせていろいろな色が売り出されている。耳の穴の型に合わせるのではなく浮いているだけだから、作るのも簡単だし、穴が完全にはふさがれないため音も自然に聞こえる。私は障害が重すぎて、開放型では無理だった。耳の後ろに引っかける本体と、透明な連結チューブは同じだが、耳の穴に挿入する部品が太い親指くらいある。この原稿を書いている段階で、今の機種を使って三年になるが、悲しいかなこれも限界で、またしても高性能のものに買い替えなくてはならない。

毎度のことながら、買い替えはひどく疲れる。これなら不快じゃないという機種が見つかるまでには、四種類か五種類は試してみることも珍しくない。一種類試すたびに、テレーズが緑のべとべとで型を取り、メーカーが製品を送ってよこし、私は数週間試着する。そして返品。

入念にフィッティングし、調整を重ねた補聴器であっても、一日じゅう使っていれば苦痛になってくるものだし、不要な騒音までいっしょに増幅してしまうのは避けられない。使っていると耳が疲れてくる――補聴器疲労というやつだ――取りはずす。職場にいるときなら、書類の下に押しこむか、ポケットに入れる。とにかく人に見られないことが先決で、どこに隠すかは二の次になる。外すときに電池カバーを開けるのを忘れると、ピーッと警告音が鳴る。電池を切り忘れていますよと知らせる工夫なのだろうが、私には聞こえない。ただ、犬や健聴者が狂ったように苦しみだす。「なんなのあの音!」とだれかが言う。私は正体を知っていて、ひそかに爪の先で電池カバーを開ける。

レストランのようにうるさい場所では、補聴器がない方がよく聞こえた時期もあった――ほんのしばらくだったが。そのうちに、つけようが外そうが聞こえなくなり、せいぜい唇を読みとって、運に任せることになった。

＊＊＊

静かな場所で、補聴器をつけていても、どうしても聞こえない周波数帯もあった。その周波数帯に当たっている人の声は、まったく聞こえない。日曜版別冊の同僚、アレックス・スターもそんな一人だった。彼が私のオフィスに来ると、最高の条件にもかかわらず、やはり聞こえない。当時の私は、喪失のサイクルでいうと「ごまかし」期のまっただ中だった――自分を偽る段階は抜けたものの、完全に公表する準備はできていなかった。先日、アレックスに、気づいていたかどうかたずねてみた。

おかしったですよ、というのが返事だった。「会議の席で控えめになっているのはわかりました。企画についても、最初にまとめて意見を述べてしまうと、その後の意見交換にはあまり参加していませんでした」と、メールには書かれていた。

「仕事への取り組み方が、どこか気が進まないようだと見えました。科学などの難しい文献も読み解いてしまうので、理解力のすごい人だと思うのに、面と向かってやりとりすると、その理解力が活用されていないのがわかりました。それで、そういう性格の人なのかも、あるいは、本誌の運営のやり方が気に入らないのかも、と考えました。それとも、よくあるあれだろうか、とも思いました。何年もジャーナリズムの最前線でがんばってきた人だから、毎日の決まりきった勤務なんてつまらないのかも、と」

これを読んだときは、悟りと屈辱がまざったような思いだった。アレックスに指摘されたのは聴覚障害のある一面、それも、単に聞こえない、聞きまちがえるといった事態以上に破壊的な一面なのだ。難聴が進んできて、何度か恥をかいているうち、人は用心深くなってくる。自信もなくなる。自分から口火を切るときには大胆な発言もできるし、論争になりそうなことも言えるのに、いざ討論がはじまり、質問や異議申し立て、新しい案などが飛び出すようになると、だれにも見つからないようにちぢこまってしまう。

私の場合、人に話しかけられて内容を掴みそこねるたび、皿のぶつかる音やごみ収集車の軋む音のうるささにたじろぐたび、芝居や映画で人物の会話を聞きもらすたび、電話の相手がだれだかわからないことがあるたび、だれかに秘密の話を耳打ちされるたび、自分の喪失を意識するようになっていた。どこかへ隠すことも、抽斗へしまいこむことも、むりやり背景に押しやることもできなかった。

ほかの問題で大事なときにも、耳の悩みは出しゃばってきた。夫ががんで手術を受け、術後の説明を聞いたときも、先生の声が聞こえるかどうかで頭がいっぱいで、内容を受けとめることはお留守になっていた。母が危ない状態になって救急隊を呼んだときも、声を聞きとることに必死で、言葉の意味は二の次だった。地下鉄が止まったり、乗った飛行機がいつまでも離陸できなかったりしても、問題は予定に遅れることでもなければ、閉じこめられることでもない。閉所恐怖症の発作が出ることでもない。人の話が聞こえないことだ――アナウンスが聞こえないばかりか、まわりの乗客の当て推量さえ聞こえないのだから。歯がゆさで涙が出てくることもしょっちゅうだし、パニックを起こしたこともある。人に助けを求めるわけにもいかないし――何か教えてくれても、答えが聞こえないのだ――かといって自力で処理もできなかったのだ。

二〇一一年の九月に、ケニアの高級サファリキャンプからイギリス人カップルが誘拐される事件があった。男性は殺され、女性は人質になった。報道では、女性は「重い聴覚障害がある」と言っている。目隠しをされた上に、補聴器の電池が切れて音が聞こえなくなるなんてどれほどつらいことだろうかと思わずにはいられなかった。囚われの身になった人々の体験談では、周囲の音や声は、敵の正体や、連れて来られた場所を当てるヒントになったという話も多い。だが、音を根拠に、自分はまだ生きているぞと自らを励ましていましたと語る人も珍しくないのだ。

私が聴覚のことを忘れていられたのは、眠っているときだけだった。睡眠中なら、聞こえない方が得なこともありそうな気はする。みんなが起きるような物音がしても、平気で寝ていられるかもしれない。だが現実にはそうはいかなかった。不安と落ちこみでなかなか寝つけなくなってしまったからだ。

＊＊＊

さほど深いつき合いをしていない知人の目には、順調に映っただろう。かなり親しい友人でも、そう思っていた人はいる。実際、どちらかといえばうまくいっている方ではあった。でも、シアトルの精神分析家、ジャキ・メッガーも言っていたとおり、難聴の「受容」とはまことに壊れやすいものであり、困難なときは何度もあったし、これからもなくなりはしない。補聴器の買い替えも、そういったピンチの一つだ。これまで、新しい補聴器を合わせたときは毎回そうだった。今でもなお、最初のときとまったく変わらずぐったり消耗するのだから驚いてしまう。

初めての補聴器を合わせてから一〇年後も、私はまだテレーズの元に通っていた。行けば真剣勝負になるのも相変わらずだし、ときにはがっくりくる日もある。二〇一一年の秋に行ったのは、数年前から勧められていた（そして、そんな大層なものは面倒だと断っていた）器具が、実はけっこういいかもという気がしてきたからだった。私がほしかったのはFMシステムといって、語り手の声を補聴器や人工内耳へじかに届けてくれるしくみだった。ジャキ・メッガーもこれを利用して、口元を見られない患者の精神分析をしていた。

その一方で、磁気ループという新しい技術も試してみたかった。これは、客間や講堂、劇場、教会などの一部を区切り、床に細い銅線を埋めこんだエリアを設けるというものだ。中でも劇場のような場所なら、もっとていねいに一部の座席を囲めば、さらに聞きとりやすくなる。この銅線が、マイクで拾った講演、電気楽器からアンプへ送られた音などを、磁気信号の形にして伝える。補聴器や人工内耳がテレコイル入りの機種だと、送られた音をそれぞれの機器でじかに受信できる。テレコイル入りの器具をつけていない人も、特殊なヘッドフォンをつければ聴くことができる。

磁気ループは西ヨーロッパとアメリカ中西部では普及しているが、ニューヨークなど東海岸の街では珍しい。二〇一一年一〇月にニューヨークタイムズに載ったジョン・ティアニーの記事、「まわりの雑音はカットする補聴器」で初めて知ったという人が東海岸には多かったのではなかろうか。ワシントンDCにあるケネディ・センターなど、ときおり一時的にこのシステムを導入できる施設はいくつかあるものの、常設しているところは非常に少ない。先の記事によると、費用は一座席あたり一〇ドルから二五ドルになるという。

ニューヨークの劇場などでは赤外線式ヘッドフォンを貸し出すところもあるが、磁気ループは外から見てわからない上、性能もよい。冒頭に引いた補聴器の広告の表現を借りるなら、赤外線ヘッドフォンは「難聴ですよーーっ！」と叫ぶ器具というわけだ。その上、高度難聴の人には役にたたない。私も一度、借りてみたことがある。せりふのやりとりの多い『8月の家族たち』の公演だったが、第一幕が終わったところで外し、いつもの補聴器につけかえた。

二〇一一年の秋に私が使っていた補聴器には、磁気ループ受信に必要なテレコイルがついていなかった。しかし、この補聴器はどのみちそろそろ力不足になりつつあったから、テレーズはワイデックス社のテレコイル付きの機種を注文してくれた。

現物が届いてみると、これがまったく合わない。メーカーのミスで、返品することになった。一週間後、私は新しいワイデックスを大いに楽しみに出かけていった。

最優先は人の話がもっと鮮明に聞きとれること。それから、電話がクリアに聞きとれたらいいなとも思っていた。装着して、テレーズにプログラムを調整してもらったものの、どうも前の機種とたいして変わらない気がする。そこで、今度はテレコイルを使って電話をかけてみることにした。テレーズがテレコイルのプログラムを起動した瞬間、補聴器がぶーんとうなりはじめた。頭上の蛍光灯に反応しているのだ。電話の音声は雑音が入ってもなお十分クリアだったが、フォナックの補聴器とブルートゥース機器（アイコムという）の組み合わせでも同じ程度に聞こえる。たいして変わらないのに、何千ドルも払うほどじゃないなという気がした。

結局テレーズは、ワイデックスのアルゴリズムがいけないのだと判断して、フォナックの上位機種を注文してくれた。そして、アイコムの底部に小型のレシーバーをつければ、ＦＭシステムも使えるようになることも教えてくれた。私はいらだち、疲れていて、まずは今の機種でＦＭシステムを試してみないことには、次の補聴器を注文する理由がわからないんですけどと答えた。ところが、肝腎のアイコムもあいにく調子が悪く、これも修理に出さねばならない。つまり、修理がすむまではＦＭを試してみるのはお預け。その上、補聴器をプログラムするリモコンまでが動かなくなった。これまたメーカーへ発送。事実上、私の聴力も修理中というわけだ。

人との約束はキャンセルして回り、サウスカロライナの母を訪ねるのも延期した。何もかもが――補聴器をめぐる混乱も、補聴器では所詮、ふつうの聞こえに近くはならないということも、二〇〇九年に埋めこんだ人工内耳もうまくいっていないことも――いっしょになってへこたれてしまった。少なくとも、しばらくは。聴力の低下がはじまって三四年、補聴器を使って一〇年たつというのに、まだ悪戦苦闘している。アーリーン・ロモフやマイケル・コロストのように人工内耳での成功体験を本にしている人たちがいるけど、あの人たちとは私とどこがちがうんだろう。決意？　根性？　成功することに集中していたから？　あるいは、二人は人工内耳だけだから、人工内耳と補聴器を併用するよりも話が単純だったのかもしれない。私の場合、補聴器を外しているときでさえ、わずかに残った右耳の聞こえが邪魔をして、左の人工内耳は本来の性能を発揮できないくらいだから。

翌週になると私は気をとり直し、しかも（愚かにもというべきなのだろう）希望までいだきはじめた。今度こそ――新しい補聴器とスマートリンクのＦＭシステムがあれば――聞きとれるかどうかに気を取られるのではなく、話の内容に注意を向けられるかもしれない。

ところがまたしても手ちがいがつづき、新しい補聴器もＦＭシステムも役にたたなかった。というより、どれをとっても、他のどの機器とも適合しなかった。接続できない。うまくいかない。メーカーへ返品。とうとう休暇の季節に入ってしまったから、すべては数週間にわたって宙ぶらりんになる。

クリスマスのディナーには一五人を招待した。当日には、二四人にふくれあがっていた（母も連れていったらご迷惑かしら。私のルームメイトも帰省しないで、一人ぼっちなの。妹と夫もいるんだけど。彼氏連れてっていい？）。クリスマスは聴覚以外のところで楽しんだ。わが家のテーブルを何世代もの人々が囲み、母が狭い部屋に移るときお下がりしてくれた美しい銀器と陶器を使っている姿を、この目で見ること。みんなの好意と楽しさを肌で感じること。おいしい料理と上等のワインを味わうこと。乾杯があり、ハグがあり、宴が終わっても心地よく、離れがたい気分がいつまでも尾をひいた。聴覚の役割などたいしたことはなく、視覚、味覚、嗅覚、そして触覚を存分に堪能できたのだった。

＊＊＊

難聴者の大会でよく講演している有名オーディオロジスト、ブラッド・イングラオの説明を借りれば、FMシステムというのは「小さな自家用FMラジオ局」のようなものだ。送信機は語り手が手持ちするか、講演なら演台に置く、ディナーの席ならテーブルの中央に置く（十分に静かで、かつ、一度に一人ずつしゃべる必要はあるが）。聞き手は受信機を身につける。これが、補聴器や人工内耳の中のテレコイルへと音を伝える。うまくいけば背景音はカットされ、補聴器や人工内耳を通して語り手の声がきれいに聞こえるはずだ。

すべての機器を正しく接続するには、けっこうな時間がかかった。私の場合、補聴器と人工内耳と両方使っているからなおさら面倒だった。結局、人工内耳はブルートゥースに対応しておらず、マイリンクという送信機にしか対応しないことがわかった。結局、一月か二月たったところでテレコイル付きの新しい補聴器が届き、私のＦＭ受信器は、送信器とマイクの複合器から届いた信号を、補聴器と人工内耳の両方へ飛ばすことになった。この送信機では、携帯電話のようなブルートゥース機器とＭＰ３プレイヤーとをつなぐこともできるし（できるはずだ――実はまだ成功していなくて、今もアイコムを使っている）、テレビに差しこむこともできる。これで、数年ぶりに字幕なしでテレビが見られるというわけだ。

そんなわけで、毎日使う道具は、補聴器、人工内耳、スマートリンク（ＦＭシステム）、マイリンクということになった。マイリンクはスマートリンクと補聴器や人工内耳とを無線でつないでくれる。いずれも、最低一日一度は充電しなくてはならない。遠出するときは電源タップを持っていく。

ところが、結果は皮肉なことになった。すべての設定が完了すると、私は数年ぶりに講演会へ出かけた。ニューヨーク公立図書館でＥ・Ｏ・ウィルソンのインタビューがあると聞き、彼の話が聞けるのが楽しみでたまらなかった。話は聞けた――ほぼ一語ももらさず聞きとれた。ところが、私はすでに、人の話を聞きとる能力を失っていたとわかった。これまで何年も、話し言葉は視覚で――字幕で――吸収してきた私はもはや、視覚という松葉杖なしには内容を吸収できなくなっている。いつもと同じ認知の欠損だ。私の脳は単語を聞きとるのにがんばりすぎて、内容を聞く余力は残っていなかったのだ。

Voice

曲は頭の中で聞こえています。だから作曲は続けています

◎リチャード・アインホーン（音楽プロデューサー／作曲家）

「ぼくはアメリカでも一五人か二〇人くらいしかいない『黄金の耳』の持ち主でした」とリチャード・アインホーンは言う。「コンサートホールでぽんぽんと手を叩くだけで、クラシック音楽の録音に適した場所かどうか判断できました」

かつての彼は、クラシック分野のレコードプロデューサーでもあり、作曲家でもあった。昔のサイレント映画『裁かるるジャンヌ』から着想を得てかいた『ヴォイス・オブ・ライト』は、これまでいくつものオーケストラで演奏されてきた。九〇年代のはじめに、両耳ともに耳硬化症が進行した。振動を内耳に伝える小さな三つの骨がくっつき合い、正しく振動できなくなっていた。右側だけ手術で骨を樹脂製の人工骨に交換した。

しばらくは右側で十分に聞こえた。ところが二〇一〇年の六月、なんの前ぶれも原因もないのに、右耳の聴力がまったく役にたたなくなった。当人の表現を借りると、死んだ。聞こえるのは「信じられないほど歪んだ」雑音だけ。補充現象といって、小さい音は聞こえない代わり、大きい音はよけいに大きく聞こえてしまう症状で、右耳には耳栓をしてすごしている。左の耳は補聴器で聞こえているが、うるさい場所では補聴

器は外す。代わりに五〇〇ドルするシュアー社のイヤホンを入れて ｉＰｈｏｎｅにつなぎ、「サウンドＡＭＰＲ」というアプリを起動するという。

作曲は続けている。作曲家のほとんどがそうだが、曲は頭の中で聞こえている。右耳がだめになったのでステレオでは聞こえないのに、「ステレオで想像するくらい、簡単にできますよ。だから平気です」と言う。

アインホーンは補助機器の複雑さ、混乱を迂回する道を独力で見つけた。私が人工内耳と補聴器のすり合わせに苦労し、どちらか片方だけを想定した補助機器ともう片方の相性に悩んでいるのを知って、同情してくれた。「どうしてなんでもこんなに複雑なんでしょうね。難聴界のスティーブ・ジョブズはどこにいるんだろ」

7 値段が高いのにはわけがある

人がなかなか補聴器を買えない――アイコムやズームリンクといった補助機器となるとなおさらだ――理由は、なんといっても値段だ。確かに高いし、手が届かない人も多い。それなのに、二台必要な人が多いときている（一つには、難聴の人々に占める騒音性難聴の比率が高いせいもある。騒音によるものなら左右同時に起こるからだ）。

精巧なスマートフォンが五〇〇ドルで、マックブックプロが一三〇〇ドル、デジタルカメラも、大量の音楽や映画が入るｉＰｏｄも、大型液晶テレビも、補聴器片耳分の数分の一で買えるというご時世、補聴器メーカーに不信をいだく人がいても不思議はない。

「ヒアリング・ロス・ウェブ」といえば、技術解説、制度、新技術の開発など、補聴器と人工内耳にかかわる幅広いニュースを要約してくれる、貴重なページだ。あるとき、そこに掲載された記事に対し、ブレンダ・Ｄ・シャンリーと名乗る読者から、補聴器会社は暴利をむさぼっているという怒りの投稿が寄せられたことがある。「ほとんどの業界では、まともな、『平均的な』小売り価格は卸売価格の二倍」であるのに対し、補聴器業界ではそれが「一〇倍です。一〇〇〇ドルのものが小売だと一〇〇〇〇ドルで売られています」という。

あるオーディオロジストがこれに答えて、このような主張は「まったく事実に反する」し「とほうもない話です」と反論している。「ジャン」と名乗るこの女性は、仕事として補聴器を取り扱っている一方で、娘さんの補聴器を買う消費者でもある。彼女に言わせると、今の利益率ではコストが回収できないことも珍しくないそうだ。補聴器のコストは仕入れ値だけではない。「訓練、設定、設定変更、作り直し、トラブル解決、耳穴の型取り、型の取り直し、修理依頼、電池交換、その他もろもろのため、私がお客様といっしょに費やす時間の料金も含まれています」。そして、自分が注文する補聴器はほとんどが卸値で一〇〇〇ドル以上はするので、それを一〇倍で売ったら一万ドルになるはずだとつけ加えている。

私も補聴器の高さには驚いたし、健康保険の対象にならないことには腹を立てた。でも、ぼられたと感じたことはない。オーディオロジストのところへ行けば、平均一時間はかかる。誂え、較正、洗浄、相談、ブルートゥースやFMシステムなど、さまざまな補助機器についての情報交換（これらを採用することになれば、それにもメンテナンスと訓練が必要になる）、それにときどきは聴力検査もある。こうしたアフターケアの通院費用はすべて、機器の販売価格の中に含まれている。ブルートゥースやFMシステムでも事情は同様で、メンテ、修理、訓練、いずれも器具の価格に含まれている。

二〇一二年の一月から、新しくオーディオロジストになるには博士号が必須となった（そのほかに、管理・指導下で一八二〇時間の臨床経験を積まねばならない）。どう見ても、お金目当てで目ざす商売ではない。労働統計局によれば、二〇〇八年現在でオーディオロジストの年収の中央値は六万二〇三〇ドルだった。オプトメトリストは九万六三二〇ドル、理学療法士が七万二九〇〇ドルなのにである。これは中央値だから、都心で開業する人なら一〇万ドル稼ぐ人もいようが、オプトメトリストや理学療法士も同じ比率で上がるのだ。

二〇一〇年四月の『ヘルシー・ヒアリング』に掲載された記事によれば、インフレ率を考慮に入れるなら、二〇〇〇ドルから六〇〇〇ドルする補聴器も、実は相対的にいうと値下がりしているという。この記事では、コストが高くなる理由は、研究開発費、製造費、利用者のニーズに合わせるカスタム化、それに、専門家（オーディオロジスト）と共にすごす時間だという。「機器の寿命（三年から五年、ときにはそれ以上）で割るならば、左右両方の費用は一日あたり三ドルほどになる」

ジョンズ・ホプキンズ大学の耳科・聴覚学・神経学・頭蓋底外科学部門の部長であるジョン・ニパーコが二〇一一年春、同大学で行なわれたインタビューの中で、研究開発コストについて語っている。「われわれは常に、携帯電話やノートパソコンより一〇年から一五年遅れているんです。市場の規模が、携帯の一％しかないからです」「新しい携帯を作ろうと思ったメーカーは、トランジスタでもチップでも五〇〇万個発注します――いちばん大事な部分はチップですからね。ところがわれわれの注文は一万個。こんなの勝負になりません。まったくスケールがちがう」。これからの高齢化で補聴器の需要も増えるだろうが、そんな程度では変わらない。いくら利用者が増えるとはいっても「携帯に追いつくとは思えません。携帯なんて、人口の半分以上が持ってるんですよ」

携帯は携帯でも、スマートフォンというのもある。二〇一二年のピュー研究所の調査では、スマートフォンを持っているのはアメリカ人の四六%だが、まだ急激に増えつつあるという。同年のガートナーの予測では、二〇一五年までにはアメリカ人の六五%がスマートフォンかタブレットを持つことになるだろうという。二〇一一年秋の『ガーディアン』紙の報告によると、イギリスでは人口の半数がスマートフォンを持っている（うち半数がグーグルのアンドロイドで、ブラックベリーとiPhoneがそれに次ぐ）。

補聴器はただでさえ高いのに、めったに健康保険の対象にならない。カバーしてくれる保険もあるにはあるが、五〇〇ドルまでというのがふつうだ。高齢者用の公的保険メディケアでは対象外。低所得者対象のメディケイドは州によってちがう。幼児の聴力検査は強制であることを考えれば、子供の補聴器に必ずしも保険がおりるとは限らないのは逆効果な上に滑稽でさえある。民間の保険には聴覚・視覚プランのついている商品もあるが、保障範囲は限られている。

IDEA（障害のある個人教育法）という法律は、聴覚障害などの機能障害がある子供たちにも平等な教育を保障するとしている。しかし、言語習得以前から聴覚に障害のあった子供は、補聴器（あるいは人工内耳）を誂えないかぎり、言語発達に重い困難を背負うことになる。その上、子供は成長するから、補聴器がすぐに小さくなる。たった数か月で合わなくなることも珍しくない。いくつかの州は、子供を対象にした補聴器レンタル制度を設けている。

職場によっては、企業医療保険の一環として、医療費支出口座（FSA）という節税プランを提供しているところもある。従業員は一家族あたり、年間五〇〇〇ドル以内の一定金額をあらかじめ給与から医療費用に取り分けておけば、その分には所得税がかからないしくみだ。この医療費の対象には、補聴器の費用も含まれている（二〇一三年一月から、この枠は年間二五〇〇ドルに縮小された）。とはいえこれは自分のお金を使っているわけで、所得税が節約できるにすぎない。それに、二〇一〇年にこの制度を利用した被雇用者はわずか二〇%だし、ほとんどの人の利用金額は、縮小後の上限である二五〇〇ドルよりずっと少ない。年間の節税額は、二五〇ドルから六四〇ドルといったところだ。

二〇一一年四月、補聴器の費用を所得税の控除対象にしようという法案が下院へ提出された。これが通れば、五五歳以上の高齢者と国税庁の定める扶養家族の使用する補聴器については、一台あたり五〇〇ドルが五年に一回控除されることになる。この法案一四七九号が今の会期に成立するとは思えない。同様の法案は過去何度も失敗している。ウェブサイト「ワシントン・ウォッチ・コム」には、驚くほど攻撃的なコメントも見られる。

ある女性が、法案に好意的なコメントを書きこんだ。彼女には補聴器を使っている子供が二人いて、費用は合わせて一万ドルを超えるそうだ。それに対して寄せられたコメントは、「そんなもんで減税してもらう資格があると思ってるわけ？　なんで？　それで減税になるんなら、俺のさかむけも減税してもらわなきゃ。投票はノーに！」

もう一人、プリシラという名前で書きこんだ人がいた。「私は七二歳で、がんの治療を受けたことがあります。化学療法のあとで、聴力が急激に落ちました。それを埋め合わせる補聴器には、およそ五〇〇〇ドルかかります。控除になるなら、もう少し手が届きやすくなるはずです。どうか賛成に投票してください」。すると別の参加者が、このような書きこみは「またしても福祉にたかる泣き言だ」と決めつけ、「反対票を！」と投稿している。

五〇〇ドルの返金という案は宙ぶらりんのままになっているが、補聴器の費用も正当な医療費の範囲に入れようという案は通った。つまり、通常の医療控除の対象になるわけだ。

どうしてもがまんできなくなるまで購入を遅らせる以外にも、選択肢がないわけではない。インターネット通販で買うという方法はすっかり普及し、シェアも伸びている。信頼できる業者から無責任なところまで、質はまちまちなので気をつけなくてはならない。ダイレクトメールによる通販も増えた。オーディオロジストたちがこうした風潮を嘆くのは、単に自分の商売に差し障るからというだけではない。食品医薬局も警告を発している。ネット通販業者の中には、eベイやアマゾン・コムなどの名もみられる。一部には「補聴器」と銘打った商品もあるものの、大半はより正確に「個人用音声拡大器」という名で売られている。

同じインターネットでも、ヒアリングプラネット・コムやアメリカヒアズ・コムなどは食品医薬局の規則を遵守して、買い手は前もってオーディオロジストか耳鼻科医のところで正式な聴力測定を受けるよう求めている。ヒアリングプラネット・コムでは各地の提携クリニックを紹介しているし、アメリカヒアズ・コムでも「当社では、耳鼻咽喉科で医学的な検査を受け、聴力検査を行なって、補助機器の必要性を確定しておくよう強くおすすめしております」と掲げている（権利を放棄して検査を省略することも不可能ではないが、いずれのサイトでもそれには反対している）。

専門家のサービスが得られないインターネット通販で買わない方がいい理由はいくつもある。何よりも、うまく合わないリスクが高い。また、どの音をどれくらい増幅すればいいかを割り出すには、業者ごとに独自のノウハウがある。こうして割り出した設定が「ファーストフィット」だが、最初からぴったりとはいかない人が多い。適切に増幅するには、メーカーへ送り返して調整を頼まなくてはならないこともある――ときには、何回も。

イリノイ州立大学のスザンヌ・H・キンバルが、実際に行なわれている補聴器のネット通販について、ちょっとした検証を行なっている。まずはオンライン聴力測定の性能を調べてみた。年齢によって三グループに分けた被験者八一人に、オンライン聴力測定と、防音ブースで行なう聴力検査との両方を受けてもらった。その結果、「オンライン測定とプロ用の環境で行なう測定の結果には、統計的に有意な差」がみられたという報告が『ザ・ヒアリング・ジャーナル』に掲載されている。オンライン測定がうまくできずに苦労する人は、予想にたがわず、年齢の高いグループに多かった。個々の参加者が二つの検査で得た測定値の落差は一〇デシベルから四〇デシベル程度だが、八五デシベルもかけ離れている人たちもいた。

キンバルは指摘する。オンライン測定で補聴器を作ってもらった人が、単にうまく聞こえないだけですむとはかぎらない。音が大きすぎる設定になっていたら、さらに耳を傷つける危険がある。また、多くのオンライン聴力テストにはある癖があって、そのために結果が歪みかねない。被験者が(「聞こえた」という意味で)「はい」を押すと、コンピュータはただちに、それよりやや小さい音を発する。そのため、意識的にせよ無意識にせよ、タイミングから信号音の発生を予期できるようになってしまうという。だから防音ブースで測定するときは、オーディオロジストは音の間隔をランダムにしている。

キンバルはその翌年、今度はスーザン・ヨップチックと組んで、インターネットで注文した補聴器と、オーディオロジストに誂えてもらった補聴器とを比較した。今度の調査対象者は二人しかいない。「どちらの患者についても、インターネット販売の補聴器はよく合わなかった」と二人は記している。

一人は七一歳の女性で、一〇年前に突発性の感音性難聴と診断された。この女性は、耳の穴の型に合わせた補聴器を、袋に一杯ほども持ってきた。何年も前から作りつづけてきたもので、大半を現に使っているという。日によって、よく聞こえる製品がちがうからだった。難しいケースだといえる。専門家が合わせた補聴器は五種類を試してもらったが、以前から使っていたものに戻った。

一方、ネット販売のもの（耳穴の型は夫に取ってもらった）は、つけ心地はよいものの、あまり聞こえなかった。調整してもらうたびに保険込みの送料が三〇ドルずつかかることにうんざりして、とうとう返品してしまった。

二人めは、補聴器は初めてという五七歳の男性で、インターネットの検査では片方が軽度、もう片方が中等度と診断され（病院での結果とは正反対だった）、およそ六〇種類もの選択肢を並べられた中から一つを選んだ。一〇〇％デジタルというふれこみで売られている製品で、価格は四九九ドル五〇セント。試用期間中は一日数時間ずつつけてみた結果、音が大きすぎると判断し返品を決めた。一方クリニックでは、両耳ともに耳かけ型でイヤホン部分も耳穴に密着しないものを推薦された。こちらは使ったり使わなかったりとまちまちだが、製品には満足しているという。

聴覚障害者の多くが六五歳以上、また、年齢を問わず、すべての聴覚障害者の四〇％が軽度から中度の難聴者である。補聴器を買う人の大半が高齢者なら、年金生活で三〇〇〇ドルの補聴器にはおいそれと手を出せない人も多いかもしれない。耳が遠いとは思いつつも、年をとれば当たり前だと諦める人もいるだろう。その一方で、安売りの製品へ流れる人もいる。カタログ販売、ネット販売の是非をめぐっては、もう一〇年近くも論争が続いている。

インターネットで補聴器を通販するという話を初めて聞いたときは、そんなの眉唾じゃないかと思った。私はオーディオロジストに何時間もつき合ってもらって、調整や設定をお願いしているのだから。とはいえ、私の難聴は高度から重度だし、求める聞こえの水準もたいていのユーザーとはちがう。専門職として仕事をしていて、さまざまな条件下で人と意思疎通ができなくては困る。そんな必要に迫られて、耳穴型に耳かけ型の部品がつながっているタイプのものを使っている。これだと、イヤホン部分が耳の穴の内側にぴったり合っていないと、違和感があるか、きちんと聞こえない。

それに引きかえ、難聴がもっと軽い人々なら、本体は耳の後ろ、密着しないイヤホンを耳にというタイプで十分に間に合う。これなら穴の型をとる必要がないし、ほとんど目立たない。これはネット通販で買えるし、耳穴型のも売っている。こちらは耳の型をとる必要があるので、資材を送ってもらって自宅で作業することになる。

アマゾンからリンクされているプレサイスヒアリング・コムというサイトでは、シーメンス社の耳かけ型、ピュア三〇一という機種を一一四九ドルで売っている（通常価格は一三四九ドル）。アマゾンは自社で補聴器を売るのはやめたようだが、つい最近までは扱っていた。

別のネット店舗、ヒアリング・レボリューション社では、よく似たシーメンスのピュア七〇一を一九九五ドルで扱っている。補聴器にまつわる記事も掲載する同社のサイトには、「買うときには気をつけて：ネット以外で補聴器を買うということ」という文章さえ載っているほどだ（オーディオロジストのクリスティン・スライファー博士、二〇一一年三月二四日）。ピュア三〇一と同様、七〇一も耳かけ型だから型取りは必要ないし、同社は耳穴型でも型取りの必要ない機種をいくつも扱っている。聴力は資格を持ったオーディオロジストが測定して、得られたオーディオグラムをもとに、プログラムはシーメンス社で行なう方式だ。

ネット通販の反対の極には、さまざまな低価格の充電式補聴器がある。充電式だから、超小型電池の交換に苦労せずにすむわけだ。フロリダ州スワニーに住むチャールズ・D・ホーンブルック氏（「バッカイ」というニックネームを名乗っている）は、自己紹介によると「一八〇センチで一〇二キロの大男。靴は三〇センチの幅広、手袋は3L）だそうだが、三九ドル九五セントで購入したインフィニ・イアITEに、控えめな言い方をすれば満足していない。「合うかと思ったんだが、歩いて部屋を横切るだけで落ちるんだ。大きくて耳の奥まで入らないし、外側の方が重いから」。彼は九項目の不満を並べ、つけ加える。「『ほとんど見えない』だと？　俺のは二・五×一・六センチのマッシュルームを押しこまれたように見えるぜ」

食品医薬局の定めた補聴器の定義は、「人の身につけることが可能な音声増幅装置で、聴覚機能に障害がある人を助ける、あるいは聴覚の弱さを補う目的で設計された、提供された、あるいはそのためのものと表示されたすべての機器」となっている。補聴器と銘打たれた製品を買うためには、「使用者になろうとする人は、医学的な検査をすませ、この者は確かに補聴器が必要と判断された旨の書面を有資格の医師に発行してもらい、提供者に提出しなくてはならない。しかも、検査は補聴器購入の日から遡って六か月以内に行なわれていなくてはならない。ただし、本人が一八歳以上なら、本項に示す条件を満たしていれば、権利放棄書に署名することで検査の義務を免れることもできるが、一八歳未満の希望者には認められない」とされている。

難聴が軽度の人だと、補聴器ではなく個人用音声増幅機（ＰＳＡＰ）を買う人も多い。食品医薬局にいわせれば「ＰＳＡＰとは、聴覚障害のない人々のために周囲の音声を増幅するものであり、聴覚障害を埋め合わせることを目的としない」とのことなので、医師の証明書が必要ない。その代わり、連邦食品・医薬品・化粧品法の定める医療機器にはあたらないため、免税にはならない。食品医薬局の眼科・神経科・耳鼻咽喉科機器部門のエリック・マン次長は、聞こえが悪くなったからとＰＳＡＰを買って病院に行かないのでは、「治療で治る病気が原因だった場合に、発見が遅れてしまう」と警告している。

ベター・ヒアリング研究所の聴覚障害データベース、マーケットラック第八版（二〇〇八〜二〇〇九年）によれば、補聴器の所有者のうち、ダイレクトメール通販で買った人は三・二八％だった。また、通販で買った人の一日あたりの着用時間の中央値は三時間（誂えた人だと一〇時間）、ダイレクトメールで買った人もＰＳＡＰを買った人も障害が片耳だけの人が多く、その比率は誂えたユーザーの二倍だし、不自由レベルの自己申告も「軽度」という答えがはるかに多かった。平均年収は誂えた人の平均より一万ドル低い。もしＰＳＡＰがなかったら正式の補聴器を誂えると答えた人は一七・八％だった。

困難が軽い人には（なんらかの病気が隠れていないかぎり）こうした機器でも十分なのかもしれないが、マーケットラック八版によると、ＰＳＡＰユーザーでも、難聴の程度が上位一〇％に入る人が一〇％もいることがわかる。難聴が重い方から六〇％に入る人は、専門家がフィッティングし、設定した補聴器が必要な可能性が高い。ダイレクトメールで買った人の八〇％近く、ＰＳＡＰユーザーの七二％が、障害の重さからいってオーダー補聴器の対象者だという。

創業四五年を超える老舗のロイズ社をはじめ、アメリカヒアズ・コム、ヒアソース・コムなどでは、補聴器と同時に届くコンピュータ・ソフトウェアを使って、ユーザーが自分で設定を行なう方式をとっている。また、ソングバードという会社は「軽度から中度の方、中でも、一日じゅうは補聴器のいらない人にぴったりです」という宣伝文句で使い捨て補聴器を売っていた。価格は九九ドルから二九九ドル九〇セント。この会社はすでに廃業している。

＊＊＊

オーディオロジストに相談するのを避ける三つめの道は安売り店で、その多くが大型量販店だ。中でもアンプリフォンUSA社はアメリカ最大手で、ウォールマートの各店舗で展開するアンプリフォン・ヒアリングセンター、シアーズなどに入るミラクルイヤーの親会社でもあり、ソーナス社も所有している。ヒアリング・ヘルス誌に載った二〇〇九年のレポートによれば、この四社を合わせると、アンプリフォン系の直営店だけで二八〇〇店、そのほかに提携店が二〇〇〇店、サービスセンターが三〇〇〇か所ある。

ベルトーン社は規模こそ最大ではないかもしれないが、最も目につく。ほかの小売店に入居せずに独自の店舗を構えているのと、小さい町に多いせいだろう。これも二〇〇九年の統計だが、全米で一四〇〇店という展開ぶりで、創業六〇年を超える。

会員制安売りスーパーのコストコにも補聴器を扱う店舗がある。二〇〇店しか扱っていないにもかかわらず、売上額では四位にくいこむ。コストコが扱うのはレクストン社の製品だ。二〇〇九年に全米退職者協会と提携しようという計画は失敗したらしく、協会側は同年、ヒアUSAと提携した。

ウォールマート系の会員制スーパー、サムズ・クラブもゼネラル・ヒアリング・インストルメントIncと組んで補聴器ビジネスにのり出している。

復員軍人援護局は大量の補聴器を無償配布しており、長く補聴器製造業界全体を支えてきた。二〇一〇年の売上の二四％が復員軍人援護局に対するものだったが、この傾向は弱まりつつある。一つには、かつて補聴器提供の認定基準がゆるめられたときに、それまではねられていた人たちにもおおぜい支給されることになったのだが、それがあらかた行き渡ったせいもある。しかしその一方で、前にものべたとおり、イラクやアフガニスタンでの戦争で、防護具をつけていたにもかかわらず、大量の補聴器が必要になっているという。

今後の高齢化だけを考えても、補聴器産業の繁盛は約束されている。二〇一一年の国勢調査局の報告によれば、二〇五〇年には、世界の六五歳以上の人口は現在の三倍近くにもなる。二〇一一年には世界の六五歳以上人口は五億四五〇〇万人だったが、それが一五億五〇〇〇万になると予測されている。その中で老人性難聴になる人は、九億人に達することだろう。

Voice

あえて自分をさらけ出す方が楽になれます

◎ロバート・アスティル（元シェフ）

シェフといえば、耳が聞こえなくて困る職業とは思えないかもしれない。だが、レストランの厨房という場所は、レッド・ツェッペリンをBGMにするまでもなく十分にうるさい。敷き物も壁紙もない空間で、食器はぶつかり合い、コックやウエイターが大声を出し、換気扇や食器洗い機がうなる。しかも、共に働く仲間は、各国の訛《なま》りのある人たちだ。

ロバート・アスティルはこの仕事をやめる前の最後の七年半、フロリダにある老人施設で焼き菓子部門のシェフをしていた。耳が聞こえにくいだけでも大変だったのに、一九九八年、2型糖尿病の診断まで下る。騒音のほかに、砂糖と炭水化物までが健康の敵になったのだ。血糖コントロールがまずくて二〇一〇年に左足を骨折し、立ち仕事は一日四時間以内と言い渡された。新しい仕事に移り、人生という本が「新しい章」に移る日がきたのだ。

アスティルは四六歳。生まれつきの進行性難聴だった。母親が妊娠中に投与された抗生物質が原因らしい。さまざまな治療を受けた中には、ナイアシンの内服もあった。ほてり、発汗、ときには蕁麻疹も出るため、それでなくても難聴でクラスにとけこめずにいる学童にとっては、よけいにつらかった。

一三歳のときに補聴器を使いはじめて、「大いに自信がついた」という。補聴器を恥ずかしがる子供が多いが、彼は「得意になって見せびらかし」ていた。「話のネタにはなりますからね。まあ、聞こえの方はそんなによくなった記憶がないんですが」

厨房での仕事中は、二〇〇六年に補聴器を使うのをやめた。「音が大きくなるだけで、クリアになるわけじゃないですからね。毎日、聞こえるのはわけのわからない音。必死で唇を読んで、身ぶり手ぶりをよく見て、会話の文脈を考えて。一日が終わるとくたくたでした」。二〇〇八年、右耳に人工内耳を入れた。起動しても、ときどき聞くような「奇跡の」体験にはならなかった。「診察室には母がついてきてくれました。起動しましたけど、何も起きなかった」。それから三か月はなんの変化もなかった。ようやく変化がみえてからも、たいして役にはたたなかった。三年半後の測定では、正常な聴力の五六%しかなかった。

それなのに、二〇一一年の一二月にはもう片方にも人工内耳を入れている。前回と同じアドバンスト・バイオニクスという機種だが、ネプチューンという最新モデルで、彼はこのモデルを埋めこんだ最初の患者の一人となった。本体は防水になった上に、シャツの襟、ヘッドバンド、アームバンドと、どこにでもクリップ留めができる。そこからケーブルで頭部に磁石で留めたマイクにつなぐしくみだ。このときの体験は、前回とは「一〇万%ちがいました。その部屋にいる人の話がきれいに聞こえました。驚きました」と書いてくれた。自分は左利きだから、利き耳側に入れたのがよかったのではないかと推測しているそうだ。

耳の問題をめぐっては、長年、多くの人を師とあおぎ、相談にも乗ってもらった。そのうちの一人、同じオーランドに住むヴィヤーサ・ラムチャラン博士は、シェフをやめた彼が新しい仕事を見つけるのを手伝ってくれた。アスティルは博士の協力を得て、カルテを電子化する事業をはじめた。狭い医院は収納スペースが節約できるし、紙の消費が減って森林保護にもなる。医療記録が簡単に見つかって、医師にも患者にも便利になる。

今では彼も、恩返しをする立場になった。ほかの聴覚障害者の力になり、人工内耳の埋めこみを考えている人々の相談に乗る。「以前、みんながしてくれたのと同じように、今度は自分の体験をほかの人に話すのは、ぼくにとってとても大切なことなんです」。そんな彼は、みんなにこう広めている。「ぼくの場合いつでも、あえて自分をさらけ出す方が楽になれます。自分はこうなんだってきっちり説明してしまうほど、コミュニケーションもうまくいくんですよ」

8

人工内耳

二〇〇八年一〇月の下旬、私の耳はとうとう聞こえなくなった。左耳は最重度難聴となり、右耳は前よりも強力な新しい補聴器をつけ、唇も読み、大変な集中力をふるい起こすことでかろうじて話がわかるという程度になった。

あとになって私は、あの二〇〇八年こそ運命の年だったと知ることになる。ことはこのように進んだ。月曜日にインフルエンザの予防接種を受け、火曜日に目まいと吐き気がした――聴力が下がるときには必ず経験する、いつもどおりの症状だ。これまたいつものとおり、私はこの兆候を無視し、注射のせいだろうと思った（願望だったのだろうか）。水曜日には、目まいのあまり歩行もふらつくようになっていた。聴覚は過敏になり、足の下の地面は動きつづけてじっとしていてくれない。吐き気がひどく、ときおり会社のトイレに逃げこんだが、壁にもたれて深呼吸をくり返し、気分がおさまるのを待つことしかできなかった。耳はほぼ聞こえない。その週はなんとかやりすごし、金曜になってようやくかかりつけのロナルド・ホフマン先生のところへ行った。

ちょうどハロウィーンだったから、朝の九時にはもうお祭りがはじまり、扮装した子供や大人が街にくり出していた。通勤ラッシュの中、アッパーウエストサイドから二番街一四丁目のニューヨーク眼科耳科まで移動するのは、現実離れした体験だった。地下鉄の九六丁目駅は満員で暑く、やかましさは我慢の限界を超えていた。列車に乗ると、私の隣に車椅子を停めた物乞いの男が大声で口上を叫びはじめた。一言一言が耳に刺さってくるのに、意味はわからない。私は座席に沈みこみ、騒音から逃れようと胎児のように体を丸めていた。

ニューヨーク眼科耳科の診察室は静かで、ホフマン先生は私の真横の回転椅子に腰かけていた。先生が何を言っているのかまったくわからない。先生はノートパソコンを引き寄せると、質問をキーボードで打ちこみ、私の方へディスプレイを向けた。またしても聴力がひどく落ちたことは疑う余地もない。先生はいくつかの検査を指示し、プレドニゾンと利尿剤を処方してくれた。落ちた聴力を少しでもとり戻そうとするときの、標準的なやり方だ。前にも二回この薬を飲んだことはあるが、効果はほとんど、あるいはまったくなかった。それが今回に限って効くなどとは、先生も私も思ってはいない。ポーズというやつだ。次の診察は二週間後と決まった。

前回プレドニゾンを飲んだのは数年前、やはり急激に聴力が落ちたときだったが、このときは浮かれたようにハイになって、危うく不動産を買いそうになった。隣のビルの屋上のペントハウス（うちの窓からよく見える）が売りに出ているのを知ってしまったのだ。夫は乗り気ではなかったが、私の勢いは止まらない。幸い、すんでのところで競りに負けて事なきを得た。部屋はいくらなんでも狭すぎたのだが、今でもときどき、あそこに住んでいたらどうだっただろうと思いながら外をながめることはある。

なにしろ、その家が見えるうちの窓には、ベランダさえないのだ。

そのときと同じ薬なのに、今度はがっくり落ちこんでしまった。前々からかかっていた精神科（聴覚障害者はもれなく、かかりつけの精神科を持つべきだ）では、不安の手当てとしてクロノピンの処方と、週末でもつながる電話番号を渡された。それから三日間、怯え、怒り、夫と喧嘩し、店員と争い、夜中の三時に目をさましてはトイレの床にへたり込んで泣いた。日曜には、仕事のことでささいなトラブルがあったが、そのときには大ごとに見えた。なにしろ、後始末には電話で話さなくてはならない。それも、何人もの相手と。

月曜日に会社に戻り、インフルエンザで休みましたと言った。こうして、私の人生でいちばん辛かった一年がはじまった。必死でふつうの人間、仕事のできる従業員を装い、すべてをこなせるふりをした一年が。

一〇か月後、人工内耳を入れた。補聴器を使いはじめて八年しか経っていない。はじめはなかなか乗り気になれなかった。右はまだ聞こえるじゃないの。でも、ホフマン先生に言われた。もし右が聞こえなくなったら、何も聞こえない状態が何か月も続くんですよ。人工内耳はすぐには使えないのですから。保険の適用を申し込む。予備検査を受ける（人工内耳に向かない条件がないか確認するためで、CTも撮影する）。執刀医の空きスケジュールを待つ——それぞれに数週間ずつかかるかもしれない。手術がすんでも、起動は傷がふさがるのを待つため、一か月後になる。そう言われて私はしぶしぶ同意し、その春に予備検査に入った。先生の都合で、手術日は選ぶ余地がなかった。九月一一日。犠牲者たちの命日を麻酔で眠ってすごすのは落ちつかない気がしたが、この日を逃したらさらに数か月待たねばならない。

人工内耳を入れることになったら、最初にすることの一つが、オーディオロジストとの顔合わせだ。ホフマン先生の勧め先はニューヨーク眼科耳科だから、手術も同じ病院で受けることにした。そこで紹介されたのが、ミーガン・クールマイ。長身で、鈍感なのかと見紛《みまが》うほど冷静だが、人を励ます笑顔は惜しまない。術前だけでなく術後もずっとこの人が担当だ。定期的に私の進歩ぶりを観察し、必要に応じて機器のプログラムも手直ししてくれる。私と人工内耳の世界をつなぐ専門家といえば、まずこの人なのだ。そして、のちに私が努力をなまけたり、がっかりしたり、短気を起こしたりするたび、防波堤のように守ってくれたのも彼女だった。

こうして私は、右耳と左耳、二人のオーディオロジストに診てもらう身となった。小柄で、神経質で、情熱的なテレーズと、大柄で、冷静で、見るからに心強いミーガン。二人とも、私が技術の力で——それに、意志と努力の力で——聴力を最大限にとり戻すという大事業の応援団でもあり、相談相手でもあり、同僚でもあった。

二〇〇九年の九月一一日は陰鬱《いんうつ》な雨の日で、二〇〇一年九月一一日の快晴とは似ても似つかなかった。夫といっしょに地下鉄に乗り、二番街一四丁目のニューヨーク眼科耳科に着いた。通いなれた病院だが、今日は「入院」と書かれたコーナーへ向かう。すぐに何十もの質問をされ、手術用の寝巻きとスリッパを渡され、病室に案内された。このとき、まだ九時そこそこ。手術は一一時にならなくてははじまらないはずだから、私服のままで本を読み、土砂降りの外をながめていたら、とうとう看護師に着がえてくださいと言われてしまった。患者の服装になったとたん、私は患者になった。ベッドに横になる。眠くなってきた。いつもならしつこいほど気になる外界が遠く感じられ、私の知ったことではない気がした。
このように病室やベッドが用意され、何時間も麻酔の効いた状態ですごす割に、実は人工内耳の埋めこみは日帰りで行なわれる。手術そのものの時間は一時間半から三時間だが、どんどん短く、能率的になりつつある。それでも長い一日であることに変わりはない。朝は八時に着き、麻酔が完全にさめて病院を出たのは六時だった。

当然ながら、自分の手術だから見学はできなかった。代わりに、マイケル・コロストの著書『サイボーグとして生きる』を読めば手順が載っている。その描写は専門的で、わくわくしてくる。彼が見学したのは他人の手術だが、あたかも自分が手術されているかのような手法で綴られている。ダイヤモンドを埋めこんだドリルを使って、外科医は「ぼくの乳様突起にトンネル状の穴を掘り進めていく。目標は、頭蓋骨の五センチほど内側にある蝸牛《かぎゅう》だ」。ここで掘っている頭蓋底は、血管や神経がたくさん通っている部分だ。脳神経外科で脳の手術をする場合だと、ここを通過するときには頭蓋底を専門にする外科医を応援に呼んでくることも多い。しかしこの場合はちがう。外科医のドリルは「脳の数ミリ手前まで到達するが、彼の目標はぼくの蝸牛であって、大脳皮質ではない」

蝸牛は、側頭骨《そくとうこつ》の一部、錐体《すいたい》という部分に包まれている。英語だと「petrous bone」という。以前、ハーバードにチャールズ・リーバーマンを訪ねたとき、「『petrous』はギリシャ語でどういう意味か知ってますか?」ときかれたことがある。「石のことでね。側頭骨の錐体は、人体でいちばん硬い骨だから」。ドリルの先端がこの骨を貫通すると、蝸牛が姿を現す。リーバーマンは言う。「つまり、すさまじくデリケートな有毛細胞を持つ、この壊れやすい感覚器官は、人体で最も硬い骨に囲まれて、外からはまったく手が届かないというわけですよ」——ドリルを使わないかぎりは。ごくたまにだが、骨に穴を開ける代わり、天然の丸い開口部を利用することもないではない。

緻密な作業で難所も多いが、経験豊かな医師ならふつうは失敗などしない。側頭骨の乳突部にドリルを当てて中耳に到達するところまでは、耳の外科医にとってはありふれた手技だ。蝸牛に穴を開ける手術となると、人工内耳専門の外科医しかやらない。すぐ近くを顔面神経が通っているため、うっかり接触すると、顔の筋肉の一部が麻痺する危険もある。また、蝸牛に開けた穴はインプラントを埋めこんだら体組織でふさぐが、ここで蝸牛内部の液体が漏れると、バランスに支障をきたすことにもなる。

コロストの記述を続けよう。こうして蝸牛が露出すると、執刀医はジェル状のフォームを穴に落とし、インプラントを埋めこむ耳の後ろでの作業に移った。「作業内容は基本的に大工の仕事と変わらない。なるべく頭皮が盛り上がらないように、大きさが二・五センチ四方で厚み一・九センチほどのインプラントが頭蓋骨にすっぽりと収まるスペースをつくればそれでよい」。インプラントを顕微鏡で検査してから(「電極アレイ〈中略〉の拡大画像が、ビデオ画面にくっきりと浮かび上がった」)、手術はクライマックスを迎える。電極アレイを蝸牛に挿入していくのだ。

長さ二・五センチ足らずの電極アレイをうず巻き形の蝸牛にどうやって入れればいいのか、研究者たちは四〇年以上も苦心してきた。答えを見つけたのはオーストラリアの外科医、グレアム・クラークだった。コロストは記している。「ある日、彼は浜辺でうず巻き貝の殻を拾い、例の薬について考えながら、草の茎を貝殻の中に突っ込みはじめた。しばらくして、彼は、ある種の草がスッと奥まで入っていき、貝殻にひびが入らないことに気づいた。茎そのものは硬く、先端が柔らかい草だった。これだ！

場所によって硬さを変えればいいんだ！」

電極を挿入する深さは二五ミリから三〇ミリ。蝸牛のうず巻きでいえば、一回転半ほどに当たる。最も奥まで入る電極が最低音を、最も浅い電極が最高音を担当する。

電極を挿入する手順は、ギャローデット大学でビデオを見たことがある。うず巻き形の蝸牛に、一度に一ミリか二ミリずつゆっくりと押しこんでいく様子を見ていると、腕ききの職人さんが排水管掃除のブラシを押しこんでいく姿を思い出さずにはいられない。

私の手術を担当してくれたのは、ダライアス・コーアン先生だった。コーアン先生はホフマン先生の同僚で、私の医療保険の指定医にも含まれている。この人を選べば、保険会社の判断が少しでも早くなるかと思ったのだ。

コーアン先生はまた、同じ年に、少しでも聴力を回復させられないかと、最後の最後までステロイド治療をしてくれた先生でもあった。鼓膜からステロイドを注入するといえばいかにもつらそうに聞こえるが、実際そのとおり。治療する方の耳を上にして、ベッドに横向きに寝る。ついてきてくれた夫は、注射針を見たとたん逃げだしてしまった。注射がすんでも、薬がこぼれないよう、ずっと同じ姿勢のまま動けない。耳管をとおして喉へ出ていってもいけないから、三〇分は唾を飲み込むなと言われる。試しにやってみるといい。人は一日に平均一〇〇〇回は唾《つば》を飲み込んでいるという。一分でも我慢するとどうなるか。ひたすらよだれとなって流れるしかない。夫は休みなく乾いたペーパータオルを手渡してくれた。

それにくらべたら手術の方が、まあ少なくとも私の意識がある範囲では、汚くもないし苦痛も軽い。

麻酔がさめてみたら、頭は包帯に包まれていて、『白鳥の湖』の舞台から抜け出してきたみたいだ。耳も頭も、触ると痛む。耳の後ろには生々しい傷痕《きずあと》があり、ふさがるには何週間もかかった。

傷といっても小さなもので、六センチか七センチ。初期の手術だと頭部の半分くらいに大きなCの字形の傷ができていたことを思えば、格段の進歩だ。ホフマン先生は一九八六年に、初のマルチチャンネルインプラントを子供に埋めこむ手術で助手を務め、同じ年のうちには自身でも執刀するようになったという人だ。その先生によると、当時は、巨大なCの字形にはがした皮膚を持ち上げて、そこにインプラントと電極を埋めこんでいたという。傷が大きければ感染の機会もそれだけ増えるし、傷口がふさがらない危険も増す。それ以降、切り方は年々小さくなっていった。もしも私が二つめを入れることになったら、傷痕は前回のより小さくなることだろう。

インプラントの本体は、私の場合、二五セント硬貨を二枚並べたくらいのサイズの、平たい楕円形の板だ。左耳から北東方向へ五センチ離れた位置で皮膚の下に納まっていて、触れば髪の毛ごしに輪郭がわかる。将来スキンヘッドにすることがあったら、頭蓋から薄く盛り上がった平らな台地のように見えるだろう。コーアン先生は私の蝸牛に電極を送りこみ、この小さなコンピュータを私の脳に接続すると、縫いあわされた私を病室へ送り返した。私はここで眠ったまま麻酔がさめるのを待つことになる。

二人の帰宅には、病院が車を手配してくれた。自宅のマンションに足を踏み入れるとほどなく、目まいと吐き気に襲われる。予想できないことでもなかったので、あらかじめ渡されていたメクリジン（「アンティヴァート」という商品名で市販されている吐き気止めだ）を一錠飲むと、そのまま一二時間眠りつづけた。くらくらする感じは三週間ほども続いた。地面に凹凸があるたびふらついてしまう。五番街のセントラルパーク沿いの舗道も、北の方は石畳になっているから、まっすぐ歩くことができなかった。

人工内耳を起動するのは、傷がふさがってからになる。その間およそ一か月。インプラントの「スイッチが入る」のを待つ日々を、不安な気持ちですごす患者は多い。電極と神経細胞の接続が完成していることはオーディオロジストが確認してくれたが、実際にどの程度聞こえるか、いや、そもそも聞こえるかどうかさえ、やってみるまではわからないのだ。うまくいくんだろうか？　どんな音が聞こえるのだろうか？

これが生まれつき聴力のなかった人なら、起動して何か聞こえさえすれば、どんな音でも奇跡のように感じられる。以前は聞こえていた人だと、最初に耳に入ってくるのは単なる雑音でしかない。どんなに期待を控えめにしていようと、その瞬間はひどく落胆しかねない。プロセッサーはデジタルで受けとった音を信号（1と0）の流れに変換し、電極から聴覚神経を経て脳に伝える。ちょうどラジオの電波を届けるようなものだ。ところが、起動前は仮に初期設定してあったプロセッサーに、オーディオロジストがパソコンで調整を加えていくと、最初は雑音だったものが像を結びだし、音として聞こえてくる。幸運と練習が重なれば、脳の学習によって、音声を言語として聞きとり、騒音だったものは日常生活によくある物音だと判別できるようになっていく。

起動の日も、その後の定期チェックの日も、ミーガンはコンピュータに向かい、人工内耳のプログラムを調節してくれた。音質はどうかといろいろ質問し、私の返事を元に調節していくのだ。まだ言葉を覚えていない子供たちだと、このやり方はできない。顔の動きなど、身体に表れたサインを見て判断するしかない。プロだから相当慣れてはいるが、大人の患者の「大きすぎます」「シューッという高音が入ります」「声は聞こえますけど、なんと言ってるのかはわかりません」といった返事ほどの正確さは望めない。

スタンフォード大学のジョン・オガライは、生まれつき耳の聞こえなかった子供に初めて人工内耳を入れたときに、音声がどう処理されているかをモニターする技術の開発にあたっている。大人が言葉で説明してくれるのと同様の情報をオーディオロジストが手にできるようにというわけだ。ヒトの脳の機能を測るのに最も一般的な方法はｆＭＲＩだが、人工内耳には磁石が使われているため、外科手術で磁石を抜き取らないかぎり、ｆＭＲＩを使うことはできない。

代わりにオガライが実験しているのは、近赤外光脳計測装置（ＮＩＲＳ）という非侵襲的な画像技術だ。装置は音も静かで、リスクも見つかっていないし、人工内耳を入れた子供にも使える。二〇一〇年に行なわれたとある研究では、人工内耳をつけた子供たちに人の話し言葉を聞かせたときの脳の活動をＮＩＲＳで調べ、ｆＭＲＩで調べた健聴の大人、健聴の子供と比較している。

幼い子供たちを起きたままで調べるには、特有の苦労がある。なにしろ相手は子供。もぞもぞ動く。眠くなる。機嫌が悪くなる。「本人が休みたいと言った、泣いた、三〇秒以上眠ってしまった、データが取れないほど動いた場合は、テストはそこで打ち切り。その子のデータは使いません。ふつうに進めば、テストはだいたい二〇分で終わります」。こうして最後までやりとげた子は、全体の六九％だった。『ヒアリング・リサーチ』誌に掲載された研究では、人工内耳を使っている子供の聴覚機能を評価するのに、ＮＩＲＳは有用かもしれないと結論づけている。この研究の目標は、脳の反応をより正確に測定することを可能にし、研究者やオーディオロジストが子供の話す力、言葉の力を伸ばしてやれるようにすることだ。今は、人工内耳を入れるかどうか決めようにも、その子が本当に聞こえていないのかという段階からして判断の難しい例もある。うまくいけば、ＮＩＲＳはそんな場面にも使えるようになるかもしれない。

こうした研究では、思いがけず、おもしろい事実も見つかった。耳の聞こえない子供が初めて人工内耳を装着すると、脳の反応はインプラントが入っている側の半球に偏っているようなのだ。大多数の例ではインプラントは右側に埋めこむから、脳は右半球が反応することになり、通常とは逆になる。これは小規模な研究だけに、著者たちは、この現象についてはもっと踏みこんだ研究が待たれると記している。「右側が活性化するということの結果は、言語処理は左半球優位という健常成人での知見と対照的である」として、「全聾児では、通常の感覚入力が欠けていたために、脳の発達過程が変化した可能性が考えられる」とつけ加えている。

スタンフォード大学にオガライ氏を訪ねたとき、ＮＩＲＳスキャナを見せてほしいと頼んだところ、検査を受けてみませんかと言われた。氏の研究室ではこの技術を大人で試しているので、被験者が必要なのだ。私は人工内耳も補聴器も両方使っているから、なおさら都合がいい。テストの実施にあたる研究コーディネイターのホーマー・アバヤに紹介される。テストは人工内耳で一回、補聴器で一回、両方なしで一回と、三回くり返されるという。

頭に大きなヘッドバンドを装着される。ここから出る低出力の近赤外線が頭蓋骨を通して脳に届き、大脳皮質のどこでどれくらい吸収されるかを測定するのだ。ヘッドバンドの上からは、外部からの赤外線を遮断するため、ウールの帽子をかぶせられた（この帽子を、いったいほかの何人がかぶってきたんだろうと考えてしまった）。そして、人工内耳をオンにした状態で、さまざまな音——人の声による朗読、猫の鳴き声、ハンマーで物を叩く音など——を録音で聞かされた。これが一五分間。同じことが補聴器で、続いてどちらもなしでくり返される。その間、ＮＩＲＳは記録を続け、そのデータを解析すれば、これら三種類の条件で、私にはどれくらいよく聞きとれていたかがわかるというわけだ。

人工内耳は確かに物凄い道具だ。これがなければ静寂の世界で生涯を終えていた人々に、聞こえをとり戻してくれるのだから。その一方、人工内耳に——というより、人工内耳と脳に——不可能なのは、同じ聞こえ方を再現することだ。聴力を失った人々にとって大幅な前進にはちがいないが「人工内耳も補聴器も、完璧ではない」とは、やはりスタンフォードのステファン・ヘラーらが患者の期待と援助職の役割に関する論文で述べているとおりだ。生後一年以内に手術を受けた患者を例外として、「周波数の弁別、騒がしい場所での成績、電話など、日常の課題いずれにおいても機器の有用性には大きなばらつきがある」

人工内耳もこの先、進歩していく。「より侵襲性の少ない電極の挿入法（電気情報、視覚情報、化学情報の別を問わず）、空間的にも時間的にも解像度の高い神経刺激などについては、かなりの進歩が期待される」という。しかし、こうした補助機器がどれほど改善されようと、失聴の「根治法」になることはない。「手術のリスク、機器の故障、細菌感染、組織の拒絶反応等、体内に埋めこむ機器のすべてにつきまとう問題は、いくらかは残り続けるだろう。（中略）失聴患者たちがこれほどまでに重視する、完全に『正常な』知覚の回復もできないだろう」

それでも、聴力に関しては、私に選択の余地はなかった。不完全な聞こえか、何も聞こえないか。私もマイケル・コロストの言うように、サイボーグの一人だ。ターミネイターとはいかないけれど、人工の部品で強化されている。コロストは考えた。「感覚器官が人工物に置き換えられれば、肉体は自分自身のものではなく、文字どおり他人のものとなる。なぜなら、その後は、人類の生物としての歴史と進化がもたらした論理とルールではなく、その人工器官を動作させるソフトを開発したプログラマーの論理とルールに従って世界を知覚することになるからだ」。私もプログラマーだったらそんな感じを持ったのかもしれないが、私にとっては、人工内耳はむしろ義肢に近い。人工的な手段を借りて、物理的に機能できるわけだから。

ＦＤＡが初めて多チャンネル人工内耳を認可したのが一九八四年。最初は成人専用だった。そのＦＤＡによると、二〇一〇年現在、全米で七万一〇〇〇人——大人が四万二六〇〇人と子供が二万八四〇〇人——が少なくとも片方に人工内耳を入れているという。一般に、人工内耳が役にたつ可能性のある人は全世界で二五万人と言われているが、二〇一〇年段階で人工内耳の数は二一万九〇〇〇個。最近まで、最重度難聴（生まれつき、もしくは、事故や病気による中途失聴）にしか認められていなかったが、現在では基準も柔軟になり、人工内耳センターが強く交渉すれば融通がきくようになった。メディケア（高齢者向け公的保険）ならＦＤＡのガイドラインに合わない患者の費用を出し渋ることはあるものの、民間保険はめったに断らない。機器の性能が上がるにつれ、ＦＤＡのガイドラインも緩やかになりつつある。

アメリカ合衆国で人工内耳の販売を認められている会社は三社。オーストラリアが本拠地のコクレア社、オーストリアのメドエル、そしてカリフォルニアのアドバンスト・バイオニクスだ。初めてＦＤＡ

に認可されたのはコクレアだった。それから二年も経たないうちに、対象者の最低年齢の引き下げがはじまり、どんどん幼い子供までが手術を受けられるようになっていった。三社とも製品はよく似ていて、品質のよしあしも知られていない。聴覚神経に信号を送る電極がコクレアでは二二本、メドエルは一二本、アドバンスト・バイオニクスは一六本。この数字は本質に関係しない。マサチューセッツ州のサマヴィルにある非営利の聴覚リハビリ基金で週に二日働き、残りの四日はメドエル社の仕事をしているジェフ・プラントによると、「三社いずれのユーザーも、実際に活用している電極は四つから八つくらいでしょうね」という。ジョン・ニパーコ編著『人工内耳――原理と実践 (*Cochlear Implants: Principles and Practices*)』に執筆しているブレイク・S・ウィルソンとマイケル・F・ドーマンも同意見だ。人工内耳を設計するときの重要なゴールの一つは、「なるべく互いに重複せず、電極アレイの作用を受ける神経細胞の数を最大にすること」だという。「しかしながら目下得られている証拠によれば、現在のスピーチプロセッサや電極の設計では、電極が二二本あったところで、実際に反応している部位は四か所から八か所を超えないらしい」

人工内耳のシステムには、周囲の音を拾うマイクロフォンが一つと、アナログ世界から入ってきた信号を無線周波数という信号に変換するスピーチプロセッサが一つ含まれている。通常のスピーチプロセッサは耳の後ろに引っかける形になっていて、マイクもここに付いている。そして、細いコードで二五セント硬貨くらいの磁石とつながっており、この磁石が頭部に埋めこまれたレシーバーの磁石とくっつくしくみだ。レシーバーは無線周波数の信号を解析し、埋めこまれたコードを介して蝸牛へと送りこむ。蝸牛では電極が神経細胞を刺激し、神経細胞は信号を聴覚皮質へ伝える。運がよければ、皮質がそれを区別可能な音として聞きとることになる。

三つのメーカーからどれを選ぶかというのは、サイコロを投げるのに近い。病院や執刀医が使い慣れたメーカーを推奨している場合もあるが、私のときは三つ全部の参考資料をどっさり渡され、持ち帰って好みのものを選ぶように言われた。メーカーのウェブページにもアクセスして、ユーザーたちが書きこんだ熱狂的な推薦文も読んだ。とはいえ、人工内耳なんて、あれこれ使いくらべるものではない。体験を語るユーザーたちだって、そのブランドしか知らない。すべてのメーカーが、言葉の弁別はうちがいちばん、音楽もうちがいちばん、扱いやすさもうちがいちばんと書いている。

合衆国ではコクレア社が最大手だ。私はアドバンスト・バイオニクス社を選んだが、理由はささいなことで、外装デザインがいちばんすっきりしていたからにすぎない。あとでわかったが、これがラッキーだった。通常の耳かけ型プロセッサーのほかに体につける携帯型プロセッサーも用意しているのはここだけで、これなしには私は人工内耳を使うことができなかった。

補聴器メーカーとはちがい、人工内耳のメーカー各社はデザインを誇示しようとする。パンフレットを見ても、モデルたちの頭部には、製品がはっきり露出している。方針そのものが補聴器メーカーとは正反対なのだ。頭に装着するヘッドピースも、デザインが選べるようになった。色もさまざま、サイケデリックな柄《がら》物も多い。私が今つけているカバーは青だが、深い理由はない。人工内耳センターに来ている子供たちを見ていると、イヤーピースのこともヘッドピースのこともまったく気にかけていない風なのがほほえましい。

人工内耳を使いこなせるかどうかは人によってまちまちだが、明らかに成功度を左右する要因は二つわかっている。一つは、子供なら年齢だ。言葉を覚えはじめる年にならないうちに手術した方が、はるかに結果がよい。昨今では、わずか六か月で手術をする例もあるほどだが、最少月齢の規定は施設ごとにちがう。ホフマン先生は「早ければ早いほどいいんです」と言うのだが、あまり幼いと、本当に聞こえていないと確かめるのが難しくなる。ニパーコ先生の話では、ジョンズ・ホプキンズ大学では八か月からだという。二か月待つことで、感染の危険を減らせる感触を得ているらしい。

大人だと、最も大きいのは聴力を失ってから人工内耳を入れるまでのタイムラグだ。失聴が最近のことであればあるほど、うまく使いこなせる。大人の場合は年齢は関係なさそうだ。ホフマン先生が手術した患者の最高齢記録は九〇歳だと聞いている。人工内耳の手術は身体への負担が非常に軽いため、高齢者に行なうには胸部や腹部はもちろん、肘よりも安心なのだそうだ。高齢者の場合、肘の手術といえども、術後に腕を動かせないでいると静脈炎になることがある。胸部の手術は肺炎が心配だ。人工内耳なら、「そこそこ健康な方であれば、さほどの負担はありません」という。もちろんほとんどの方は、どんな小さな手術でもご自分が受けるとなったら大手術と感じるものですけどね、と先生はつけ加えた。私にとっても、大手術の気分だった。

ジョンズ・ホプキンズ大学には常設の人工内耳チームがあり、外科医は五人。年間およそ二六〇件の手術を行なっている。患者は大人と子供が半々だ。ニューヨーク眼科耳科は常勤の外科医が四人（そのほかに、コーアン先生のような嘱託が数人）で、年間だいたい一三〇件。やはり半分が子供だ。こちらは低所得者向け公的保険の利用者が四割を占める。ニューヨーク州の公的保険は比較的良質な方で、人工内耳の手術にはもっと制限の厳しい州がたくさんある。ホフマン先生いわく、アリゾナ州では肝臓移植にさえ保険が効かないそうだ。

アリゾナみたいなやり方は、いんちきの節約ですよとホフマン先生は続ける。お話を聞いたのは、二番街二二丁目の人工内耳センターにある先生のオフィスだ。このセンターは先生も設立に携わったもので、今でもニューヨーク眼科耳科と提携関係にあるが、建物は別になっている。先生は勢いよく立ち上がると私を案内して廊下を進み、ブレンダン・ヴァサンス君に紹介してくれた。ぼさぼさ頭の愛くるしい四歳児で、一つめの人工内耳を八か月、もう片方を一一か月のときに入れた。ケイトちゃんという妹がいて、六か月と九か月で手術を受けている。

お母さんのリサは医師（リウマチ科）で、健聴者だ。ブレンダンは言語病理学者の訓練を受けていて、部屋に入ってくるとぱっと表情が輝いた。ホフマン先生は私を親子に紹介すると、ブレンダンとおしゃべりをはじめた。学校でいちばん好きなのは何かな？　運動場。私たちがおいとましようとすると、ブレンダンはホフマン先生にハイタッチをした。私にもしてくれた。私の耳がもう一つなので発音がどうかはわからないのだが、先生は完璧だと言っていた。お母さんの話では、よその親御さんや学校の子供たちにも、ブレンダンが難聴であることさえ気づいていない人が多いという。

ブレンダンのような子供たちに人工内耳を入れると、州にとってはその費用を上回る節約になる。「悲しいかな、馬鹿な話でしてね。あの子のような子供たちに早くから人工内耳をつければ、高校卒業までの教育費が四〇万ドル安く上がるって調査結果はたくさん出ているんです。ところが、浮くのは教育予算であって医療費とは別会計だから、そんな比較はされない。医療の側だってもっと資金が必要なんですが、縦割り行政の壁は越えられない」

それに、子供にとっては可能性が広がる。ブレンダンとケイトは両親ともに聴者だから（聞こえない子供たちの九割は、聞こえる両親の元に生まれてくる）、たとえ本人と両親がそろって手話に上達したとしても、ろう社会になじむのは大変だっただろう。ブレンダンのような子供は、人工内耳がなかったら沈黙に包まれ、健聴者の世界との橋渡しを誰かに頼ることになる。ろう学校に進まないかぎり、学校でも通訳をつけてもらう必要がある。その場合、卒業しても外の世界でやっていくためには通訳を必要としつづけるのだ。

大人の脳にはおよそ一〇〇〇億の神経細胞がある。細胞の姿も、他の細胞とのつながり方もそれぞれ決まっている。その指定は遺伝子によってなされる部分もあるが、哺乳類の遺伝子はわずか一〇万個、脳の神経細胞の結合は一〇〇〇兆もあるのだから、どう見ても足りるはずがない。だから発生の要所要所で、外界からの刺激を合図に、そのつど必要な遺伝子グループにスイッチを入れてもらわねばならない。こうしたスイッチの役目をする刺激には、栄養、感覚的経験、社会的経験、学習などがある。

脳細胞は誕生の少しあとまでは作られつづける。ジョンズ・ホプキンズ大のチャールズ・J・リム医師によれば、人間の場合、二歳か三歳を過ぎると新しい神経細胞は作られなくなる。一方、ネットワークの基礎工事は一〇代後半まで続く。それでも、脳の可塑性が最大なのは幼いうちだし、脳が――そして聴覚システムが――本来の発達をとげる上で最も重要な要因は、刺激なのだ。

聞こえる子供たちなら、刺激は音という形で入ってくる。ところが聞こえない子供の脳は、皮質の同じ部分を（音の形での刺激を奪われたために）ほかの用途に転用することができる。

リム医師と、同大学の同僚であるデイヴィッド・K・リューゴ医師によると、「脳の能力は目ざましく、一見まばらな入力からでも有用な情報をどうにか引き出してしまう。つまり、聴覚システムがキャッチする刺激は、別に音声でなくともかまわない」。人工内耳が提供するのは電気刺激だが、成長途上の子供たちはそれでも、視覚や体感など外界にあるほかの手がかりと、人工内耳の電気信号との関連を見つけていく。これが最もうまくいくのは、聴覚システムに他の情報がまだ入っていなくて、中途はんぱな神経の道すじができかけていないうちなのだ。すでに手話を覚えてしまった子や、耳はひどく遠いのにわずかながら話ができるようになった子だと、新たに電気信号に接しても、これが音声を表すものなのだと認識するには、脳を再訓練して聴覚の経路を作り直さねばならない。脳の可塑性が比較的すぐれているのは三歳から四歳までなので、ほとんどの医師はそれ以前に手術するのがいいと考えている。

初期に行なわれた研究からは、人工内耳を入れた子供たちは、手話を使う同級生にくらべ、標準化された学力テストの成績がはっきりと高いことがわかっている。調査対象になった子供たちには三、四歳以前に手術を受けた子はほとんどなく、七歳近い子さえ少なくなかった。学年が低いうちのテストでは人工内耳グループの読みとり能力に進歩がみられるが、子供たちが中学や高校に進むころになると、効果は落ちている。

二〇〇七年に『ジャーナル・オブ・スタディーズ・アンド・デフ・エデュケーション』で発表されたレビュー記事では、多数の論文を比較検討し、一見矛盾する結果の交通整理を試みている。これによると、近年ではさまざまな研究で聞きとり、言語、発話へのプラス効果が示されていて、「早期の装着、長期の使用が読解や学業の良好な成績と関連するのは当然だという思いこみが生じている」という。ところがこの比較検討で得られた結果は、もっと微妙なものだった。「幼い聾児の人工内耳埋めこみにベネフィットがあることは明らかだが、現場の実績はいくぶん不安定である」

執筆グループは個々の論文について論評した末、その含意を述べている。まず、学力については、標準テストのスコアを単純にくらべるのではなく、もっと広い見方が必要だとしている。人工内耳の力は不完全で、ほかの生徒たちにはキャッチできる教室内の情報がいろいろと取りこぼされるのだ。教育関係者も研究者も、ひたすら読み書き能力ばかりに「こだわり」すぎて、カリキュラム全般にひそむそれ以外の困難を見おとすことになっている。

引用されている論文の著者たちの中には、「人工内耳はうまく働きすぎるのではないか」と示唆する人もいる。教師はその子が通常と同じに聞こえていると思いこみ、教室でも特別な配慮はいらないような気になってしまう。でも教室とはふつう、やかましい空間だ。人工内耳をつけた子供たちは、自分に直接言われた言葉は聞きとれても、それ以外の情報は拾えていないかもしれない。勉強の幅を広げ、対人関係の機微を学ぶには、そうした情報も欠かせない。こうして高校に進むころには、発音だけは美しくなっているかもしれないが、「複雑なカリキュラムを扱えるほど高度な言語スキルは欠けていることがある。とりわけ、騒音の多い場所だったり、教員がころころ交代する環境には弱い」という。

現在、もっと幼いうちに手術を受けた子供たちがどんどん育ちつつあるから、今後はこうした調査のデータも変化していく可能性がある。近年では、埋めこみ手術に最適なのは一歳未満ということで執刀医たちの意見は一致しているが、そんな月齢で手術を受けた子供を調べた論文は今のところ一つも発表されていない。今はちょうど、この世代の最初の子供たちが中学、高校に上がろうとしているところだからだ。これまでに出ている論文は三歳以後に手術を受けた子供ばかりをくらべたものだが、それでさえ、手術が早い子ほど学業成績の平均も高いことが示されている。

レビューの最後には、いずれの調査の対象児童も現在よりは年齢が進んでから手術を受けた子供ばかりだというただし書きがついている。「生後一年以内にインプラントを埋めこんだ子供たちでも同様の結果になるかどうかはまだわからない」。筆者たちは疑いを抱いているようだ。「とはいえ、これまでの結果を見るかぎり、聞こえない子も聞こえる子も学業成績の格差はなくなると決めてかかってもいけない」

一方、誇り高く、結束も強いろう社会では、人工内耳はいまだに賛否が分かれる話題だ。ろう者と聴者の混合家族二つを追ったジョッシュ・アロンソン監督のドキュメンタリー番組、『音のない世界で（*Sound and Fury*）』には胸をしめつけられる。耳の聞こえない子供を授かった父親二人は兄弟どうしで、その妻たちや祖父母とともに、わが子に手術を受けさせるかどうか言い争う。二〇〇〇年発表の作品なのに、状況は今も変わっていない。登場する人々は、ときに激昂する。とりわけ、自分たちの文化が脅かされていると受けとめるろう者たちは必死だ。

きつい言葉も飛び出す。「あんたのお嫁さん、耳の聞こえない赤ちゃんはほしくないっていうんなら、母さんがもらうわよ」と、ろうの祖母は言う。「友達もみんな、わかんないって言ってる。いくら耳が聞こえないからって、自分の子がかわいくない母親なんて」と、やはりろう者の親類が言う。「母親なら、ありのままの子供がかわいいもんでしょう」

リーア・ヘイガー・コーエン氏は耳が聞こえたが、レキシントン聾学校で育った（両親の勤め先だったのだ）ため、手話も音声言語も両方できる。彼女の著書、『乗り遅れ（*Train Go Sorry*）』は今やろう文化を知るための文献としては古典になっているが、耳の聞こえない子供たちの生活を間近に見て記したすばらしい本だ。レキシントン聾学校は口話主義にもとづいて設立された学校で、子供たちは補聴器をつけ、唇を読み、そのほかさまざまな工夫を活用して（ＦＭシステムも早い段階から使われた）、音声言語を話すよう求められる。前にも述べたように、「耳の聞こえない」人々といっても、大半の人は多少の音なら聞こえる。だからレキシントンの子供たちも、たいていは補聴器が役にたっていた。音声言語を話せるようになっておく方が外の世界に出ていく準備としてすぐれているというのが口話主義者たちの主張で、教室で手話を使うことは禁じられていた。

それでも生徒たちは、先生がいなくなると手話で話したから、コーエン氏は音声言語と手話の両方で育った。彼女の観察も先のレビュー論文で言われていたのと同様だ。耳の聞こえにくい子供たちは、重要なポイントは聞きとれても、余談まで手が回らない。文化に幅と深みを与えるのも語彙を広げるのも微妙な陰翳なのだが、それもすくい取ることができない。「私は、教員と助手の間で交わされる軽口の応酬を休みなく吸収して新しい単語を覚えたし、抑揚も、構文も学んだ。でもほかの子供たちはそれをしていなかった」

コーエン氏は、たとえ最新の支援機器をすべて駆使しても、対人関係の見地からは、聞こえない人だけで集まれる場はやはり必要だと記している。「近代的な技術がこれだけ進歩しても、聞こえない人々が仲間とじかに会って時間をすごしたいという渇望は、ほとんど満たされることがなかった。外界には解読不能なことがこれほど多く、アクセスできない情報がこれほど多い以上、聞こえない仲間たちと実際に同じ場所に集まり、自分たちの言語で情報を交換することで得られる温かい感触は、生命維持に必須とさえいえる存在となっている」。今では、聾学校はわずかしか残っていない。耳の聞こえない子供たちのほとんどが、公立の学校で、健常児にまじって教育を受けるようになったからだ。今の子供たちも、自分とよく似た子と物理的にいっしょにすごす時間への渇望を感じることはあるのだろうか。

今でも残る実際に集まれる場所の一つに、ギャローデット大学がある。昔から、教員、学生、職員のすべてがアメリカ手話だけで生活している学校だ。手話を知らない聴者がこの空間に足を踏み入れるのは、単に言葉がわからないのみならず看板の字までが読めない国へ入るようなものだ。二〇一一年、大会に参加するために訪れた私もそうだった。周りでは、学生たちがいきいきとおしゃべりに興じている。芝居の稽古をするグループがあるかと思えば、笑い、叫び、音声言語は一言も発しないのにひどくやかましい一団もいた。聞こえない人々の学校といえば、しんと静まり返っているかと思っていたのに、音にあふれる活気のあるキャンパスだった。ただ、音声言語はなかった。そして皮肉にも、私が泊まっていたのは一般に開かれた会議場附属のホテルだったので、聞こえる人間のための案内の看板はまったくなかった。

着いたその日の午前中のこと、私は予定のプログラムに参加するため、カフェの隣にある会議室へ向かった。今日の昼食は無料で、このカフェで出されると聞いている。まだ時間があったので、コーヒーを一杯飲むことにした。あたりを見まわし、紙コップを手にとる。ふと気づくと、レジ係が私の隣に立って、何か手ぶりで訴えている。最初はもどかしそうにしていたが、だんだん怒りだした。私のカップの選択が気に入らないらしい。わけがわからなかった。あとになって誰かが教えてくれたが、コーヒーは陶器のカップで飲んだ場合にかぎり無料なのだそうだ。紙コップで飲みたいなら、支払いが必要になる。そんなこと、ちょっと貼り紙一枚しておくだけで、レジ係も手間が省けるし、私だってどぎまぎせずにすんだものを。

これこそ、聞こえる人の世界で難聴者がしじゅう経験していることだ。とはいえ公共の場所には、聞こえない人のため、目で見てわかる仕掛けを取りつけるところが増えている。ごく最近まで、ニューヨーク地下鉄の案内は（健聴者にさえ）聞きとりにくい構内放送しかなかった。それがここ数年で、ほうぼうにＬＥＤディスプレイが取りつけられ、遅延やルート変更ばかりか、次の列車がいつ来るかまでが表示されるようになった。ＬＥＤディスプレイは何年も前から世界各地で導入されていたもので、ニューヨークもようやく追いついたというわけだ。

人工内耳が推奨されない（だからといって禁止はされないが）グループが一つだけある。言語を習得しないうちから耳が聞こえず、そのまま大きくなった人々だ。リューゴとリムの表現はそっけないが、このグループの場合は手術をしても「十分な結果が得られない」ということで専門家の意見は一致している。私の通う人工内耳センターの聴覚ハビリテーション部長のエリザベス・イン氏の話では、耳の聞こえない子供が一〇代になってから、少しでも音が感じとれたら便利だろうと思いたつ家族がいるのだそうだ。申し込みの段階では、家族の希望は空間感覚だ。「自転車で走っているときに音が聞こえるようにしてやれたらって、本当にそれだけなんです」と言われるそうだ。「ところが起動の日が来てみると、すっかり電話で話ができるつもりになってるんですよ」

生まれて一度も音声言語を聞いたことのない大人は、おいそれとは人工内耳に適応できない。二〇〇七年にHBOで放映されたドキュメンタリー『ヒア・アンド・ナウ』でも、そのことが痛烈に示されている。監督のアイリーン・テイラー・ブロッドスキーが、自身の両親を追った作品だ。二人とも六五歳、生まれつき耳が聞こえない。そんな夫婦が定年退職をきっかけに人工内耳を入れてみようと思いたった。形ばかりの適性審査で、手術が許可される。

四人いる子供たちとの仲も上々、手話を母語とするろう者の社会では顔も広く社交的なテイラー夫妻だったが、人工内耳の結果にはすっかりしょげてしまった。二人ともまごつくばかり。とりわけ妻の方は、何か聞こえてもそれがなんなのかまったくわからない。結局、妻は使用をやめてしまった。夫はスイッチこそ切らないものの、基本的には二人とも、慣れ親しんだ音のない世界へ帰ってしまった。もともと無理のある、生半可な決意ではできない実験である。それを実の娘の優しい目で描いた、心温まる番組だった。

リューゴとリムも、将来はテイラー夫妻のような人々にも人工内耳が役だつようになる可能性までは否定していない。「さらに研究を重ねれば、いつかは成人の脳についても十分な理解が進み、言語習得年齢以前に失聴した成人でも、通常の子供のように無理なく言語スキルを習得できる日がくるかもしれない」

本来なら二番めに有望なグループに属するはずの私だが（ごく最近になって聴力を失ったばかりの成人）、すっかりとうの立った脳は、そう簡単に再習得してくれなかった。人工内耳は左に入れたのだが、完全失聴こそ前年だとはいえ、三〇年前からろくに使っていなかった。だから言語を扱う神経の経路は刺激をほとんど受けられず、すっかり衰えていたのだろう。失聴から人工内耳埋めこみまでのタイムラグが長ければ長いほど、聴覚神経経路の可塑性は失われていく。それに、私の聴覚神経経路は、音を音として聞きとることに慣れていた。それが、単に二度のお勤めを頼まれただけでなく、前とは別の仕事を頼まれたわけだ。

おそらく私にとって最大の障害になったのは、時期の悪さだろう。人工内耳を起動したのは二〇〇九年の一〇月。一〇月、一一月、そしてニューヨークタイムズをやめた一二月といえば、私生活も仕事も嵐のような日々だった。人工内耳は装着しても、それで聞きとれるようになる努力などほとんどしなかった。この最初の三か月こそ成否を分ける重要な時期であり、本来ならみっちりリハビリに励んで当然だった。言語病理学者のところに通うなり（子供ならそこまでコースに含まれているが、大人は決まっていない）、インターネットにたくさんあるインタラクティブ教材を活用するなり、しなくてはならなかった。アドバンスト・バイオニクス社の「リスニング・ルーム」に登録はしたものの、リハビリソフトに使われるCLIXプログラムがマッキントッシュに対応していないとわかるとすぐにあきらめてしまった。本気でリハビリをはじめたのは六か月近くも経ってからのことで、それでは遅すぎたのだった。

＊＊＊

もっと早くリハビリをはじめていても、さすがに音楽を楽しむのは無理だっただろう。人工内耳は会話の理解に最適化して設計されている。今のところ、音楽を把握する――そして楽しむ――という分野ははるかにたち遅れている。

ジョンズ・ホプキンズ大学で耳咽喉科と頭頸部外科の准教授を務めるチャールズ・リム氏は自身も演

奏を楽しむし、同大学のピーボディ音楽学校の教員でもある。脳についても音楽についても、幅広い関心の持ち主なのだ。最近ＴＥＤカンファレンスで行なった講演（ネットで公開されている）でも、演奏中の脳についての予備的研究について報告している。ｆＭＲＩを使って、ジャズピアニストのマイク・ポープの脳をモニターしたものだ。両手以外を固定されたポープは装置の中に仰向けになって小型のコンピュータピアノを弾き、リムもコントロールルームで別のキーボードを弾いて、二人で即興演奏をくり広げた。ポープは「嘘じゃないさ、マジで、音で会話ができてるぞーって何度も感じたね」と言っている。ｆＭＲＩでポープの脳をみると、言語にかかわるブロカ野――リムの説明では「表出によってコミュニケーションをとる部位」――が活発に働いていた。「音楽は言語だという考え方があるが、これには神経学的な根拠があったということなのかもしれない」

ジョンズ・ホプキンズ大学でリムに会ったのは二〇一一年の春のこと。音楽と人工内耳について話を聞きに行ったのだ。この両者の相性が悪いことは、ユーザーなら誰でも知っている。人工内耳を使っているかぎり、「音楽」など存在しないも同然だ。

リムいわく、メーカーはどこも、会話のために作られた技術をどうにか音楽にも使えるよう手直しを試みているのだという。リズムはたいていのユーザーが聞きとれるが、音程が聞こえる人はほとんどいない。音程が歪んでしまえば、メロディーを理解するのは至難の業だ。メロディーは音程と音程の差から成りたつのだから。

リムは言う。「音楽がいちばん難しいんです。聴覚的な刺激の中で、最も複雑な存在ですからね。音声としての処理が難しい以上、人工内耳で扱うのも一筋縄ではいかない」。音楽のわかる人工内耳の完成を、聖杯さがしの旅にたとえた研究者もいるほどだ。

リムによれば、音楽の聞きとりが難しい理由はもう一つある。音楽には文脈がないのだ。「言葉には意味がありますからね。ぼくの声の音質が多少悪くても、今はなんの話をしているのかを知っていれば、なんとかわかるでしょう。音楽には『本日の話題』っていう部分がない」。だから背景情報が得られないのだ。「音楽には、これといった意味がない。音楽がどう聞こえたかというのも主観だから、計測ができない」。言語なら、内容の理解度を調べれば聞こえのよしあしが測れるが、音楽には客観的な計測手段がない。質問するにしても、「ご感想は？」が精いっぱいだ。

「音楽家だと、ひどいショックを受ける人が多いんです」。私の聞いた話と同じだ。これまでインタビューした音楽家たちから、何度も聞いた。自分が演奏できないばかりか、聴くのも楽しめなくなってしまうのだ。「トップレベルの演奏家で人工内耳を入れた人はまだ一握りですが、今でも音楽が聞きとれる人はほとんどいません」という。おもしろいことに、幼いうちに手術をした子供たちは音程、音色、メロディー、和音いずれも健聴児とほぼ同様に聞きとれるという実験結果もあるが、まだ予備調査の段階でしかないし、成長したらどうなるかという追跡も行なわれていない。

人工内耳を入れて三年近くたっても、私はまだ、補聴器をつけたもう片側に大きく頼っていたし、母音にはてこずっていた。「ビット」か「ベット」か、「プリム」か「プレム」か、「リフト」「レフト」「ロフト」「ラフト」のどれなのか。どれも同じに聞こえる。

聞くことを一から覚え直すというのは、いろいろな意味で長期的な心理療法に——中でも、精神分析を基にした療法に——似ている。会話による心理療法でも、抗うつ剤などの薬物療法と同様、続けていれば脳の経路が変化するという研究結果はいくつも出ている。聴覚システムの経路を書き換えようとがんばっていたころ、私はちょうど、情動にまつわる行動の経路を書き換えるためにも奮闘していた。落ちこみや怒り、不安につながる経路だって、聴覚神経経路が音声という形でしか言語を認識しなくなったのと同じくらい、私の脳にくっきりと刻みこまれたものだった。きっと私の脳は、こちらが油断しているときを狙って、ときおり古い経路に電気信号を放っているのだろう。ちょうど、車が移動式の簡易フェンスをなぎ倒して、通いなれた元の道へ戻るようなものだ。私はそのたびに車を止め、フェンスを並べなおし、そろそろと気をつけて新しい道を進むしかない。聴覚の道も、こころの道も、そこは変わらない。どちらも舗装されたばかりでまだ固まっていないし、砂利が残っていたりもする。それでも、いつかはなめらかな、しっかりした道になるだろう。新しい道の方が通りやすくなる日がくることだろう。

私の場合は、人工内耳なんて最後の手段だった。でも今では、適用の基準も緩和され、手術はますます安全に、傷も小さくなっただけあって、人工内耳が第一選択になる人が珍しくない。ライアン・M・カーペンターによると、補聴器も人工内耳も自然の聞こえを模倣するものではないのだが、それでも感音性難聴の人々にとっては、人工内耳の方がすぐれた選択肢になりうるという。「訓練を受け、いったん慣れてしまえば、大半のユーザーが、人工内耳の方が補聴器より音質もクリアだし、つけ心地もいいと語る」のだそうだ。

Voice

障害が重い人の方がうまくいく。軽い人こそがっかりしがち

◎ロリー・シンガー（人工内耳センタースタッフ）

ニューヨーク眼科耳科の人工内耳センターのスタッフ、ロリー・シンガーはまるでなんでも屋のように頼りにされているが、本来は技術サービスコーディネイターが本業だ。片方に人工内耳を入れ、もう片方も入れようかどうか検討中とのことだが、本人の口から聞かなかったら、耳に障害があるなんて気がつかなかったと思う。

ロリーとはセンターへ行くたびに顔を合わせているが、ある日、彼女のオフィスでインタビューさせてもらった。ロリーは経営管理学の修士号を持ち、学部では生物学を専攻している。そんな経歴から自然と医療系の出版社に進んだが、そこで働いていたときに聴力が落ちてきた。電話が鳴っているのに気がつかなかったことから、とうとうオーディオロジストのもとを訪ねた。「これでは一日が大変でしょう」とオーディオロジストに優しく言われて、「泣き崩れましたよ」という。初めて苦労をわかってもらえたからだ。左側に補聴器をつけて、しばらくは仕事を続けることができたが、三九歳のときにまたもや電話が使えなくなり、この仕事はやめるしかないなと思った。

「ほんとにいらいらしてましたね。殺人くらいやりかねなかった」

ニューヨーカーの例にもれず、最初に相談したのは難聴者連盟だった。オーディオロジストのドリーン・ワトキンスに人工内耳が必要ですと言われて、「でも、全然聞こえないわけじゃないのに」と答えた。教科書どおりの否認だった。

ロリーの難聴には遺伝子がかかわっている。祖母は四〇にならないうちにまったく聞こえなくなっているし、母親も姉も聴力が低下していた。

一九九六年、執刀したのは当時ニューヨーク大学にいたホフマン先生だった。そのころの手術は今より大がかりで、傷も大きく、浅いJの字形に切っていた（さらに前は、掌くらいもあるCの字形に切り、めくり上げていたのだ）。手術は水曜日、その晩だけ入院して、月曜には仕事に戻っていた。ニューヨーク大学に聴覚リハビリは六か月待ってはどうかと言われたが、三か月ではじめた。「どんどん勝手に進めました、連盟へ出かけていって」。最初はつらかったが、「慣れるよりほかに道はありませんでしたし。はじめはひどいもんでしたけど、今じゃポール・マッカートニーがポール・マッカートニーに聞こえます」

オーディオブックも使った。本を朗読してあるテープに合わせて、いっしょに朗読した。

「耳が聞こえにくい人たちって、人としゃべらない生活パターンを確立しちゃう人が多いんです。人工内耳を入れてからもね。これは私の仕事じゃないけど、いろいろお勧めしちゃいます。講演会に行きなさい、朗読会に行きなさい、オーディオブックを聞きなさい、って」

「入れる前は、ちょっと音がよくなるかなくらいに思ってました。でも、それ以上だった」。そう言いつつも、ほかの人たちに対しては、過剰に期待しないようにと警告している。「障害が重い人の方がうまくいくし、ありがたみも感じるんです。もともと困難の軽かった人、もうちょっと電話でじょうずに話したいからと言ってくる人の方が、がっかりしがちです」

実質本位な考え方をするロリーにしては意外に思えるが、両耳で聞ければ便利になるだろうに、もう片方にも人工内耳を入れる決心はなかなかつかずにいる。「まだ入れてない理由ですか？　慣れるのにすごい手間がかかりますからね。あれをもう一回やる気になれるかどうか。やりだしたらすごく凝っちゃうんですよ。つけた以上は、最大限に活用しなきゃ気がすまなくなるでしょう。それに、片方でもそれなりに聞こえますから」

インタビューのはずだったのに、結局、同じくらい私の話になってしまった。ロリーは役にたつ知恵をたくさん持っている人だ。電話につけるアタッチメントを教えてくれて、一個分けてくれた。言われたとおり、驚きだった。私はその日のうちに、電話を二台とも買い替えた（人工内耳とつなぐためには、数字ボタンが受話器ではなく本体についているタイプでなくてはだめなのだ）。補聴器をつけている側では受話器で聞き、人工内耳の方ではアタッチメントで聞く。電話なのに両耳で聞けるというわけだ！

9 リハビリ落ちこぼれ

世の中には人工内耳をつけても堂々とした態度ができる人もいるが、私は無理だ。

手術がすみ、二〇一一年一〇月に体内部を起動してからの数か月は、失敗ばかりしていた。耳かけマイクはしょっちゅう抜け、引っぱられて磁石も落ちる。かと思えば、磁石は磁石で傘の骨など、体内部以外のものにならば何にでもくっつき、今度は耳かけマイクが抜ける。髪の毛をかき上げても、ふり返っても、上着の襟を立てても、首にスカーフを巻いても、帽子をかぶっても、いちいちマイクが抜ける。ひどいときは部屋の反対側まで吹っ飛ぶ。磁石は近くにくっつくところさえあればくっつく。クロゼットに入れれば、天井灯からぶら下がっている鎖が寄ってきた。寝床で本を読んでいても、ちょっと鉄製のベッドフレームに寄りかかると、磁石は頭から離れてベッドにくっついた。外してどこかに置いても、補聴器のバッテリーが近くにあると、バッテリーが飛んではりつく。

最初に使ったのは、大人向けのごく一般的な製品だ。アドバンスト・バイオニックス社のプロセッサーはすっきりしたチタン製の三日月型で、サイズは大きめの補聴器くらい――いや、人に見せまいと思う人にとっては、巨大な補聴器くらい。電池は充電式のが外づけになっている。本来なら、耳の後ろに沿うように設計されているのだが、私のはぴったりおさまらず、上に乗っかろうとする。マイケル・コロストはかつて使っていた耳かけ式の補聴器のことを、「ソファーの背もたれに登った猫が、てっぺんから上半身だけのり出して寝ているみたい」と書いていたが、私の猫は狭い窓わくの上で危なっかしくバランスをとっている。電池は親指の第一関節から先くらいの大きさで、本来なら、耳の裏側にぴったりと吸いつき、耳たぶに隠れることになっている。でも私の耳は、沿ったり吸いついたりするようにはできていない。まず小さい。それに、オーディオロジストが言うには「弾力がない」らしい。

確かに耳たぶにも問題はある。だが真の問題は、私がプロセッサーの存在を認めようとしなかったことだ――自分自身にもだが、何よりも、みんなに。隠すためなら、なんだってしてた。どうしても見えてしまうとなると、必死で証拠隠滅を試みた。イヤーピースが落ちたら、耳の後ろにつけ直すのではなく、ポケットに押しこんだ。髪の毛が装置の上にかぶさるように、しょっちゅう引っぱったりかき上げたりするものだから、かえって磁石が外れてしまう。ポケットには小さな鏡をしのばせていて、暇さえあれば洗面所にかけ込んで確認する。ヘッドピースは髪の毛で隠れているかしら？　コードの余りがたるんで、盛り上がってないかしら？　電線なんてついてたら、処刑でもされるみたいに見えちゃう。イヤーピースはちゃんと耳たぶで隠れてるかしら。めったに隠れてはいなかった。耳は小さすぎるし、髪の長さも足りない。ヘッドピースの四角い側はいつもはみ出していた。耳が遠いことを隠そう、忘れようとしてきた私だが、耳の後ろに大きな金属製品をくっつけていたのでは、なかなかごまかせるものではない。

問題は、イヤーピースが不安定なことだけではない。ヘッドピースの磁石は、本体がとれない程度に強くなくてはならないが、あまり強くても皮膚に負担がかかる。人工内耳センターのオーディオロジスト、ミーガン・クールマイが最初につけてくれた磁石はかなり弱く、よく落ちた。たいていは、いっしょにイヤーピースまで落ちてしまう。オーブンの掃除をしていたらヘッドピースがはずれ、イヤーピースともども、床にこぼれていた洗剤の泡すれすれのところに落ちた。いつかトイレに落としたらどうしよう、地下鉄のホームと車両の間に落ちたらどうしようと気が気ではなかった。

トラブルがはじまったのは、起動の日。数年ぶりに音が聞こえる、人によっては初めて聞こえる、特別なはずの日だ。その日は文化部の友人と二人、オペラに招待されていた。ルネ・フレミングの出る『ばらの騎士』だから、ずっと前から楽しみにしていた。それも、一階席前列の特等席、完売ずみ。新聞の文化部にいるからって、これほどの特権はまずない。昼間、ミーガンには、人工内耳は休まずつけておくように、晩にオペラに行くときも使ってくださいねと強く言われていた。ついでに、本当なら人工内耳に慣れるまでの間は補聴器を切った方がいいんだけど、とも言われたが、そこは勘弁してくれと頼みこんだ。今晩聞こえなかったら困るんです。だからその日は両方つけたし、今もそうしている。

出かける前には、髪の毛が装置をきっちり隠してくれるようにとシャンプーし、ブラシで逆毛を立てて空気を含ませ、スプレーで固めた。劇場では、ヘッドピースが落ちないよう、ほとんど硬直して座っていた。髪をかき上げないよう、手は膝の上で組む。それなのに、第三幕の中ほどで装置がはずれ、膝の上に落ちた。私の膝だったのが救いだ。そして、あとで知ったことだが、人工内耳は人の話し声に最適化されているため、音楽の処理は苦手なのだ。補聴器があれば、そこそこ楽しめる程度には聞こえた。もっとも、楽しみの大半は視覚だったけれども。

それから数週間は、プログラミングの手直しのため、定期的にミーガンのところへ通った。そんなある日、ミーガンがプラスチックのイヤーハーネスをくれた。見た目は犬の口輪に似ている。耳にひっかけて頭にかぶると、ヘッドピースを上からおさえることができる。日によっては、スカーフやはち巻きでおさえたこともある。充電池にバンドエイドを巻くと、すべりにくくなる上、色も目立たなくなる。アドバンスト・バイオニックス社のホームページを開いて、どこかに同じことで悩むユーザーはいないだろうかとさがした。モールスキン地の布を勧めている人がいたが、これはだめだった。そこで調整の日にミーガンに相談したら、ウィッグテープはどうかしらと言う。

ウィッグテープとはその名のとおり、かつらを地肌に固定するための両面テープだ。その保護紙を両方ともはがすのは恐ろしく難しい。指がくっつくか、折れ曲がってとれなくなる。その日の晩、会社が終わると、コスプレ用品店の「リッキーズ」へ行った。どしゃ降りの中を、濡れながら走った。一日も先延ばしにしたくない。ハロウィーンも間近な時分だけに、店内も買い物客もけばけばしく、現実離れして見えた。

翌朝、どうにかこうにか両面とも露出させることに成功し、イヤーピースと電池に貼りつけて、耳の後ろに装着した。単に落ちなくなっただけでなく、見えなくもなった。すばらしい。聞こえまでよくなった気がする。ところが、夜になってはがしたら、皮膚と毛までがいっしょについてきた。その痛いこと。ウィッグテープは二度と使っていない。ただし、食器棚シートのすべり止めには優秀であることがわかった。きちんと閉まらない戸棚の扉にもいいし、デスクマットの下に並べた写真が斜めになるのも防止できる。

いっそ人工内耳なんかやめてしまおうかという気もしてくる。ミーガンはケーブルやら電池やらハーネスやらでいっぱいの引き出しをかき回して、不格好な灰色の金属製品を掘りだした。大きさは携帯電話くらい、あるいは、両切りキャメルの箱くらいだが、重さはもっとあるし、そこまでつるんとしていない。携帯型サウンドプロセッサーだという。ポケットに入れて、頭部のインプラントまでのコードは、シャツの下を這わせればいい。

ミーガンが貸してくれたプロセッサーに付いていたコードは子供用だった。身長一二〇センチの人が使うようにデザインされていたので、ズボンのポケットにも、ベルトにも届かない。長いコードが届くまで、たいていはブラジャーにはさんでいたものだから、左の乳房が四角く見えてしまった。それでも、首を動かしても装置がいっせいに外れることがないのは気楽だった。ヘッドピースはまだ吹っ飛ぶが、床には落ちず、コードで吊られてぶら下がる。設定の調節機構は四角い箱についている。音量やノイズ設定（静かな場所用と、うるさい場所用の二種類がある）を変更するたびブラジャーに手をつっこむのは困ったが、長いコードが届いてからは、ポケットの中でこっそり操作できるようになった。それにくらべると、あの憎たらしい耳かけ型のプロセッサーは、ダイヤルが本体についている。ボリュームを上げるにも下げるにも、小さなダイヤルを爪で回さなくてはならない。いったん外して目で見なくては、簡単にはいかない。だから私の場合、ボリュームが合っていないことが多かった。

人工内耳を入れて三か月ほどたったある日、私よりいくつか年上のすてきな女性、スー・グロスマンが昼食に招待してくれた。ニューヨークタイムズの記事のために人工内耳を入れた体験談を使わせてくれた人だが、記事が出てからも連絡を取りあっていたのだ。前回会ったときは騒がしいレストランだったから、彼女（両方に人工内耳）も私（片方だけ補聴器）も何一つ聞きとることができず、その後はEメールでやりとりを続けた。昼食に招かれた一月のこの日、私はマンハッタンの東の端、ヨーク・アベニューにある彼女のマンションに向かった。スーはまだ、マンハッタンに移ってきて日が浅い。不動産デベロッパーである夫といっしょに、街の文化を楽しもうとクイーンズから引っ越してきたのに、ほどなく聴力がひどく落ちて、カーネギーホールの年会員を更新するのはやめてしまった。それでも、新住民に特有の情熱はまだ衰えていない。果敢にバスに乗って、美術館やレストランを巡っている。

この日の昼食には、ジュディという八八歳の女性も同席していた。華奢《きゃしゃ》で上品な彼女は、スーより三か月早く人工内耳を入れた先輩だった。二人ともニューヨーク大学で手術を受け、そこで知り合ったという。高齢の上に聴覚障害もあるのに、ジュディは今でも国連でボランティアをしている。聞こえ方は私とどっこいどっこいだが、スーと同様、少しでも聞こえるだけでありがたいと喜んでいるようだった。スーは両耳だが、ジュディは片方だけ。二人とも、耳から落ちたり外れたりはしないと言っている。二人とも感謝しながら上手に使いこなしているのを見ると、私だけが気むずかし屋のような気がしてくる。

二人とも、装置はコクレア社の製品だった。今になって思えば、コクレア・ニュークリアスの方が、いくぶん装着しやすかったのかもしれない。メドエルのイヤーピースの方が、少し大きいような気がする。それに、ABはつるつるで金属光沢がある。磁石部分にはメタリックなカバーが二種類ついていて――玉虫色と水玉模様だ――とりかえ可能になっている。それよりに、白人の肌色の方が隠しやすかろう。もしかしたら、スーもジュディも私ほど気にせず着けているように思えたのは、そのせいもあったのかもしれない。あるいは、コクレアの方が、しなやかでフィットしやすいのかもしれない。やや小ぶりだという可能性もある。私の電池は青色で、もう変更はきかない。犬がいたずらして圧《お》しつぶしたので、スライドカバーが動かなくなったからだ。

スーの自宅に昼食に招かれた日は、ちょうど、自前の携帯型プロセッサーが届いた日だった。プロセッサーをジーンズのポケットに入れて、コードはシャツの下、背中に這わせていた。自分では気に入っていたのに、スーもジュディもショックを受けている。コードが許せないらしい。スーは「水着のときはどうする気よ?」と言う。まるで、しょっちゅう水着になるのが当たり前のような口ぶりだ。

確かに、これでは着られない服がたくさんある。ドレスだろうとパンツだろうと、身体のラインにぴったりはりつくようなものはポケットがないから無理だろう。でも人工内耳がばれずにすむなら、ワードローブの一部を犠牲にする用意はある。

最終的には、ランニング用品店へ行って、ジョギング中に携帯電話を身につけるベルトを見つけた。プロセッサーはぴったりおさまる。だから今では、ポケットがなければ、ゆるめのシャツかトレーナーの下にこのベルトをしている。耳かけ型のプロセッサーも、スポーツや掃除など、身体を動かすときは別だが、前よりはよく使うようになった。落ちるのは相変わらずだが、トイレか地下鉄とホームのすき間でなければがまんできる。

二〇一二年の冬、アドバンスト・バイオニック社から新しいプロセッサーが出た。私のインプラントと適合するやつだ。ネプチューンといって、同じ携帯型とはいってもサイズがずっと小さく、はち巻きやシャツの襟などにクリップ留めでき、頭部の磁石と繋がるコードも短い。その上、防水仕様（だから、海の神様である「ネプチューン」を商品名にしている）。私もほしいが、今使っている携帯型、「プラチナム」から変更するには九〇〇〇ドルかかるというので、すぐには手が出ない。

手術から二年半かけてわかってきたことだが、頭に埋めこんだ受信機は一生もつように設計されていても、付属品はそうではない。まず、二種類のプロセッサーの電池がいる。耳かけ型のハーモニーが一個一六五ドル、携帯型のプラチナムが九九ドル。それぞれにつき、最低二個ずつ用意しておかなくてはならない。一個を使っている間に、もう一個を充電するからだ。

携帯型プロセッサーのコードは何度か断線した。何しろ長すぎて（一〇七センチあるのだ。一つ短いやつは八一センチで、これでは足りない）、ドアのハンドルなどに引っかかり、引っぱられる。これで四三ドル。この間は、またしてもドアのハンドルに引っかかったコードを、いらだちのあまり投げ捨てた。あとになって、インプラントしたレシーバーに磁石でくっついていたヘッドピースまでいっしょに捨ててしまったことに気がついた――三五〇ドルなり。

＊＊＊

私が見栄を張るので、みんなはうんざりしていた。私さえ、耳が遠いことを隠そうとしなければ、人工内耳も堂々と使えば、何もかもがスムーズに運んだだろう。でも私にはまだ、自分に障害があるなんて認めるのは無理だった。のちに知ることになるが、こうして抵抗していたのは私だけではなかった。

人工内耳を入れて五か月、六か月たっても、まだうまくいかなかった。ミーガンに聞きとりセラピを受けてはどうかと言われ、聞こえとコミュニケーションのセンター（かつての難聴者連盟だ）のプログラムを紹介されたので検査を受けに行った。センターはブロードウェイ五〇番地、証券取引所のすぐ近くにある。一帯は歩行者専用の通りが多いし、ウォールストリートは厳重に警備されている。そここにバリケードがあり、機動隊員や警察犬が配備されている中を、カメラをかかえた観光客が歩き回っている。

聞こえとコミュニケーションのセンターの中にあるシェリー・アンド・スティーブン・アインホーン・コミュニケーションセンターには、幅広い利用者が訪れる。サービス内容も、言語療法や聴覚訓練、読話（かつては読唇といっていたものだ）のほか、補聴器の選定や販売も行なっている。待合室はいつも、非常に高齢の人たちや、聴覚以外にも重い障害の重複した人たちでいっぱいで、見るだけで気が滅入《めい》った。ニューヨーク眼科耳科（ＮＹＥＥ）だって低所得者向け公的保険の人を受け入れているが、人工内耳センターもコミュニケーションセンターも建物は新しいし、子供がたくさん来ている。元気で好奇心あふれる子供たちがいるだけで待合室に活気が出るし、見ていても楽しい（あとで聞いたが、聞こえとコミュニケーションのセンターには、子供用の待合室が別にあるのだそうだ）。

検査を担当するという言語病理学者が出てきて、オフィスに連れていかれた。背が低くて小太りの体に、だぶだぶでウエストにゴムの入ったズボン、その上ウエストポーチまでつけて、身なりは最悪だった。整理整頓もなっていなくて、飲みかけのりんごジュースやら食べかけのクラッカーの箱を押しのけて、がさがさと書類をさがしている。なんでもなくす人らしい。検査の質問は、何十回もきかれたようなものばかり。単語の聞きとりに、単文の聞きとり。右耳が聞こえてしまうので、左の人工内耳でどれだけ聞きとれているかは判断が難しいのですと言ったのだが、じゃあ右はホワイトノイズを流しましょうかねとあいまいに言ったきり、忘れてしまったらしい。私は補聴器を切り、手で右耳をふさいでいた。何をするにものろい人だった。もしかしたら、ふだんはお年寄りか障害者ばかり相手にしていて、そのペースがしみついているのかもしれない。私はずるずると絶望の底へ沈みこんでいった。文字どおり、身体が椅子にめり込むのを感じた。有能な職業人から障害もちのご隠居さんになったような気分で家へ帰った。

検査がすんで部屋を出ようとすると、このセラピストに、確かに聴覚リハビリテーションの適応対象です、こちらに通われるなら喜んで担当させていただきますと言われ、声にならないうめき声をあげた。あとになって、勇気をふるい起こし、別の人にお願いできませんでしょうかとセンターに頼んでみた。こうして担当になったのがアインホーンセンターの副センター長、リンダ・ケスラー。一目で気に入った。頭が切れるし、てきぱきしている。週に一回、一時間のセッションではたくさんのことを教わった。覚えられたわけではない。ただ、教わっただけだ。

＊＊＊

何週目のことだっただろうか。リンダと私は鏡の前に立ち、子音の「p」を発音しながら口の形を観察していた。

「そうじゃなくて。それじゃ唇がとんがってるでしょ。これを見て。唇には力が入ってなくて、ただ上下がくっつくだけ。空気は出ていくけど、声は出さない」。私はじっと見守った。「p！」

今度は私の番だ。「P!」失敗らしい。「いっしょにやりましょう」。リンダも私も、やっていることはそっくり同じに見える。そりゃ、リンダの唇は紅が濃い。顔全体のメイクも念入りで、栗色にメッシュの入った髪はつややか。顔色も悪くて頬のこけた、どんよりした私の馬づらよりずっとすてきだけど。

「無声音? 有声音?」と問われた。子音が左右に二分割してあった一覧表のプリントを、なんとか思い出そうとする。こんなもの、音が聞こえたってちんぷんかんぷんなのだから、私は出まかせを答えた。「無声音ですね」。当たり!

リンダはもう何週間も前から、私に「p《プッ》」と言わせようとしていた。なのに私はどうしても後ろの「イー」を分離できず、「P《ピー》」と言ってしまう。つばを吐くように「プッ」とやればいいと言われるのだが。

「p」を正しく発音するためには、この音をどうやって作るかを知らなくてはならない。すべての子音には、三つの要素がある。無声音か有声音か? 調音法(たくさんあったが、私が覚えられたのは「破裂音」だけ)は? 調音点は? 私にはどうしてもこうした発想についていけなかった。毎週同じ質問をされ、毎週まちがえた。そして、「たいていの人はすぐわかるんですけどね」と三回目だか四回目だかに言われて、行くのをやめた。どのみち、週に一二五ドルは高すぎた。

一年ほど経ってから、リンダに話を聞きに行った。彼女のやり方に興味が湧いたのだ。なぜあんなに、音素の生理的な組み立てに力を入れていたのだろう? 久しぶりに会う彼女は、髪のセットも化粧も念入りなのは相変わらずだが、以前とちがってどこか不安げな、落ちつかない空気をただよわせていた。報告書にまとめなくてはならないプロジェクトをかかえて忙しいから、インタビューも駆け足だった。あとになって打ち明けてくれたのだが、この直前に、週五日だった出勤日を四日に減らされたばかりだったという。その上、大人を担当する言語病理学者はもう一人いたのに、その人もレイオフされた。どうやらセンター全体が財政的に苦しいようで、彼女は大忙しだったらしい。

私のようなタイプの人はよくいるのかときいてみたら、めったにいませんと言われた。リンダの訓練を受けている人々の中には、補聴器のユーザーも多い。そんな人が人工内耳を入れると、起動後はすぐに戻ってきて訓練をはじめるのだそうだ。人工内耳の力を活用する上で、彼らは私などよりずっと有利な立場にいる。私が訓練をはじめたのは、起動して六か月も経ってからのことだった。リンダとしては、できれば起動の翌日にははじめたいそうだ。聴覚訓練はふつう三週間かかるが、人によっては、最初のうちは週に三回も来ることもあるという。

私がリンダのところで受けたのは聴覚リハビリであって読話ではなかったが、実は、両方の要素が含まれていた。「その言語の構造、使われる音などをよく知っている人、音をただ聞きとるだけじゃなく分析できる人ほど、人の話もよく理解できるんです」。訓練はすべて、個々人のニーズに合わせて行なわれるが、ほとんどの人は「たとえばこの音は無声音、この音は有声音、と答えられるようになると、聞きとりもよくなるんです。人はどうやって言葉を発するのか、音とはどんなものかがわかるから」だという。この方法になじめるかどうかには、個人差がある。「来たその日に理屈をのみこむ人がいるかと思えば、とにかく脳みそがそういう発想に向いてない人もいる。バウトンさんはこっちのタイプだったんでしょうね」

でも私の場合、もしかしたら最大の障害は、スタートが遅かったことなのかもしれない。こういう例は少なくない。「ほとんどのオーディオロジストは、人工内耳を入れたんだからそのうちなんとかなるはずだと思ってるんです。クライアントがつまずいて初めて、言語病理学者に紹介してくる」。アナーバーにあるミシガン大学病院の人工内耳センターは、人工内耳プログラムの中に最初から聴覚リハビリも組みこんでいる、数少ない機関の一つだ。リンダが言うには、ここの創設者である外科医は、「人工内耳を埋めこんだあとは、訓練が欠かせない。ここでは、訓練を最後までやりとげると約束しなければ、手術はしない」と言っていたそうだ。

リンダは努力しない患者には手きびしい。「装置をつけない人には、『何しに来てるんですか？　外してたんじゃ、練習になりませんよ』って言います」。聞いていて、後ろめたい気持ちになった。私も、起動してから三か月は、あの手この手で装置を無視しようとしていたのだから。

センター側にも悩みはある。言語訓練は高くつき、民間の健康保険では対象にならないことが多いのだ。低所得者向けの公的保険の対象にはなっているが、最近、その枠が狭められたところだという。「今では、一月から一二月までの一年に、理学療法、作業療法、言語療法で合計二〇コマまでしか受けられなくなりました。つまり、脳卒中でも起こしたら、もうおしまい。リハビリに対するこんな方針は、むちゃくちゃですよ」

一方でリンダは、読話のための集団訓練も指導している。あるとき私は、かかりつけのオーディオロジストに、人工内耳を入れようかどうか考えている大学の先生に会ってやってくれないかと言われた。互いに自己紹介をしてみて、自分の分身と巡り合った気がした。同い年で、失聴した時期も同じ。聴力は一度にではなく、徐々に下がっていった。補聴器を使いはじめたのも同時期だし、同じオーディオロジストに処方してもらった。家も近所で、一度は同じビルに住んでいたことさえあった。不妊に悩んだのも同じ。ただし私とはちがって、自分は親になる運命ではないんだなと解釈した。子供がいても、子供の声を聞いてやれないのではと思ったのだ。耳が聞こえなくなったことに対して、私と同じ受けとめ方をした人も、彼女が初めてだった（のちに、たくさん出会うことになる）。私たちはすっかり話しこんでしまった。あんまり共通点が多くて、まるで昔から友だちだったような気がした。

次に会ったときに彼女は、週に一回、読話の訓練に通っていると話してくれた。グループ訓練で、大人ばかり一〇人あまりで受けているという。とても役にたつし、先生も大好きだという。その先生というのがリンダ・ケスラーだったのだ。

読話は、かなり練習を積んだ人にとっても簡単なものではない。ジャーナリストのヘンリー・キザーは三歳のときから耳が聞こえず、完全に読話だけに頼ってきた。彼の著書の題名は『お外の豚さんはなあに？（*What's That Pig Outdoors?*）』というが、この題がそのまま、読話の難しさを示す実例になっている。ある日、インフルエンザで寝込んでいた彼は、「にわかに、けたはずれのおならを放出してしまった。するとと、当時五つだった長男のコリンが、台所から目を丸くしてかけ込んできた。『今の、すんごく大きな音、なあに？（What's that big loud noise?）』なんだろうと思って、ぼくはソファーから起きあがり、窓から外を見て『豚がどうしたって？』と言った」コリン君はぽかんとしてお父さんの顔を見ているばかり。「みなさんも試してみるといい」とキザーは読者に呼びかける。「鏡の前で、ご自分の唇をよくごらんください。目で見たら、『ビッグ・ラウド・ノイズ（すんごく大きな音）』と『ピック・アウトドアズ

〈お外の豚さん〉』は、まったく同じなのだ」

キザーいわく、読話のカギは「文脈予想、つまり、わかった単語とわかった単語の間を埋められるかどうか」だという。「m」と「p」と「b」は唇を見れば全部同じだし、「t」「d」「l」も変わらない。聴覚リハビリを受けた人、読話を習った人ならだれでも知っていることだが、「BAT」「BAD」「BAN」「MAT」「MAD」「MAN」「PAT」「PAD」「PAN」の全部が、まったく同一の形をしている。その上に低音域の難聴が重なっている人なら、今度は母音も抜け落ちて、音までがそっくりに聞こえる。やはり、前後の文脈がすべてなのだ。

＊＊＊

七月に聴覚リハビリを再開した。今度は、手術をしてもらったNYEE人工内耳センターの中にある耳研究所で、エリザベス・インという人が担当になった。NYEEでは「聞きとりリハビリ」という名でよばれているのだが、リズはその責任者だった。ここでの練習は、名前のとおり聞きとりであり、リンダが重視していた発音ではなかった。

リズはふだん子供を担当していて、ちょうど大人の訓練を勉強しているところだった。だから最初の検査がすんでからは、部内のほかの専門家に紹介したりせず、私の訓練は一人で引き受けてくれた。毎週水曜日の四時から五時まで、二人で丸テーブルに向かって練習した。彼女のオフィスはおもちゃでいっぱいで、壁には原色のポスターが飾られ、掲示板はこれまで診てきた子供たちの写真で埋まっている。リズは陽気で、肌は温かみのある褐色。夏になると鼻のまわりにそばかすが出てくる。そのほほえみも、しょっちゅう飛び出す笑い声も、こちらまでほっとして、思わずつられてしまう。リンダには恨みが残っている私も（腕前も、善意も認めてはいるのだが）、リズのためなら全力を尽くそうという気になれた。

ツアー、フォアー、チョアー。フィッシュ、フィスト、フィフス。聞こえる人にとっては、なぜこんなものが区別しにくいのか、なかなかわからないのかもしれない。シートとシュート。ピッグとビッグ。チープとジープ。ズーとチュー。

毎回、最初は単音の聞きとりからはじまる。リズはかぎ針編みの丸いモチーフで口元を隠す。唇の形がヒントにならないようにするためだが、なぜか、どこのセラピストもみんなこれを使っているようだ。そして、一度に一音ずつ発音し、私がそれをくり返す。アー。イー。ウー。ムムム。スーーー。シュッ。私が正解するたび、リズが大喜びでカードを見せてくれる。その音と、その音の含まれる単語のイラストが印刷されたカードだ。「イー」なら「ビー（蜂）」というわけで蜂の絵が描いてあるし、「ウー」なら「ムー（もうもう。牛の鳴き声）」だから牛、「ス」には「スネイク（蛇）」が描いてある。私は何か月も「ムムム」と「イー」をごっちゃにしていたくせに、「ス」と「シュ」はちゃんとわかるのだった。

リズたちNYEEの聴覚リハビリチームの面々は、視覚に頼るプログラムではなく、聴覚中心アプローチというのを使っているそうだ。単語、単音、単文など「使う課題は同じでも」もっと唇の読み方に比重を置けば、「視覚中心の訓練にもなるんです」と言う。リンダもリズも丸いかぎ針編みのモチーフで口元を隠して発音していたが、リンダのプログラムでは読話も扱っていたし、発音のメカニズムの説明もあった。

その年のNYEEでは、大人は一二人しか訓練を受けておらず、私はその一人だった。リンダに聞いた話だが、大人では人工内耳を入れれば自然に聞きとりが回復するだろうという先入観から聴覚リハビリはあまり重要視されていないらしく、訓練はインターネット上で行なわれているそうだ。

子供のリハビリは（少なくともニューヨーク州では）義務づけられているが、それ以外は予算も十分ではない。リハビリのほとんどは、言語病理学者ではなくオーディオロジストが担っている。「予算不足、関心も不足なんです」とリズも言う。十分な研鑽《けんさん》を積んだ言語病理学者を、必要な人数だけ確保することもできない。

民間の健康保険の中には、言語病理学者が行なうリハビリなら保険適応にするものもある。私の加入しているプランでは、リズの訓練の支払いは後に返金してもらえたが、上限は一月から一二月までの一年で一二回だった。人工内耳を入れた大人の訓練は、その性質上、どうしても一人ひとりのニーズに細かく合わせなくてはならない。リズのところにも「機上勤務に戻りたい客室乗務員もいるし、電話が使えないと困るソーシャルワーカーもいます。ソーシャルワーカーなら、人名の聞きとりに重点を置くし、電話の練習もします」という。ここのチームは、実用重視で考えるのだ。「一方では、食料品の買い物がなんとかこなせればいいという人もいます」。臨床家は四人。担当の子供たちのほかに、大人を一人ずつ、一二週間受け持つ。おおまかなしくみとしては、こうして訓練を終えた患者は、翌年、自分のニーズがもっと明確になったころにセンターへ戻ってくることになっている。次の一二週で、さらに細かい課題を重点的に学ぶのだ。

リズと私のセッションでは、必ず会話をとり入れていた。お互い、土日は何をしたとか、前夜のメニューはなんだったとか、そんな話をする。リズは私と同年代で、娘さんが一人いることも知った。この時期、二人とも身内の老人に病人がいたから、介護の話題も出た。リズは六〇歳の誕生日をカリブで迎えるはずだったのに、仲のよいおばさんが亡くなって旅行をあきらめたから、その話もした。

会話以外には、日常のやりとりでよく出るフレーズを練習した。「調子、どう？」「お名前を伺ってよろしいでしょうか？」というやつだ。嘘だと思われるかもしれないが、これがなんとも難しい。それから、リズがちょっとまとまりのある文章を読み上げ——何度もくり返してくれる——聞いたものを要約する練習もした。一回目はまずわからない。二回目、三回目でもわかるとはかぎらない。ときにはリズがヒントをくれる。「仕事関係の話ですよ」と言って、もう一度読んでくれると、一部の単語が浮かび上がってくる。シリコンバレー。株式公開。いくつかの単語がわかると、ほかの単語もわかりやすくなる。最後には、四分の三くらいはわかる。

驚きもしたし、がっかりもしたのは（私だけでなく、リズも同じだったただろう）、次の年に訓練を再開してみたら、一年目のスタート時のレベルに逆戻りしていたことだ。「イー」と「ムム」の区別がつかない。自分で発音するとちがうのに、人のはまったく同じに聞こえる。少なくとも、いくらかは自業自得だった。私は模範的な患者とはいえない。まじめに努力せず、トレーニング以外のことなら何にでも気を取られる。執筆。仕事。読書。年老いた母の見舞いに行く。運動。料理。買い物。病院。田舎をドライブ。友だちや親戚に会う。すべてが聴覚の訓練より優先された。

私はずっと、言語能力のおかげで得をしてきた。それも、かなりのレベルで。「書くのがお仕事ですからね。言葉が勝負、語彙も必要な業界で働いてらっしゃるから、ほかの人がもってないスキルですき間を埋めてんるだと思います。ここにはバスの運転手さんも来てます。五五年、バスを運転してきた方ですが、そんなふうには埋められない。自動的にできるものじゃないんです」

大人の聴覚リハビリはなぜ少人数しか受け入れられないのかたずねてみたところ、リンダ・ケスラーと同じ答えが返ってきた。「この病院では、十分な人員が配置されないんですよ」。リズの口調には悔しさがにじみ出ていた。「金銭的な支援もない。お金があればできるのに。それでも、今の内容をきちんとできるだけでもいい方です。メディケア（高齢者対象の公的保険）では、セラピーは一切カバーされません。メディケイド（低所得者・障害者対象の公的保険）だと、一回あたり六ドル。だから、しっかりした民間保険に入ってなきゃ無理なんです。民間でもカバーしてないところはたくさんある。（人工内耳に）七万ドル出したじゃないか、その上にリハビリなんてメリットが見えないというわけです。だから、コストの事情でサービスが提供できずにいる機関はたくさんあるってわかります」。壁はもう一つある。「専門家の技術ですね――大人の訓練の経験者はあまりいなくて、子供を担当したがる」

＊＊＊

二〇一一年の秋、私はジェフ・プラントに会うため、マサチューセッツ州はサマヴィルにある聴覚リハビリテーション財団を訪ねた。リンダ・ケスラーやリズ・インが資金不足だというなら、ジェフ・プラントを見てほしい（まあ、実際にはみんな知り合いなのだが。聴覚リハビリの業界は狭いのだ）。聴覚リハビリテーション財団は、ボストン郊外のサマヴィル市内でもさびれた区域に建つ、目立たないビルの二階にある。私の伯母は今でこそケンブリッジに移ったが、生まれたときから最近までずっとサマヴィルで生きてきた人なのに、車で送るわよと言ってくれたものの、どうしてもここを見つけられなかった。私たちは何度もプラントに電話しては、現在位置からの道順を教わらなくてはならなかった。

ジェフ・プラントの話はどんどん広がる。関心も幅広いようだ。服装はジーンズにトレーナーにスニーカー。暖房費を払えず、部屋が寒くてすみませんねと詫びる。財団とはいいながら、実態はほとんどジェフその人だ。その彼でさえここでの活動は金曜と土曜だけ、しかもボランティアで働いている。それ以外の平日は、イギリスのオフィスを通して、メドエルUKのコンサルタントを務めている。リハビリテーション財団での活動は社会貢献でもあるが、知的好奇心を満たすためでもある。彼の熱意には周囲の人たちもつい巻きこまれてしまうらしい。有名ミュージシャンから近所の学童まで、彼のためなら協力するという人がたくさんいる。ベン・ラクソンにインタビュー（第1章ボイス参照）したときも、ジェフ・プラントにはぜひ会っておきなさいと言われた。

彼の「デスク」には電子部品が山をなし、パソコンのモニタが何台も並んでいる。どれも仕事用だ。だだっ広くて寒い部屋の壁ぎわには箱が何段も積まれ、まん中がへこんだソファーに、何か小さな楽器が乗っていた。あとでわかったが、バリトンウクレレという楽器で、訓練でも使われている。利用者からはわずかな料金しかとらず、上等の家具やら、家賃の高い区域やらで見栄を張ったりはしない。それどころか、人々が聞こえをとり戻すのに役だつならお金を払うくらいだ。

ベン・ラクソンとはどこで知り合ったのかきいてみた。その返答も、あんのじょう、脱線だらけの物語になった。「それがね、きっかけはもう覚えてないんだ」と、オーストラリア訛りで話しはじめる。

「二〇一八年くらい前、ぼくらは（「ぼくら」とはだれのことなのかは、さっぱりわからなかった）スウェーデンに住んでたんだけどね、だれかがボストンへ来て、ボストングローブの記事を見つけてきたんだ。だんだん耳が聞こえなくなりつつあるオペラ歌手の話だった。つらい話だと思った。当時、グローブの音楽欄でコンサート評を書いてたのはリチャード・ダイアーって評論家だったんだけど、そいつに酷評されてた歌手だったんだよね。事情を知らずにけなしてたんだな」

「その記事を読んだことも、すごく興味をもったことも覚えてる。アメリカに移住するとき、その記事を持ってきたくらいだもの。あるとき、オフィスを片づけてたら、新聞記事が出てきたのね。持ってきたやつだよ。もっかい読み直して、『興味深い話だなあ』って思った。そしたら、それから一時間くらいたって、スージー（ベンの妻、スージー・クロフート）から電話がきたんだよね。それがすんごい変でさ。スージーは旦那さんの話をしてて、いろいろ悩みごとを話してくれるんだけど、ぼく、とうとう言っちゃったもの。『旦那さんの名前、ベン・ラクソンじゃない？』って」。言うまでもなく、そのとおりだった。

「そのころは、ぼくが力になれることなんて、あんまりなかった。ベンはコミュニケーションのスキルもそこそこよかったし、人工内耳がぴったりってタイプでもなかった。正直言ってぼくも、ベンに人工内耳を入れさせようって気はあんまりなかった。音楽やる人だしね。ベンが聞こえるようになりたいのは音楽なんだし、それがあまりうまくいくとも自信もって言えなかった。だから、しばらく会ってはいたけど、そのうちまた連絡もとぎれちゃって」

そんなベンも結局は人工内耳を入れ、数年後、ジェフとのつき合いも復活した。「そのときからもう、ベンの聞きとりスキルには舌を巻いたけど、今はもっとすごい。ほんとに、あれはすごいよ。それだけ聞きとれてもやっぱり、音楽は難しいんだねえ、本人からも聞いたと思うけど」

「それがね、実にふしぎなことがあってさ。こないだ会ったとき、頼んだんだよね、その……ベンが前に言ってた話が気になってて。ちがうな、ほんとはスージーから聞いたんだった……そのね、『シンプル・ギフツ』を歌ってくれないかって頼んでみたんだ。歌ってくれたよ。本当にオペラを歌うときの、本気の声でさ。うまいとは言えなかった……ていうか、ぎょっとしちゃった。とにかくだめなんだ、音程がちゃんととれてない。そこで、もっぺん歌ってって頼んでみた。今度はこんなふうに歌ってくれよって言って、自分で歌ってみせたのね、（ふつうの話し言葉のような調子で歌う）『素朴であること、それは恵み／自由であること、それは恵み……』って、まるっきり素人の声だよね。ベンはそれで歌ってくれた。したら、段ちがいに良くなったんだ」

オペラで使う発声をしたときは、ベンには自分の声がわからなかった。音程が合っているかどうか、見当もつかないのだ。ところが、レックス・ハリソンのように歌とせりふの中間のような声を使ったら、ベンにも自分の声がわかったという。

ベンといっしょに実験をしてみて、「長年の意見に裏づけがとれたよ。声楽の声は人工内耳で聞くのに向いてないってね。一度に出る音が多すぎるんだ」。オペラ歌手として訓練を積んだ人は、オーケストラにかき消されることなく歌声を届けるため、声道を調節している。こうして出る音の成分を、「歌手のフォルマント」という。ジェフいわく、「ふつうの発声だと山なんてないはずの周波数帯に、もう一個、大きな山ができる」のだそうだ。オペラを専門にトレーニングを受けた人、中でも男性の場合、素人にはみられない三〇〇〇ヘルツ付近に大きな音の山ができる。これのおかげで、マイクも使わないのに、オーケストラといっしょに歌っても聞こえるようになる。人工内耳は会話を聞きとれるように設計されているため、オペラの発声で歌うと、ベンには自分の声がわからない、音程が聞きとれないことになってしまった。一方、素人の歌のように会話の声で歌うと、音程がわかったのだ。

歌手以外の人工内耳ユーザーも、聞きとりに関しては同じだという。ジェフが言うには、人工内耳のサウンドプロセッサーは歌手のフォルマントに含まれる音程を処理できないため、オペラを聴くのは非常に難しいのがふつうらしい。ジェフがジョニー・キャッシュの『アイ・ウォーク・ザ・ライン』の動画を流した。「今の気持ちから目を離さない／この目はしっかり開けておく／絆を結べるよう両はしは空けておく／お前は俺のものだから、俺はまっすぐ歩く……」

「どんなふうに聞こえます？」ときかれた。ちゃんと聞こえますよ。キャッシュの声は音程もわかるし、字幕のおかげで歌詞もわかった。リハビリに通う人たちにも、このやり方で音楽を聞いてもらうのだそうだ。YouTubeにアクセスして、「聴きたい曲名を打ちこむでしょ、それから『歌詞』って文字列も入れると、たとえば、ほらね」。流れだしたのは、ビートルズの『イエスタディ』。ひどい音だった。「これ、オリジナルのままですか？」ときいてしまった。ジェフいわく、ことによったら編集やミキシングくらいやり直している可能性もあるけど、さもなければ、ポール・マッカートニーの声の周波数が、私に聞こえなくなった音域と重なっているのかもしれない。

聴覚障害者の教育を学んできたジェフだが、自分では、聴覚セラピストの意識の方が強いという。音楽家相手、素人相手を問わず、訓練に音楽を活用している数少ないセラピストの一人でもある。リチャード・リードの訓練を担当したのも彼だ。二〇一一年のＨＬＡＡの大会で、講演と演奏を聴いたことがある。講演ではプラントの名前は出なかったが、人工内耳を入れたあとに言語セラピストのところへ通った話はしていた。会話がこんなに早く「つかめた」のも、そのセラピストに、音楽を使うよう勧められたおかげだという話だった。

人工内耳を起動して最初の数日のようすを、リードはサービス精神たっぷりに、歯切れよく語ってくれた。「車のエンジンをかけるでしょ。ぶるるるん。ところがラジオは完全に雑音。キーキーいうばっかりで、幼児番組のアニメのイタチが言い争ってるみたい」

「沈黙の世界から、そこらじゅうで鋭い爆発音が鳴り響く世界へ移ったわけですよ。自分が歩く音、コーデュロイのズボンが擦れあう音。家族や友だちは巨大なシマリスみたいでしたけど、言ってる内容はわかりました。翌朝の朝めしがですね、史上最高にやかましい朝めしでした。コーンフレークがボウルに落ちる音。スプーンの当たる音。砂浜にも行きました。空がみっしりと無数の風鈴で埋まってるかと思ったけど、よく考えたら、岸に寄せる泡の音なんですね。ああいう高音は、脳が勝手に小さな鈴の音に変換しちゃってた」

ジェフ・プラントに誘われて、実際の訓練風景を見学させてもらった。彼の場合、音楽を使わないプログラムにまで、音程とリズムを使っているそうだ。クライアントが来るのを待つ間に、こんな説明をしてくれた。「ぼくが使うのは主に連結発話ってやつでね。だから文単位での練習が多いし、ときには、パラグラフ丸ごとも使う。訓練法には二種類の流儀がありましてね、一つは分析的アプローチ、もう一つが統合的アプローチっていうんだけど、ぼくは正直、どっちでもだめだと思ってる。両方を、しかも同時にやらなきゃ無理、ってのがぼくの考えでね。だから分析的要素も少しは入れるようにしてる。『今のは〈ビブ〉だった？〈ボブ〉だった？』とかね。これが分析的トレーニングで――」

「今の二つ、わかんなかったんですけど。何と何ですって？」

「〈ビブ〉と〈ボブ〉」

「〈ビム〉と〈ボム〉？　合ってます？」

「ちがう。〈ビブ〉」

「Ｂ－Ｉ－Ｍ？」

「ちがう。Ｂ－Ｉ－Ｂ」

やっとわかった。「ああ、それと〈ボブ〉」

リハビリに来たのは、重複障害のある一〇代の男の子で、なんとしても学んでやるぞという熱心さに好感がもてる。学校の帰りに、お母さんが車でサマヴィルまで送ってくれる。片耳が人工内耳、片耳が補聴器だ。軽くウォーミングアップをすませてから、机をはさんでジェフの向かい側に腰をおろした。名前はオベロンという。

ジェフは最初からリズミカルなハイスピードではじめた。「オーケー、準備はいいかい。いつものをいくよ。『オベロン、オベロン、オベロン』できるかな――『オベロン、オベロン、オベロンにジェフ。ぼくはオベロンで先生はジェフ。オベロン、オベロン、オベロンにジェフ』。さあやって」

オベロンはややつっかえながらもくり返した。

「すごいぞ、うまいうまい。じゃあこれはどうかな、いくよ。『五、四、三、二、一！』」。オベロンがくり返し、ジェフもくり返す。続けるうち、ジェフが途中でつっかえた。「おっとー。最初から」と言ったジェフが、いびきそっくりの音を出す。「それでは先生が寝ちまうぞ。ほらほら、じゃあいっしょに。『五、四、三、二、一、二人で遊ぶと楽しいぞ。五、四、三、二、一、雪の日も、晴れの日も。五、四、三、二、一、歩いても、走っても。五、四、三、二、一、いっしょに遊ぶと楽しいよ』。またそれになってる。ほらほら。先生が寝ちゃったら、まちがってる印」。オベロンは元気にスタートしたが、「雪の日も」の途中でつっかえた。「おうい、トロいぞ。ほらほら」（オベロン、最後まで言える）

「なかなかよかった、できてるぞ」

課題も早口なら、進行も素早い。次の練習だ。

「いくぞー。あれは何色？　じゃあこれは？　じゃあ次は？　次は？　次は？　次は？」とジェフがフリップカードをめくり、オベロンが色の名前を言っていく。

「ようし、よくできた。順調だね。じゃあいいかな、いくよ。黄色はどれ？　遅いぞ、黄色だ。ねずみ色はどれ？　黒は？　ピンクは？　赤は？　オレンジは？　今度は二つ。赤と黄色。紫とねずみ色。オレンジと白」。「もう一回、お願いします」。「オレンジと白」。オベロンはオレンジと黒のカードを選んだ。「ハズレ！　オレンジと白。君ならこれくらい簡単だろ？　正解！」

オベロンのお母さんの携帯が鳴った。「お母さんの着信音、かっこいいね。さ、次いくよ。あれ、今日は妙におとなしいなあ。変だねえ」

そう言って彼は、また別のリズミカルなパターンに移った。「パイナップル、パイナップル、パイナップル大好き。パイナップル、パイナップル（中略）お皿にはパイナップル！　パイナップル、パイナップルはおいしいな」

ジェフとオベロンのセッションは、一時間以上も続いた。私は興奮しながらもぐったり疲れ、冷えきってしまった。伯母が外に着いたと電話をよこしたときには、ほっとするのと残念なのと両方だった。

午後からご自分でも体験してみませんかと誘われたが、オベロンのレッスンを見てしまった今、自分なら体力がもたないという気がした。ペースが速く、ほかのどんなセラピストのやり方ともちがっていた。課題が面白く、訓練を受ける側を巻きこみ、努力を引きだす。そして、オベロンにベンにリチャード・リードが成功しているところを見ると、その成績にも興味が湧いてくるのだった。

Voice

今の私は、自分はなんて恵まれてるんだろう、と思うのです

◎カリン・オルソー（看護師）

医療関係の職種はたいていそうだが、看護も耳がよく聞こえなくてはできない仕事のように思える。カリン・オルソーの聴力が落ちはじめたのは、看護師という職業にたっぷり深入りしてしまってからのことだった。それから六年か七年にわたって少しずつ聞こえなくなっていき、「点滴交換のアラームも、患者さんの押す呼び出しボタンも聞こえなくなりました」。点滴の交換はこまめに見ることで補った。

「患者さんとのやりとりでは、しょっちゅう、もう一回言ってもらってました」。手術のすんだ患者が入る回復室は四人部屋で、そのほかに家族や友人も訪ねてくる。音が重なりあって、必要な言葉がなかなか聞きとれない。大事な情報を聞きのがさないよう、「真正面から顔をにらみつけてました」と言う。大事でない情報はごまかした。「いかにも聞いてますという顔で、うなずいとく、笑っとく……」

指示を正しく聞きとれなくて、医師をいらだたせたことも何度かある。「自分はばかなんだ、だめなんだ、って思いながら涙をこらえてました」。電話で指示を受けとったり、報告をしたりするのは、まちがえてはいけないので同僚たちに頼んでいた。医師たちには事情を話さなかった。だれといっしょに働くのかが決まっていなかったし、たまにしか顔を合わせない医師さえいたからだ。一方、看護師仲間など、ほか

のスタッフは必要に応じて支えてくれた。

カリンは目下、看護学の修士課程で学んでいるのだが、授業で社会的不公平について書けという課題を与えられたとき、自分のことを「恵まれた身の上」と書いている。両親はノルウェイからの移民で、彼女自身は東海岸とノルウェイで子供時代を送った。ニューヨークに着いた父の最初の職業はウォルドルフ・アストリアでケーキのデコレーションをすることだったが、のちにはビル工事請負人として成功し、娘を大学にやれるばかりか、四年生のときには車を買ってやれるほどになった。

カリンはシアトルのワシントン大学近辺に住んでいる。聴力が下がりだしたのは三五のときで、第三子を妊娠中だった。どうも「え、なんて?」が多い気がする。家族も同じことに気づいていた。祖母はひどい難聴に耳鳴りもかかえていたし、姉もやや耳が遠いというのに、「遺伝的な要因があるかもとは、考えてもみませんでした」という。補聴器は買ったが、使おうとしなかった。最初の一組は一か月もたたないうちになくした。二組目にはようやく慣れることができ、つけた方が確かによく聞こえるとわかった。補聴器をつければ「奇跡みたいに」ふつうの聞こえ方に戻ると思っていたのだが、もちろんそうはならなかった。

電話は同僚に聞いてもらい、医師にはいらいらされる。そんなくり返しにとうとう耐えきれなくなって病院をやめた。かといって、正式に障害者として認定されるには、聴力が残りすぎていた。ただ引きこもり、人と接する機会を避け、会話ではなく携帯メールに頼った。仕事は、引退した元牧師の自宅で、介護の職を見つけた。そんな彼女が五〇歳のとき、人工内耳を埋めこんだ。「思いがけない」経験だった。雨の音も聞こえる、車のウインカーの音もする、紙をめくる音もわかる。

電話で話せるようになるには三年かかったが、そのときにはもう、職場復帰の準備はできていた。正看護師の再教育講習を受け、かつて勤めていた病院で、日給制で働きはじめた。そして二〇一一年の七月、もう片方も人工内耳を入れた。

「だから今の私は、自分はなんて恵まれてるんだろう、と思うのです」と、カリンは作文に書いた。もしも中流家庭に生まれていなかったら。大学に行っていなかったら。健康保険に入っていなかったら。「今でも聞こえないままだったでしょうか?」と自問している。聴力を失ったことで、カリンは恵まれた、しかも無傷の人間から、スティグマ付きの人間となった。おかげで、ほかの人たちが日々の生活の中で味わっている困難を、以前よりも意識できるようになった。そして、自分はいろいろな物ごとに感謝しなくてはならないと気づくことになったのだった。

10

聞こえるふりをして働く

日曜版の別冊で副編集長を勤めてもうすぐ一〇年になろうかという二〇〇八年夏、私は本紙へ移って読書欄と演劇欄の編集にあたるよう命じられた。だれにとっても大変な仕事だが、聞こえのおかしい人間にとってはなおさらだ。異動の話を了承する前に、新しい上司となるサム・シフトンには事情を説明しておいたものの、私は仕事の大変さを過小評価し、自分の能力は過大評価していた。仕事の量だけでもすさまじいのに、大所帯の文化部のメンバーの名前は覚えなくてはならず、前とはちがうコンピュータのシステムを覚えなくてはならず、仕事のリズムも日課も変わり、スタッフの割りふり方も編集の方針も変わる――つまり、仕事のやり方が総入れかえになったわけで、そのツケはたちまち回ってきた。

自分が無理をしていることは、当初から自覚していた。演劇欄については平日の通常版と日曜版の両方、しかも劇評も特集も統括し、その上に通常版の書評と特集をすべてチェックするのだ。編集者としての担当記事もあり、マイケル・キンメルマンがベルリンから送ってくる「海外だより」も受けもつ。はるか昔、景気のよかった時代には、通常版の読書欄を一人、演劇欄を一人、日曜版の読書欄を一人、マイケル・キンメルマン番を一人（キンメルマンが美術評論の第一人者だったころだから、美術欄の編集者だ）で受け持っていたはずだから、これは三人半分の仕事になるなと思った。現に、私がやめたとき、後任者はこの全部を一人では引き継がなかった——文体は流麗だが、完璧主義で手間ひまのかかるキンメルマンの担当は別の人になったのだから。その上、ずっとマッキントッシュで仕事をしてきたのに、ウィンドウズに慣れなくてはならない。私の部署は欠員が二名で（書評ライターは三人必要なのに二人、演劇記者が不在）、後任が決まるまでは、いちいちフリーの書き手を見つけて埋める必要があった。前任者は私が来る前にやめていたから、ほとんどはぶっつけで覚えるしかなかった。

それでも、一一月までの三か月は、じたばたしながらも首だけは水面から出していられた私だったが、この年のハロウィンの日に、がっくりと落ちこむことになる。落ちこんだのは聴力なのだが、気持ちも同時に落ちこんだ気がした。このとき下がった聴力は、二度と回復しなかった。聞こえない生活は今にはじまったことではないのに、このときばかりはうろたえた。一一月だったか一二月の初頭だったかに会議を仕切った日のことは今も覚えている。参加者は八人から一〇人くらいで、小さな会議机を囲んで座っていた。数か月前だったら聞きとれたのに、もう聞こえない。でも私はだれにも言わなかった。うまくごまかして（私がそう思っていただけかもしれないが）全員にのちほど各々の主張の骨子を送ってもらうようにした。それでカンニングして自分の報告書を仕上げたが、だれも気がつかなかった（私がそう思っているだけかもしれないが）。

耳が聞こえなくなった人々は、周囲の反応を恐れて公表をためらう。偏見を持たれはしないか、老けて見られないか、頭が悪いと思われないか、と思うと怖い。でも今なら私にもわかる。老けて見えるのも、頭が悪いと思われるのも、障害を隠すせいなのだ。場に合わない質問をする。質問にそぐわない返事をする。ぼんやりしている、集中していないように見える。ひどければ酔っているように見えたり、お年寄りに見えたりする。そんなことでは「協調性」など発揮できない。とうとう私を追いたてにかかった上司に言われた言葉だ。

よほど親しい同僚には打ち明けた。私がどれほど多くを失ったかが本当に伝わったとは思えないが、少なくとも、障害をかかえていることは知ってもらえた。なんとか埋め合わせようと努力していることも知っておいてもらえた。

文化部では毎日朝一番に、上級編集員からヒラのスタッフまで全員でミーティングをする。上級編集員たちの中には、クラシック音楽、ポピュラー音楽、美術と建築、映画、テレビ、ゲームの担当者がいた。私は書籍と演劇を担当していた。全分野を統括する人も同じくらいいた。二〇〇九年まではシフトンが文化面を仕切っていたほか、その補佐が三人。平日の通常版の担当者、日曜版の担当者、ウェブサイト担当者、写真担当者、デザイナー、そして進行をコーディネートする者。整理部のチーフ。公報が数人。休日でもないかぎりミーティングの参加者は最低でも二〇人。それがぞろぞろと写真整理用の机のまわりに集まってくる。椅子に座る者、机に腰をおろす者もいるが、大半は立っているか、パーティションにもたれていた。昔の映画に出てくる新聞社の光景を、ちょっと小ぎれいにした感じだ。

わが社の社屋は、壁が少なくだだっ広い造りに設計されていた。テーマは「透明性」。見た目はすばらしいが、音響はひどいの一語に尽きる。まさに、ジョンズ・ホプキンズ大学のジョン・ケアリーが、建築家やエンジニアは「バックグラウンド雑音の抑えこみに失敗すると、どれほどコミュニケーションを邪魔するものか、まったくわかっちゃいない」と嘆いていたとおりの建物だ。朝のミーティングの場所はアトリウムの近くで、吹き抜けは一つ下の階にある報道部のメインオフィスに面していた。まだ編集部が活気づく前の早朝でさえ、階下のざわめきが運ばれてくる。出席者の声は、空間にのまれてしまう。

それは不安に満ちた一五分間であり、しかも、毎日が必ずこれではじまるときている。どこに立とうと、どこに座ろうと、部屋の反対側にいる人の声は遠くて聞こえない。そして、どうしてもこの人の話を聞かなきゃと思う相手にかぎって、常に部屋の反対側にいるときている。さもなければ、サムがいつもとちがう場所にいる。せっかくサムがいつも立つ場所の隣に陣どったのに、これではなんにもならない。ひげを生やした人の発言は、唇が読めないので聞きとれない。早口でしゃべる人。互いの話をさえぎってしゃべる人。とてもとても小声でしゃべる人。

各部署の編集者はそれぞれに、自分のところで進行中の記事をどの面のどの辺に載せてほしいのかを表明する。本紙の一面を狙って売りこむのか？　急ぎの新発表が含まれるのか？　新しい分野を開拓するものか？　国際的な視野に立つものか？　一面が取れなかったら、チャンスを待つため翌日に回しても差し支えない種類のものか？　何日までなら遅れても大丈夫か？

たいていは、各部門の担当者が、レビューなり特集記事なりの内容を紹介し、どこに、いつ載せるべきかを説明する。文化面の最初のページは一等地で、記事なり評なりがそこに載るかどうかは、テーマの重要さ、記事のできのよさ、添えられる絵や写真の質、それに、その日の記事のとり合わせによって決まる。書き手の顔も関係する。二流評論家が熱のこもった評を書いても、一流評論家がやはり熱のこもった評を書けば押し出されてしまう。人気記者の筆になる特集記事は、ほかの人の書いたものより一面に載りやすい。社内でトップの編集者（ビル・ケラーとジル・エイブラムソン）が推したものも同じ。第一面をめぐる競争は熾烈だった。敗れた記事は文化面のまん中に移され、多くは読まれることなく終わってしまう（ような気がした）。中でも土曜日のは読んでもらえない。私も記者たちに、自分の記事はどうか土曜日に回さないでくれと頼みこまれた。

ニュース性のある記事を手がけている者がいれば、取材の進み具合や、完成見こみ日をたずねることもある。質問だけでなく、返答も聞こえることが大切になる。自分に向けられた発言なら、ときに近くの人の助けを借りることはあっても、たいてい聞きとれる。だが、ほかの編集者に向けて言われた言葉は、めったに聞きとれない。一時間後にその日のスケジュールが配られるのを待って、そこから逆算して推測する。話し合いの内容がわかるほど聞こえたことはないから、めったに口は開かなかった。

オーディオロジストのテレーズのところにはよく行ったし、セラピストともたっぷり話し合ったが、こうすれば会議がもっと聞きとれるという二人の提案ははねつけた。どの方法も、他人を巻きこまずにはできない。テレーズは、音声を補聴器へ送信してくれる器具を、机の上に置いてはどうだと言う。でもそうなると、発言する人には小型マイクを持ってもらうことになる。テレーズが診ている患者さんの中に、役員会でこれを使っている社長さんがいるとか言われて、私そんなに偉くありませんからと言ってやった。そんな具合だから、つまずき、よろめき、聞きちがえ、言いまちがえるしかなかった。

人工内耳だって、一年近くも入れなかった。片耳はまったく聞こえず、もう片方もひどく聞こえの悪い状態が一年。人工内耳を入れたあとも、苦闘は続いた。

これではどんな職業でも大変だっただろうが、舞台欄の編集者は週に二度か三度は劇場へ行くことになる。劇場によくある赤外線補聴システム（自前の補聴器は外さなくてはならない）で聞くことはできなかったが、事前に台本を読み、俳優の唇を読んだ。赤外線システムが使える身だったとしても、見栄が邪魔してヘッドフォンはかぶれなかっただろう。最近では、首にかける器具を貸し出して、それで科白《せりふ》を補聴器や人工内耳へじかに送るシステムを採用している劇場もある。赤外線システムほど目立たない上、性能もいい。ニューヨーク以外の劇場だと、磁気ループ方式のところもある。

ニューヨークタイムズ紙の演劇欄担当ということで、私には最高の席が用意された。六列目か七列目の通路ぎわだ。賓客扱いされていると感じることもあった。最高の席で、俳優の唇も見やすいのに、それでも見落とすものはあまりにも多かった。かといって、俳優や作曲者、衣裳デザイナーについての記事、最後の一花を咲かせる巨匠や興味深い新進脚本家、新人俳優についての記事を書き手に依頼できなくなるほど見落としているわけでもなかった。

ただし、ブロードウェイのミュージカルだけは、拡声が過剰なのばかりで耐えられなかった。『リトル・ダンサー』は確か初日に行ったと思う。六列目か七列目に座っていると、オーケストラピットは目の前七メートルほどのところにくる。芝居は気に入ったが、音楽は不協和音に包囲されているようだった。不快で、不調和で、耳が聞こえなくなりそうだった（最初から聞こえない私でさえ）。連れは聴力になんら問題のない妹だったが、二時間四五分の間、ずっと耳を指で押さえていた。母親の双極性障害を扱った『ネクスト・トゥ・ノーマル』のときは、歌詞が一言もわからないため、唯一の泣いていない観客になってしまった。それでも、二〇〇八年から二〇〇九年にかけてのシーズンにブロードウェイとオフ・ブロードウェイにかかった主だった作品は全部観ている。そして、あのシーズンは名作が多かった。数年に一回という当たり年だった。

仕事のもう半分、読書欄の編集者としては、自分たちの作品を扱ってほしい編集者や版元と会う仕事が多かった。なるべくなら小ぢんまりした、音の響きも好みに合った部屋で会えるよう手を尽くすのが常だったが、それでも聞こえにくい声の人、訛りのせいで言葉が掴みづらい人はいる。廊下の雑音が大きすぎて、小さな会議室の扉を閉めていても、外の音に負けてしまう日もある。

新刊の紹介がらみで、ちょっとしたおしゃれなランチに招かれることがあるかと思えば、編集者や作家、有名書店のオーナーなどが一〇人から一二人、グラマシー・タヴァーンや（近代美術館の中にある）ザ・モダンへ、一度などはル・ベルナルディンなんてところにまで招待されたこともあった。料理はいつもおいしかったし、書き手のだれかの発言が聞きとれて、その人が新刊をどう考えているかわかることもあった。でも、正式な発言がはじまる前の雑談は、一度として聞きとれたことがない。あまりにいたたまれなくて、こうした昼食会に行くのはやめてしまった。よくあることだが、自分は頭が悪いような気がしてくるのだ。

記事を書いてくれるライターたちとは、できるかぎりコミュニケーションをとるようにしていた。面と向かって会えば唇が読めるし、メールもある。三メートル先にいる人にもメールを送った。それでも、電話を好むライターは二人ばかりいた。しかも、三〇分とか四五分とかに長びくことはざらで、私はときおり「おもしろそうじゃない」「あら、すみませんでした」とか「なるべく早く、私にもらえるかな」とつぶやくのに必要最小限の聞きとりですませるのだった。

職場でかわされる軽口の応酬は聞こえなかった。チップ・マクグラスやデイヴィッド・カーといった才気あふれる愉快な同僚たちに囲まれていながら、会話に加わることができなかった。ゴシップを知らなかった。ジョークがわからなかった。告知に気づかなかった。論争がわからなかった。だれかが上司に叱責《しっせき》されたり、ほめられたりしていても気づかなかった。そうしておいた方がよかろうと思ったら、笑うふり、ショックを受けたふり、思慮深げにうなずくふりをしたが、自分の反応が本当に場面に合っているのか、完全にはずしているのか、わからないままだった。

一度か二度、シフトンに一面会議に出てみないかと誘われたことがある。発行人欄に名を連ねるような上位の編集者たちが、翌日の一面にはどの記事を載せるか決める場だ。編集者が上司に伴われて出席するときは、自分の部署を背負う立場になる。文化部長はジル・エイブラムソン、編集長はビル・ケラーだった。私が初めて一面会議に出たのは科学部の副編集長だった九〇年代末のことだが、そのころにくらべたらずいぶん人数が増えていた。編集長のマックス・フランケルが、昔よりずっと小さな会議机の端に着席していた。反対側の端にはジョー・ルリーヴェルド。マックス・フランケルは記事をとりわけ厳しくチェックする人で、提出した骨子の穴や矛盾点をよく突いてくる。骨は折れるが、私は好きだった。

文化部にいたときの私は一面会議の定例メンバーではなかったし、出席したところで、リズムが掴めることはなかった。自分が担当した記事を一面に売りこめば、ビルかジルから質問が飛んでくる。会議机の反対側の端など、フットボール場の向こう側にも等しい。心の底から狼狽《ろうばい》するのは、ジルの眉毛が上がり、質問がはじまったのに聞こえてこないときだ。

人工内耳を入れてからも、最初の数か月は、聞きとれないことに変わりはなかった。ただ、聞きとれなくても何かしらは聞こえるのは救いだった。聴力が完全に失われるわけではないとわかったからだ。でも、仕事には役だたない。今の私なら、これは異常なことではないと知っている。大人が人工内耳を入れても、恩恵を最大限にひき出せるまでには二年もかかることがあるし、その最大限の恩恵だって、比較的ささやかなものかもしれない。手術前には心理的な検査も行なわれるが、ここでは、期待が過剰になっていないかというチェック項目もある。また、周囲が過大な期待をいだいていないことも、本人にはプラスになる。私の場合、期待は穏当なもので、職場でもう少しうまくやれればという程度だった。昔と同じ聞こえなど期待してはいない。ただ、人の話さえ把握できればいい。でも、それさえかなわなかった。

私は理解ある上司と同僚の協力を得てなんとか切りぬけていた。もどかしくはあるが、まったく仕事ができないというわけではなかった。それがつまずいてしまったのは、新しい編集者が文化部に移ってきたときだ。私には彼ほどの度胸がなかったから、自信を失ってしまい、これ以上働けなくなった。私のことを「協調性がない」と言い、企画の進行に「乗ってない」と言ったのも彼だった。こうしたカイシャ口調は昔から大きらいで、彼の口ぶりには毛が逆立った。そして、この会社での年月は終わりにさしかかったのだなと知って落ちこんだ。

私はＡＤＡ（障害を持つアメリカ人法）で保護されていた。この法律では、（歩く、話す、見る、聞く、学ぶなど）生活上の主要な活動を大きく妨げるような心身の状態を障害と規定し、職業上のいかなる局面（雇用、解雇、給与、作業の割り当て、昇進、レイオフ、研修、福利厚生）でも差別することを禁じている。でも――そして、私だけでなく、多くの難聴者にとって大きな「でも」なのだが――この法律で守られるためには、自分の障害を認めなくてはならない。こんな配慮があれば仕事がこなせますと申し出なくてはならない。ボールは私のコートに落ちた。そして私は、打ち返すことを拒否した。自分には障害があると認める代わり、立ち去った。

二〇一一年の春、ニューヨーク市警の警官二人が、それぞれ四四歳と四〇歳で障害を理由に退職を強いられたとして連邦雇用機会均等委員会に不服を申し立てた。今から新たに警察官になるためには聴力検査に合格しなくてはならないものの、現役の警官はこれまで、人目につかないものなら補聴器をつけることを許されていた。元本部長補佐のトーマス・グラハム氏も補聴器を使用していたが、三七年にわたる在職中、補聴器を禁じる規則など一度も耳にしたことはないそうだ。その前年に六三歳で退職したグラハム氏は、「補聴器がほしけりゃ、派手なピンク色のがぶらぶら下がってるとかいうんでもないかぎり、口出しするやつはいないよ」と語った。

二人のうち一人は、退職を迫られるわずか数か月前に、補聴器の費用として三〇〇〇ドルを支給されたばかりだった。ニューヨークタイムズ紙によれば、市警のスポークスパーソン、ポール・J・ブラウンは、補聴器は「故障、耳あかの蓄積、そのほかいろいろあって警察の業務とは相容れない」し、「聴覚の弱さを完全には補えず、命令を正しく聞きとれないことになりかねない」と語ったという。

この発言に、障害者の権利を擁護する諸団体は猛反発したが、補聴器（と人工内耳）使用者の一人として、私はこの方針に賛成せずにはいられない。私の補聴器の電池は、こっちが予想していないときにかぎって切れる。電池が切れる前にはお知らせ音が鳴るし、予備の電池も持ち歩いているが、交換する時間も必要だ。人工内耳の電池にいたっては、予告もなしに切れる。それに、前にも書いたとおり、どこかにこすれたりぶつけたりすれば、簡単に外れてしまう。私は自分と同じような人に、犯人に銃を向けたり、消火にあたったり、急患を運んだり、飛行機を操縦したり、そのほかなんでもいい、聴力が必要不可欠な仕事をしてほしいとは思わない。同じ理由で、私はもはや飛行機に乗っても非常口付近の座席には座らないことにした。心肺蘇生法の免状も持っていたが、失効するにまかせた。ときと場所によって、聴力が絶対に必要で、交渉の余地のない場面というものはある。ちなみに、警視総監のレイモンド・W・ケリー氏は両耳とも補聴器をつけているが、氏は文官なのだから年齢制限も関係なければ、身体能力にも条件はない。

この二人の警官はりっぱだと思う。私は自分の難聴を過度に恥じていた。人に知られるのが怖かった。加齢や弱さの印と誤解されないだろうか。新聞という競争の激しい世界に不向きと思われないだろうか（私だって、二二年にわたってそれなりに競争に勝ってきたのに）。協調性がない、部署になじんでいないと上司に責められても、ただ言わせておいた。理由を説明するよりはましだった。彼の決定に不服で、さらに上司にあたる編集次長に訴えたときも、自分の耳のことには触れなかった。

なぜだろう？　そして、同じことをしている聴覚障害者がこんなに多いのはなぜだろう？　難聴は見た目でわからない。存在しないかのように装うこともできてしまう。私は怖かった。耳のことを知られたが最後、何よりも先に聴覚障害者として扱われるのではないか。関係ない場面でも障害者としてしか見てもらえないのではないか。腕ききの編集者で、いい文章が書けることも、仕切りがうまいことも、自分がしっかり者できちょうめんなばかりか部下たちまできちょうめんに育てられる上司であることも、みんな二の次、おまけのように扱われるのではないか。障害によってレッテルを貼られるのはいやだったのだ。

電子メールこそ、聞こえない人々の世界に登場した最大の宝物だった。キーボードを打てない人、打ちたくない人にとってもそのありがたみは変わらない。私のところには、音声で入力されたメールだって難なく届いている。

ニューヨークタイムズでの最後の一年も、電子メールがあったからこそ、あんなに聞こえなくても切りぬけられたのだ。当時の私は、電話での会話はわずかしか聞きとれなかった（発信者名が表示されるのもありがたいことだった）。電話ででも対面でも、よくわからなかったらさりげなく「念のため、あとで同じ内容をメールしといてくれる？　今たてこんでるからまちがえそうで」と言えばすむ。発信者が非通知で表示されないと、自分がだれと話していたのかさえわからないこともあるが、届いたメールで相手がだれだったかわかるのだった。

メールは私生活でも活躍した。友人たちにも家族にも（ただし母以外は）、連絡は文章でくれるように癖をつけてもらった。メッセンジャー、携帯メール、チャット、スカイプ、フェイスブック、ツイッター、タンブラー（ってなんだろう？）、いずれも忙しい若者たちが愛用するメディアだから、これらを使っても障害への対応という感じがせず、むしろ若々しい気分になれる。

＊＊＊

人工内耳に補聴器に各種のガジェットを駆使し、最高の先生方、最高のリソースの助けを借りてもなお、聞きもらすことはたくさんあった。聞こえるうちはささいなことだと思っていたが、聞こえなくなって初めてわかることも多い。

今の私にはささやき声は聞こえない。でもその感触は覚えている。耳に当たる温かい息、口が今にも耳に触れんかという親密さ、自分だけに話しかけてもらえる喜び。自分の反応も思い出す。わかったわという秘密のほほえみ。笑いの爆発。驚きや恐怖で息をのんだことも。

レストランで、列車の中で、知らない人の会話が聞こえてきたことも思い出す。だれかの人生の断片を、あれこれとこじつけては物語をでっち上げたことも。

だれかに道の反対側から呼ばれた、自分の名前の響き。振られた手。昔の友人との偶然の再会。

ぼそっとつぶやかれた怒りの言葉や、だれかを笑い物にする冗談を聞いてしまったときのいたたまれなさも覚えている。言った当人がすぐさま撤回したくなるような発言を聞いてしまった落ちつかなさも、弱みを握ったぞという気分も——秘密を守ってあげようが、利用しようが私次第というあの感じも忘れてはいない。

これを書いている今、「叫びとつぶやき」というフレーズがリフレインのように頭の中をかけめぐっている。きっと、どちらも私には聞こえないものだからだろう。ニューヨーカー誌はこのすてきな言葉を、ユーモアコラムの題名に使っている。つぶやきはささやきとはちがう。ちがうどころか、ある意味で正反対だ。つぶやきの無造作さは、本当に人に聞かせたいのかどうか、語り手自身も確かではないことをうかがわせる。群衆や蜂の群れなどの低く一様なざわめきにも、あってはならない心臓の雑音にも似ている。

人の大声は、隣の部屋からだと、犬の吠える声、男性のくしゃみ、ドアをばたんと閉める音にも聞こえる。隣の部屋で夫がくしゃみをすれば、私が「なんて言った?」と叫ぶ。夫が何か怒鳴り返すが、何ともわからない。じれったくなって部屋に乗りこむ。「なんなのよ?」「なんでもないよ。ただのくしゃみ」

人と話をしていても、こちらが聞こえていないなと思うと身をのり出す人がいる。私は飛びのく。三〇〇〇ドルの補聴器でも、そんなに優秀な弱音システムはついていない。人間の耳なら大きな音にもある程度は適応できるが、補聴器ではとてもそうはいかない。その上、近づかれては顔が見えず、唇が読めないため、話が聞きとれない。だから、音はうるさい上に使える情報は足りないという二重苦になってしまうのだ。

＊＊＊

補聴器と人工内耳については、語られていない重大な真実がある。たとえ最高級の機器であっても、それ単独では足りない場合が多い。オーディオロジストにせよ、量販店にせよ、インターネット通販にせよ、二〇〇〇ドルから六〇〇〇ドルもする補聴器を売ってしまった業者が言い出しにくいのも無理はない。この機能を最大限に発揮するには、あと数千ドル出した方がいいかもしれませんよ、というのだから。でも、私もほかの人たちも、こうした追加のガジェットが役だつ可能性はある。

二〇一一年、補聴器や人工内耳の機能を補うさまざまな補助機器について学ぼうという集まりがギャローデット大学で開かれ、私も参加した。紹介された製品のうちのいくつかは、すでに持っていた。携帯（あるいはｉＰｏｄ、ノートＰＣなど）の音声をブルートゥースで直接補聴器に飛ばしてくれるｉＣｏｍ。音声を増幅してくれる電話。サンライズ目ざまし時計は日の出の光の変化をシミュレーションする照明で、暗い寝室を徐々に照らしてくれる。電話の字幕化サービスの利用権もある。

私は「よい方の」耳もかなり聴力が低くて、電話の声は補聴器でもよくわからないから、自分の席にいるときは字幕化リレーシステムを使っている。これは聴覚障害者には無料で提供されているものだ。私が使っているのは「クリアキャプション・コム」というサービスで、電話をかけたくなったら、まずはコンピュータを立ち上げてクリアキャプションにログインし、相手先と自分の電話番号を打ちこむ。数秒後、机上の電話が鳴り、ノートパソコンの画面に「１４７８４５番（数字は毎回いろいろだ）に接続しました」と表示され、相手先の呼び出し音が鳴る。先方が出たら、字幕係（人間がやっているのか、コンピュータのプログラムなのか、私にはいまだにわからない）が文字を表示しはじめる。

私のかける相手先でいちばん多いのは母で、プレストン健康センターという施設で暮らしている。母はメールもスカイプも使えないからだが、実を言うと、会話そのものも今一つ話がつながっているとはいいがたい。

センターに電話すると、だれかしら電話をとった人が、「お世話になっております、プレストン健康センターでございます。ローラが承ります」と言う。

クリアキャプションの聞きとりは日によって実に多彩だ。

「ウエスト変更センターでございます。老婆が承ります」

「クレソン遠足センターでございます」

「フレコン天候センターでございます。ヨーダが承ります」

「濡れ本弁当センターでございます」

次は被雇用者健康保険組合に電話する。

「非ご容赦健康権組合でございます」

問い合わせをする。

「押し上げします間、いったんお義理してもよろしいでしょうか」

次はヴァンガード投資信託だ（ちなみにこの日はバレンタインの日だった）。

「ヴァンガード投資信託でございます。本日、二月一四日、伴奏者は出奔のため席をはずしております」

「お急ぎの方はゼロ番を押してください。おめでたにおつなぎします」

字幕化サービスはいくつもあるのだから、いろいろ変えてみたらもっと正確なのが見つかるかもしれないのだが、おもしろすぎてやめられない。

全国ネットのニュースには全部、字幕がついている。字幕のおかげで、どんな悲惨なニュースもおもしろネタになってくれる。といっても、ほとんどは意味不明なのだが。

「女医線とも通報止めとなっています」

「麻薬上級患者」

「無期起訴（これは無機ヒ素だろうとわかった）」

「今回で一五敗目の勝利となります」

「各自、胃袋を持参して」

「医師免許の剥落」

「寝た似やフ（ネタニヤフですね）」

「重鎮置換にわたって（一一日間？　一七日間？）」

「乱暴ギーに（ランボルギーニの話らしい）」

「事故のことが虎馬になってしまって……」


ギャローデットでの大会では磁気ループが盛んに話題になっていて、中には、補聴器の登場に匹敵する奇跡と言う人さえいたほどだ。三日間の大会を終えて帰るころには、私も、もしかしたら自分も昔と同じように聞こえる――グループの中でも、レストランでも、会議でも聞こえるようになるかもしれないという気になっていた。なんとも明るい話だし、しかも簡単そうではないか。ところが、自分の環境でFMシステムを設定する段になると、たちまちつまずいてしまった。片耳が人工内耳で、もう片耳が補聴器（しかも難聴は重度）という条件だとうまくいかないのだ。大会から帰って数か月後、テレーズと私は新しい補聴器さがしにのり出した。これもだめ、これもだめと交換を重ねたあげく、補聴器で使えるFMシステムはいずれも、人工内耳とは互換性がないことがわかった。

結局、テレーズとミーガンと三人で話し合った末、人工内耳も補聴器も、両方ミーガンが担当するのがよいという結論になった。二人のオーディオロジストにかかりつづけ、両方の予定や話をすり合わせるだけで大変すぎたからだ。こうしてミーガンがまた新しい補聴器を注文してくれたのだが、今度は最初からうまくいった。人工内耳も補聴器もテレコイルが内蔵されている。両方で使えるマイリンク／スマートリンクのシステムは持っていた。だから、理屈でいえば、設定は整ったはずだ！

もちろんそれは、理屈でいえば、の話。現実には、マイリンク／スマートリンクをiPhoneで使えるように設定することができず、iComを使いつづけることになった。また現実には、FMシステムはとても完璧とはいえなかった。友人たちとやっている読書会など、グループで話し合うような場では、発言したい人にマイリンク／スマートリンクの送信機を渡して次々と回していく。あるいは、真ん中のテーブルに置きっぱなしにする方法もあるが、これだと背景の雑音をたくさん拾ってしまう。そして前にも書いたように、人はグループになると──中でも私の参加している読書会は特に──他人が話し終えないうちから言葉をかぶせるように話しだすものなのだ。

そんなFMシステムだったが、二〇一二年の春、私のためにまったく新しい可能性を開いてくれることになった。もともと旅が大好きだった私だが、耳が聞こえない今では、すっかり一人で旅行するのが怖くなっていた。そこでこのときは、出身の大学が主催する団体旅行で中国へ行くことにした。シルクロードぞいに進み、中国とキルギスタンの国境に近い喀什（カシュガル）を目ざすコースだ。参加者は八人で、たまたま女性ばかりだった。持参したFM送信機を添乗員さんにつけてもらい、私は受信機を身につける。これがみごとに大成功。このときの参加者の中に、聴覚障害のある女性がもう一人いた。難聴は私より軽い人だが、FMシステムのおかげで、彼女が聞きとれなかった部分を、私が補ってあげることができた。私にとっては、めったにない経験だ。

初めて磁気ループで音声を聞いたのは、この旅行から帰国してまだ間もない二〇一二年六月、HLAAの年次大会でのことだった。補聴器も人工内耳もテレコイルモードにしてみたら、もう何年も、何年もなかったほどはっきりと聞こえた。ふれこみどおり、確かに奇跡そのものだった。ただそれは一回きりのできごとで、今に至るもまだ、あれと同じ経験をしたことがない。磁気ループの設置された場所に行き当たったことがないからだ。ジョン・ティアニーが二〇一一年に書いたニューヨークタイムズの記事には、ニューヨーク市内で磁気ループ設備のある場所がいくつも書いてあった。たとえば、野球場のチケット売り場（ヤンキースタジアムとシティフィールド）。エリス島も設置済み（きっと、観光案内カウンターがそうだという意味だろう）だそうだし、自然史博物館、メトロポリタン美術館にも設備があるという。アップルのソーホー支店も。それだけではないと記事はいう。「音響的環境としてはブラックホールともいわれる悪名高い場所──市営地下鉄でさえも、およそ五〇〇か所のきっぷ売り場に設置が進んでおり、普及率は全米でもいちばんになるだろう」。ティアニーのいうきっぷ売り場というのがどこのことなのか、私にはよくわからない。全部とまでは言わないが、私の使う駅のほとんどで有人きっぷ売り場は閉鎖され、自動販売機がとって代わった。それどころか、ただ撤去されただけの駅さえあるくらいだ。

私にとっては、アシスティブ・テクノロジーなど、まだまだ未完成の代物としか言いようがない。

Voice

どこのオーケストラにも難聴の団員は必ずいます

◎イザイア・ジャクソン（指揮者）

イザイア・ジャクソンは二〇年以上にわたり、世界各地の有名オーケストラで客演指揮者として活躍してきた。かつての本拠地はニューヨーク州ロチェスター。ロチェスターフィルハーモニー管弦楽団の副指揮者を務めているときに今の奥さんと知り合い、三人の子供に恵まれた。一九八七年に一家でイギリスに移住する。コベントガーデンのロイヤルバレエ団の常任指揮者に迎えられたためだ。のちには音楽監督となり、一九九〇年まで務めている。

右耳が中度から高度の難聴になったのは一九九五年だった。その上二〇〇四年に、突然左耳の聴力を失う。それでもひるまず、補聴器をつけて指揮を続けた。オーケストラって、けっこう予測がつくものなんですよと彼は語ってくれた。「前に起きたことは、これからも起きるもんです。前にピチカートで走ったところは、やっぱり走る」。だから目を使った。首席バイオリンが弓の先端で弾いているときは、全員が先端で弾いてなきゃいけない。スタイルを決めることはできた。全体をまとめることもできた。だれが最初に音を出しているかも、見ればわかった。だが音程となると「悲惨なものでした」。難聴になった人にはよくある状態だ。「真ん中のCの上のAより高い音は全部、ずり上がってしまう。ひどい音ですよ」

指揮はやめたが、できないからではない。音が歪んでいては、喜びが感じられないからだった。「楽しくなくなったんです。二〇〇六年でした。『もうたくさんだ。何か別のことをやらなくては。楽しくないことを続けても意味がない』ってね」。六一歳だった。

そもそも、両親の反対を押しきって進んだ音楽の道だった。四歳でピアノを習いはじめたのは、けがのリハビリが目的だった（転んで手をついたら下に牛乳の瓶があり、手首の腱が切れたのだった）。大学に上がるとき、バージニア州リッチモンドで整形外科医をしている父親には、何を専攻してもいいが音楽だけは許さないと言われた。ジャクソンは黒人で、六〇年代には、クラシック界には黒人がほとんどいなかった。ハーバードに入るとしかたなくロシア史とロシア文学を選んだが、音楽をあきらめたわけではない。まずは合唱団に入り、次に、学部学生ばかりで運営されるバッハ・ソサエティ・オーケストラに入ろうと目をつけた。ただし経験者限定なので、友人たちといっしょにオペラを上演することにした。モーツァルトの『コシ・ファン・トゥッテ』だ。「とにかく大変でした。全員、どしろうとなんですから」とジャクソンは笑う。オーケストラも合唱団も、メンバーは募集でそろえた。公演はレヴェレットハウスという寮の食堂で開かれた。これまたハーバードの古きよき伝統だ。

そのころになると、クラシック界でも、ヘンリー・ルイス（一九七二年にはメトロポリタン歌劇場に進出することになる人物だ）などほかの黒人たちが道を拓きつつあった。ハーバードを卒業したジャクソンはスタンフォードに進み、音楽で修士号を取得する。それからフランスでナディア・ブーランジェに学び、帰国後はジュリアード音楽院で指揮を専攻、一九七三年に博士号を取得している。

音楽家にはよくあることだが、騒音性難聴は以前からあった。彼の場合、防音ブースでフルートとピッコ口を練習したのが元で、片方だけ高音部が聞こえなくなった。ところが一九九五年、さらに深刻な状態になる。右耳が突然、感音性難聴になったのだ。コーヒーを淹《い》れていたらなんの前ぶれもなく耳鳴りがはじまり、やんだときには聞こえなくなっていた。ただちにステロイド治療を受けたが、聴力は戻らなかった。騒音性難聴のある左耳はそれなりに聴力が残っていたが、高音部は左右ともにわからなくなった。

片方の聴力を失っても、指揮は続けた。「音楽ホールは音響が非常にいいので、なんでもよく聞こえるんですよ。オーケストラのいちばん遠いところを聞くときは、聞こえる耳を向ければいい。人には言いませんでした。ごまかし方も覚えたので」

二〇〇四年に突然、残る左耳の聴力が落ちた。それまでは、自分も参加して生まれた音を聞く喜びが多少は残っていたが、それがまったくなくなってしまった。

今はバークリー音楽大学で指揮を教えている。この学校はすべてのコースで指揮の授業が必修になっている。クラシック専攻の学生を教えるには、さほどの苦労はない。だが、バークリーは元来、ジャズ学校として誕生した機関だ。ジャズやカントリー、ラテン、インディアン音楽などを専攻する学生を教えるのは楽ではない。指揮を教えるとなると、いったんクラシック音楽を経由して教えることになるからだ。ていねいで腰の低い人だが、言葉は簡潔で、歯切れがよい。すらりと背の高い彼が、優雅な手つきで窓の外を指し示す。通りをへだてた向かい側には、由緒ある建物が並んでいる。バークリーはどんどん規模が大きくなり、それだけスペースも必要なので、昔のホテルや劇場の建物を、次々と転用しているのだ。

軌道修正は迫られたが、新しい仕事には生き生きと打ちこんでいる。結婚生活にも、人生全般にも不満はない。インタビューの中でも、奥さんと三人のお子さんの話が何度か出た。いちばん上の男の子はベンといって、『左へひねれ（Turn It to the Left）』というラップビデオの作曲を担当した。これはｉＰｏｄなどの携帯用音楽プレイヤーによる難聴の危険性を訴えるメッセージソングで、ＹｏｕＴｕｂｅで観ることができる。本業は弁護士で、音楽は趣味だ。その下がケイトというお嬢さんで、会社は金融関係、エネルギー産業と医療機関への融資を専門にしている。「三人目はキャロラインっていうんですけどね、」と、彼は誇らしげな顔になった。「手話通訳者なんです。ちゃんと免許ももらった。手話との出会いは偶然だけど、運命だったんですね。娘が一一歳のとき、学校に、クリーブランド・サウンドステージ・シアター（聴覚障害者を題材にした寸劇集を上演する劇団）が来たんです。そしたら夢中になっちゃった。手で話ができるなんて、ってね。もともとわが家は語学好きの家族でしたから、下地はあったんです。あの子は傷ついた人を元気にするタイプだし、コミュニケーションも得意ですから」

ジャクソン自身も、コミュニケーションに重きをおく人だ。自分の聴覚障害のことを学生に知ってもらうのは実に大事なことだという。「どこのオーケストラに行こうと、難聴の団員は絶対にいますからね。音楽を学ぶ以上は、知っておかなきゃいけないんです」

11 耳鳴りと目まい

聴力の低下と同時に起こりやすい症状が二つある。いずれも、耳が聞こえないことなどより、こちらの方が苦痛だと言われることさえある。一つは耳鳴り、もう一つが目まいだ。私も目まいには何度か苦労したことがあるから、本章の後半でくわしく述べたいと思う。

耳鳴りとは、頭の中で音は聞こえるが音の源が見当たらないもの、音の形をとる錯覚だ。たいていはベルのような音やブザーのような音だが、そのほかに、ぼうっとくぐもった音、ひゅーっと風の通るような音、かちかち、こつこつと物が当たるような音、激しい轟音《ごうおん》、水の流れるような音などを訴える人もいる。私も、ときおり宇宙の彼方《かなた》から届くのかと思うような、精妙きわまりないざわめきが聞こえるが、これも耳鳴りにはちがいない。私くらい難聴が重い者にしては珍しい話だが、この音はたまにしか起こらないし、起きてもそれほど苦にはなっていない。

耳鳴りを訴える人は意外なほど多い。慢性的に悩んでいる人だけでも、全米で三〇〇〇万人から五〇〇〇万人。そのほかに、ときどき聞こえるだけの人々が山ほどいるのだ。慢性の例のごく一部、およそ五％は聴神経の腫瘍、耳管の機能障害など、薬や手術で治せる病気が根底にある。これらは他覚的耳鳴といって、それなりの器具さえ使えば元の音が確認できる。残りの九五％は自覚的耳鳴といって、本人にしか聞こえない。

自覚的耳鳴は原因不明の難聴、老人性、騒音性の難聴を問わず、感音性難聴に合併するのがふつうだが、聴覚が正常な人にも起こりうる。耳鳴りが聞こえる人のうち、音を苦にしている人はおよそ半数。「臨床的に重要な状態」と見なされるのは一〇％から二〇％。生活の質がひどく損なわれていると申告する人は一％いる。客観的な手段で測定することもできないので、本人の申告で「些細な」から「破滅的な」までの一〇段階に分けることが多い。

今も続いている「マーケットラック調査」は、二〇一一年一一月に耳鳴りを扱っている。コチキンの共著者となったのは、アイオワ大学教授で耳鳴りの本を三冊編集しているリチャード・タイラーと、アメリカ耳鳴り協会の広報責任者、ジェニファー・ボーンだった。この調査の対象には、老人ホームなどの施設に入所している人は含まれていない。結果わかったのは、耳鳴りは年齢と共に増加し、六五歳から八四歳までの人々の二六・七％が耳鳴りを経験しているということだった。

この調査では、驚いたことに、一三〇〇万人もの人々が「耳鳴りがあるだけで、聴力は下がっていない」と答えている。しかし、耳鳴りに難聴が伴う率ははるかに高いはずだ。もしかしたら、耳鳴りが目立ちすぎて、難聴に気づきにくくなっているのではないか。そう仮定すると難聴の人は大幅に増えて、三六〇〇万人だったのが四七五〇万人に修正される――ジョンズ・ホプキンズ大学の二〇一一年の調査結果と非常に近い数字だ。

コチキンらの調査では、耳鳴りが聞こえる人のうち、そのせいで生活に支障をきたしている人・もう少しで支障をきたしそうな人の合計は二五％近くにのぼるとわかった。一般に、難聴が重いほど耳鳴りの音量も上がる。コチキンの報告によると、「深刻なケースでは、職場で十分に仕事がこなせなくなったり、うつ状態、希死念慮、ＰＴＳＤ、不安、怒りなど、心理的な不調につながったりすることもある。耳鳴りは休みなく続くうえ、自分の意志で制御する望みもてない。それが恐怖心をうみ、恐怖が問題を悪化させるという悪循環になりかねない」

耳鳴りが主観的な症状だというのには、もう一つの意味がある。同じ耳鳴りでも、ある人は気も狂わんばかりになり、別のある人は「面倒だなあ」と流していたりする。耳鳴りに対する反応ぶりは、いくらかは本人のパーソナリティとも関係しているようだ。ジェイムズ・バイロン・スノウの『耳鳴り――その理論と管理（*Tinnitus: Theory and Management*）』にも登場するロバート・Ａ・ドビーが二〇〇四年に書いた耳鳴りが「ひどくじゃまになる」という患者の大半に、大うつ病性障害が合併している。さらに、うつ病と耳鳴りの重複している患者のおよそ半数は、耳鳴りになる前からうつ病だったと申告している。「どうやら、元からうつ病をかかえていた、場合によっては不安障害もあった人々の方が、そのような問題のない人々よりも耳鳴りを起こしやすいように思われる」と言う。

事例レベルだが、耳鳴りが自殺につながったケースも報告されている。バージニア州グリーン郡の元保安官、ウィリアム・Ｌ・〝ウィリー〟・モリス氏の遺書には、耳の中で響く轟音のために自殺すると記されていた。また、ロック好きのイギリス人が、ゼム・クルックド・ヴァルチャーズというアメリカのバンドのコンサートに行ってから耳鳴りを起こし、三か月後に刃物で自殺をしている。

二〇〇一年に、一九六六年から二〇〇一年までに発表された論文を調べたところ、「耳鳴りと自殺の間には因果関係は見つからなかった」という。この調査結果は『ジャーナル・オブ・アメリカン・アカデミー・オブ・オーディオロジー（JAAA）』に発表され、「自殺未遂や完遂に至った患者のたいていは、それ以前からはっきりした精神科領域の障害（最も多いのはうつ病）をかかえていた人だった。それゆえ、われわれの結論は、耳鳴りと自殺の因果関係を支持する証拠は既存の文献のどこにもないというものである」としめくくられた。ドビーも同意見だ。自殺に至った耳鳴り患者二八七名を対象とした調査の結果に言及して、「ほとんどが男性で高齢、人間関係では孤立しており、うつ状態にあった——耳鳴りがあろうとなかろうと、典型的な自殺の前兆である」

耳鳴りは主観的な体験でありながら、生理的な原因がある。聴力が低下した場合、たいていは音声の受容器である有毛細胞に損傷が起きている。これでは聴覚神経が正常に機能できない。脳の側で聴覚を担当しているシステムの全般にわたって、ふだん通りの入力が届かなくなるのだ。神経細胞と神経細胞をつなぐシナプスには、興奮性のシナプスと抑制性のシナプスとがあるのだが、この両者のバランスがめちゃくちゃになり、神経細胞が自分勝手に活動をはじめてしまう。それが音として聞こえ、耳鳴りになるわけだ。

難聴の中でも特に耳鳴りが重複しやすいのは、騒音性難聴で高音部が聞こえなくなった人々だ。耳鳴りの音は高音が多いのも、あるいはそのせいなのかもしれない。

＊＊＊

耳鳴りの歴史は古い。当事者でもあり、二〇〇九年に『ニューヨーカー』誌に耳鳴りについて執筆したジェローム・グループマンによれば、はっきりした記録のうち最古のものはヒポクラテスだという。ヒポクラテスは耳鳴りで聞こえる音を、エコス（音）、ボンボス（うなり）、プソフォス（かすかな音）と分類した。英語では耳鳴りを「tinnitus」というが、これはラテン語の「tinnire」（鐘や鈴が鳴る）に由来する。

耳鳴りに悩んでいたことが知られている有名人、疑いのある有名人をあげていくと、ご想像のとおり、実に長いリストができあがる。ここでご紹介するのはひと握りだ。

ダーウィン　ダーウィンにとっては、耳鳴りなどかわいいものだった。一八六五年、新しい医者にかかるときに自分の体調を説明した手紙が残っている。

年齢　五六から五七。二五年前から、昼夜を問わず、突発的な鼓腸《こちょう》。ときに嘔吐《おうと》。過去に二回、数か月長引いた時期があった。これまで経験した嘔吐の前兆としては、震え、ヒステリックな叫び、このまま死ぬのではないかと思わせる、失神しそうな感覚、大量の、非常に色の薄い尿などがある。最近では、嘔吐や鼓腸の前には必ず耳鳴りがして、大気も視界も、どかどかと踏まれるように揺さぶられ、視野には黒い点がいくつも踊る。こうした頭部の（？）症状は、ひどい疲労であれば理由を問わないが、とりわけ読書によって、また、エンマが私を置いて外出しているときの落ちつかない心持ちによってもひき起こされる。

の説もある。

ヴァン・ゴッホ　自殺に先だって耳を切り落としたのは、耳鳴りに追いつめられての行為ではないかと

ベートーベン　一八〇一年、三一歳のときに友人に宛てた手紙に、三年前からじわじわと聴力が落ちてきたことが綴られている。「劇場で俳優の科白《せりふ》が判るには、オーケストラのうんと近くに坐らなければならない。楽器や歌声の高い音は、少し離れるともう聞こえない」。彼はまた、小声での会話は聞こえないとして、「声はよく聞こえるのだが言葉ではない」と記しているが、これなどは難聴の人の多くがよく知っていることだろう。続く一文、「しかし誰かが大声でやり出すと、もう僕はやりきれなくなる」（『新編　ベートーヴェンの手紙』小松雄一郎訳、岩波文庫、上巻七二〜七三ページ）も同様である。そんなベートーベンは耳鳴り持ちでもあり、〈疾走するどよめき〉に悩まされていた。二〇一一年一二月の『ブリティッシュ・メディカル・ジャーナル』には、ベートーベンの中期の作品で、初期や〈全聾になった〉後期とくらべて高音の使用が少ないのは、高音部が聞こえなくなったことが影響しているのだろうかと考察する論文が掲載されている。一方、ジェイ・アラン・ジマーマンも、『カナディアン・ヒアリング・リポート』に寄せた一文の中で、同じ作曲家としての立場からベートーベンの失聴と、それが作品に与えた影響について記している。

この時期の作品を貫く特徴といえば、なんといっても、メロディーを可能な限り低い音域へゆっくりと移行させ、続いてその縮小版を最高音域でくり返すというものである。開放弦を使用した低

音域での和音から出発して、分厚い和音に移動していくのだ。それに、ピアノという楽器は従来よりも高音域で使える音が増えたにもかかわらず、彼はそれを試そうとはしなかった。それよりも、音量差をつけられるようになった点に注目し、より暗く、より大きい音を追求した。

この「低音域への移行」は、はたして偶然だった——古典派時代よりも陰翳《いんえい》が深く、感情豊かなスタイルを求めていて、その一環にすぎなかった——のだろうか。それとも無意識の変化、つまり、高音が聞こえなくなって自然とそうなったのだろうか。はたまた、意図的なもの、つまり、実演のときに自信が持てるよう、わざとそうした結果だろうか。

筆者自身、作曲も続け、自作の演奏も続けながら、彼と同じ経過をたどってきた。その経験を元に、こう推測する。三つ全部の組み合わせではなかろうか。筆者もときに、自分が演奏しやすいよう、自作の中に低音のヒントを仕込むことがある。その一方、自分だって曲を楽しみたいと思い、自分に聞こえる音域内で書くこともある。そしてときには、正直、自分が何をしているのか自分で気づいていないこともある。本能的に起きることなのだ。

ウィリアム・シャトナーとデイヴィッド・レターマン　シャトナーは六〇年代の中盤に『スタートレック』の撮影セットで小道具が爆発して以来、耳鳴りがするようになった。一九九六年にレターマンのインタビューを受けたとき、「砂漠にいても海の音が聞こえる」と説明している。レターマンも耳鳴り持ちで、自分のは「シューー」という息の漏れるような音と、「イーー」という高音の組み合わせだと語り、「生きている間は一分たりとも休みなく非常放送設備のテスト中です」と笑わせた。インタビューは、二人の絶望感をかくし味としながらも、ユーモアあふれるものだった。

ポピュラー音楽のミュージシャンたちのリストは長くなるし、難聴者のリストとも重複が多いだろう。ピート・タウンゼント、ニール・ヤング（耳へのダメージを軽減するため生楽器に切り換えた）、エリック・クラプトン、ボノとエッジ、モービー、ジョージ・ハリソンなどがあげられる。ブラック・アイド・ピーズのウィル・アイ・アムは、耳鳴りからのがれられる唯一の救いは大音量の音楽だと言う。二〇一〇年、イギリスの新聞『サン』に対し、「無音の状態がどんなものだったか、今はもうわからない。苦痛を和らげてくれるのは、音楽だけなんだ」と語っている。七〇年代から八〇年代に活躍した、お好きなロックミュージシャンを思い浮かべてみてほしい。そのうちの何人かは絶対、耳鳴りで悩んでいるだろう。耳鳴りの原因である音楽が、同時に治療法でもあるという人は少なくない。治療法といっても、耳鳴りをかき消してくれる間は、という条件つきだが。「俺は黙るわけにいかないんだ」とウィル・アイ・アムは語る。「自分が静かになったら、耳の中の音に気がつくからな。毎日、それも一日じゅう、ブーっていう音がしてるんだ」

耳鳴りの治療は、ある意味で、ギリシャ・ローマ時代から少しも進歩していない。ジェローム・グループマンに言わせると、当時の治療法といえば、「害をなす体液」を追い出すために息を止めるとか、蜂蜜と酢、きゅうりの汁、大根のエキスを流しこむとかいうものだった。現代の治療法は、耳鳴りがなかった頃に戻すのではなく、耳鳴りに耐えるのを容易にするものばかりだ。最もよくある治療は（失敗しても、やめれば元に戻るので取り返しがつく）、よく合った補聴器を誂えることである。補聴器は背景の雑音も増幅してくれるので、耳鳴りがかき消されるし、コミュニケーション能力が改善するため、ストレスが減る。耳鳴りは「治る」わけではないが、ジェイムズ・バイロン・スノウの本にロバート・A・ドビーも書いているとおり、「私に言わせれば、この種の治療が成功したか失敗したかを評価するには、知覚の変化を基準にするのではなく、苦痛がどの程度軽減されたかを基準にするのが正当だろう」というわけだ。

『ザ・ヒアリング・ジャーナル』の特別号（二〇一〇年一一月）では、耳鳴り治療の新しいアプローチを特集している。その中で、耳鳴りの専門家として名高いロバート・W・スウィートウはこう記している。「プロ向けの文献、インターネット、一般のメディアを埋めつくす広告、どこもかしこも自称『治療法』『根治法』だらけ。裏づけのないものが実に多いし、互いの言い分が矛盾し、両立し得ないものもある。われわれ専門家は、二つの意味で休みなく目を光らせていなくてはならない。少しでもすぐれたテクニックがあるなら見落としたくない一方、その『証拠』なるものを、ひいき目にならないよう科学的に精査しなくてはならない」

実際、耳鳴り治療の分野では新奇な、そして多くは非科学的な手法が氾濫していることが理由で、スウィートウは当初、ゲスト編集者になってくれという依頼を受けることをためらったほどだという。「エビデンスがほとんど、あるいはまったくない治療法を宣伝する場を提供してしまうのではないか」と危惧したためだ。彼はさらに警告を重ねる。「この特別号に記事が載っているからといって、記事で言及している手法を、ゲスト編集者である私が、あるいは、本誌が推奨していると解釈しないでいただきたい」

耳鳴りとつき合う方法として提案されている仮説は、大きく四種類に分けられる。一つが音響的手法で、リズムにパターンを与えた音声――「皮質の興味をそそる音声」――を使用することで活動の異常に働きかけ、耳鳴りを抑制できるかもしれないというものだ。そのほかの論文では、今はまだ使われていない手法として、音声によるマスキング、音響の質を高めるテクニックなどが検討されていた。

薬についての論文もいくつかあるそうで、複数の手法を併用するうちの一つとして、不眠に使われる薬、ベンゾジアゼピン類、抗うつ剤などをあげているという。担当の筆者は、「耳鳴りのひどい患者には、オーディオロジストやかかりつけ医だけでなく、必要に応じてほかの専門職による目配り、配慮がなされて当然である。耳鳴りそのもののつらさだけでなく、原因がはっきりしない不安も大きなストレスになる」と記している。「重篤な耳鳴りをかかえた患者の幸福度は、オーディオロジストとかかりつけ医の間でコミュニケーションがスムーズに行なわれるか否かにかかっている。医療の側が、遅れがちでちぐはぐな対応をやめ、代わりに、耳鳴りの苦しみを和らげ、影響を軽減するような対応に改めることが、数百万もいる患者たちのためには何よりも重要だ」

薬物療法としてそのほかに提唱されているものには、「アーチズ」や「リングストップ」などといったイチョウ葉の製品や、大規模に宣伝されているホメオパシー製剤の「クワイエタス」などがある。とはいえ、スウィートウも述べているとおり、「この特別号に記事が載っているからといって、記事で言及している手法を（中略）推奨していると解釈しないでいただきたい」

行動療法もいろいろあるが、たとえばマインドフルネス療法もその一つだ。カリフォルニア大学サンフランシスコ校のジェニファー・J・ガンズによれば、仏教の瞑想を元にしながらも「仏教の要素は除いた」もので、八週間のコースで学ぶ。認知行動療法と比較すると、両者はほぼ、鏡像の関係にあるという。認知行動療法は「現実的、論理的で理性的な思考を増すことで苦痛を和らげ、非適応的な行動を減らすと考えられている」のに対し、マインドフルネス療法は「優しく、受容的に、批判せずに、体験の受けとめ方を変えていくことを目ざす。受けとめ方が変われば、対応法が柔軟になり、自律度が増し、価値観も明確になるばかりか、ときには曝露療法のような役割も果たし、ストレスの軽減につながる場合さえあると考えられている」という。

同じ号には、経頭蓋磁気刺激法を検証する記事も掲載されている。頭部にリズミカルな磁気刺激を与えるというもので、ふつうは一日に一回三〇分、三日から一〇日にわたって続けることになる。効果は人によりばらつきが大きく、楽な状態が六か月持続したという人もいれば、数日から数週間しか保たなかった人もいる。現在、いくつかの臨床試験が行なわれている最中だ。

『ザ・ヒアリング・ジャーナル』の特別号に出ている以外にも余裕のない人がすがりつく方法はあり、グループマンがそのいくつかを取り上げている。ネティポットという容器を使い、軽く暖めた塩水で鼻を洗う方法もあるし、イヤーキャンドルというものもある。「蝋紙を丸めて筒状にして片方を耳の穴に刺し、反対側に火をつけるのである」

研究者たちが――そして患者も――どんなことでも試したいという気になるのも無理はない。スウィートウもいうとおり、耳鳴りのほとんどは「治療が可能な」ものではない。「次善の策」は耳鳴りにまつわる聞こえの問題、注意配分の問題、情緒の問題に働きかけることとなる。

現在行なわれている対処法は、耳鳴り再訓練セラピーといって、カウンセリングと聴覚トレーニングを組み合わせたものだ。問題の音を小さな音量で聞かせ、脳に「この刺激は危険ではないから、反応しないように」と教えこんでいくのだ。ところが、意味のある刺激と無関係の刺激とを弁別できるよう脳を再訓練するためには、まず、耳鳴りがマイナスの感情と結びつかないよう、連想を断ち切らなくてはならない。

もう一つのテクニックは音声に対する脱感作療法で、「ニューロモニックス」とよばれている。患者一人一人の聴覚のプロフィールに合わせて既存の音楽を調整し、かろうじてほんのわずかに耳鳴りの音域と重なるようにしたものをＭＰ３プレイヤーで聞くというものだ。一日に二時間から四時間にわたって受け身の状態で聞き流し、リラックスと脱感作を目ざす。

まとめると、この特別号の編集者たちはその前書きで、これらのセラピーの中に「根治法」は一つもないとしている。それでも、「耳鳴りに悩む人々に対し、オーディオロジストや補聴器販売者の口から『手の打ちようはありません。慣れるしかありません』と告げるのは倫理にもとるし、品のないことでもある」という。ところが耳鳴りをかかえる人々に言わせれば、今はまだ根治法はありません、治療は効きませんというのが倫理的に許される唯一の説明ではないかという。

一方、ジェローム・グループマンが『ニューヨーカー』に寄せた記事によると、耳鳴り研究のために費やされてきた予算は、年間たったの三〇〇万ドルだという。アメリカには当事者が三〇〇〇万人から五〇〇〇万人はいるうえ、アフガニスタンやイラクから帰還する兵士の半数が耳鳴りを持ち帰ってくるのに、これでは満足な臨床研究などできるはずがない。

難聴の意地悪な姉のもう一人が、目まいだ。

＊＊＊

それは二月の下旬、人工内耳を入れておよそ一年半後のことだった。五番街一六丁目の格調高いメトロポリタンクラブで、夫が講演することになった。ニューヨーク精神分析家協会一〇〇周年記念大会の晩餐会の余興である。彼の書いた小説『手当て（*The Treatment*）』はエキセントリックなキューバ人の精神分析家が主人公なのだが、分析家を悪者にしたわりに、なぜか業界の人たちに受けがよかったらしい。

精神分析家は滅びゆく職業だ。本来の形のままだと、週に四度も五度もカウチに寝そべることになる。ふつうの人は、金銭的にも時間的にもそんな余裕はない。その代わり、その改良形、精神分析の手法を取り入れた心理療法は今でも一般的だ。とりわけ、マンハッタンのアッパーウエストサイドでは人気がある。伝統を守りつづける担い手たちが一〇〇周年という節目をどんなふうに祝うのか、ちょっと興味があった。それに、私がかかっているセラピストも精神分析の修業をした人で、オフィス以外の場所での彼女の姿も見てみたかった。なにしろ彼女のオフィスは、彼女の人柄や趣味とあまりにぴったりしすぎているものだから、たまには別の面をのぞいてみたいではないか。ついでながら、久しぶりにおめかしして、華やかな場にも出てみたい。

ところが、折あしくその日の午前中、急に歯の根管治療を受けることになった。ヴァイコディンを処方されて帰り、昼寝をしてから出かけた。歯は痛む。何日も痛みが続いていたせいで疲れてもいる。鎮痛剤も効いている。それでも、夕食前の時間は楽しかった。カクテルアワーと言いながら、私だけはカクテル抜きだったけれども（ちなみに、いつものセラピストはいつもと少しも変わらなかった）。いよいよディナーだ。スモークサーモンが出て、一口、口に入れた。

目まいがきたとき最初に起こるのは、眼球が自分の意思でコントロールできなくなることだ。どうがんばっても、じっとしていてくれない。いくつもの丸いテーブルと分析家たちでいっぱいの宴会場が、左右に傾きはじめる。私は夫に声をかけた。「目が回る。すぐ出なきゃ」

夫がしっかりと腕をつかんで、ドア（幸い、近くだった）まで引っぱっていってくれた。外は優雅なロビー。数分前までは、カクテルとおしゃべりでいっぱいだった空間だ。出たとたんに「吐きそう」と一言いって、たちまちそのとおりになった。何があっても動じないメトロポリタンのスタッフがごみ箱を、続いて椅子を持ってきてくれた。自力で立っていられないのははっきりしていたから。ぐらぐらしながらごみ箱に吐いている間も、酔っ払いだと思われていないといいけど、と気にするだけのプライドは残っていた。

四五分ほどたってようやく足もとがしっかりしてきたので、屈強なウエイターに両側からつき添われ、手には非常用のビニール袋を持ってタクシーまでたどり着いた。夫はまだ講演をすませていなかったし、いいから残ってと説得して、娘に迎えに来てもらった。家に帰るとメクリジン（人工内耳の埋めこみ手術のときに出された吐き気止め）を飲み、ぐっすり眠った。ひどい目に遭ったが、これでもましな方だったのだ。ヴァイコディンは二度と飲まないぞと心に決めた。

ところが、原因はヴァイコディンではなかった。三日後、ベライゾンの店でベンチに座って、壊れた携帯電話が戻ってくるのを待っていたら、いきなり左右の目が寄り目になり、部屋が傾いた。ひっくり返り、うつ伏せに丸まった私を、だれかがタクシーに乗せてくれた。家に帰るとメクリジンを飲んで眠った。それからの一か月半にわたって、発作は三日か四日に一度起こり、四五分から一時間続いた。おさまったときには消耗していて、たいていは翌朝まで眠ることになる。ほとんどが、じっと座っているときだった。コンピュータの前で、病院の待合室で、読書中、食事中。いつくるか、予測はできなかった。共通の要素は見当たらない。ホフマン先生はヴァリウムをくれた。中枢神経のはたらきを抑えるので、発作を防げることもあるそうだ。でも脚が丸太になったような感じがするだけで、目まいはなくならない。薬はクロノピンに変わった。最初は〇・五ミリグラムを一日二回だったが、セラピストの勧めもあって減らし、最終的にはこの半分になった。

平衡機能を調べるため、ENG検査というのを受けたが、これが大変だった。眼球の動きを調テストするのだが、鼻が痛くなるような重たいゴーグルをかけ、動く椅子に座っておこなう、こみいった検査だ。暗いゴーグルの中で目をあけて、検査技師に頭をあちこち動かされる。上下左右に素早く動くLEDの光を目で追う。皮膚に電極をつけて、あるいは私の場合、ゴーグルの内部の赤外線カメラで（ビデオ式だからVNGという）眼球の動きを記録する。椅子にくくりつけられて、宇宙飛行士の訓練みたいに逆さにされるとかいう検査は省略してもらえた。結果は正常。ホフマン先生には、人工内耳を入れているにしては「まことにけっこう」と言われた。CTも撮った。正常。正常。つまり、説明はつかない。例の「特発性《イディオパシック》」というやつだ。

またしても「なぜ？」と問いつづけることになった。目まい――ちょっとくらくらするとか、バランス感覚が失われるとかではなく――の中でも最も多いのは、良性発作性頭位めまい症（BPPV）とよばれるものだという。妹の持病がこれだ。妹に言わせると、発作はゆっくり起こるそうだ。朝起きたときに、あわてて身体を起こすと出やすい。歯医者の椅子などで、長時間頭を反らせても危ない。予防のための体操があって、理学療法士に教えてもらえるそうだ。検査をしてくれた技師の説明では、私のはこれではないらしい。でも自分では、これだった気がしている。一度、仰向けでピラティスをやったあとで立ち上がったら、倒れこんで鏡に激突したことがある。

感染症が原因になることもある。重症になりがちだが、治りは早い。数年前にこれで入院した友人がいるが、それっきり発作は起こしていない。

それ以外の原因としては、内耳炎（私の内耳は正常だった）、聴神経腫瘍（前庭神経にできる良性腫瘍だが、CTでそれはないとわかった）、偏頭痛による目まい（私の発作の特徴と一致しない）などがある。そうなると、残るはメニエール病ではないかということになる。

本当の目まいとはこういうものなのだと、体験してみて初めて知った。これまでは失聴の原因さがしにこだわっていたのが、目まいの原因さがしに切りかわった。ジョンズ・ホプキンズ大学のジョン・ケアリーと意気投合した。目まいの診断、治療に新しい方法はないかとさがしつづける彼の情熱が、解決法を求める私の切実な思いと釣り合っていたのだ。

ケアリーは目まいのしくみを、一人称で説明してくれた。「ぼくの頭の中には回転を担当する場所がありましてね。本来ならそこの神経細胞は、頭がじっとしていれば、両サイドが同じくらい発火する。左に傾けば、右側が鎮まり、右に傾けばその逆。内耳から目に信号が伝わるには、たったの七ミリ秒しかかかりません。人体の反射の中でも、いちばん速いのがこれなんです。首が傾いたら、目がその分を補正する」。そこまで言うと、彼は人体の設計の精緻《せいち》さを反芻《はんすう》するかのように言葉を切った。「七ミリ秒の遅れなんて、自分じゃ感じられませんよね。でも、測れば出るんです」。この反射はヒトだけのものではない。「内耳にあるバランス機構は、どんな種にとっても大切なものです。これのおかげで、対象から視線を離さずにいられる。前庭眼反射あっての視覚システムなんです」

メニエール病からくる目まいの治療法についても、標準的なもの、実験的なもの、どちらも教えてくれた。私は典型的なメニエール病ではない（耳鳴りが軽いし耳閉感はめったにないので、主症状四つのうち、二つがそろわない）とはいえ、目まいのメカニズムはたぶんメニエール病と似ているだろうから、対処法も同じものが効く可能性があるからだ。

多くの病気がそうであるように、まずは食事で予防をはかる。「目まいの発作は、ナトリウムの制限で減らせることもあります。ただ、この制限がすごくきついんですよ。現在、ＦＤＡの推奨している量は、食塩にして一日一五〇〇ミリグラム」。そんなの、スターバックスのターキーサンドイッチ一個の量ではないか。そうなんですよ、とケアリーも言う。一五〇〇ミリグラムは確かにかなり少なく、なかなか達成できるものではない。なのに、目まいを止めるにはこれでも不十分なことが珍しくない。だからよく、ヒドロクロロチアジドっていう利尿剤も併用するんです」

カフェインやニコチンの過多でも、内耳への血流が下がるかもしれず（この説には賛否両論ある）、もしそうなら、ふらつきや目まいにつながる流れのスイッチを入れることになる。ストレスや不安は根本原因にはならないが、元からあった目まいを悪化させることがある。私にはクロノピンが効いたのも、前庭系そのものに作用したのではなく、不安が減ったからではなかろうか。だからなかなかやめる気になれなかった。また目まいの発作が起きないかという心配がなくとも、私の人生、もともと不安なら間に合っている。

目まいをテーマにしたブログにもたくさん出会った。「ヴァーティゴ・ガイ」や「ディジー・デイム」というニックネームで活躍する書き手たちは、私などよりはるかに症状が重い。ヴァーティゴ・ガイはありとあらゆる治療法を試したという。たとえば、前庭リハビリ療法。長期間かけて目を訓練し、目まいを起こしそうな状況に慣らしていくものだ。この方法では、改善する前に、いったんは逆に悪くなる場合が多い。ひどければ、悪くなったまま終わることもある。ブレインポートという器具も試した。口に器具を含み、身体が傾くと舌先に電気刺激を与えて知らせるという仕掛けだ。使用するのは一日二〇分。前回のブログ更新時の情報では、効果は感じられないとのことだった。

メニエール病の目まいについては、デキサメタゾンというステロイドを鼓膜から注入する方法も試されている。この治療を受けた人たちを調べた後ろ向き研究が二〇〇七年に行なわれており、ジョン・ケアリーも共著者の一人として参加している。対象はジョンズ・ホプキンズ大学でこの治療を受けた患者のうち、片側だけのメニエール病で、かつ、食餌療法も利尿剤も効かなかった一二九人だ。後ろ向き研究だとはいえ（本当は前向き研究の方が望ましい）、結果は説得力のあるものだった。九一％にあたる一一七人で、デキサメタゾンは目まいの抑制に役だっている。三七％がたった一回注射で、二〇％が二回、一四％が三回、八％が四回で効果が得られた。注射は基本的に、三か月間隔でくり返された。

効果のなかった一二人は、もっと思い切った治療を試してみることにした。ゲンタマイシンという抗生物質を注入するものだが、これは皮肉にも、内耳の中でバランス機能を担う有毛細胞を傷める薬なのだ。私はケアリーにたずねてみた。バランスを保つ細胞を壊すのに、メニエール病が楽になるなんて、どうしてですか？　ケアリーが言うには、これこそ、メニエール病の不具合の本質にかかわる質問らしい。「困っているのは、内耳のバランス機能が失われたからじゃないんですよ。バランスが調子っぱずれになり、ときおり暴走するのが問題なんです。片側の神経細胞だけが、ふつうよりも早く信号を発してしまう」。神経細胞の発火を司るのは有毛細胞だから、それを一部間引いてやることで、暴走のチャンスが減るものらしい。

ゲンタマイシンには問題点もある。注射された側の耳は、聴力がいくぶん下がるのはまちがいない。「われわれの研究によると、ゲンタマイシンが傷つけるのは有毛細胞の一部で、タイプⅠとよばれるもののようです。神経細胞は壊さない。頭部の急激な動きを感知する力も下がります。それでも、たいていの患者さんは、メリットの方がはるかに大きかったから、それくらいはがまんできると言います。機能を殺すだけですから、迷路摘出、前庭神経切断みたいに、機能を担う場所そのものを壊してしまうのにくらべたら、まだおとなしいものです」。ゲンタマイシンは音を聞くための有毛細胞も壊してしまうから、注入の回数には非常に気を遣う。バランス機能の破壊は、発作を止めるのに必要最小限にとどめなくてはならない。

ケアリーの話では、デキサメタゾンが効く理由はまったくわからないという。「炎症を抑えるのかもしれないし、ナトリウムのバランスを取るのかもしれません。それで間接的に、耳閉感や目まいにも効くというわけです」。さらに、目まいをコントロールできるだけで、メニエール病自体を治すわけではない。くだんの論文でも、著者たちは、デキナメタゾンの注入は単に、目まいが自然に治るまでのつなぎとして、一時的に症状を楽にしているだけかもしれないと示唆している。メニエール病のおよそ七〇％で、目まいはいつか自然に出なくなる。あとには、いくらかの聴力低下とバランス能力低下が残るのがふつうで、こちらは元には戻らない。

私の場合、クロノピンを飲みはじめてからは目まいも軽くなったし、数か月で出なくなった。ところが、ある夏の午後、友人の庭のプールで開かれたパーティーの席上で、久しぶりの発作に襲われた。それも強烈な。よろよろとプールサイドを離れ、芝生に嘔吐して、草の上に横になった。一時間くらいで、友人が頼んでくれた誰かの車で家まで送ってもらった。その日世話をしてくれた人は、看護人としては実に頼れる人だった。私を寝かすのに敷物を用意したのと、ときどき水を持ってきては大丈夫かどうか確認してくれたほかは、基本的に放っておいてくれた。おかげで私は、ひたすら眠って回復を待つことができたのだ。ホフマン先生は微量のエラヴィルを足してくれた。抗うつ剤の一種だが、ふつうは最少量が一五〇ミリグラム。それを、一日一回一〇ミリグラムという少なさである。クロノピンとこれとで、またしばらくは大丈夫だった。

一二月、子供たちへのクリスマスプレゼントを買おうと、五番街に新しくできたにぎやかなユニクロに入った。一度に二フロアのぼれる長いエスカレーターに乗り、棚やカウンターの迷路に分け入った。このときばかりは、救急車でしか脱出することができなかった。今では、夜にクロノピンを半分とエラヴィルを二〇ミリグラム、朝にクロノピン半分とアドヴィル二個を飲んでいる。目下のところは好調だ。

かかりつけの内科の先生は、もしかしたら偏頭痛が原因だろうかと神経科に紹介してくれた。それから、動脈でも詰まっていないかと検査もしてくれた。些細《ささい》な詰まりはあったものの、目まいが起こるほどのものではなく、ホフマン先生と同じ結論に達した。薬の量も回数もうまくいっている以上、さわらないのが得策ですねというわけだった。唯一の副作用は、毎晩しっかり八時間眠ってしまうこと。物心ついて以来の不眠症患者にとっては、思わぬめっけものだった。ときには、その上さらに昼寝までしてしまう。それ以外は大丈夫。ただ、こういう人は多いはずだが、私も、理屈は関係なく、薬をたくさん飲むことに抵抗がある。本当に効いているんだろうか。もしかしたら、知らないうちに自然治癒しているもしれないではないか。試しにやめて、様子をみてみたいという誘惑は強い。でも、あの目まいの記憶に打ち勝てるほど強いわけではない。

Voice

なんでも思いどおりに、というわがままとは手が切れました

◎メリッサ

「私の場合、目まいの発作が何回も起きてたのは、一か月半ほどでした」と書いてくれたのはメリッサという女性である（苗字は公表しないでほしいとのことだった）。「非常につらいものでした。嘔吐しながら、四つんばいでトイレへ向かう。朝も昼も関係なく、まるで酔っ払いみたいに見えるのですから。病気になり、職を失えば、ただでさえ孤立も落ちこみもするのに、輪をかけてひどくなるのです」

「自宅から出られずに（しかも、床に倒れて）一か月半すごしたのち、そろりそろりとなら理学療法にとりかかれるようになりました。前庭障害を専門にしている人に担当してもらいました。今になって思うと信じられないのですが、当時は靴の箱をまたぐだけでも転んでいたし、狭い廊下を歩けば左右の壁にぶつかっていたものです」

メリッサはシアトルに住む私の妹、ジーンの隣人だ。以前、ジーンといっしょに犬を散歩させていて、ばったり出会ったことがある。今はすっかり良くなってますからねと念を押されていたのに、やはりその元気さには驚いてしまう。がっしりして日に焼けた、エネルギー過多と言ってもよさそうな女性なのだ。ちょうどホンジュラス旅行から帰ったところ。向こうではシュノーケリングと水泳、それにカヤックを楽しんで

きたという。

メリッサは毎朝、ワシントン大学を見下ろす丘を登りおりする五キロほどのコースを歩くことにしているというので、次の日、いっしょに歩きながら話を聞くことにした。ところが彼女の歩調が速いので、私は走らなくてはついて行けなかった。目まいの発作が続いていたのは七年前のことだという。洗濯物をたたんでいて、何かを取ろうと前かがみになったら床に倒れこんでしまった。耳も聞こえず、バランス感覚も消えていた。脳卒中ではなかった。目まいの原因になるような、ほかの病気も見つからなかった。いったんそうと決まると、彼女は過酷な運動をはじめた。バランス異常を埋め合わせ、「新しい『ふつう』を一から作り直す」ためだったという。

運動も目まいの引き金になってしまうため、人のいない、静かな場所でやらなくてはならなかった。理学療法に通うかたわら太極拳を学び、室内用の自転車を漕ぎ、ヨガやウエイトトレーニングに励んだ。そしてウォーキング。しばらくは杖をつき、夫にもつき添いを頼んでいた。塩と油を制限し、ワインは飲んだが適量にとどめ、発作が近づいていると感じたらヴァリウムをのんだ。左の聴力も落ちたため、最終的には、埋めこみ型の骨伝導補聴器（コクレア社製のＢＡＨＡ）を入れることになった。意味のある内容は「これっぽちも」聞きとれないが、音を感じるのと、バランスの維持にも役だっている。

目まいも失聴も、病院では原因をつきとめることができなかった。アレルギーをいくつかかかえていることもあって、自分では、何か発見できない自己免疫疾患だったのかもしれないと考えている。

こんな目に遭ったことは、あまり気にしないようにしている。できなくなったことはいくつもあるし、社交は特に大変になった。それでも、「身体を動かすことはできるんだし、自分の現状を受け入れることも学びました」。ペースを落とすことは強いられたが、瞑想《めいそう》をはじめる、絵を習うなど、新しい「宝物」を見つけたのが埋め合わせになった。

こうした一連の体験は「なんでも思いどおりにやらないと気に入らないタイプの人間にとっては面白くない話でしたが、それからは、そういうわがままとは手が切れました」と彼女は記している。

12

再生医療はいつできる

「なんにも聞こえない状態になるわけではありませんから」とホフマン先生に言われたのは、もう何年も前のことだった。そのときは、少しは聴力が残るという意味に解釈した。だが今の私は知っている。あれは、生身の耳が役にたたなくなっても、技術がとって代わるから大丈夫という意味だったのだ。私は人工内耳の力で、自分の耳が機能を停止したあともずっと、音を聞きつづけることになったのだった。

さまざまな研究の結果から考えるに、いつの日か、私のようなタイプの障害は治療が可能になり、発症前の状態に近い状態まで戻せる日が来ないともかぎらない。しばらくは無理だろうし、おそらく私は間に合うまい。それでも、大半の研究者の感触では、加齢が原因のものも含めた感音性難聴の進行を止めるツールだけなら、向こう一〇年以内に開発されるだろうという。問題はそのツールを実用に移す方で、こちらにずっと時間がかかるそうだ。遺伝性の原因がある人のための遺伝子治療の方が先に進んでいて、どうかすると一〇年もせずに完成するかもしれない。人数としては、騒音や中毒、加齢などで感音性難聴になった人々がはるかに多い。この層にとって最も有望なのは有毛細胞の再生だが、それが完成するのにどれほどかかるかはしかと定めがたく、早くて二〇年、遅ければ五〇年という。

つい最近まで科学者たちは、補聴器や人工内耳など、正常な聴覚を代替する機器の開発に集中してきた。いつもの製薬業界なら、加齢による慢性症状と見ればなんでも医療の対象にしようとする――ドライアイから皮膚のたるみ、不眠に性的機能の衰え、軽失禁に物忘れ。なのに難聴ばかりは、予防にも治療にも、あまり目を向けてこなかった。難聴の治療薬としてアメリカ食品医薬局の認可にこぎつけた製品はただの一つもない。人口統計をちょっと見ただけで、大変なビジネスチャンスを逃していることがわかるだろう。

二〇一一年一〇月、聞こえの健康研究基金（かつての聾研究基金）がニューヨークでシンポジウムを主催した。「聴覚回復プロジェクト」という新しいキャンペーンのキックオフ大会である。これは米国内の主だった難聴研究機関一〇施設から一四人（当時）もの研究者が参加するという意欲的なプログラムで、向こう一〇年のうちに難聴の生物学的根治法を開発することを目標に、研究の成果を共有しようというものだった。難聴には単に対応するのではなく元から治すため、総額五〇〇〇万ドル、一年あたり五〇〇万ドルの資金調達を目標にかかげていた。

今はまだ比較的ささやかな金額しか集まっていないが、将来はもっと集まる希望が見えているという。各メンバーに支給されている研究費は今のところ、彼らのラボの年間予算の五～二〇％程度だが、このプログラムがユニークなのは、共同研究ができる点にある（多発性硬化症や遺伝性神経変性疾患などに関係するミエリン鞘の研究でも、同様の前例がある）。また、名称変更前の聾研究基金には若手研究者限定の資金があったが、こちらも聴覚回復プロジェクトに統合された。

二〇一一年のシンポジウムは「細胞再生への展望」と題され、この分野の先端をいく研究者たちが集まった。医師でもあり、プロジェクトの科学面の統括者でもあるジョージ・A・ゲイツ氏が司会を務めた。壇上では、ニューヨーク耳科の理事を務めるスジャナ・チャンドラセーカー医師が、臨床の立場から難聴研究の現状について述べた。ワシントン大学のエド・ルーベル氏は、有毛細胞再生の歴史を解説したのち、自身が現在手がけている薬剤を用いた再生実験について論じた。ステファン・ヘラー氏からは、所属するラボが二〇一〇年五月に発表した、幹細胞移植による哺乳類（マウス）で初の有毛細胞再生の成功についての報告があった。ベイラー医大のアンディ・グローヴズ氏は、ヒトの有毛細胞の再生成功までにまだまだ越えねばならない数多のハードルについて語ってくれた。ハーバード大学で軍隊関係者の騒音性難聴を研究しているダグラス・コータンシュ氏はあいにく出席がかなわなかった。

ヒトの網膜の光受容体は一億二〇〇〇万個あるのに対し、有毛細胞は蝸牛と前庭で合わせて三万個。聞こえのよさを左右するこの三万個の細胞は、蝸牛の堅い殻に守られ、四列にならんでいる。外側にある外毛細胞が失われた場合、聴覚の障害は六〇デシベルまで。このレベルなら、たいがいは補聴器で矯正できる。一方、内側の内毛細胞が失われたなら、完全に失聴しかねない。内有毛細胞の損傷が多ければ多いほど、障害は重くなるわけだ。二〇一一年のHLAAの大会で聞いたシャロン・クヤヴァの解説によると、傷ついた有毛細胞は、嵐が去ったあとの麦畑の麦のようにべったりと倒れているのだという。ステファン・ヘラーの説明は、さらに生々しいものだった。損傷がひどいケースだと、有毛細胞が倒れるばかりか、外有毛細胞と内有毛細胞を隔てる「コルチトンネル」もへしゃげてしまい、本来はそれぞれの特徴をそなえていたはずの各種の細胞が、どれがどれともつかない塊」にもなりかねないという。

内有毛細胞や有毛細胞をとり囲む細胞をひっくるめて支持細胞といい、ダイテルス細胞、クラウディウス細胞、ヘンゼン細胞、内柱細胞に外柱細胞など、たくさんの種類がある。この支持細胞こそ、ヒヨコや魚の内耳で細胞の再生をそそのかした魔法の細胞なのだ。いつの日かヒトでも再生が行なわれるとしたら、ここが鍵かもしれない。

有毛細胞は数が少なく、壊れやすく、しかも手が届きにくい場所にあるため、研究にさえ支障をきたすほどだった。ステファン・ヘラーが二〇一〇年に『セル』誌に発表した論文にも、「内耳には、今なお分子レベルでの原理が解明されていない唯一の感覚が隠れ住んでいる」とあるほどだ。内耳の構造はあまりにわからないことが多いため、ゲイツ医師も「臨床でも、（聴覚の喪失が）どれくらいが内耳で、どれくらいが伝導路で起きているのかさえ、おいそれとはわからないのです。『感音性難聴』などという名前でよぶしかないのもそのせいなんですよ」と語っている。

＊＊＊

ワシントン大学のウェブサイトに掲載されているエド・ルーベルの写真を見ると、頭のはげかかった中年男性が肘をついて、二匹の黄色いヒヨコといっしょに写っている。遊び心ある写真とは裏腹に、氏の肩書きは人をうならせるほど華々しい。ヴァージニア・メリル・ブローデル聴覚研究センターでは聴覚科学、耳咽喉科・頭部頸部外科学、生理学及び生物物理学の教授を務め、心理学の准教授でもある。そんな彼は、ゲイツ医師に言わせれば、細胞再生のゴッドファーザーだという。

センターでのルーベルと仲間たちは、薬物療法が有望なシナリオは四つあると考えている。一つが突発性難聴を元に戻すこと。二つめが中毒や騒音による中途失聴を未然に防ぐこと。三つめは難聴、とりわけ老人性難聴の進行を遅らせること、そして四つめが、いったん失われた聴力を復活させることだという。

かつては、壊された有毛細胞を再生できる動物などいないと考えられていた。一九八五年に、当時はヴァージニア大学にいたルーベルが定説をくつがえすのだが、それは偶然の発見だった。研究の本来の目的は、さまざまな有毒物質が有毛細胞を破壊するのに、どれくらいの時間がかかるのかを調べることだった。そのためのモデルとして彼らが選んだのが、ヒヨコ。ニワトリの内耳は外から触りやすい場所にある上、ヒトの耳との共通点も多いからである。

ルーベルは有毛細胞を破壊するアミノグリコシド系抗生物質をヒヨコに与えて、あとの管理を新入りの実習生にまかせた。大会の講演で語ってくれた思い出話によると、実習生のラウル・クルッツ君は、それぞれ決められた日数ごとにヒヨコを「処刑」して、有毛細胞がどれくらい弱ったかを調べることになった。八日目のヒヨコでは、予想どおり、たくさんの細胞が失われていた。ところが、二二日目のヒヨコから取ったプレパラートを見ると、死んだ細胞は増えるどころか減っている。死んだ細胞のあった場所に、健全な細胞があるのだ。「おいおい、さてはヒヨコを混ぜこぜにしたな。一からやり直しだ」。ルーベルは笑いながら事細かに語ってくれた。「相手が実習生だけに、失敗だろうと思っちゃったんですよ」

クルッツが次に持ってきたのも、前回と似たようなデータだった。ルーベルは数え方の基準を変えるこう指示した。数え直したところで、再生した細胞がどこかへ行くはずがない。「うーん、これは自分で見るしかないか」。顕微鏡をのぞくと、クルツの言うとおりだ。しかし、なぜこうなったのかさっぱりわからない。みんなで「どうなってるんだ？」と言うばかりだった。

ちょうど同じころ、当時ペンシルベニア大学のポスドクだったダグ・コータンシュも、大音量の騒音にさらしたヒヨコで全く同じ結果を目の当たりにしていた。ルーベンとコータンシュは別々の論文を別々の雑誌に発表することになったが、それからは連絡をとり合い、ほどなく一流誌『サイエンス』にそれぞれの論文が同時掲載されることとなる。ルーベルいわく、確かに「内耳で新たに細胞分裂が起こり、新しい細胞が誕生した」ことを示す論文だった。これは科学界にとって驚くべき進歩であり、「おかげで、いきなり新しい分野が一つ、生まれちゃったんですよ」という。

次にやるべきことは、ヒヨコで再生が起きたしくみをつきとめることだった。ニワトリだけでなくさまざまな鳥の蝸牛を研究した——一八年以上もかかった！——結果、ルーベルらはようやく、鳥類の有毛細胞は再生するようにできていることを確認した。それと同時に彼らは、この驚異の能力を支えるさまざまな細部について、分子レベルでも、また機能の面からも、重要な発見を数多く積み重ねていった。ルーベルが見せてくれた最初のスライドは、動物実験で騒音に曝露したすぐあとの有毛細胞の状態だった。「ひどいもんでしょう。水ぶくれができて、捨てられていくところです」。ところが五日後の写真を見ると、「細胞の赤ちゃん」が芽ばえてくるところが写っている。中には、てっぺんにはっきりと毛のようなもの、絨毛が生えているものさえある。さらに数日後のようすを走査型電子顕微鏡で見てみると、有毛細胞は残らず復活していた。完璧とまではいわない。多少の異常はある。それでも確かに機能する。

興味深いことに、鳥の場合、この現象は雛でなくても起きることがわかった。かつてエド・ルーベルの下で学んでいたブレンダ・ライアルズという学生が老齢のウズラで実験したところ、「細胞はニワトリの赤ちゃんに少しも劣らず再生した」という。新しい細胞は蝸牛の内部だけでなく、平衡感覚を支える前庭の上皮でも生まれていた。しかし、何よりも重要なのは、こうして新しくできた細胞がいずれも、脳と正しくつながっていたことかもしれない。「新しい細胞ができると、聴力はほぼ正常、前庭反射は完全に正常に戻るんです。複雑な音声も聞き分けられるし、自分でも元どおりの発声ができる。鳥は聴力を失うとさえずらなくなるものですが、聞こえるようになるとさえずりも再開するんです」

二〇〇一年、ルーベルは同じワシントン大学のデイヴィッド・レイブルと共同で研究をはじめる。レイブルは観賞魚としても人気のゼブラフィッシュを使い、神経系の発生を研究していた。それから一一年たつ現在も、二つの研究室は、中途失聴の予防と治療、有毛細胞の再生について理解すべく、協力を続けている。

聴力の喪失や回復を研究するモデルとして、ゼブラフィッシュには鳥よりも有利な面もある。魚の場合、内耳だけでなく、身体の表面を横切る側線にも有毛細胞がある。側線は水流の変化をキャッチするための器官だが、その細胞がヒトの内耳の細胞と非常によく似ている。電子顕微鏡レベルでも、細胞の内部構造が似かよっているのだ。そして、鳥と同様、魚や爬虫類のほか、カエルなどさまざまな動物で有毛細胞の再生が可能だとわかってきた。「それなら、ヒトはなぜ無理なんだろう?」とルーベルは考えた。

ルーベルとレイブルの合同チームは、ゼブラフィッシュの幼魚の聴覚神経を破壊するため、ヒヨコのときと同じくアミノグリコシド系抗生物質を使った。このとき、さまざまな薬物を順に併用して、有毛細胞の死滅を防ぐ物質はないかとさがしていった。これがうまくいけば、耳に有害な抗生物質や抗がん剤を使わざるを得ないときに、あらかじめ損傷を予防する処方が開発できるかもしれない。また、すでに有害な刺激を受けてしまったあとで効く薬が見つかれば、騒音に曝露された人にも使えるだろう。

今のところ、哺乳類での実験はまだ準備段階にあり、ヒトへの応用となるとさらに道は遠い。ヒトの蝸牛の有毛細胞は、一個あたり一万五〇〇〇個しかなく（残る一万五〇〇〇個は前庭系にある）、持ち主が生きているかぎりは手の届かない場所にある。一般論としては年齢とともに減っていくといえるが、常にそうともかぎらない。「動物にせよヒトにせよ、どうも一部に騒音にも薬物にも影響されない個体がいるようなのです。ヒトの場合、ご高齢になっても聴力が少しも衰えない方々がいらっしゃる」とルーベルは語る。「彼らは何によって守られているんでしょう？　遺伝的に「じょうぶな」耳と「ひ弱な」耳があるんでしょうか？　もし遺伝なのだとしたら、関与しているのはどの遺伝子なのか？　その遺伝子を利用して、ほかの人たちの聴力を守ることはできるんでしょうか？」。ゼブラフィッシュの遺伝子をスクリーニングすれば、そんな遺伝子も見つかり、ひいては細胞レベルで「ひ弱な耳」を「じょうぶな耳」に変える経路が見つかるかもしれない。

二〇一二年の三月、私はヴァージニア・メリル・ブローデルセンターを訪ね、ルーベル率いる若手研究者のグループに取材した。ルーベルはカリスマ的な指導者だが、他のみんなのことを「うちのラボのメンバー」とはよばない。みんな、独立した研究者なんですと強調する。それぞれに国立衛生研究所の助成金を受けているし、何人かは独自のプロジェクトを率いている者もいる。その日はレイブルが出張で不在だった。レイブル、ジェニファー・ストーン、エリザベス・エスタールの三人で共同研究を行なっているほか、三人それぞれがルーベルとの共同研究も手がけている。ところがルーベルは、「言ってみれば有毛細胞再生という分野を立ち上げたようなもんですからね。ぼくはもう手を引いて、ほかのことをはじめたっていいと思ってるんです」と言っている。

ジェニファー・ストーンの専門は細胞生物学と神経解剖学で、おもに鳥類の有毛細胞の再生を研究しているが、五、六年ほど前からは他の研究者の共同研究でマウスも扱うようになった。この研究にはルーベルやエスタール（細胞生物学）のほか、クリフォード・ヒューム（医学博士で、臨床医でもある）も参加している。ストーンが主導した最近の研究では、大人のマウスの前庭有毛細胞を全滅同然にしても、一六％は自然に回復することがわかった。

「新発見です。全くの予想外というほどではないけど、かなり決定的に立証できたと思います」とストーンは言う。自然発生的な再生は、前庭系の中でも限られた範囲でしか起こらないため、これから調べるべき範囲を絞りこむのに役だつ。この部位の組織をほかの部位のものと比べることで、再生の可否を決める要因がわかるかもしれない。なぜここでだけ細胞が再生するのかがわかれば、「ブレーキを外す」ために何が必要なのかが特定できるという。

鍵の一つが、細胞分裂を調整し、がんを防ぐp27遺伝子だ。有毛細胞を分裂させるには、p27遺伝子のスイッチをオフにしなくてはならない。それとも、「必要なのはアクセルを踏むこと、分裂を促進する何かを足すことなのかも。あるいは、哺乳類でこのプロセスをスタートさせるには、ブレーキを解除しつつアクセルも踏まなきゃいけない可能性もあるし」

　ジュリアン・サイモンの専門は化学で、博士号を持ち、薬理学者でもある。彼が内耳神経毒に関心を持ったきっかけは、シアトルがん治療アライアンス（フレッド・ハッチンソンがん研究センターとワシントン大学の臨床部門）の臨床家たちから、特定の抗がん剤、とりわけシスプラチンの副作用について苦情が出てきたことだった。サイモンの話では、肺がんのためにシスプラチンで治療を受けた患者の三〇～四〇％に明らかな聴力の低下がみられ、しかも治らずにそのまま残ってしまうという（ルーベルが教えてくれたが、もっと高い比率を示唆する報告もいくつかあり、中には八〇％というものさえあるそうだ）。サイモンが試みているのは、小さな分子を用いて生体系を「かき乱す」ことだという。「細胞に何をさせたいか、ってのはわかってて、この場合だと、そのままなら死ぬはずの細胞に生き延びてほしいわけです」。感覚有毛細胞の死滅というプロセスについては、最初から最後まで「こう言っちゃみんな（共同研究者たちのこと）には申し訳ないけど、ろくにわかっていない。何をすれば死ななくなるかがわかったら、どのように死ぬのか、なぜ死ぬのかについても、何かがわかるかもしれません」

　クリフォード・ヒュームとヘンリー・ウは現場の医師だ。ウはシアトル子供病院で小児耳鼻咽喉科を担当している。二人とも、臨床と研究とを同時進行させる毎日だ。ウいわく、「ぼくはお子さんのご家族に難聴のことを理解していただくお手伝いをしていますので、その子が聞こえなくなった原因を特定したいんですね。それに、難聴の原因全般について解明したい――だんだん進行していく子のも、生まれつき聞こえなかった子のも、全部」

　このチームのアプローチは学際的なもので、研究者や臨床家だけでなく、心理学者や遺伝カウンセラー、オーディオロジスト、特別支援教育の専門家なども参加している。大人の中途失聴については、加齢にともなう聴力低下にも薬剤が関係していないかを探っている。その薬のおかげで死を免れた人が多いとはいえ、場合によっては、もっと毒性の弱い選択肢があるかもしれないからだ。

ワシントン大チームは話を続けるうち、人工内耳を入れる子供たちの保護者にはどう助言するのがいいだろうという議論へ移っていった。人工内耳は両耳に入れるのがいいのだろうか？　人工内耳を入れることで、有毛細胞の再生を助けるかもしれない支持細胞は壊れてしまう。だからといって、いつの日か細胞再生技術で聞こえるようになることを期待して、片耳を「残しておく」のがいいのか？　ヘンリー・ウは子供の親から、二つめの人工内耳についてしょっちゅう質問されるという。「人によっては、『先生は、いつか治せる望みはあるとお考えですか？』と言われることもある。『ええ』とは言いますけど、そもそも望みがないなら研究なんかしてないはずでしょう。ぼくなんて葛藤だらけの人間ですからね、相談相手としては向いてない」

サイモンが補足する。「親御さんにしてみたら、子供が一八歳になっちゃってから、もっといい方法が見つかりましたなんて言われるのは避けたいんですよ」。そう言って彼は、子供の人工内耳はなるべく早く、しかも両耳に入れた方が学業成績がよいという確固たる証拠を引き合いに出した。一方エド・ルーベルは、早期介入の威力は絶大だし、人工内耳はすでに必要不可欠な選択肢になっているという基本には合意しながらも、人工内耳をいつでも両側に入れるのを尊ぶ風潮は疑っているという。たとえば、とある研究を例にあげて、「あまり知られていないことですが、この研究では、片耳だけの人工内耳ユーザーのうち、上位二〇%に入る人しか対象にしていないんですよ」という。別の研究ではちがう結果が出た。「ですから、結論はまだ出ていないっていうのがぼくの意見です」

子供が言葉を学び、話し言葉の聞きとりに慣れるための大切な適齢期に人工内耳がどんな影響を及ぼすかについては、まだ十分な情報がないのだ。一方、それは有毛細胞の再生についても同じことだとジェニファー・ストーンは言う。「問題は、再生有毛細胞を使えば人工内耳よりも音楽が楽しめるようになるのか、騒音や言語の理解は上がるのか、まだわかってないことなんです。それに、私に言わせれば、二〇年でそこまで行こうってのは飛躍がすぎるように思う」

「けど、五〇年だったら?」とルーベルが口をはさむ。

「もしかしたらね」とストーンが答える。

「ぼくはしょっちゅう鳥の基本に返ります。鳥だと聴力はみごとに再生するんです。自分で自分の歌もわかるようになるし、新しい歌も覚える。言葉だけじゃなくて、音楽もわかるんだ」

「エドってば、ほんとに鳥が大好きなんですよ」とストーンが言う。「私は何も、強いて暗い見方をしてるわけじゃない。でも、聴覚の修復にはどんな形がベストなのかについては、確かな証拠を手にするのに大変な時間がかかるんです」

＊＊＊

有毛細胞の再生に哺乳類がこれほど不利だとは、どういうことなのだろうか。鳥類と哺乳類は三億年前に分かれた。鳥は哺乳類よりも、爬虫類との方が共通点が多い。アンディ・グローヴズも聴覚回復の大会で語っていたが、「鳥の有毛細胞は、聴覚器官の全体に、モザイク状に散らばっている」のだという。一方哺乳類は、有毛細胞の数を絞り、その代わり、有毛細胞をとりまく支持細胞の機能を特化させた。支持細胞は有毛細胞を物理的に固定するため、蝸牛は構造が崩れにくくなり、機械的刺激に対する感度も増したのだ。

このような進化は、なぜ起きたのだろうか。グローヴズは、これは一種の取引ではないかと考えている。高音域の聴力を上げていくうちに、有毛細胞は専門性を増し、その代わりに再生能力を失ったのではなかろうか。今でこそ、聴力を傷つける敵はいくつもある（ロックコンサート、ｉＰｏｄ、騒音を発する機械など）ものの、天然のものは老齢などごくわずかしかない（これさえも、よく調べれば人工的な騒音にさらされ続けた結果かもしれないのだ）。

グローヴズは言う。「進化の視点から言いますと、まあ、これは身も蓋もない言い方ですが、進化は老後のめんどうは見ないんです。子供ができる年まで生きられれば、あとはどうでもいい」。生殖年齢が終わってしまえば、身体は進化と関係がなくなる。だから、哺乳類が有毛細胞を再生させる能力を失ったところで、淘汰圧はかからなかった。

ワシントン大学のブルース・テンペルも、グローヴズのダーウィン的な発想に同意する。彼はここ二〇年から二五年、中途失聴のさまざまな段階に関わる遺伝子を探ってきた。あるインタビューで彼は語っている。「実を言うと、ぼくが聴覚システムに深入りしたのは、なくても死なないからだったんです。遺伝学やってると、実にありがたい。機能を完全に破壊しても、動物は生きつづけてくれる」。また、中途失聴にはストレスやホルモンも影響を与えることがあるのだが、そのことも遺伝学の研究にとっては魅力らしい。「遺伝子を特定するでしょ、タンパク質を特定するでしょ、特定したタンパク質を調べて、何かそのタンパク質の発現に関係するホルモンがあるのか、影響する要因はあるのか探っていくでしょ。別々のタンパク質や遺伝子をつないでカスケードを起こすような、ほかのタンパク質はないのかさがすでしょ。聴覚システムのすごいところは、これだけ全部やってもまだ、動物は元気だってこと」

＊＊＊

アンディ・グローヴズも中途失聴の遺伝的要因を研究している。遺伝子の中には、細胞の分裂を止めるための遺伝子がいくつもある（臓器の大きさを決めるにも、がんを防ぐにも必要なものだ）。その一つにp27という遺伝子がある。ジェニファー・ストーンがワシントン大学のグループミーティングで語っていたのがこれだ。なんとかしてこの遺伝子のスイッチを切る方法はないものか。研究者たちの前に立ちはだかる難問だ。

シャーレで大量の細胞を培養し、すみからすみまで顕微鏡で観察した末、グローヴズと同僚のニール・セジルは気づいた。生まれたてのマウスの蝸牛から支持細胞を分離すると、分離する行為そのものが引き金となってp27細胞のスイッチがオフになり、支持細胞が分裂をはじめるのだ。理由はわからない。マウスはヒトとちがい、生まれてすぐは耳が聞こえない。生後二週間ほどで聞こえるようになったときにはもう、支持細胞はがんとして分裂しようとしない。支持細胞だけ分離してもそれは変わらない。日数がたつにつれ分裂する力を失うとは、支持細胞にはどんな変化が起きるのだろうか。グローヴズとセジルと仲間たちは目下、それを探っているところだ。

支持細胞をなだめすかせれば、有毛細胞が増産できるのはなぜだろうか。二〇年近く前に出された仮説はこうだ。となりあって位置している有毛細胞と支持細胞は、進化的にいっても古いノッチ経路というシステムを介して連絡をとり合っているのではなかろうか。有毛細胞は支持細胞に分裂しないよう命令し、有毛細胞に変化することをくい止めているのだろう。グローヴズは説く。哺乳類の蝸牛は、細胞をわずか四列しか持たないように進化した。細胞が増えたのでは構造が乱れ、機能もおかしくなってしまうのかもしれない。

p27遺伝子の活動を制御するのにノッチ経路が関与しているかどうかは、論争の的になっている。グローヴズは、エイミー・キアナンという名前をあげた。今はロチェスター大学の所属だが、以前、メイン州はバーハーバーにあるジャクソン研究所のトム・グリドリーの下でポスドクをしていたときに、マウスのノッチ経路を遺伝的に不活性化することに成功したのだという。マウスはよぶんの有毛細胞を作ったし、蝸牛では細胞分裂が本来より早まる現象もみられた。一方、グローヴズ、セジルと共同研究しているアンジェリカ・ドーツルホーファーは、ノッチ信号をブロックする薬を使って同じ結果を出した。生まれたばかりのマウスの信号をブロックすると、有毛細胞は多く、支持細胞は少なくなったのだ。グローヴズにも釘を刺されてしまったが、どちらの研究も下準備の段階だし、ノッチ経路の果たす役割はまだわかっていないのだ。

グローヴズたちはこれらの成果を受けて、さらに日数の進んだマウスでも同じ実験をやってみた。すると、有毛細胞の増加は生後三日で三分の一に落ち、生後六日でもはや新しい有毛細胞は作られなくなった。この数字をヒトに当てはめるのは難しいが、最新のデータから推測するに、妊娠五か月から六か月あたりでノッチ経路の抑制剤に反応しなくなるのではないかと考えられる。「というわけで、本日のメッセージです。われわれに与えられた課題は――一〇年なら一〇年としましょうか――こうした障害のしくみを知ること。そして、障害をとり除く方法をあみ出すこと。最後に、見つかった方法を臨床に応用すること」。臨床とはつまり、ヒトの患者で試すということである。グローヴズが開口一番に言っていたとおり、「われわれは何も、鳥の難聴を治療しようってわけじゃない」のだから。

＊＊＊

同じように有毛細胞を再生させようと、ステファン・ヘラーと同僚たちはまた別の方向から迫っている。幹細胞――さまざまな機能を持つ細胞に分化できる、未分化の細胞――を手に入れて、有毛細胞に分化させようというのだ。内耳ができるときに起きる、本来の発生の過程をそっくりなぞってみようという方針である。ただし舞台は実験室、培養皿の上だから、たっぷり観察ができる。たとえば、聴覚有毛細胞を一から作るには何が必要なのかといった問題について、たくさん学ぶことができる。

二〇一二年三月、私はパロアルトのスタンフォード大学にあるヘラーの研究室を訪れた。というより、研究室をさがしていたら、ヘラーその人と廊下で出くわした。おそろしく頭の切れる人なのに、物腰は本当にさりげない人だった。コーヒーカップの絵のついた洗いざらしのTシャツ（まだ半分？　もう半分？「ぼかぁ断然、まだ半分」だそうだ）にジーンズ、スニーカーという服装だ。話を聞かせてもらった彼のオフィスは、総面積の六分の一がぶんぶんうなりをあげる水槽に埋めつくされている。ゼブラフィッシュは飼ってますかときいてみた。いないよとの返事だったが、ロバート・ジャクラー（スタンフォードの耳咽喉科の責任者で、優秀な人材を集め、この大学を聴覚研究の一大拠点にのし上げた功労者だ）が教えてくれた。ヘラーはイソギンチャクを育てているのだそうだ。

『セル』誌にヘラーの論文が載ったのは、その二年前のことだった。題名は例によって（素人には）暗号同然だが、「胚性幹細胞と人工多能性幹細胞から生じた機械感覚を有する有毛細胞様の細胞について（Mechanosensitive Hair Cell-like Cells from Embryonic and Induced Pluripotent Stem Cells）」という。聴覚回復キックオフ大会の壇上でも語っていたことだが、ヘラーのラボでは三種類の幹細胞を扱っている。一つめが胚性幹細胞（ES細胞）といって、胚盤胞の内側の空洞からとり出した内部細胞塊を培養したものだ。ここでは、マウスの胚とヒトの胚の両方を使っている（オバマ大統領が二〇〇九年、これまで八年にわたってヒトES細胞の研究に対する国家予算の支出が凍結されていたのを解除したため、研究に使えるES細胞の数が一気に増えた。研究用の細胞は主として、不妊治療が成功したあとに余った受精卵から作られている）。ヘラーいわく、ES細胞の培養は「腕のいい」人にしかできないという。ES細胞は、フィーダー細胞というほかの細胞といっしょに培養するのだが、まめに手入れをしないと、このフィーダー細胞が勝手に増殖してしまうのだ。「メンテが大変でね。簡単そうに見えて、実はなかなかの重労働なんです」

二つめが、二〇一〇年の論文にも出てきた人工多能性幹細胞（iPS細胞）だ。国立衛生研究所のウェブサイトによれば、「大人の細胞でありながら、遺伝子的に再プログラムすることで胚細胞に似た状態になったもの。iPS細胞とES細胞とが、臨床的に意味があるほどの違いがあるかどうかは定かではない」。ヘラーのラボでも、マウスのES細胞とiPS細胞のどちらを使っても感覚有毛細胞ができている。しかも、できた有毛細胞は「機械感覚性を持つ」、つまり、機械的な刺激に反応することができる。これは、未熟な有毛細胞が示すのと同じ反応なのだ。

三種類めは体性幹細胞といって、たとえばヒトの耳など、特定の器官から分離される。受精卵を使うことに反対する宗教的保守派にとっては魅力的だが、今のところ、現実的な選択肢とはいえない。「とにかく数が少ないんですよ」とヘラーは言う。

ES細胞とiPS細胞には共通の欠点がある。がん化の可能性があるのだ。ヘラーの元には患者さんから、ヒトで実験をするなら参加したいというメールがたくさん届く。そんな彼は、聴覚回復の大会に集まった参加者に、少量のES細胞やiPS細胞を注射されたマウスの写真をスライドにして見せた。「こちらのマウスは、一か月で大きな腫瘍ができました」。有毛細胞の再生に使うには、まずは、がん化しないようにしなくてはならない。

体性幹細胞はがんの原因にはならないが、いかんせん数が足りない。豊富だが問題のあるES細胞やiPS細胞とメリットやデメリットを比較しようと思っても、耳の幹細胞はそもそも、研究に使う量さえ分離できていないほどなのだから。今のところ、妥協点としてはiPS細胞がいちばんのようだ。こちらは体のどこの細胞からでも作れ、ヘラーのラボでは、中途失聴患者の腕の皮膚に由来する細胞で研究をしている。

この日のインタビューで彼は語ってくれた。「わくわくしますよ。再プログラミングの条件をそろえて皮膚から取った細胞を処理すれば、体細胞がiPS細胞になっちゃうんだ。ES細胞と同じように培養できるけど、宗教や倫理の論争はついてこない。ざっくり言えば、ヒトの皮膚の細胞から有毛細胞を作ろうってことです。耳に由来するわけじゃないから、これを有毛細胞ですとはちょっと言いにくい。でも有毛細胞の特徴は残らずそなえてる。見た目も有毛細胞。発現してる遺伝子も、有毛細胞で発現するはずの遺伝子。その上、有毛細胞として機能する。すごいのは、ぼくらはヒトの有毛細胞を人工的に作れる境地に近づいてるってことですよ」。ただし、これが臨床でお世辞にも実用的とよべるようなものになるまでには、たくさんの課題が残っている。しかも、その一つずつに大変な時間と予算がかかる。

ヒトの胚の九か月に対してマウスの胚はわずか三週間で仔マウスになるのと同様、マウスのES細胞が有毛細胞になるには一八ないし二〇日しかかからない。ヒトだと四〇日かかる。そのあいだ、休みなしに目を配り、手入れをしなくてはならない。「孵卵器のふたを閉めて、はい、それじゃ三週間後に、ってわけにはいきません。培地だって交換しなきゃいけない。それも毎日ですよ。そのときに細胞をよく見る。違和感のある箇所はとり除いて捨てる。ある意味、庭仕事に似てますね。大変に貴重な植物を育ててるってわけです」

iPS細胞は、まずは三〇世代ほど分裂させなくては実験に使えない。ということは、患者から取った細胞も、およそ一五〇日は失敗なく培養しつづけなくてはならないことになる。ヘラーたちは二〇一二年春の段階で、遺伝が原因で耳の聞こえない患者ばかり三人の細胞を培養した経験を積んでいた。資金は国立衛生研究所から、合計一二人分を確保している。

マウスからヒトまでは遠い道のりだが、ヘラーは聴覚回復シンポジウムの壇上で、大変ではあっても「近づきつつはあります」と語っていた。

ここ五年、あるいは一〇年の大発見といえば、移植がなぜうまくいかないかが見えてきたことなんですとヘラーは語る。障害物の正体がわかって初めて、回避の方法を工夫することもできるようになる。最初に見つかった障害物は、これらの細胞ががんを作ってしまうこと。あと五年から一〇年で、これは解決できるだろう――やっかいではある。まじりけのない細胞、しかも、がん化しない細胞を育てる方法を見つけなくてはならないのだから。それが解決できても、次の障害が待っている。幹細胞をどうやって耳まで送り届けるのか。細胞を植えつけるのに適した位置を、どうやって決めればいいのか。細胞を死なせず、長生きさせる方法は。免疫反応を抑制するにはどうするか。細胞が確かに機能するようにするには、何をしたらいいか。「そしてもちろん、本当に聞こえるようになるのか」

若手の助教授であるヘラーはこのシンポジウムで、中途失聴を治せるようになるにはどれくらいかかると思うかときかれたらという想定で、自分ならこう答えるだろうと語っている。「そうですねえ、五年で解決できそうな問題も、いくつかはあるでしょうね」。その一方、年数を重ねるうちに「どのくらい大変なのかが掴めてくるもんです。障害の顔ぶれも出そろって、何をがんばらなきゃいけないかも見えてくる。今ちょうど、そんな障害のたった一つを解決するのにこれだけ時間がかかるんだってことに、もどかしくなりつつあるところ。こうして一つ乗り越えても、また次がある」。ただし、前とは違う点もある。「今は、どこを目ざせばいいか、そのために何をすればいいかが見えてますからね。ただ、それに一〇年かかるか二〇年なのか、もしかして五〇年なのかを見積もるのは難しい」

しばらく別の話をしたのち、彼はふたたび時間的見通しの話に戻ってきた。「まじりけのない細胞、しかもがん化しない細胞を培養できるまでにあと五年から一〇年だと思います。そこで初めて、動物での実験にとりかかれる」

エド・ルーベルに取材したときも、年数の話は出た。「それなりの資金があれば、うちのラボで一〇年以内に、モデルに使った実験用の哺乳類で、十分な数の有毛細胞を作る方法が開発できると思います。それができたら、みんな（この分野全体の研究者たちの意味）で、ヒトに安全に応用するためには薬の配合をどうするのがいちばんよさそうか、探れるようになる。ここまでできて初めて、実際の患者さんで試せるようになるんです」。ルーベルいわく、今のところ、いくつかの条件で有毛細胞の生成を手伝う遺伝子も化合物も見つかってはいるそうだ。ただ、改良すればメインの薬の開発につながるリード化合物が見つかっていない。ひとたびこれが見つかれば、「安全性のテストにかかれます。まずは試験官内で、次に小動物で、それからヒトに使う前段階の準備。普通はあわせて八年から一〇年というところです」

遺伝的な原因で耳の聞こえない人々を対象とする遺伝子治療については、視覚障害の分野での前例が参考になるでしょうとステファン・ヘラーは語る。「二〇年前にはがらんとした空き地みたいだったのが、今では、臨床研究も盛んになり、バイオテクノロジーの業界でも人気分野」で、使用される薬も、治療技法も、開発されれば買い手がつくだけの市場がある。「開発の方向性も、ツールも、向こうでわかったことを借りてきて使えると思うんです。だから、動物実験で結果を出せるまでの年数は、おそらく五年から七年が妥当な線じゃないかな。遺伝子治療の対象になるのは、ある特定の遺伝子の変異が原因でだんだん聞こえなくなっていく人たちですね。しかるべき遺伝子を内耳へ届けることができれば、損傷がひどくなりすぎる前に、聴力を回復できるかもしれない」

「この治療法にも、越えるべきハードルはあります。まず、どんな治療でも同じですが、安全性の問題。二つめに、修復用の遺伝子を乗せたウイルスを、どうすれば蝸牛全体に行き渡らせることができるのか。蝸牛は小さくて、手の届きにくい渦巻形ですからね。注射をしても、たとえば蝸牛の半分までしか届かなかったら、中音域と低音域は回復しないでしょう。もしかしたら、奥まで届けるには切開しかないのかもしれませんが、それだと、さらに損傷を与えるリスクがある。問題はそれだけじゃない。有毛細胞が正しい位置に育ってくれるでしょうか。コルチ器の中での配列が間違っていたら、何も聞こえなくなるかもしれない」

予防薬の開発に関しては、ハイスループットといって、大量の培養皿を使い、一度に数百、数千の化合物をテストすれば、必要な年数はやや短縮できる。また、ロボットを使ってスピードを上げられる可能性もある。そうなったら「超大手の製薬会社と共同でやるしかありません。うちのラボじゃそんなの無理ですから」とヘラーは言う。大規模化と大手製薬会社の協力があれば効率も上がるだろうし、早い段階からヒトの細胞が使えて、いったんマウスでの実験を経由する段階も省けるだろう。

＊＊＊

一方、軍隊も聴力の研究の最前線にいる。研究しているのは主として、耳を守り、損傷を防ぐという分野である。軍務によって障害者になった退役軍人には障害補償金が支払われるが、その理由の第一位が耳鳴りなのだ。難聴は一九九八年から二〇〇五年まで首位だったが、現在は二位になっている。二〇〇一年から二〇一〇年までの一〇年間で、軍務を原因とする耳鳴りは八四万八六五件、難聴は七〇万一七六〇件（どの戦争に従軍したかは問わない）。ＰＴＳＤは三番目で、五〇万一二八〇件だった。

二〇一〇年に軍務を原因とする障害を申告した退役軍人だけをとってみると、大半が湾岸戦争か、イラク、アフガニスタンに従軍した者のはずだが、やはり耳鳴りが一位で八万七六二一名、二位が難聴の六万二二九名。PTSDは今度も三位で、四万二六七九名。退役軍人給付管理局の調べでは、この三種類だけで全障害の四分の一近くを占めるという。対テロ戦争の期間中に発生した聴力関係の障害は、三〇万件近いと見積もられている。「聞こえの正確さに関する障害」とよばれるカテゴリーのうち、九〇%を耳鳴りと難聴が占め、いずれも年に一三%から一八%の割で増えつづけてきた。二〇一一年になって、過去一〇年で初めて、聞こえの正確さに関する障害は四・九%の減少をみた。

議会の命令で発足した国防総省聴力中核研究センター（HCE）は、テキサス州サンアントニオにあるラックランド空軍基地内に本部を置く。センター長を務めるマーク・パッカー中佐は同時に、サンアントニオ軍人健康網で神経科と頭蓋骨外科の責任者でもある。中佐とは何度もEメールを交換し、軍隊と聴力低下の問題について詳しくお話を伺うことができた。

パッカー中佐の話によると、前述の申し立てはすべて軍務に関連した障害には違いないのだが、つまり、従軍中に聴覚機能に異変が起きたものではあるのだが、そのうちの何%が交戦中の損傷なのかを知ることはできないという。議会からセンターに課せられた課題でも、聴力低下など聴覚系の損傷を追跡するための登録簿を作成するというものが大きな比率を占めている。現段階で正確な理由づけが不可能なのには、たくさんの理由があるそうだ。まず、難聴は目に見えない。前にも述べたとおり、音もなくしのび寄ってくるものだけに、本人もすぐに気づくとはかぎらない。気づいてもなかなか人に明かさない人もいるし、診断に時間がかかることもある。さらに、最初に一時的閾値移動かと思えてしまい、ずっとあとになって初めて聴力の損失がわかることもある。兵士たちは聞こえが悪くなっても報告をしぶるもので、よほど長引くか、耳鳴りがうるさくて困るかしないと明かしたがらない。こんな「ささいな」問題で仲間にがっかりされるのがいやなのだ。はた目にも明らかにおかしいので、戦友にせっつかれて受診する者もいる。

難聴は目に見えないだけあって、ほかの外傷と同時に生じると特にたちが悪い。救急医療班がすぐに難聴に気づかなかった場合、診察時の聞きとりもうまくできない。医師からの説明や注意事項も十分に伝わらない。そのために回復が遅れたり、リハビリがもたついたりしかねない。まずは他のけがを治すことが先決で、聴力や耳のけがどころではないケースも多い。聴覚障害の診断には本人の協力が必要だが、脳の外傷で精神状態に異常があれば、聴力検査もできない。戦地では専用の検査機器がそろっていないこともある。

今では耳の保護は強制となった（対テロ戦争が義務化されてから初めての戦争だ）ものの、聴力のダメージは減っていない。パッカー中佐が二〇一一年七月の刊行物に記しているが、これは、一つには戦場のパラドックスのせいでもある。「戦闘員が自分の身を守るためには、音を聞くことが必要不可欠だ。脅威や危険に気づくことで、自己保存に寄与する」

音を聞くことは個人の安全上も、部隊内でのコミュニケーションにも、指揮官どうしのコミュニケーションにも欠かせない要素だ。それでいて、兵士たちは同時に耳も守らなくてはならない。爆発音や銃声からだけではなく、エンジン音や機械音、装甲車の音や低空飛行する飛行機の音、「戦争の機械化を押し進めるエンジンの音」からも守らなくてはならないのだ。

軍隊での難聴は、どれほどのコストをもたらしているのだろうか。疾病コントロールセンターでは、自己申告を元に試算して、この期間に難聴もしくは耳鳴りに苦しんでいた退役軍人は六〇万人とはじき出した。また同センターでは、二〇〇一年九月から二〇一〇年三月までの間に米国内外で軍務に就いたことのある退役軍人の感音性難聴が、軍隊経験のない人々の四倍であることもつき止めている。

退役軍人給付管理局によれば、「難聴あるいは耳鳴りの申告人数に、その障害程度に応じた現在の障害補償金額をそのまま掛け算するという簡便な方法だと、二〇〇九年に復員軍人庁が支払った障害年金は、難聴に九億七六〇〇万ドル、耳鳴りに九億二〇〇〇万ドルにもなる計算だ」。二〇一〇年の会計年度には、重大な難聴だけにかぎっても、補償額は一〇億ドルをやや上回る計算だ。耳鳴りでは三億三六〇〇万ドルだから、合わせて一三億三六〇〇万ドルになる。

パッカー中佐いわく、現実の計算はこれほど単純にはいかない。ほかにもけがをしていると補償金額は全身の症状で決まるため、聴覚の分がいくらなのかは簡単に割り出せない。一方、軍は障害年金以外にも、直接・間接のコストを支払っている。聴覚保護プログラムの費用、よく聞こえなかったがゆえの伝達ミスで破損あるいは紛失した装備のコスト、聴覚リハビリテーションの費用などのほか、人員の消耗もコストになる。せっかく途中まで経験を積んだ人員が現場を離れるのだから、交替要員を新しく募集し、採用し、一から訓練しなくてはならない。

聴力中核研究センター（HCE）は、難聴者名簿作成のため二〇一三年末まではフル稼働することになっている。国防総省と復員軍人庁の共同事業だが、事務局は空軍に置かれ、学術界、産業界、それに海外とも情報交換を推進することになっている。センター内には予防、治療、研究といった部署は置かれているものの、本来の機能はいわば仮想のセンターとして、いくつもある既存のプログラムをとりまとめる、予防や治療にあたる各施設の長所と短所を特定する、優先順位のずれを調整するなどの仕事を通じ、聴覚に障害を負った現役軍人と退役軍人のケアや権利擁護のレベルを上げ、継続性も高めること。センターでは治療やリハビリの機関を持たないし、研究も行なわない。目的は努力のダブりなどの無駄を省き、各機関にツールを提供し、透明性を高め、共同事業に必要なデータ管理を行なう点にある。

国防省では昔から、戦地医療や負傷者救護の予算が不足している。そんな中、すでに採用されている予防措置として、切りかえ式の耳せんがある。スイッチ一つで、素早く防音レベルを上げられるというものだ。ヘリコプターや輸送車の近くなど、騒音がひどくて細かい聞きとりが必要ない場所ではスイッチを「閉」に合わせれば、持続的保護モードに切りかえることができる。ただ困ったことに、当の兵士たちがなかなか使いたがらない。ラックランドにあるＨＣＥの任務の一つは、保護器具の大切さと、正しい使い方を啓発することだという。

そのほかの任務には、どんな条件だとどれくらい有害な環境になるのかの基準を洗練させること、耳を守りながら同時にコミュニケーションもとれる保護手段を開発することなどがある。たとえば、七、八年ほど前に、国防省は「聴覚のための飲み薬」の開発を支援していた。Ｎ－アセチルシステイン（ＮＡＣ）という栄養サプリメントで、有毒物質から有毛細胞を守るのを助けるグルタチオンという物質の合成をうながすはたらきがある。ＮＡＣの特許は海軍が持っていて、サンディエゴにあるアメリカン・バイオヘルスグループがライセンスを得て製造している。

最初のうちは、この薬で騒音性難聴も元に戻せるのではないかと考えられていた。サンディエゴの海軍医療センター耳咽喉科の医師でもあるベン・J・バロウ大佐が中心になって、NACの処方を研究していた。海軍では二〇〇四年に、対照群に偽薬を与える二重盲検を行なった。その結果、音響性外傷を起こす音源に近かった方の耳で、NACは恒久的な聴力低下を減らすことがわかった。また、耳鳴りやバランスの障害など、音響性外傷に付随する症状は元に戻せるかもしれないという可能性もみられた。国防総省では、もっと用量を増やして臨床試験をくり返すための資金として二五〇万ドルを提供した。二〇〇五年に『ジ・ASHAリーダー』という雑誌に掲載されたリポートには、「今は発泡錠を水に溶かして飲む形になっているが、海軍では通常の錠剤の形をした製品も作りたいとしている」とある。

こうして誕生したのがバイオヘルス社の「聴覚のための錠剤」で、一時はインターネットでも一九ドル九五セントで買うことができたのだが、結局、以前の臨床試験の結果は再現されなかった。幸い、答えはNACだけではないらしい。パッカー中佐によると、産業界と共同で、予防薬として有望な物質がいくつか開発中だという。

HCEは産業界や学術界だけでなく、同様に議会の命令で設置されたほかの中核センターとも連携している。パッカー中佐の話では、一つの感覚機能を保護できるような予防薬は、それ以外の感覚にも効く可能性があるという。そこで、脳外傷や視力低下、四肢の損傷、慢性疼痛など、聴覚以外のを対象とする各機関が協力して研究を進められるよう、とりまとめの旗ふり役を担ってきた。こうして、聴覚センターの尽力で開発された統合モデルは、もっと頻度の高い一般の外傷にも応用できる。そのため、この方向で発想の転換が進めば、専門と専門の狭間にある患者たちを、もっと素早く救えるようになるだろうと期待されている。「聴覚の研究の中でも、わくわくする分野です」と中佐のメールには記されていた。

＊＊＊

大手製薬会社は今のところ、難聴の予防薬や治療薬の開発に関わっていないかもしれないが、小規模なバイテク会社で研究中のところはある。かつてワシントン大学でエド・ルーベルのラボに在籍していたジョナサン・キルが現在、シアトルのサウンド・ファーマスーティカル社のCEOを務めている。キルが作ろうとしているのは、聴力低下の予防を助ける薬だ。

彼は目下、エブセレンという合成抗酸化物質を研究している。以前は軍隊にアイディアを売りこもうと何年か働きかけていたが、今では民間人、中でも一〇代の若者に目を向けている。

二〇一一年、シアトル中心のウェブ雑誌『エクスコノミー』に載った記事に彼の発言が引用されており、軍は忙しくて被験者を出す余裕がなかった、そうするうちに、軍はアメリカン・バイオヘルスの「ヒアリング・ピル」を採用してしまったのだという。

エブセレンは脳梗塞の初期治療に効果があることがわかっている。サウンド・ファーマスーティカル社のエブセレン（SPI-1005）は、耳が大音量にさらされると内耳の中で減ってしまう酵素と似たはたらきをするように設計されている。

二〇一二年、私はキルを彼のラボに訪ねた。彼は同僚のエリック・D・リンチと共に、FDAの定める第Ⅱ相試験（フェーズ2）を進めている最中だった。実務にあたっているのはフロリダ大学のコリーン・ル・プレル率いるチームで、募集した八〇人の若者を偽薬群、エブセレン低用量群、中用量群、高用量群の四つにランダムにふり分ける。まずは二日間エブセレン（あるいは偽薬）を飲んでもらう。それからｉＰｏｄを用いて、一時的閾値移動が生じるほど大音量の音楽を四時間聞かせ、同じ薬をあと二日飲んでもらう。こうして音を聞かせてから一四日後、有毛細胞に残った損傷の程度を検査するのだ（一時的閾値移動によって起きる長期的な損傷に関するシャロン・クヤヴァやチャールズ・リーバーマンの研究結果を知ってしまった今思うと、これは被験者にリスクを及ぼしうる実験かもしれない）。

キルは目下、次の臨床試験を計画している。今度は募集の対象を、すでに聴力がやや落ちている人だけに絞ろうというのだ。ただし今のところは、加齢による難聴など、恒久的な障害のある人で試す計画はない。「もしも全部がすっきりわかったら、二〇一四年度の末にはＦＤＡに新薬の申請が出せます」と語ってくれた。

しかし、ＦＤＡに承認されたあかつきには、この薬をどんな形で飲んでもらうつもりなのだろうか。取材中にも四度か五度は質問したし、後日のＥメールでもたずねたのに、キルは一度も答えてはくれなかった。毎日飲むビタミンのサプリみたいな使い方になるんでしょうか？　と私はくり返した。これまでの臨床試験では、一回こっきりの、それも、あらかじめ予定のわかっている大音量からの防御効果しかテストしていない。でも、子供のいる親なら誰もが知っているとおり、一〇代の若者たちはのべつまくなしｉＰｏｄを聴いている。本人にボリュームを下げさせる方が、よほど簡単だ。

サウンド・ファーマスーティカルが開発中の薬はもう一つあり、こちらもフェーズ2。エブセレンとアロプリノールの合剤で、抗がん剤による薬剤性難聴の予防に使えるかもしれないという。

キルは以前の師であるエド・ルーベルとインターネット上で刺々《とげとげ》しい論争をしていたことがあるが、

素人にはなんとも言いようがない。ルーベルも、エブセレンに多少の効果があることは認めている。ただし、ほかの抗酸化物質と同程度（「そんなもんイチゴにでもできる」）で、細胞の死をわずかに遅らせるというものだ。「エブセレンが効くことは少しも疑っていません。ただし用量反応曲線のごく一部だけ切りとればの話です。そんなごく一部分のことで、製薬会社は手を出しませんよ」。ネット上でのコメントは、これほど気を使ったものではなかった。

一方キルはこれに対し、象牙の塔は実社会で使う薬を開発する場所ではないのだと返している。「学者さんってのは、ご立派な発見はできるんですけどね。でも製品を認可してもらおうという段になると、大学じゃターゲット同定とバリデーションより先には手を出したがらない。それに、ヒトで試せるようになるまでにかかる予算といったら……。ＮＩＨってのは、前臨床試験に資金を出すための機関じゃありませんしね」

ルーベルは異を唱える。自分のラボも含めいくつものラボが、ＮＩＨブループリント神経治療ネットワーク構想の一環として、まさに前臨床試験にとりくんでいるではないかというのだ。

＊＊＊

スタンフォードのロバート・ジャクラーにも意見をきいたら、やはり反対するだろう。中途失聴の治療法をさがすために大学は何をすべきか、自分なりのビジョンをもっている彼のことだから、同じ目標に邁進する大勢の仲間たちを弁護しそうだ。自分たちの仕事について熱をこめて語る中、彼は月ロケットのことを引き合いに出した。がんの治療法を見つける、ポリオの根絶、天然痘の根絶、原爆の開発――

—そんな言葉が、わずか数センテンスのあいだにぽんぽんととび出したものだ。

でも、彼の熱意には、ちゃんと根拠があるように思える。「ここでやってるプログラムについて言えるのは、スタンフォードってのはすごく共同作業がやりやすくて、みんなが平等で、専門分野の壁がない場所だってことなんだ」とジャクラーは語っていた。「ここでなら、ひょいと出かけていって、最高の人材を勧誘できる。信じられないくらい創造的な、すてきな人たちを集めて、そんなみんなを一つにまとめて、あるとき盛り上がりが沸点に達するんだ。ほら、ロスアラモスに天才たちが集まって、マンハッタン計画が成功したみたいにね。すぐれた人材を一か所に集めて引き合わせ、必要なものを提供すれば、みんながんばってくれるんだ。目標ははっきりしてる。全員、あの有毛細胞ってやつを再生するつもりなんだ、それぞれアプローチは違うけどね。遺伝学の人もいれば、分子生物学者もいる、発生学の人もいる。遺伝子デリバリーに協力してくれるエンジニアたちもいる」

「大きなビジョンをはっきり打ち出したら——ぼくらの場合なら、『難聴を根治させたい』——それ聞いてわくわくしちゃう人はいっぱい出てくるものですよ」。彼はそれを、「現実的な楽観主義ですよ」と言う。「長期間、だれないで努力を続けることも、努力をスムーズにするためのリソースも」必要だとわきまえているのだから。

ここでいうリソースとは、七〇人の人員に加え、資金だ。大学では、聴力の研究のため、向こう一〇年あまりで一億七〇〇〇万ドルの資金調達を目標にしており、ジャクラーもなんとかこの額を達成したいと願っている。「『人類のかくも多くが直面するこの苦難を、われわれなら完全に克服できるかもしれないのです！』なんてことを、なんべんもなんべんも言うんですよ」

大人数の科学者たちを一か所に集めたおかげで、スタンフォードでは一つの問題を、さまざまなやり方で、多くの角度から考えることが可能になった。「まずはたとえば六つ、あるいは八つの方針でスタートするとします。初期段階の研究をがんばってるうちに、自然とやり方は絞られてくる」

人工内耳については、「ヒトが一度失った感覚を、部分的にとはいえ初めて代用できたんですから、奇跡です」としながらも、限界があるという。音声の再現としても完全ではないし、異常に高い。それに、障害のそれほど重くない人はもっとたくさんいるのに、その人たちには使えない。障害の重い人でも、世界のほとんどの地域では使えない。生物学的な方法で完治するようになったら、世界中で使えるはずだとジャクラーは考えている。「どんどん簡単になって、いつかは点耳薬みたいになればいいんですけどね。文化革命時代の中国奥地の素人医者にも使えるようなものになるでしょうか。そこまでは無理かもしれませんね」

そう言う一方で彼は、いや、案外いけるかも、とも考えている。どこかの製薬会社が規制をすべてクリアし、臨床試験もすませて、いつかは巨額の投資を回収できる日がくるかもしれない。いったん投資が回収できたなら、そして「ドラム缶で」作れるようになったら、必要とする人ならだれにでも届けられるかもしれないというのだ。「HIV薬の例を見て参考にしないと」とジャクラーは言う。「お金のある先進地域の人たちだけじゃなく、世界中の人を助けられるようなものになってほしいんです」

有毛細胞再生研究の旗ふり役として、ジャクラーの発言は力強く、説得力もある。彼のチームは人目を引く活躍ぶりで、発展を続けている。

一方で、ワシントン大学にも二〇〇〇年にスタートした独自の有毛細胞再生構想があり、多方面の研究者たちが一五年以上にわたって仕事を続けている。初期の研究成果の多くはここで生まれたものだし、今でも重要な発見が続いている。ジョージ・ゲイツがルーベルのことを有毛細胞再生のゴッドファーザーと称したのは、決してだてではないのだ。

今日では聞こえの健康基金の後ろ楯も得て、参加団体のメンバーは研究の内容も成果も共有することになっている。全米各地の科学者たちが所属施設の壁を超えて協力するのだから、この分野はかつてなく勢いがある。現場の熱気ははた目にもはっきりと見てとれるし、長年の苦労がようやく目に見える成果をあげつつある。聴力の低下した数千万人にとっては、生物学的な治療にようやく希望が持てるようになってきたわけだ。実現するのはまだまだ先のことかもしれないが、だからといって、その輝きはいささかもそこなわれはしない。

Voice

話を聞かない分析家より、聞こえない分析家の方がよほどまし

◎ユージーン・カプラン（精神分析家）

アメリカ精神分析協会の会長、リオン・ホフマンが同会のウェブサイトに、あるライターが単行本執筆のため、年齢が進んでから聴力を失った治療家をさがしている旨を掲載してくれたところ、十数人の分析家が連絡をくれた。ユージーン・カプランはその中の一人ではなかったが、連絡をくれた人の複数が、彼の話をきいてみるよう勧めてくれた。結局、サウスカロライナ大学の医学部を通して連絡先を知ることができた。

一九八五年にサウスカロライナへ移るまでは、ニューヨークでいくつもの有名な医大の教授を勤めていたというカプランは、すぐに返信してくれて、私たちはEメールで語り合うことになった。彼の聴力低下のこと、私の聴力低下のこと、世間の難聴者たちはどんな対応をしているのかということ。精神分析の仕事をしているだけあって、彼はことのほか、人生半ばで聴力を失うことが人の心理与える影響に関心が深い。その一方、自身の喪失についても語ってくれた。痛烈な内容も多いのに言葉遣いは格調高く、イザイア・ジャクソンの文体に似ていた。

「聴力が下がりはじめたのは四〇代後半のときのことです。原因は不明でした。第二次大戦の戦闘で損傷を受けたにしては、間が空きすぎています。あとになって年上の従姉《いとこ》が教えてくれたのですが、祖母も耳が

聞こえなかったそうです。その従姉もかなりの難聴でした。こうしてかっこいい名前がつきました。家族性若年性感音性難聴というわけです」

よくある話だが、彼も当初は聞こえにくさを認めようとしなかった。

「ごまかしが破綻したのは、患者に指摘されたからです。ある単語をキーワードに、彼女の見た夢を鮮やかに解釈してみせたと思っていたら、そのキーワードが聞きまちがいだと言われたのです（われわれにとって、夢の話には固有名詞や数字と同類の難しさがあります。論理でつながる文脈がないからです）」。電子メールだから声は聞こえないが、この箇所を書いたときの彼は、皮肉な笑みを浮べていたのではないかと思う。

耳が遠くなったことは隠しておこうと決めた。「私の対応は、両耳の補聴器を眼鏡で隠すというものでした。恥ずかしさを克服するには、数年はかかりました」。聞きとる力を最大限に活かすためなら、いろいろな手だてをとった。窓にはさむタイプのエアコンはうるさいので、それまでのオフィスは退去し、全館空調のビルに移転したほか、「カウチの配置も、患者さんの唇を見やすいように動かしました」

読唇は得意だった。「人工内耳にしたのは五年以上前のことですが、それまでは、唇を見なければ一五％だった理解度が、見れば七五％にまで上がったものです」

もっと大勢の難聴者がとっているやり方は、彼には許されていなかった――聞こえたふりをすることだ。「診療中には、ここにこしてわかったふりをしている余裕はありませんから、聞き返していました。二回でわからなかったら、綴りをたずねます。ときには書いてもらうこともありました。私のモットーは『話を聞かない分析家より、聞こえない分析家の方がよほどまし』。これについては、恥ずかしいとは思っていません」

現在は八五歳。「だんだんと聞こえが悪くなっていくのとつき合って、四〇年近くなります。れんがの壁に頭をぶつけるのをやめて、迂回路をさがした方がいいときは、気がつくようになりました。何よりも恵まれていたのは、言葉の聞きとりがいちばんやりやすいよう、治療空間を自分でいじれる権限を持っていた点です。こうしてバックの雑音は最小限に抑えた上で、一度に発言するのは一人だけと決めました」

「一九八五年、こちらの大学で教授の職があったので、ニューヨーク州グレートネックで開業していた診療所は閉じました。そのときも、同じ原理を適用しました。ロバート議事規則です。一度に一人ずつしか発言しない」。耳の遠い人の場合、その「一人」とはとかく、本人ということになりがちだ（他人の言葉を聞きとろうと努めるより、よほど易しいのだから）。「あいつは話が長いと噂される難聴者がいますが、濡れ衣ではなく、実際そのとおりです。でも、無理のない話です。自分がしゃべっているときだけは、今はなんの話が出ているかわかるのですから」

「カクテルパーティーやディナーパーティーの話題がわからないことについては、ようやく諦めがつきました。未だに諦めきれないのは、孫たちが小さいころに会話ができなかったことです。発音のおぼつかない幼な子の言葉は聞きとれなかった。あの喪失は取り返しがつかないのです」

「この点は、ぜひとも参考にしてほしいと願っています」。カプランのメールはそう結ばれていた。いつの日か、じかに会ってみたいと願っている。

おわりに

技術は日々進歩しているし、治りますよと請け合う人たちもいるものの、いったん失われた聴力は二度と戻らない――少なくとも、今のところは。全聾一歩手前の国に足を踏み入れたが最後、引き返すことはできない。

それでも、こつを覚えれば住み慣れることはできる。私も、耳が聞こえなくなったことを認められるようになるにつれ、それまでのごまかしや怒りは、より生産的な何かに取って代わられた。今では、人の話を理解するには努力が必要だと知っている。言葉の理解は練習しなくてはならないし、音の聞きとりだって練習しなくてはならない。テレビの字幕はオフにしなくてはならないし、オーディオブックも聞く必要がある。肩をすくめて諦めるのではなく、内容まで理解するには、集中もしなくてはならないし、脳みそも極限まで働かせなくてはならない。

補聴器と人工内耳を併用し、練習も重ねたおかげで、たった二年前には聞きとれなかったことも、かなりわかるようになった。鳥の声がわかる。小川の流れる音もわかる。田舎の道でなら、後ろから車が近づいてくるのがわかる。うちの犬が外に出たいときに出す、半分うなり声、半分鼻声のようなおかしな声もわかる。ふと聞こえた会話の断片もわかる。映画にも少しずつ行くようになった。

二度とわからないだろうと思えるものの一つが音楽だ。一人の歌声はわかる。楽器のソロ演奏も、わかることはある。でも、ブルース・スプリングスティーンも、U2も、ローリング・ストーンズも、エリック・クラプトンも、BBキングも、ポール・サイモンも、二度と聞きとれる日は来ないだろう。複数の楽器の音に隠れて、歌声が聞こえなくなるのだ。和音もわからない。オーケストラも聞きとれない。マーラーの交響曲もモーツァルトのオペラも、ヴェルディもワーグナーも、教会音楽も児童合唱も、二度と聴くことはできない。真の名曲を聴く喜び、それらに心の奥底を揺り動かされる楽しみは失われてしまったし、とり戻せる日が来るとも思えない。

聴力を補う機器はまだまだ未完成だとはいえ、現代は耳の聞こえない者にとってはよい時代だ。補聴器も人工内耳も、ますます改良が進み、そう遠くない将来、人間の耳に近いものになるかもしれない。補聴器は手に入りやすくなった上、ときには安く買えることもある。人工内耳が選択できる例はどんどん増えているし、保険も効く。ホフマン先生から初めて人工内耳の話を聞いたのはほんの五年か六年前のことだが、右耳の聴力は不良、左耳は最重度難聴なのに、これでもFDAの基準に合わなかった。今なら基準を満たすはずだし、現にそうなった。FMシステムや磁気ループなどが登場したことで、聴覚に障害のある人々も、かつては聞こえなかった環境――人が多くて騒がしい公共空間、劇場、映画館、パーティー、教会などでも聞こえることになった。

『いっしょにいながらひとり――人が技術をあてにし、お互いをあてにしない理由（*Alone Together: Why*

We Expect More from Technology and Less from Each Other)』の著者であるシェリー・タークルなどの評論家は、対面での会話は死んだと嘆き、電子メールや携帯メールによるコミュニケーションなど孤立でしかないと批判するが、耳が聞こえなくなった者にとっては――それ以外にも、なんらかの理由で口頭での会話が困難な多くの人々にとっては――パソコンや携帯のメールは生命線であり、この世界の一部として生き続けることを可能にしてくれる存在なのだ。

私は大人になってからの人生の大半を――私生活でも職業上でも――取り繕うことに費やしてきた。特に親しい友人たちでさえ、私の耳がここまで聞こえないとは知らなかった。聴覚障害者たちに対しては、みんなもいつかは私と同様に、正直に認めてしまえば底抜けの解放感があること、すっきりと自由になれることに気づいてほしいと願う。一方、耳が聞こえないと毎日どんな場面で困るのかを書き記すことで、聴覚障害者の家族、同僚、恋人、教育者、宗教者のみなさんに、仲間たちの経験、努力、精神的なショック、怒り、苦痛などを、よりよく理解してもらえればと願っている。

聴覚障害について知れば知るほど、そして、聴覚を失った人々の話を聞けば聞くほど、私と同様、一人で喪失の苦しみを味わった人がいかに多かったかを思い知ることになった。ほとんどの人は、自分とよく似た人を知らない。不幸な同輩が何百万人もいるとは思っていない。難聴は今でも、人に明かされない、存在さえ見えない障害だが、そうである必要はない。世の中には、仲間は大勢いるのだ。

何十年もの間、私は「健常者」のふりをしてきた。難聴についての雑誌も買わなかったし、自分と似た人をさがす努力は一切しなかった。本は読んだが、手話で生活する「ろう者」についての本であって、自分のことではなかった。人工内耳を入れたときに読んだ本は、みごとに聞こえをとり戻したという、奇跡的な事例を記した本だった。この本は、私のような人たちのために書いている――ろう者でもなく、奇跡の回復者でもない人たちのために。

精巧な機器の助けを借りても、十分に聞こえるわけではない。人との会話についていけるのは、最適な条件がそろったときに限られる――一対一の対話で、正面から向かい合っていて、場所も静かなときだけだ。話し声は聞こえても、内容まではわからないことは珍しくない。文の冒頭と末尾だけはわかったり、たまに単語が一つだけ、ひょっこりわかったりする。ときには、どこかの訛りのある人だなとわかることもある。デイヴィッド・ロッジが赤いドレスの女性の胸に鼻をおしつける羽目になったのと同じように、私もいちばん聞きやすい角度を求めて首をかしげ、腰をかがめ、すわり直し、体をひねり、ひねり、ひねりすぎて結び目みたいによじれてしまう。

そして、せっかく今では聞こえないことを正直に公表しているというのに、人の話を勝手に当て推量する癖は直らない。そして、推量はしょっちゅう外れる。

「食事は何時ごろになるの?」と夫がたずねる。

「鶏肉よ」と私が答える。

訳者あとがき

本書の原書、Shouting Won't Help（大声を出されたってだめなんです）を読んでみませんかと出版社の方からお声をかけていただいたとき、最初のうちは、そんな怖そうな話を読む勇気がなかなか出ませんでした。三〇歳のときから少しずつ聴力が落ち、ついには重度の難聴になった人の手記だというではありませんか。どういうわけか私には昔から、「目が見えなくなるよりも、音が聞こえなくなる方が怖いのでは」という感覚があったのです。

受験勉強でも、暗記は本よりもカセットが頼り。大人になってからも、映画のビデオの音声をダビングして英語を学んだものでした。人の顔をなかなか覚えられず、声で見分けていることもしばしば。

それでも、身近には人生半ばで聞こえなくなった人たちもいます。自分の恐怖はさておき、友人、家族としてどう接すればよいのかくらいは心得ておかなくてはと考え直して、こわごわ手にとったのでした。

著者はニューヨーカー、ニニーヨークタイムズを渡り歩いたエリート。それも、当初から出世を約束されていた身ではなく、タイピストとして入社しながら、休暇中に無断（もちろん自腹）の海外取材で書いた記事でチャンスを掴んだ闘志の人です。伝説の編集者や有名ライターの登場する著者の回想は、活字好きにとってはまぶしいかぎり。

しかし、人もうらやむ世界の住人だろうと、障害は容赦してはくれません。いくら調べても原因は不明。現実を直視できず、補聴器は拒否する。人にも明かせず、わかったふりをしてうなずき、当てずっぽうの返事をする。ようやく補聴器や人工内耳を使いだしても、器具が見えないかと洗面所通い。競争の激しい職場だけに、ストレスに耐えきれず退職。華やかさとは正反対の、孤独な闘いが綴られます。

でも、そこは敏腕の編集者・ライターである著者のこと。自分一人の経験だけでなく、ほかの中途失聴者・難聴者たち一二人の半生についても、たくみに聞き出していきます。聞こえなくなった時期も、障害の重さも、仕事も性格や価値観もさまざまな人たち。当然、障害の受けとめ方も、その後の人生への向き合い方もいろいろです。

翻訳中、ずっと著者と一緒に仮想の旅をした私は、「自分も、いつか聞こえなくなることがあるかも」と想像しても、以前ほどひどく怖いとは思わなくなっていました。案外、なんとかやっていくんじゃないかという気がするのです。

著者の障害が始まったのがキャリアも今からという三〇歳のときだったのに対し、私は老後が心配な五〇歳だからかもしれません。「耳が聞こえてもなお、自分ならこんな見事なインタビューは無理だ」と思い知らされたせいもあります。それに、私ならすぐさま公表し、うるさがられるくらいに配慮を頼みそうです。補聴器や人工内耳、再生医療の進歩もさることながら、健常者にも利用範囲が広い音声認識、自動字幕化技術は大変な勢いで進歩するのでは、という気にもなりました。

でも何より、「起こることしか起こらない」と知ることができました。想像で心配しているうちはあらゆる可能性を考えてしまいますが、現実に起きるのはその一部。本書には合計一三人分の苦難が紹介されてはいますが、それだって一人に一つずつ。まさしく、情報は力。新聞社は辞めても、著者はどこまでもジャーナリズムの人だったのです。

聞こえなくなった耳も、まだ聞こえる耳も、最初から聞こえなかった耳も、丸ごと一人の人間の一部。そこだけを切り離すことなんてできません。価値観も定まり、生活環境も選んでしまった人生半ばで大きな条件の一つを変えられたときに、自分を見失うことなくコースを再設定した一三人に出会う機会を得られたことを幸せに思います。

二〇一五年一二月

ニキリンコ

リングストップ、クワイエタスなどについて検討する記事もある。

デキサメタゾンを使った目まいの治療についてのジョンズ・ホプキンズ大学の論文は、“Longitudinal Results with Intratympanic Dexamethasone in the Treatment of Meniere's Disease”（Maria Soledad Boleas-Aguirre, Frank R. Lin, Charles C. Della Santina, Lloyd B. Minor, and John P. Carey, *Otology and Neurology*, January 29, 2008）である。ジョン・ケアリー（John Carey）はこの他、メニエル病由来の目まいにゲンタマイシンを注入する治療法についての論文を2009年に *Audiology and Neurotology* に発表しており、2011年春に私が大学を訪問したときのインタビューで、この二報について解説してくれた。

第12章

聞こえの健康研究基金によるシンポジウム、「細胞再生への展望」は2011年10月3日にニューヨーク・アカデミー・オブ・メディシンで行なわれた。この日は同基金による聴覚回復プロジェクトの発足式でもあった。プロジェクトの資金や協会メンバーについての情報は、理事であるAndrea Boidmanによる。この日のシンポジウムは全部がdrf.org/hriで視聴できるし、字幕もついている。本書での引用は書き起こし文を元にしている。

2012年春、私はワシントン大学にエド・ルーベルを訪ね、そこでブルース・テンペルとも近づきになった。スタンフォードではステファン・ヘラー、ジョン・オガライその他の面々と顔を合わせた。ロバート・ジャクラーにもやはりスタンフォードで、2012年の春にインタビューしている。発言を引用した研究者のみなさんには、各自の研究にかかわる部分をお読みいただき、訂正を願った。それでも誤りがあれば責任は私にある。

ステファン・ヘラーの有毛細胞再生成功は、2010年に有名な*Cell*誌に“Mechanosensitive Hair Cell-like Cells from Embryonic and Induced Pluripotent Stem Cells”（Kazuo Oshima, Kunyoo Shin, Marc Diensthuber, Anthony W. Peng, Anthony J. Ricci, and Stefan Heller）という論文となって掲載された。共著者は全員がスタンフォード所属だ。

NACについてのレポートは2005年6月14日のThe ASHA Leaderに、“A Magic Pill？”という題で掲載されている。

2012年春にシアトルに滞在した折には、サウンド・ファーマスーティカル社を訪ね、ジョナサン・キルにも会った。同社は郊外にあり、いくつものオフィスが整然とならび、地下が実験室になっていた。見学のときには紙製のスリッパにはきかえて、技術者たちが働くところを見せていただき、実験動物のネズミたちにも挨拶したのだった。

ぱんにあった人は1600万人と推定される」

ロバート・ドウビー（Robert Dobie）による「概論：耳鳴りの被害（Overview: Suffering from Tinnitus）」は、James Byron Snow 編著 *Tinnitus: Theory and Management* の第１章に収められている。うつ病の既往に関する記述が登場するのはその４ページ。ドウビーによれば、耳鳴りは「かならずしもそれ自体がひどく苦痛とはかぎらない。その苦痛は、当人が耳鳴りと結びつける意味によるところも大きい。たとえば、『なにか深刻な病気の徴候だろう』『これから耳が聞こえなくなっていくのだ』『どんどんひどくなるんだ』『自力ではどうすることもできない』などと思うと辛いものだ」という。

ジェローム・グループマン（Jerome Groopman）の記事は“Medical Dispatch: That Buzzing Sound: The Mystery of Tinnitus”（*The New Yorker,* February 9, 2009）。

ダーウィンの手紙からの引用は、*The Correspondence of Charles Darwin*: Volume 13, 1865, edited by Frederick Burkhardt et al., Cambridge University Press, 2003による。

ゴッホが耳を剃り落とした（実際には、切ったのはごく一部分だが）原因については急性間欠性ポルフィリン症から双極性障害までたくさんの説があり、耳鳴り説もその一つにすぎない。これらの説については、『ワシントンポスト』1998年11月22日付に掲載された“Van Gogh's Madness: The Diagnosis Debate Lives On”（Megan Rosenfeld）で取り上げられている。

ベートーベンの手紙の引用は、The quote from Beethoven appears in “Beethoven's Deafness and His Three Styles” *British Medical Journal,* December 20, 2011による。

レターマンによるシャトナーのインタビュー（1996年3月18日放映）はYouTubeで視聴が可能。ミュージシャンたちの耳鳴りのエピソードは、Will.Lamのものを除き、「The Buzz Stops Hear」をはじめ、いくつものウェブサイトに集められている。たとえば、hearnet.comには、“Celebrities and Musicians with Tinnitus”というコーナーがあり、すべてのエピソードについて出典が記されている。

耳鳴りに補聴器を使用することについては、“Hearing Aid Amplification and Tinnitus: 2011 Overview”（*Hearing Journal,* June 2011）で議論されている。

2010年の『ザ・ヒアリング・ジャーナル（*The Hearing Journal*）』耳鳴り特集は、およそ経験者ならだれでも関心を持てる内容だが、とりわけ、心理的なものだとかささいな問題だとか言われたことのある人には強くお勧めしたい。本文中で引用した記事についてはここではくり返さない。中でも、ロバート・スウィートウ（Robert Sweetow）とJennifer Henderson Sabesによる各種の対処法の概観が特に有益だった。薬物療法については“A guide to pharmacologic management of target symptoms of severe tinnitus”（Linda S. Centore）で論じられているほか、イチョウ葉、

M. Carpenter（ニパーコ前掲書86ページ）。

第９章

キザーの著書は、一度でも読唇を試みたことのあるすべての人々に――ということは、難聴者は全員含まれることになる――お勧めしたい。『お外の豚さん、なあに？（*What's That Pig Outdoors? A Memoir of Deafness*）』（Henry Kisor, Hill and Wang, 1990）。ここでは、序文のxv~xviページから引用した。

第10章

「叫びとつぶやき（Shouts and Murmurs）」というフレーズが気にかかった私は、『ニューヨーカー』誌の調査部に引用元を問い合わせた。ジョン・ミショーの返答によると、"Shouts and Murmurs"とはアレクサンダー・ウルコットの演劇関係の文章ばかりを集めた作品集の題名であり、その昔、芝居の小道具係をこう呼んだ例があって、そこからの命名だという。聞こえない演劇欄編集者といえば――この場合は演劇評論家だが――ウルコットは20代前半でおたふく風邪にかかり、性的機能を失ったと言われているのだそうだ。おたふく風邪の合併症で難聴になる人は非常に多いが、聴力にも影響はあったのだろうか？　ウルコットといえば気のきいたフレーズが有名だったが、意味のある会話を続けられる人という評判ではない（アレクサンダー・ウルコットの担当編集者だったウォルコット・ギブズはそのコラムを「彼こそは、歴史上でも最もひどい書き手だ」と評している）。

この説明からもわかるように、磁気ループシステムは補聴器の一種ではなく、補聴器や人工内耳と組み合わせて使用するものだ（『ニューヨークタイムズ』2011年11月23日付）。磁気ループについては第6章でもふれている。Ellen Semelがていねいな解説で私の誤解を正してくれた。

第11章

耳鳴りについての内容は、その多くを マーケットラック８の"The Prevalence of Tinnitus in the United States and the Self-Reported Efficacy of Various Treatments"（Sergei Kochkin, Richard Tyler, and Jennifer Born in Hearing Review, November 2011）に負っている。患者数の推定値は3000万から5000万までと幅があるが、この研究では5000万としている。「1999年から2004年までの国民健康栄養調査」に協力した１万4000人以上の自己申告に基づく最近の研究によれば、合衆国の成人で、過去１年間に１度でも、どんな耳鳴りでも経験した人は5000万人、耳鳴りがひん

Demonstrates Speech-evoked Activity in the Auditory Cortex of Deaf Children Following Cochlear Implantation" という題で *Hearing Research* 270（2010）に掲載された。また、2012年春にスタンフォードを訪問した際にも、口頭で説明を受けた。

ステファン・ヘラー（Stefan Heller）らスタンフォードの4人の研究者による Curing Hearing Loss は、*Journal of Communication Disorders*, Volume 43, Issue 4, July-August 2010 に掲載されている。

人工内耳の分野では、難聴そのものよりも統計がはるかにしっかりしている。調査に自己申告が入らないためだ。引用した数字は NIDCD のサイトに載っていたもので、データは FDA の提供による。

ブレイク・ウィルソン（Blake S.wilson）とマイケル・ドーマン（Michal F.Dorman）共著の「人工内耳の設計（The Design of Cochlear Implants）」はニパーコ前掲書の97－93ページ所収。

2010年、アリゾナ州はメディケイドを縮小し、C型肝炎患者の肝臓移植のほか、肺移植を対象から除外したし、心臓移植、骨髄移植、膵臓移植も一部を対象外としている。また、低所得層の子どもたち4万7000人を児童健康保険プログラムから外した。

脳の可塑性について、また、神経細胞が新しく作られなくなる年齢については、リューゴ（Ryugo）とリム（Limb）の"Brain Plasticity: The Impact of the Environment on the Brain as It Relates to Hearing and Deafness"から引いている。外部刺激が乳幼児の聴覚システムに及ぼす影響についてはニパーコ前掲書の32ページ、また、言語習得前に失聴した成人に人工内耳を埋めこんでも成功しない件は同書の28ページによる。将来は成人にも役にたつかもしれないとの引用は同書33ページから。

子どもの人工内耳と学業成績に関する2007年のレビュー記事（"Effects of Cochlear Implants on Children's Reading and Academic Achievement," 〈Marc Marschark, Cathy Rhoten, and Megan Fabich〉）はそれ自体も面白いが、興味深い研究成果を多数引用している点で価値がある。著者はいずれも国立聾工科大学教育と研究の連携センターの所属で、記事は *Journal of Deaf Studies and Deaf Education*, Volume 12, Issue 3 の269－282ページに掲載された。

『音のない世界で（*Sound and Fury*）』と *Sound and Fury: Six Years Later* は、ともに Netflix で視聴できる。

人工内耳の音質についての議論は、"Correlates of Sensorineural Hearing Loss and Their Effects on Hearing Aid Benefit and Implications for Cochlear Implantation," by Ryan

のウェブサイトに2009年2月25日に掲載された「業者ならびにFDA職員のためのガイダンス:補聴器および個人用音声増幅装置の規制上の必要条件(Guidance for Industry and FDA Staff: Regulatory Requirements for Hearing Aid Devices and Personal Sound Amplification Products)」の中に記されている。国勢調査局がこれらの数字を公表したのは2011年、高齢者月間にあたる5月のことだった。

第8章

以前にもふれた ジョン・ニパーコ(John Niparko)の『人工内耳:原理と実際(*Cochlear Implants: Principles and Practices*)』は、さまざまな専門家の手になる25章から成る。執筆者の一部はニパーコと同じジョンズ・ホプキンズ大学耳咽喉科のメンバーだ。急激に進歩している分野だけに、すでに古くなっている部分もあることだろう。たとえば埋めこみ手術の所要時間も、術者によって差があるとはいえ、たえず短縮されつつある。本書であげた1時間半から3時間という数字は、同書の168ページ、Medical and Surgical Aspects of Cochlear Implantation(Debara L. Tucci and Thomas M. Pilkington)によっている。

マイケル・コロストは自身のことを「稀有な視点を持つテクノロジー理論家である。なにしろ、自身の身体が未来の存在なのだから。2001年に聴力を完全に失い、頭部にコンピュータをうめこむことによって再び聞こえるようになった。この経験はデビュー作『サイボーグとして生きる』として結実し、新しい耳となった人工内耳を手なずけることで、一個の人間としての創造性までもが強化された経緯が記されている」と紹介している。その著書では、手術の手順だけでなく、インプラントのしくみについても詳細かつ明快に解説されている。手術の説明は原書の33-34ページ(訳書の62-64ページ)に登場する。グレアム・クラークが電極アレイの挿入方法を思いつくエピソードは原書の36-37ページ(66-67ページ)。電極アレイの説明はこの章のほか、ニパーコの前掲書の166ページも参照している。

アドバンスト・バイオニクス社のHarmony HiResolution Bionic Ear Systemに同梱されている取扱説明書では、インプラントを入れている人はMRIのあるエリアには立ち入らないようにという警告が記されている。万が一、(たとえば脳腫瘍ではないことを確認するためなど)脳のMRIが必要になったときは、頭部に埋めこんだレシーバーから一時的に磁石だけをとりはずしてもらえば、安全にスキャンを受けることができる。

ジョン・オガライ(John Oghalai)が多数の共著者とともに近赤外光脳計測装置(NIRS)について報告した論文は“Neuroimaging with Near-Infrared Spectroscopy

話になるしかないと悟った。テレーズの元を離れるのは残念だったが、先方はそれほど残念に思っていなかったかもしれない。私のケースはあまりにも複雑になっていたからだ。最初の担当者はオードリーという感じのいい女性で、すてきな補聴器を合わせてくれたし、ほかの補助器具もまとめて設定してくれた。しかしほどなく彼女はワシントンへ行ってしまったので、それ以来、補聴器も人工内耳もミーガンがまとめて面倒をみてくれている。

第７章

補聴器の費用が相対的に下がっているというのは、インフレも計算に入れた上でのことだ。2010年4月5日にウェブサイト「ヘルシー・ヒアリング（Healthy Hearing）」に掲載された「補聴器のコスト（Hearing Aid Cost）」という記事によれば1000ドルから4000ドルとのことだが、それ以外のソースは、大半が2000ドルから6000ドルという数字を挙げている。

ピュー研究所による報告書「アメリカ成人の半数近くがスマートフォンユーザーに（Nearly Half of American Adults Are Smartphone Users）」は2012年3月1日PewInternetに掲載された。一方イギリスでは、『ガーディアン』紙が2011年10月31日に「英国人口の半数がスマートフォンを所有（Half of UK Population Owns a Smartphone）」と題する記事でガートナー（Gartner）の研究結果を紹介している。

医療費支出口座のルール変更をめぐる議論については、2011年2月17日、Quinnscommentary.comに掲載された「PPACA、医療費支出口座のルール改正へ。反対は正当化できるか？（PPACA changes the rules for Flexible Spending Accounts. Is fighting that change justifiable ?）」で扱われている。

スザンヌ・キンバル（Suzanne Kimball）の研究成果は『ザ・ヒアリング・ジャーナル（*The Hearing journal*）』の2008年3月号に掲載され、「本研究は臨床的にも幅広い影響を与えるものと思われる。何よりも、オンライン聴力テストでは、難聴の重症度が正確に測れるとはかぎらない。となると、オンライン測定を頼りに補聴器を選び、設定することにも疑問が生じる」。翌年の、通販と誂えの補聴器を比較した研究は、同誌の2009年3月号に掲載された。

私が最初に補聴器のオンライン通販について執筆したときと、それから６ないし８か月後に当時の内容を確認しようと再調査したときとでは、販売状況はすっかり様変わりしていた。ネット小売店の売り文句は控えめになっていたし、アマゾンに至っては補聴器の取り扱い自体を停止したも同然だった。バッカイ・ホーンブルック氏が書いていたようなコメントも、もはや見当たらなくなっていた。

FDAが定める「補聴器」と「個人用音声増幅装置（PSAPs）」の定義は、FDA

と、補聴器は対象になっていない。メディケア（高齢者向けの公的保険）でも、特別な場合を除いて聴力検査も補聴器もカバーしていない。メディケイド（低所得者向けの公的保険）の方針は州によってまちまちだ。アメリカ合衆国における州ごとのサービス内容については、www.hearingloss.org/content/medicaid-regulationsで調べられる。

補聴器利用者の男女比も、やはり論争の的になっている。NIDCDの報告では、中等度から高度の難聴がある成人のうち補聴器を使用している人の比率は、女性で1000人あたり194.8人、男性が132.2人（2001年調べ）とのことだったが、マーケットラックでは男性の利用率がもっと高くなっている。

誘拐の被害にあった英国人女性（Judith Tebbutt氏）は、2012年3月、友人たちが集めた身代金100万ドルと交換に解放された。被害者に重い聴覚障害があったことは、『ニューヨークタイムズ』の2011年9月12日号で言及されている。被害者が１台もしくは２台の補聴器を装用していたことは、いくつかの新聞で報じられている。

ジョン・ティアニー（John Tierney）の記事は、掲載されてから数日連続で「最もメールで送受信された記事」の第1位を占めつづけた。聴覚障害者たちの希望をかき立て、興奮をよび起こすこととなった。私も、自宅に導入する気はあるかとおおぜいの友人たちにきかれたものだ。確かに、自宅の一室（場合によっては複数の部屋）に工事をするのも不可能ではないが、比較的高価な上、工事をした部屋にいるときしか役にたたない。HLAAの2012年大会で基調演説をしたホープ大学の社会心理学者David Myersがこのシステムを推進しており、宗教施設や空港などの公共空間に装置を設置させる運動を担ってきた。このときの大会では、誘導ループの推進派であるワシントン州の弁護士、John Waldo氏も講演している。

HLAAマンハッタン支部のメンバーでもあり、HLAAのニューヨーク市ループ問題委員会の会長でもあるEllen Semel氏は、磁気ループの恩恵に与れるのは聴覚障害者のごく一部だと指摘している。たとえば、最重度の聾の人の役にはたたない。テレコイルの入っていない補聴器を使っている人なら、ヘッドフォンでアクセスすることができる。司法省はチェーン経営の映画館に磁気ループ導入を義務づけることを検討中だが、まだ形にはなっていない。氏の話では、映画館チェーンではそれよりも字幕システムの導入が続々と進んでおり、バイザー形や手持ち形も登場している。国レベルで字幕が義務づけられるのではないかと見越して、先手を打っているそうだ。

補聴器を変更したり、補聴器や人工内耳と併用する補助器具を次々に試したりと大騒ぎを重ねる中、これはオーディオロジストも人工内耳センターの人にお世とはめったにないし、そもそも名前なんて、文脈に関する情報がなにかしら伴わないかぎり、記憶のヒントになるものがない。「ダレソレ先生をご存じですか？テニナニっていう本がすごい評判になってる人ですけど」とか、「私はダレダレといいます、ケイティの兄で、シアトルから来ました」とか言ってくれれば助かるが、いちばん困るのが「ちわ。ぼく、ブルースっていいます」しか言わない人だ。はあ、そうですかで終わってしまう。

ベートーベンのこれらのことばは1802年10月6日に書かれたハイリゲンシュタットの遺書の一部である。32歳のときに「喜んで急ぎ死に向かおう」と記した彼は、1827年に亡くなった。

『聞こえを取り戻して（*Hear Again*）』はアーリン・ロモフ（Arlene Romoff）が人工内耳を使用しはじめた時期に家族や友人たちに送ったeメールを集めたもので、1999年に難聴者連盟から刊行された。ロモフはその後、もう片方の耳にも人工内耳を入れたが、そのときのようすは*Listening Closely: A Journey to Bilateral Hearing*（Imagine, 2011）にまとめられている。

Richard Reedのワークショップが行なわれたのは、2011年にワシントンで開かれたHLAA conferenceだった。リードは話が面白く、会場は満員だった。人工内耳を埋めこまれた後に聞いた音は、「家族や友人は巨大なシマリスみたいでしたね。物がぶつかるような音がそこらじゅうから聞こえてました。歩くと、ズボンのコーデュロイがすれ合う音がして」という。出番の最後に、を元にした曲の演奏があった。『きらきら星』という歌はめったに最後まで歌われないが、後半の歌詞には悲しい内容の部分もあるのだそうだ。そしてこの曲は、手術を受けた彼が最初に認識できた曲だったという。演奏はブルースっぽいジャズで、確かに暗いムードをたたえた曲調だった。

難聴と心血管イベントは「関連がある」というだけであって、因果関係ではない。耳咽喉科の大会で発表されたFriedlandの研究結果は、*ENTtoday*の2009年9月号にも掲載された。

第6章

セルゲイ・コチキン（Sergei Kochkin）によるコメントは、*Hearing News Watch*がリンの研究をとり上げたエントリーのコメント欄で見ることができる。前述のとおり、コチキンはマーケットラック調査の母体であるベター・ヒアリング研究所の所長を務めている。

私は最初の二台の補聴器にあわせて6000ドルを費やしたが、2002年に、当時加入していた健康保険でそのうちの500ドルが返ってきた。今入っている保険だ時、よく彼女と連れだって公園を散歩したものだ。花の咲いているリンゴの木の下に立って、甘くてかすかにスパイシーな香りだと説明した。彼女はそれを聞くことで脳を訓練し、においを思い出す練習をはじめたのだった。同じように、人工内耳を埋めこんだ私が聞く練習をはじめたときは、別の友人であるCory Deanが周囲の物音を言語化して教えてくれた。ある日、鳥がたくさんさえずっている木の下にさしかかると、あれが聞こえる？　ときかれた。何かの音がしているのはわかるが、何の音なのかはわからなかった。彼女が鳥の止まっている木を指さしたとたん、それまで漠然としていた雑音が、鳥の声の形をとったのだった。

ジャック・アシュリー（Jack Ashley）の発言は、*The Quiet Ear* の47ページに引用されている。

メアリー・カランド（Mary Kaland）とケイト・サルヴァトーレ（Kate Salvatore）の論文 "The Psychology of Hearing Loss" は、アメリカ発話言語聴覚教会の機関誌 *The ASHA Leader* の2002年3月19日号に掲載されている。

映画製作者のMaryte Kavaliauskasがデイヴィッド・ホックニー（David Hockney）の仕事について語ったのは、自身の作品がPBSで放映されたAmerican Mastersという番組内でのインタビューにおいてである。また、トリップ・ガブリエル（Trip Gabriel）の記した "At Home With/David Hockney; Acquainted With the Light" は、1993年1月21日の『ニューヨークタイムズ』に掲載されている。

第5章

聴覚障害者では心理的な「不調」が4倍になるという研究結果は、ニパーコの編著になる *Cochlear Implants: Principles and Practices,* 2nd edition（Lippincott Williams & Wilkins, 2009）の　第1章、"Auditory Physiology and Perception"（Bradford J. May and John K. Niparko）に紹介されている。メイとニパーコが引用したのは "Quality-of-Life Changes and Hearing Impairment. A Randomized Trial"（C. D. Mulrow et al., *Annals of Internal Medicine,* 1990）である。

ノーマン・ドイジ（Norman Doidge）の *The Brain That Changes Itself was published* は2007年にViking Pressより刊行された（邦訳は『脳は奇跡を起こす』竹迫仁子訳、講談社インターナショナル、2008年）。引用部分は原書の68ページ、訳書の96ページで、カリフォルニア大学サンフランシスコ校の名誉教授（神経科学）でもあり、脳の可塑性については世界でも有数の研究者でもあるマイケル・マーゼニックを扱った章の中にある（私が使っている人工内耳のメーカー、アドバンス・バイオニクス社の技術は、マーゼニック率いる同校の人工内耳チームから提供されたものだ）。ドイジいわく、とりわけ記憶しにくいのが人名だという。シグナルがクリアなこ人々が教育を受けられず、会話も教えられなかった時代には、耳の悪い人は同時に口もきけないかのように見えただろう。しかしそれは、200年も前の話だ。

本書の第1章で私が読話について記した内容は、多くをマーク・ロス（Mark Ross）に負っている。彼はオーディオロジストでもあり、HLAAの機関誌、*Hearing Loss* に長年にわたって寄稿を続けてきた人でもある。この記事は同誌の2010年5・6月合併号に掲載された。

デイヴィッド・ロッジ（David Lodge）は2008年5月20日の Mail Onlineで自身の聴覚障害についてインタビューに答えている。筆者は Moira Petty、題は“How Hiding His Deafness Ruined Novelist David Lodge's Life”としてまとめられた。『ベイツ教授の受難』（*Deaf Sentence* Viking, 2008）を読んだとき、私はまだ著者が障害当事者だとは知らなかったのだが、周囲に聴覚障害を隠しているときの記述が身近すぎておかしいやら恥ずかしいやら、これはご本人が経験者にちがいないと思ったものだ。インタビューによると、ロッジは耳が聞こえないことを10年間隠しとおしたという。

聴覚障害に言及した言葉を集めた名言集としては *The Quiet Ear: Deafness in Literature*（edited by Brian Grant, Faber and Faber, 1988）がすぐれており、イヴリン・ウォーやハリエット・マーティノーの言葉もおさめられている。

I・F・ストーンに聴覚障害があったことは、D・D・グッテンプラン（D. D. Guttenplan）が2009年に出した伝記、*American Radical: The Life and Times of I. F. Stone* の中で触れられている。本文中に使用した記述は、*Muskegon Opinion* に掲載された紹介文から引用した。

ミーガン・マキニー（Megan McKinney）の『華麗なるメディル一族（*The Magnificent Medills*）』は2011年に Harper-Collins から刊行された。引用部分は32ページにある。

全身の触覚を失い、足が床に接していることさえわからなくなったイアン・ウォーターマンのエピソードは、G. Robles-De-La-Torre の *The Importance of the Sense of Touch in Virtual and Real Environments*（国際ハプティクス学会）に登場する。

シェフのグラント・アケッツ（Grant Achatz）は、2011年に自身の著書 *Life, on the Line: A Chef's Story of Chasing Greatness, Facing Death, and Redefining the Way We Eat*（Gotham）が刊行されるのに合わせ、ナショナルパブリックラジオで“The Chef Who Lost His Sense of Taste”と題するインタビュー番組に出演した。

ロビン・マランツ・ヘニグ（Robin Marantz Henig）は私の友人でもあり、サイエンス・ライターとしては同業者でもあるが、転落事故で嗅覚を失った体験記を『ニューヨークタイムズ・マガジン』の2004年10月17日号に寄せている。私は当

第4章

Archives of Neurology の2011年2月号に掲載された“Hearing Loss and Incident Dementia”（Frank R. Lin, Jeffrey Metter, Richard J. O'Brien, Susan M. Resnick, Alan B. Zonderman, and Luigi Ferrucci）は非常に興味深いだけでなく、聴覚障害の当事者にとっては恐ろしい話でもある。被験者たちは全員、研究に参加する段階で聴力測定を受けている。これが1990年から1994年のことで、全員が認知症ではなかった。追跡期間の中央値は11.9年だが、一部には18年の調査期間をまっとうした人もいる。結果は、難聴は「原因をとわず、すべての」認知症の発生率と関連があるというにとどまり、それが認知症の初期段階を示すマーカーなのか、それとも「緩和が可能なリスク要因」なのかは明らかにしていない。

リンの研究で扱われていない問題として、耳が遠いために認知症とまちがわれる人がどれくらいいるかという点がある。高齢者がひとりで緊急治療室に運びこまれた場合など、遅れて家族がかけつけて初めて、「あら、ママの補聴器はどこ？」という声が出たりする。そのときにはもう、患者とコミュニケーションがとれなかったスタッフの手によって、カルテには「認知症」という記録が残ってしまっているのだ。

Wendy Shanerが編纂した「ろう文化年表」をギャローデット大学が公表しているが、その最初の項目が紀元前千年、「ヘブライ法、ろう者の権利を否定する」となっている。一方、Info.com も聴覚障害年表を出しているが、そちらではプラトン、アリストテレス、聖アウグスティヌスなどの聴覚障害観をとり上げている。当時の文献では「聾」という用語が使われているが、「聾」といわれる人でも、多少は音が聞こえる——現在の補聴器なり、昔ならラッパ形の補聴器なりで増幅できる——人が多いのだから、その記述の対象には難聴者もふくまれている。

Regi Theodor Enerstvedt による『過去の遺産（*Legacy of the Past*）』は3章から成るが、そのうち1章を「聞こえない人々のための教育ができるまで（The Development of Education for Deaf People）」にあてている。この文章はインターネットで公開されている。

トッド・ベントリー（Todd Bentley）師の「聾唖の霊を暴く（The Revelation of the Deaf and Dumb Spirit）」はインターネット上で公開されており、GodSpeak International というウェブサイトで読むことができる。前述のとおり、師は自身の教会を追放された。聴覚障害と精神や身体の障害についての彼の言い分にも、まったく根拠がないわけではない。中には、身体や精神を含め多岐にわたった症状を呈する障害が原因で聴力を失う人もいるからだ。しかし、耳が聞こえないだけで、ほかは健康な聴覚障害者の方がずっと多い。また、かつて、聞こえないの結果、二つの調査時期のあいだに「有意な増加はみられなかった」。ただし、女子だけにかぎればやや増えていて、11.6%から16.7%になっている。ほとんどの論評ではこの部分は無視されている。騒音から耳を守る防護具の利用は、女子の方が少なかった。

Shargorodskyの研究と同様、ここでも低所得層の方が難聴が多いことが示されている。難聴は増えていなかった（前述の少女たちを除けば）ものの、一方で、騒音への曝露は大幅に増えている。もしかしたら、こちらの結果の方が重要といえるかもしれない。「過去24時間以内に大きな音に曝された、あるいは、ヘッドフォンで音楽を聴いた人の比率は、19.8%から34%に上がっている」

2011年6月にワシントンDCで開かれた全米難聴者協会（HLAA）の年次総会で、ワシントン大学医学部で聴覚学とコミュニケーション科学部門を率いるDr. William Clarkが、この二つの研究のことをたっぷり時間をとって論じている。そこでは統計の誤用だけでなく、とかく見のがされがちな事実にも焦点があてられた。聴力低下が見られたケースの大多数で、低下は片耳にかぎられていたという点だ。クラークは論理だてて指摘した。「騒音が原因だと考えるには、かみ合わない要因がいくつかありますね」。片耳だけの低下が多いこともその一つとしてあげられた。たいていの人はMP3プレイヤーを両耳で聴くからだ。

続いて、同じNHANESのさらに古い調査、1966年から70年の結果と比較したところ、意外なことが明らかになった。聴力低下の大半を占める12歳から19歳で、男児の左耳の聴力のデータをみると、1966年と1970年ではまったく差がない。「そしてなんと、今の子どもたちの耳は、66年から70年よりも良くなっているんです」。おそらく、今が歴史上でも最高なのだろう。なぜなら、全般的な健康状態が史上最高だからだ。「もっと古いデータはというと、40年代まではならある程度は出てきたんですが、見たところ、どうも子供の聴力はずっと上がりつづけているようです。子供の衛生状態が向上し、栄養も改善したことを思えば、なんの不思議もない話だと思いますよ。高校生の運動能力だって、今は90年代、80年代より全項目で記録が上がってる。それと同じ子供が、聴力もよくなっているだけです」

それでもなお、若者たちの聴力が脅かされていることに変わりはないと氏は強調した。「近年では、iPodをはじめとするポータブルプレイヤーがとてもとても普及しています。利用者は大幅に増えました。クヤヴァ先生もおっしゃったとおり（この講演はクヤヴァ氏の次だった）、音楽プレイヤーがどのくらいの害を与えるかは——いや、どんな騒音でも同じことなんですが——音量と時間、両者の組み合わせで決まるからです」

ちらもハーバード大学関係のグループから出ている。先に出た方は、Dr. Josef Shargorodsky率いるブリガムのチャニング研究所とケンブリッジの女子病院のグループ。その数か月後に、マサチューセッツ眼科耳科病院のElisabeth Hendersonらの報告が発表された（Hendersonは学部卒で、ハーバード大の医学校に在学中の学生だった）。これら二つの研究は、同じデータベースに依拠している。国民健康栄養調査（NHANES）の結果をもとに、1988年から1994年と2005年から2006年とで、同じ年齢層の子どもたちの聴力を比較している。

Shargorodskyの報告が米国医師会雑誌（*JAMA*）に発表されたときの題名は、「米国の青年における難聴の有病率の変化（Change in Prevalence of Hearing Loss in US Adolescents）」という中立的なものだった。そこでは、先のNHANES調査からみると、6歳から19歳までの層で、少なくとも片方の耳に高音域または低音域の聴力低下がみられる子の比率は14.9%であることと、聴力測定の結果あきらかに騒音性難聴とわかる子は12.9%であることが述べられている。そして彼らは、その中でも12歳から19歳の層だけに議論を絞るため、手のこんだ補正をおこなった。その結果、「あらゆる難聴をひっくるめた有病率は14.9%から（中略）19.5%へと有意な増加がみられた」としている。これは「結果」という項から引用したものだが、同じ項には、難聴といっても両側よりも片側が多いこと、高音域の低下の方が多いこと、そして、低所得層のティーンエイジャーでは「聴力が低下する確率が有意に高い」ことも記されている。

この論文をとりあげたのが、アメリカ発話言語聴覚協会（ASHA）だった。The ASHA Leaderに掲載された紹介記事の題は「危機に瀕するティーンたち:異常発生の寸前（Teens at Risk: We're on the Edge of an Epidemic）」というものだった。それ以降の報道はそろって「異常発生」という単語を踏襲し、14.9%から19.5%という数字を引いて「31%の増加」と言いかえた。大半のメディアが、片耳だけの難聴という情報には触れなかった。

3か月後、Elisabeth Hendersonのグループ（メンバーの中には博士号取得済みの者もいれば、医師もいた）が、「米国の若者における騒音性聴力閾値移動と難聴の有病率（Prevalence of Noise-Induced Hearing-Threshold Shift and Hearing Loss Among U.S. Youths）」という論文を*Pediatrics*誌に発表した（聴力閾値とは、前にも述べたとおり、その人に聞こえる最小の音量をさす。移動とはいっても、通常は暗に、閾値が上がる、つまり、前より大きい音でないと聞こえなくなることを指すことが多い）。対象者は先の研究と同じく12歳から19歳までだが、なぜか総人数はShargorodskyらの4699人に対し4310人にとどまっている。また、高音域と低音域の両方の数値を調べてはいるが、「noise-induced threshold shift（NITS）という別の尺度を選んでいる。そ

「最も音量の大きいバンドは？」という議論はインターネット上で非公式に交わされたもので、数値も個人的な計測によるものが多い。

マーラーの交響曲八番の初演については、Derek Lim氏のウェブサイト、The Flying Inkpot #74, the Classical Music Reviewsに記述がある。グスターボ・ドゥダメルによる1400人での演奏については、ドゥダメル本人の公式サイトに掲載されているほか、コンサートはLA Phil Liveという番組でも放映された。

メータの自宅についての記事の題名は“At Home With: Ved Mehta; In a Dark Harbor, a Bright House”、筆者はJohn Leland、『ニューヨークタイムズ』の2003年5月22日号に掲載。

大音量のBGMで飲酒量が増えるという結果はNicolas Gueguenらによるもので、2001年7月21日発行の*Alcoholism: Clinical & Experimental Research*誌に掲載されている。

有名シェフたちの好みの音楽は、多数のメディアで報道されている。

ニューヨークの公共空間の調査を行なったのはTara P. McAlexander、Richard Neitzel、Robyn R. M. Gershon、後援はワシントン大学の公衆衛生学校とコロンビア大学のメイルマン公衆衛生学校で、2010年に予備的成果をThe New York City Urban Soundscapeとして発表している。ニューヨークの公共交通機関についての調査結果は、*American Journal of Public Health*の2009年8月号で発表された。

J. M. Pickerによる“The Soundproof Study: Victorian Professionals, Work Space and Urban Noise”（*Victorian Soundscapes*誌にも掲載されたが、インターネット上でも読むことができる）の存在に気づかせてくれたのはジョージ・プロチュニックだった。ディケンズの時代のロンドンに関する内容は、特記したものを除くほとんどがこれに負っている。また、カーライルの書斎がなぜか自宅でも最もうるさい部屋になってしまったエピソードは、プロチュニックの記述による。

それと同時代のニューヨークについては、デイヴィッド・ナソー（David Nasaw）が*Children of the City: At Work and at Play*（Anchor Press/Doubleday, 1985）に記している。

ティーンエイジャーの聴力に関する最新の研究結果が互いに衝突する件をみれば、統計とは操作されやすいもので、しかも、同じ数字からでも正反対の結論はみちびきうるのだと思い知らされる。この件については次の段落で詳述するが、重要なのは、この情報がなぜこれほどくいちがうように見えるのかを理解することだろう。

論争の元となった二つの論文は、一つが2010年8月、もう一つが2010年から11年にかけての冬と、わずか数か月の間隔で発表されている。しかも、ど

が普及すれば、一部のハイリスク新生児が将来、聴力などの知覚の障害を負わずにすむかもしれない。A・M・ロウアーとブラッド・メイが内側オリーブ蝸牛系について、また、自分たちの実験について論じた“The Medial Olivocochlear System Attenuates the Developmental Impact of Early Noise Exposure”は、2011年*Journal of the Association for Research in Otolaryngology*（*JARO*）に掲載された。

難聴の発生率が人種によってちがう点については、フランク・リンらが2011年に前述の“Hearing Loss Prevalence and Risk Factors Among Older Adults in the United States”（*the Journal of Gerontology* 所収）で記している。同年にジョンズ・ホプキンズ大でリンにインタビューしたおり、これにはメラニンが関連しているのではないかという見解が話題にのぼった。メラニンが保護要因としてはたらいている可能性について、それ以降、何らかの論文が出たかどうかは把握していない。

突然の聴力低下の原因が判明するケースは、全体の10%から15%にすぎないという。この数字はNIDCDのサイトの投稿によるが、ほかのソースには「75%は原因不明だ」という記述もあった。

第3章

ゼップ・ブラッターの「アフリカには独自のリズムがあり、独自の音がある」という投稿は、多くのニュースで引用されることとなった。実際の音量については、報じるメディアによって数字がちがう。しかしいずれにせよ非常に騒々しいことだけはまちがいない。

フットボール業界では、人々が客席のうるささを誇りにし、互いに競い合っているおかげで豊富なデータがそろうこととなった。この興味深くもあり恐ろしくもある数字のソースは本文中に記してあるが、ESPNやスポーツイラストレイテッド誌など大手会社で報道されたものもあれば、ブログを元にしたものもある。

アラン・シュワルツ（Alan Schwarz）が『ニューヨークタイムズ』に書いた記事のタイトルは“Stoking Excitement, Arenas Pump Up the Volume”で、2011年6月6日号に掲載されている。

ハイレ・ゲブレセラシェが好みの音楽を活用しているエピソードは、『ニューヨークタイムズ』の2008年1月10日号で報道された（“They're Playing My Song. Time to Work Out”）。コスタス・カラギオーギスが選曲したトレーニング用好適曲のリストも、同じ記事に掲載されている。

第44回スーパーボウルでのザ・フーの演奏のひどさを指摘する声は、ハンドルネーム「Who-Fan」というブロガーが、『ローリングストーン』誌公式ウェブサイトに投稿したコメントから引用した。

の住民を対象に1993年にスタートし、今も続いているコホート調査によるものだ。この調査では米国の難聴者人口は2900万人と試算しており、フランク・リンの4800万人はもとより、NIDCDの3600万人さえ下回っている。

聴力低下と循環器疾患との連動については、*Archives of Otolaryngology-Head and Neck Surgery* 誌の1993年2月号に掲載されたGeorge A. Gatesらの論文で述べられている。Gatesによれば、「高齢者の心血管疾患と聴力の間には、小さいとはいえ統計的に有意な関連があり、それは男性よりも女性で、また、高音域よりも低音域で強い」という。この論文によると、老人性難聴により起きる低音部の聴力低下は、血管条の萎縮につながる微小血管の疾患と関連するのが典型的だという。また、フラミンガム研究でも、低周波域の難聴とさまざまな心疾患イベントとの関連が見つかっている。

デシベルレベルと重症度の分類名称については、作曲家でもあり、かつてはレコードプロデューサーでもあったリチャード・アインホーン氏と、著名なオーディオロジストのブラッド・イングラオ氏に教えていただいた。

小児期に浴びた中程度の騒音が与える長期的影響を調べたシャロン・クヤヴァ（Sharon Kujawa）とチャールズ・リーバーマン（Charles Liberman）の研究は、興味深いばかりでなく、騒音性難聴と老人性難聴について重要な視点を提供してくれるかもしれない。二人の共著になる“Adding Insult to Injury: Cochlear Nerve Degeneration After ‘Temporary’ Noise-Induced Hearing Loss”は、2009年11月11日 *Journal of Neuroscience* に掲載された。この研究結果の解釈について、クヤヴァはHLAAの2011年年次大会の研究シンポジウムの壇上でも論じている。一方リーバーマンには、2012年にケンブリッジでインタビューした際に詳しい話を聞かせていただいた（クヤヴァは不在だった）。

内耳の機能については、ジョンズ・ホプキンズ大学のブラッド・メイ氏に多くを負っている。2011年のインタビューで、氏は耳鼻咽喉科学の基本をしんぼう強く一から解説してくださった。また、軽度から中等度の難聴者が、声ははっきり聞こえても話の内容を聞きとれない理由についてもご教示を得た。

内耳の構造と、起こりうる不具合については、HLAAでのシャロン・クヤヴァの講演も大いに参考になった。蝸牛神経節細胞に起きる長期的な損傷の話は、前述の共著論文、“Adding Insult to Injury ... ”によるものだった。

乳幼児と騒音、とりわけホワイトノイズ発生器の音とその長期的影響については、ほとんどをブラッド・メイ氏の仕事に負っている。しかし、氏の業績はあまり広く知られているとはいえないようだ。私が話を聞いた耳咽喉科の医師にさえ、内側オリーブ蝸牛系のことはよく知らない人たちがいたものだ。この知識

ジョージ・プロチュニック（George Prochnik）が2010年に出した『静寂を求めて（In Pursuit of Silence）』からは複数箇所にわたって引用したし、『ニューヨークタイムズ』の書評でもとり上げた。完璧な静寂を追い続けるプロチュニックの旅が、実に愉快な物語になっている。静寂をさがす旅でありながら、彼はその一方で、最高にやかましい騒音もたずねて回る。

2011年の春、私はジョンズ・ホプキンズ大学で数日をすごした。ブラッド・メイ（Brad May）の発言は、このときのインタビューによる。同大学の耳咽喉科部門は規模も大きく、臨床と研究の両方が行われれており、少なからぬ研究者が臨床にもあたっている。また、人工内耳センターも屈指の規模だ。

ここに引用したステファン・ヘラー（Stefan Heller）の言葉は、2010年に*Journal of Communication Disorders*に掲載されたものだ。私は2012年、ヘラーに会うためスタンフォードを訪れた。彼はここで難聴の生物学的根治法を研究している。それについては12章で扱う。

火災報知器が聞こえにくくなるかもしれないなんて、私は長年、思ってもみなかった。ところが、2012年も暮れに近いころ、全米難聴者協会（HLAA）のニューヨーク支部で、ニューヨーク消防署のローラ・スクワッソーニ氏の講演をたまたま聞く機会を得たのだ。消防署の補助金枠があって、われわれは全員、ライフトーンのHLベッドサイド・アラームがもらえるというのだ。これはアマゾン・コムでも売っているが、通常の煙探知機と組み合わせて使う製品で、警報音にありがちな高音域が聞こえにくい人に警告を伝えるものだという。既存の煙探知機の警報音と同じパターンを検知したら、難聴者にも聞こえやすい低音で独自の警報音を発するほか、枕の下かマットレスの下に仕掛けるベッド揺らし装置もついている。あれほどいろいろ調べた私でさえ——HLAAの会合には何度も出たし、オーディオロジストのところにも数えきれないほど通った——この装置については初耳だったと思うと、ひどくショックだった。耳が遠い人にとっては、この装置が文字どおり生死を分けるかもしれないのだ。

第2章

ここでもまた、はっきりした統計を手にすることは容易ではない。年齢の10年刻みごとの聴力低下の発生率はNIDCDの資料によった。ただしこの研究では80歳代にふれていないため、80代以上の数字は2011年5月に発表されたScott D. Nashらの論文、"The Prevalence of Hearing Impairment and Associated Risk Factors"（Archives of Otolaryngology-Head and Neck Surgery）によっている。Nashのデータはthe Epidemiology of Hearing Loss Studyといって、ウィスコンシン州ビーヴァーダム市

ぐれている。2009年11月に発表されたマーケットラック8は*Hearing Review*誌に掲載された。同研究所 の取締役でもあるセルゲイ・コチキン氏が報告書を執筆している。

元はイギリス発で、ニューヨークでは2010年にバロウ・ストリート・シアターで上演されたニーナ・レイン（Nina Raine）の舞台作品『トライブス（Tribes）』は、中途で聴力を失うという体験がどんなものか、完璧なまでに正確に描いている。20代で聴力を失いつつあるシルヴィアは耳の聞こえない両親の子どもであり、生まれつき耳の聞こえないビリーは、聞こえる両親の子として育った若者だ。二人の体験は、「聞こえない」ことと「聞こえなくなる」ことがどれほどかけ離れたものであるかを浮き彫りにする。

第 1 章

二感覚統合についてジェス・ダンサー（Jess Dancer）が述べたこと（Advance for Hearing Practice Management, May 27, 2008）は、およそ聴覚に障害のある者ならだれもが直観的に気づいていることだ。私も、テレビに同時字幕があるときは、俳優のしゃべっているせりふが聞きとれるし、意味だってわかる。字幕がないと、何かしゃべっているんだということが聞こえるだけで、内容はこれっぽっちもわからない。

ティナ・ラニン（Tina Lannin）が読みとったというロイヤル・ウェディングの出席者の会話内容は、2011年5月に www.hearinglossweb.com に再録された。このウェブサイトは、成人後に聴力の低下した人々に役だちそうなニュースや情報を収集し、要約するもので、編集にあたっている Char Sivetson と Larry Sivertson の二人も、成人後に聴力を失っている。二人が週刊で発行しているニュースレターは驚くほど見やすくまとまっていて、たとえば軍務中に発生する聴覚障害のことを調べたいと思えば、関連の記事がすぐに何本も見つかる。しかも、それが残らず一つのファイルにおさまっていて、註を見れば出典がわかるようになっている。

本章で読話について記したことは、その多くをコネチカット大学の聴覚学の名誉教授、マーク・ロス（Mark Ross）博士に負っている。ロス博士は『ヒアリング・ロス（*Hearing Loss*）』誌に長年にわたってコラムを執筆している人で、この記事は www.therubins.com. に掲載された。

夢の中では声が聞こえることが気になりはじめたばかりのときは、当然ながら、フロイトを参考にした。Mikko Keskinen による“Hearing Voices in Dreams: Freud’s Tossing and Turning with Speech and Writing”は、2002年5月29日に芸術心理学を扱う電子雑誌 *PsyART* に掲載された。

て2億7500万との数字を出している。世界各地の聴覚がらみの問題を扱うオンライン雑誌、*Hearing International*誌では、中等度以上の難聴で2億5000万、軽度もあわせたら6億人という数字をあげている。ベルギーで発行されている非営利のウェブサイト『ヒア・イット（Hear It）』では、英国医学研究審議会聴覚研究所の Adrian Davis 教授の説を引用し、障害の程度が25デシベルを超える人は、2015年までに7億人を超すだろうと見つもっている。このサイトでは、それぞれの国や地域について、できるかぎり正確な把握に努めたという。中には、どうしても漠然とした情報しか得られない地域もある。「アジアは人口密度が最大の大陸であり、聴覚障害者の人数もとりわけ多いと考えられる」し、アフリカについては「有病率についても原因についても、正確なすがたを知ることは困難である」としている。

聴覚障害者人口の多くを高齢者が占めているであろうことは疑いない。しかし、年齢ごとの内訳を知ることは、米国内ですら容易なことではない。フランク・リンらによると、「70歳以上のアメリカ人の3人に2人は聴覚に障害がある」という（“Hearing Loss Prevalence and Risk Factors Among Older Adults in the United States,”by Frank R. Lin, Roland Thorpe, Sandra Gordon-Salant, and Luigi Ferrucci, *Journal of Gerontology,* May 2011）。NIDCD の報告では、「75歳以上の人々の47％に聴覚の機能障害がある」としている（NIDCD Quick Statistics）。本来ならほぼ同じになってしかるべき二つの数字がこれほどかけ離れているのには、たくさんの理由がある。「聴覚障害」の定義をどうするか？　人数はどうやって決めるか（聴力テストで切るのか、自己申告か）？　調査対象の範囲は（たとえば、CDC では施設に入所している人は除外している）？　それに、リンの数字は70歳以上、NIDCD は75歳以上が対象だ。そして何より、本人の自己申告に由来する調査ではかならず、中途で聴力が低下した人々の多くが、障害のことを自分自身に対しても他者に対しても認めたがらないという事実を計算に入れなくてはならない。

補聴器の利用状況を調べようとしても、同じ問題につき当たる。NIDCD は、補聴器を使えば役にたつ人々のうち、実際に使用しているのは5人に1人だという。フランク・リンとウェイド・チエン（Wade Chien）は7人に1人だという（Prevalence of Hearing Aid Use Among Older Adults in the United States, *Archives of Internal Medicine,* February 13, 2012）。いずれの数字をとるにせよ、難聴なのに矯正していない人は大勢いるということだ。

ベターヒアリング研究所の後援で2004年から公開が続いているマーケットラク（MarkeTrak）というデータベースは、聴覚障害者とその家族8万世帯のアンケートの集計で市場の動向を追っており、人口統計についての情報源としてもす

註

＊本文中に出てくる人名についてはカタカナ（初出は原語も）で表記し、出てこない場合は原語での表記のみとした。

＊雑誌名については本文中に出てくるもので日本でなじみのあるものは、カタカナで表記するか、日本語に訳出したが、それ以外のものは原語のままとした。

はじめに

難聴の本を書く上で最大の難関は、当事者の人数と、その重症度をはっきりさせることかもしれない。本書の序文についた註も、最後の一つを除けば統計に関するものばかりだ。

たとえば、統計が充実しているはずのアメリカなのに、難聴者の人数というごく基本的なことでさえ、いざさがしてみるとまちまちな数字がいくつも出てくるのだ。国立聴覚・伝達障害研究所（NIDCD）は3600万人だというが、もっと大きい数字を挙げる団体もあれば、小さい数字を出す団体もある。NIDCDといえば国立衛生研究所の一部門だけに情報源はしっかりしているだろうと思って、私はこの数字を採用していた。ところが2011年の11月になって、ジョンズ・ホプキンズ大学の研究者、フランク・R・リン（Frank R. Lin）らが信頼できる疫学研究の成果を発表し、NIDCDの数字を吹き飛ばしてしまった。リンの研究では、アメリカの聴覚障害者は4800万人という結果になったのだ（“Hearing Loss Prevalence in the United States,” by Frank R. Lin, John K. Niparko, and Luigi Ferrucci, *Archives of Internal Medicine*, November 14, 2011）。こんなにかけ離れた二つの数字が両立するのはなぜなのか。NIDCDの職員の説明によると、彼らの調査は本人の自己申告に基づいているからだという。つまり、自分は耳が聞こえにくいと自覚していた人だけが対象なのだ。一方、フランク・リンのデータは国民栄養調査（NHANES）という長期統計データベースで、こちらは自己申告ではなく聴力測定の結果を使っている。私はこちらを採用した。

*JAMA*に掲載された論文、“Change in Prevalence of Hearing Loss in US Adolescents”（Josef Shargorodsky, Sharon G. Curhan, Gary C. Curhan, and Roland Eavey, August 18, 2010）については、第３章の註で詳しくとり上げる。

全世界に難聴者が何人いるかをはっきりさせようと思ったら、一国の人数を調べるよりはるかに大変なことになる。WHOは2000年に出した『難聴の世界的負担（The Global Burden of Hearing Loss)』という報告を2002年３月に改訂し、しめ

著者紹介

キャサリン・ブートン　Katherine Bouton

元ニューヨークタイムズ編集者。日曜版別冊、書評欄、本紙の科学面、文化面などを担当。ライターでもあり、ノンフィクションやレビューを『ニューヨーカー』、『ニューヨークタイムズ』日曜版別冊など多数のメディアに発表してきた。現在は『ニューヨークタイムズ』火曜日の科学面に寄稿している。夫のダニエル・メナカーとともにニューヨーク在住。二人の子供は成人している。

訳者紹介

ニキ リンコ

翻訳家。訳書に、リアン・ホリデー・ウィリー『私と娘、家族の中のアスペルガー――ほがらかにくらすための私たちのやりかた』キャスリン・アースキン『モッキンバード』（以上、明石書店）、カーラ・L・スワンソン『目印はフォーク！――カーラの脳損傷リハビリ日記』（クリエイツかもがわ）、『アノスミア　わたしが嗅覚を失ってからとり戻すまでの物語』（勁草書房）など。著書に『俺ルール！自閉は急に止まれない』（花風社）など。

人生の途上で聴力を失うということ
心のマネジメントから補聴器、人工内耳、最新医療まで

二〇一六年一月五日　初版第一刷発行

著　者——キャサリン・ブートン
訳　者——ニキリンコ
発行者——石井昭男
発行所——株式会社 明石書店
一〇一—〇〇二一　東京都千代田区外神田六—九—五
電　話　〇三—五八一八—一一七一
FAX　〇三—五八一八—一一七四
振　替　〇〇一〇〇—七—二四五〇五
http://www.akashi.co.jp
装　幀——上野かおる
装　画——出口敦史
印刷・製本——モリモト印刷株式会社
（定価はカバーに表示してあります）
ISBN 978-4-7503-4285-6